知識工場
Knowledge is everything！

免機票！

跟著日本人的

節慶祭典學日文

最道地、最能強化日本民俗知識！一起紙上旅遊！

加贈台灣篇喔

旅居日本多年的專業譯者・旅遊達人
楊如玉 (Betty Yang) ◎著

作者序

　　「節慶」涵蓋了「節日」和「慶典」。說到日本節日，很難想像一向給人「工作狂」印象的日本，法定的節日竟有 16 天之多，是先進國家之最，這 16 天還不包括已經廢止，或是不放假但是習慣上會慶祝的節日。許多日本的節日擁有悠久的歷史（例如女兒節），但有些看來卻像是「為了多放假而製造出來的」（例如植樹節）。而日本的傳統節日，有些對我們來說一點都不陌生（例如新年），但實際的內容卻和我們也過的節日不盡相同，若能了解箇中的差異，可進一步地了解日中文化、信仰的不同之處，更有助於日文的學習。

　　除了固定的節日之外，像生日、結婚、入學、畢業、就職等等，不在固定的日期發生的一般「慶事」也很多。學習在這些特別的日子裡日本人慣用的吉祥話、祝福語，不但能表達您對日本的朋友或是客戶的關懷，更能培養良好的人際關係。

　　日本五花八門的「祭典」，向來是觀光的重點之一。讓人不禁聯想到穿「浴衣」、抬神轎、放煙火，以及寫著「祭」字的紅白燈籠等等畫面的日本傳統慶典，不但有火祭、水祭、風祭等，而且依照季節的不同，也有春祭、夏祭、秋祭和冬祭。現在就脫離制式的教科書，以有趣的「紙本觀光」來逛逛日本節慶，事半功倍地學日文吧！

本書特點

✿ 節慶介紹
　　說明節慶的由來、演化以及當地人民慶祝的方式等等，讓讀者免機票就能遊日本！

✿ 基本對話

會話的內容會因角色的設定、場合而採用「敬語」（「尊敬語」、「謙讓語」和「丁寧語」）以及平輩之間或對晚輩的用語（「タメ口」）。這些多樣化的會話有助於讀者了解在什麼樣的場合，對哪種對象要如何使用正確的日語。

❦ 文法句型拆解及應用

本書使用的文法句型，大多是日文檢定二級的程度，可幫助有計劃參加日文檢定的讀者，以更輕鬆、有趣的方式準備考試。

❦ 節慶字彙和常用字彙

從基本對話中精選常用字彙以及和該節慶的相關字彙，為讀者的日文打下更深厚的根基。

❦ 單元「漢字女來說一句」、「漢字女還要告訴你」

成長於紐約並旅居過日本的台灣女性，從不同的文化觀點，分享對書中某些主題的感想、新奇的發現（或是多年後對日本文化的再發現），以及親身經歷過的趣事、糗事，並且利用「漢字女還要告訴你」，為讀者解說並整理常用字彙、用語的變化和應用。

❦ 學習驗收

新學到的文法，都記住了嗎？透過「寫寫看」的造句小活動，再複習、檢驗一下學習成果吧！

目 錄

春の行事

夏の行事

秋の行事

句型列表

3月

〜と言(い)っても／〜かどうか	「女兒節」
〜ごと／〜のあまり	「取水節」
〜て・で済(す)む／いくら〜ても	「白色情人節」
〜げ／〜ことか	「彼岸節」
〜どころか／〜って	「畢業典禮」
〜だらけ／〜気味(きみ)	「陽明山花季」

4月

〜につれて／〜をきっかけに（して）	「就職典禮」
〜あっての／〜としたら	「鎌倉祭」
〜にかこつけて／〜を契機(けいき)にして	「高山祭」
〜せいで／〜に比(くら)べて	「賞花」
〜際(さい)／〜を込(こ)めて	「清明節」
〜でもあり〜でもある／〜次第(しだい)で	「媽祖繞境」

5月

あまりの〜に／〜も〜ば、〜も	「黃金週」
〜つつ／〜向(む)け	「新茶祭」
〜ようもない・〜ようがない／〜ようものなら	「男兒節」
〜はともかく（として）／〜ものがある	「母親節」
〜のいかんによっては／〜に至(いた)るまで	「葵祭」
〜につけ／〜にかけては	「三社祭」

6月

〜ん／〜させて下(くだ)さい	「京都薪能」

～にとって／～に関わらず　　　　　　　　　　　「大風箏會戰」

～ぬいで／～やすい　　　　　　　　　　　　　　「山王祭」

～によって／～にする　　　　　　　　　　　　　「父親節」

～ことにする／～ことになる　　　　　　　　　　「六月新娘」

～をはじめ・～をはじめとして／～ことがある/ない　「端午」

7月

～なり／～までもない　　　　　　　　　　　　　「中元」

～がち・たとえ～で／ても　　　　　　　　　　　「鰻魚日」

～につけ、～につけ／～のそって　　　　　　　　「祇園祭」

～ならでは／～でもなんでも　　　　　　　　　　「天神祭」

～にしろ／～たら、かえって　　　　　　「隅田川煙火大會」

～にたいして／～を中心にして　　　　　　「飛魚收藏祭」

8月

～さえ～ば／～以上は　　　　　　　　　　　「青森睡魔祭」

～そう／～ように　　　　　　　　　　　　　　「七夕」

～ばかりに／～がてら　　　　　　　「農暦的盂蘭盆會」

～おく／～ある　　　　　　　　　　　　　　「五山送火」

～場合／～によると・～によれば　　　　　　「夏季甲子園」

～ばかりに／～がてら　　　　　　　　　　　　「温泉祭」

～ほど／～一方（で）　　　　　　　　　　　　「鬼月」

9月

～うちで（は）／～ば～ほど　　　　　「歐瓦拉風盂蘭盆節」

～はというと／～たび（に）　　　　　　　　　「重陽」

道理で～（わけだ）／～そうもない　　　　　「石清水祭」

～から～にかけて／～ずにはいられない　　　　　　　　「國際節慶」

～と共に／～ながら　　　　　　　　　　　　　　　　　「中秋節」

10月

～だけ／～途端（に）　　　　　　　　　　　　　「那霸大繩拔河祭」

～こそ／～くせに　　　　　　　　　　　　　　　　　「十三夜」

～からすると／～からと言って　　　　　　　　　「京都時代祭」

～（よ）うか～まいか／～だけ　　　　　　　　　　「鞍馬火祭」

～恐れがある／～を通して　　　　　　　　　　　　　「運動　」

～てから／～次第　　　　　　　　　　　　　　　「東港王船祭」

11月

～にあたって／～っぽい　　　　　　　　　　　　　　「文化祭」

～はず／～ということ（だ）　　　　　　　　　　　　「七五三」

～なんか／～にかぎって　　　　　　　　　　　　　　「神在祭」

～ないことはない／～なことには　　　　　　　　　　「新嘗祭」

めたに～ない／～わけ　　　　　　　　　　　　　　　「賞楓」

～切る／～に決まっている　　　　　　　　　　　　「自行車節」

12月

～きれない／～末に　　　　　　　　　　　　　　「年節送禮」

～に基づいて／～（よ）うとする　　　　　　　　　　「冬至」

～ことはない／～わけではない　　　　　　　　　　「平安夜」

～うちに／～に応じて　　　　　　　　　　　　　　　「除夕」

～かのよう／～かけだ／かける／かけの　　　　　　　「生日」

～通り／～うえ　　　　　　　　　　　　　　「跨年煙火大會」

1月

あまりにも〜 ／〜はもちろん	「過年」
〜たり、〜たりする ／〜ばかり	「七草節」
〜として ／〜に違<ruby>違<rt>ちが</rt></ruby>いない	「財神節」
〜得<ruby><rt>え</rt></ruby>る ／〜と言<ruby><rt>い</rt></ruby>えば	「大相撲的第一場競技」
〜べき ／〜一方<ruby><rt>いっぽう</rt></ruby>（だ）	「成人式」
〜しかない ／〜ついでに	「年前準備」

2月

〜の代<ruby><rt>か</rt></ruby>わりに ／〜づらい	「節分」
〜にしても〜にしても ／〜にしては	「札幌雪祭」
〜最中<ruby><rt>さいちゅう</rt></ruby> ／〜済<ruby><rt>す</rt></ruby>む	「西洋情人節」
〜ものなら ／〜ものの	「横手雪洞祭」
〜に応<ruby><rt>こた</rt></ruby>えて ／〜先立<ruby><rt>さきだ</rt></ruby>って	「西大寺裸身節」
〜に加<ruby><rt>くわ</rt></ruby>えて ／〜に関<ruby><rt>かか</rt></ruby>わる	「元宵節」

祝賀語列表

〜おめでとうございます	1月「過年」
良<ruby><rt>よ</rt></ruby>い〜を〜下<ruby><rt>くだ</rt></ruby>さい	1月「過年」
お陰<ruby><rt>かげ</rt></ruby>さまで〜	6月「京都薪能」
〜ように	8月「七夕」

人物關係表

家族

祖母 広美（ひろみ）

祖父 克典（かつのり）

大輔的東京分公司同事

浩二（こうじ）

達雄（たつお）

丈夫 大輔（だいすけ）

妻子 利香（りか）

鄰居夫婦

和子（かずこ）

洋介（ようすけ）

亜子男友

健（けん）

女兒 亜子（あこ）

兒子 雅人（まさと）

利香友人

友子（ゆうこ）

台灣人

駿（しゅん）

秋惠（あきえ）

秋惠友人

英樹（ひでき）

雅人友人

剛志（たけし）

語言學校老師

慶太（けいた）

春の行事

每年一到3月、4月，就是日本號稱「全民運動」的賞花時期了。賞花的習俗早在奈良時代就由中國傳到日本。一直到了江戶時代，賞花才開始成為庶民活動。當櫻花盛開的時候，若有微風吹來，就能目睹櫻花花瓣如雪花般飄落的美景，猶如夢境一般。

3月 March

女兒節　　　　彼岸節
取水節　　　　畢業典禮
白色情人節　　陽明山花季

4月 APRIL

就職典禮　　　賞花
鎌倉祭　　　　清明節
高山祭　　　　媽祖繞境

5月 MAY

黃金週　　　　母親節
新茶祭　　　　葵祭
男兒節　　　　三社祭

3
弥生
（や）（よい）

　日本的女兒節起源於現代人多感到陌生的中國古老節日——「上巳節」（又稱為「三月三」）。「上巳節」是古代的中國人到河邊淨身以去除病害的日子（也稱為「修禊」），日後逐漸演變成為出外郊遊踏青、男女自由歡會，以及文人在河邊宴飲賦詩等各種活動的日子。而有「天下第一行書」之稱的《蘭亭序》，就是王羲之在上巳節的「曲水流觴」時寫出來的。

　「雛」在日文裡是指古裝人偶，因此該節日的原意為「人偶節」，因其主要的活動是祈願家中的女孩們能幸福、健康、平安地長大，所以中文常譯為「女兒節」。和日本大部分的傳統節日一樣，女兒節現已改為西曆的3月3日，而古時候日本人在轉移自身的穢氣、災難於人偶之後，會將人偶投放於江河之中以求吉祥的「雛流し」習俗，至今仍流傳於許多地區。不過，多數女兒節擺飾的人偶可不是用來投水的，因為它們不但精美華麗，而且要價不菲，有些更是代代相傳的嫁妝呢。

　一般用來擺飾人偶的「雛壇」有七層，而人偶的擺放方式很講究，最上層坐著天皇和皇后（內裏雛），其下是宮女、樂隊、侍僕、大臣，以及嫁妝箱、轎子等等，全是用來象徵婚禮的大陣仗。

　不過端看各個家庭的經濟狀況以及家裡空間的大小，多數人家裡只會擺飾三層或五層，甚至一層的雛壇，而擺飾的層數通常是日本人視為吉祥的奇數。

雛祭り
（ひなまつり）

001

祖母（そぼ）：生まれたばかりの孫娘に雛人形をプレゼントしたいんですが、今年はまだ早いかな...
（まごむすめ）（ひなにんぎょう）（ことし）（はや）

　➕ 我想送剛出生的孫女女兒節的人偶，今年會不會太早了呢⋯⋯

祖父（そふ）：確かにお雛祭りまで三週間もないし、娘も子供を産んだばかりで雛飾りなんかをするのは無理でしょう。
（たし）（ひなまつり）（さんしゅうかん）（むすめ）（こども）（う）（ひなかざ）（むり）

⊕ 的確離女兒節也已經不到三星期了，女兒也才剛生完小孩，應該沒有精力做那些人偶的布置。

👵 祖母：来年からでも大丈夫だと言っても❶、せっかく可愛い孫娘がいるのに雛飾りをしないのは、ちょっと寂しいですよ。

⊕ 雖然說從明年開始也沒關係，但好不容易有了可愛的孫女，不做女兒節布置的話，感覺有點失落呢。

👴 祖父：じゃあ、今年は内裏雛だけ贈りましょう。雛壇の最上段だけなら、金屏風の前に男雛と女雛を置くだけで済みますね。

⊕ 那麼，今年就只送天皇和皇后的人偶吧。如果只是雛壇的最上層，那麼只要在金屏風前面擺上男人偶和女人偶就OK了吧。

👵 祖母：そうですね。来年は三段に、再来年は五段にとだんだん増やして行きましょう。その時は、もう孫娘と一緒に飾り付けをすることが出来ますね。

⊕ 對耶。明年變成三層，後年變成五層地漸漸往上增加吧。那時候就已經可以和孫女一起布置了。

👴 祖父：今週中に雛人形を選んで、来週の吉日に娘の家に行きましょう。

⊕ 在這個星期選好人偶，下個星期的吉日去女兒家吧。

👵 祖母：行く前に必要な食材を買って置けば、着いて直ぐ五目散らし寿司とハマグリの吸い物を作れます。

⊕ 去之前先買好必要食材的話，一到就可以煮什錦壽司和蛤蜊湯。

👴 祖父：あと桃の花、白酒、菱餅と雛あられも私たちが用意しましょう。

⊕ 還有桃花、甜酒釀、菱形年糕和彩色米菓也由我們來準備吧。

👵 祖母：ところで、関西では男雛が向かって右、女雛は向かって左に置かれることが多いんですよ。関東ではその逆に飾るのが一般的なので、今度の飾り方はどちらにすれば良いかと、悩んでいます。

春の行事

017

➕ 對了，在關西地區面向人偶時，男人偶多擺在右邊，而女人偶多是擺在左邊哦。在關東地區的話，因為一般是和關西地區相反的擺飾習慣，所以我正在煩惱這次的擺法用哪一種才好。

祖父：いくら義理_{ぎり}の息子_{むすこ}が関西人_{かんさいじん}でも、悩_{なや}むことはありませんよ。姉妹_{まい}がいない彼_{かれ}は、多分_{たぶん}そういう習慣_{しゅうかん}の違_{ちが}いを知_しらないし、知_しっていても気_きにしないでしょう。

➕ 不管女婿再怎麼是關西人也不用煩惱哦。沒有姊妹的他應該不知道有那樣的習慣差異，就算知道也不會介意吧。

祖母：そうですね。私_{わたし}たちは孫娘_{まごむすめ}のすこやかな成長_{せいちょう}を祈_{いの}るだけで、雛飾_{ひなかざ}りを関東式_{かんとうしき}にするかどうか❷は、親次第_{おやしだい}ですね。

➕ 是啊。我們只要祈求孫女健康地長大，而女兒節的擺飾是不是要採用關東式，就端看父母決定了呢。

祖父：家_{うち}の娘_{むすめ}の性格_{せいかく}なら、たぶん交互_{こうご}にしますよ。

➕ 依我們家女兒個性的話，大概會輪流哦。

祖母：あぁ、それは却_{かえ}って楽_{たの}しそうですね。

➕ 啊，那樣反而很有趣的樣子呢。

（MP3 ▶002）

雛祭り ひな まつ	女兒節（3／3）、七草（1／7）、端午（5／5）、七夕（7／7）、重陽（9／9）為日本的「五節句」	**白酒** しろ ざけ	甜酒釀，為女兒節的應景酒類
上巳 じょう し	農曆的三月三日，為中國的古老節日	**菱餅** ひし もち	菱形的年糕，為女兒節的應景食物，共有三層，其顏色分別為富有春天氣息的粉紅色（桃花）、綠色（草）和白色（雪）所組成

春の行事

桃の節句	桃花節。從前女兒節於農曆舉行時適逢桃花盛開，因而得此稱呼	五目散らし寿司	什錦壽司飯，為女兒節的應景食物
雛人形	穿著日式古裝的人偶	手毬寿司	球狀的一口壽司，為女兒節的應景食物
お祓いをする	拔禊、修禊。即在水邊潔身祭神，以洗除不祥穢氣	雛あられ	彩色的米菓，為女兒節的應景食物
金屏風	金色屏風，置放在雛壇的最上層，是天皇和皇后人偶後方的擺飾品	ハマグリの吸い物	蛤蜊湯，為女兒節的應景食物
雛壇	階梯狀的人偶陳列台	吉日	吉祥的日子
雛流し	將災難病痛轉移到人偶身上，並將人偶放入河中，使其漂流至遠處的活動	奇数	奇數
形代	修禊時使用的紙人或替身	孫娘	孫女；外孫女
内裏雛	放在雛壇的最上層，代表天皇和皇后的人偶	姉妹	姊妹

特好用句型

MP3 ▶003

① ～と言っても

「ても」常用來表示和前述語句矛盾的語義，有「就算」、「雖然」的意思，配合動詞「言う」，就是「雖然說～」的意思。前面可以接名詞、助詞（助動詞）、副詞等「體言」，還可接用言的終止形（置於句末的形態），非常好用。

3 弥生

☆ 體言＋と言っても～　雖然說～

例句1：親と言っても、子供を甘やかし過ぎてはだめです。

雖然說是父母，但也不能過度寵溺孩子。

例句2：いくら親からと言っても、貰うべき大金ではありません。

雖然說是父母親給的，卻不是應該收的鉅款。

例句3：なるべく速くと言っても、二、三日かかります。

雖然說會儘快，也要花上兩三天。

☆ 形容詞終止形＋と言っても～　雖然說～

例句1：お腹がいっぱいと言っても、デザートなら別腹だ。

雖然說肚子很飽了，甜點的話還有第二個胃。

☆ 動詞終止形＋と言っても～　雖然說～

例句1：本人が出席しなかったと言っても、代理人が代わりに出席した。

雖然說本人沒有出席，但代理人代替出席了。

例句2：出席できないと言っても、お祝いはちゃんと送ります。

雖然說無法出席，賀禮還是會照禮數地送過去。

小練習　しばらく

「美人」「性格」「良くなければ」「彼女と結婚」

寫寫看

美人だと言っても、性格が良くなければ、彼女と結婚したくない。

雖然說是個美女，如果個性不好就不想跟她結婚。

020

❷ ～かどうか

　　此句型「～かどうか」的意思是「如何～」、「是否～」，有不確定的含意。且かどうか其實是「～かどうですか」的縮寫，前面接的一定是二選一的問句，前面接普通體，例如「美味しいかどうか」（好不好吃？）、「本気かどうか」（是不是認真的？）等「是或不是」、「會或不會」的二選一的問句。

☆ **動詞原形＋かどうか～　　是否～**

例句1：出発が遅かったので、乗り継ぎが間に合うかどうか分かりません。

　　因為我晚出發了，所以不知道是否來得及轉機。

☆ **形容詞＋かどうか～　　是否～**

例句1：手作りのケーキが美味しいかどうかは、食べたら分かります。

　　手工做的蛋糕是否美味，吃了就知道。

例句2：彼があなたに対して、本気かどうかが分かるでしょう。

　　他對妳是否真心，妳應該知道吧。

☆ **名詞＋かどうか～　　是不是～**

例句1：商品が本物かどうかを鑑定して下さい。

　　請鑑定一下商品是不是真貨。

 小練習 しばらく

「鈴木さん」「来る」「教える」「下さる」

寫寫看

鈴木さんが来るかどうか教えて下さい。

　　請告訴我鈴木先生／小姐是否會來。

春の行事（はるのぎょうじ）

お水取り
みず と

取水節

　　從西元752年開始，奈良的千年古剎東大寺每年都會舉辦一次俗稱「取水節」的佛教法事「修二会」。法事內容是在東大寺境內的「二月堂」裡，由僧侶代表著眾生對本尊十一面觀音菩薩像懺悔，以祈求國泰民安。

　　過去一千兩百多年以來，一次都沒有間斷過的這項法事，因昔日固定在陰曆的二月一日舉行，所以「修二會」與「二月堂」也因此得名。

　　現在的「修二會」為期兩週，從3月1日開始至15日結束，期間內每晚都會進行「お松明」。該儀式本來是被選為「練行衆」的僧侶為了登上二月堂而點火引路的儀式，但現在已經演變成11位練行衆扛著6公尺長的火把登上二月堂，並在其迴廊內奔跑的活動。

　　其中又以3月12日的「籠松明」最為有名，有11位練行衆一起「上堂」，場面非常壯觀，而這項僧侶在木造建築的迴廊裡扛著末端加了巨大球籠的火把快速奔跑的活動，造成了燃燒的球籠火星亂竄、灰燼飛散，往往都讓在場的觀眾捏好幾把冷汗。正因二月堂曾在1667年的修二會儀式遭到祝融，現存的二月堂是重建而成的。

　　此外，3月12日凌晨所舉行的「お水取り」儀式，則是從「若狭井」中汲取供奉觀音的「お香水」，因此修二會經常又被稱為「取水節」或是「松明節」（火把、火炬節）。對奈良人來說，只有過完了這個節日，才真正地有春天來臨的感覺呢。

お水取り
みず と

 ▶004

英樹：後ろを見て下さい。いつの間にかこんなに大勢の人が集まって来ましたよ。
ひで き　　　　うし　　　み　　くだ　　　　　　　　　　　　　　　　　　　おおぜい　ひと　あつ
　　き

　　➕ 請看後面。不知不覺已經聚集了這麼多人了呢。

春の行事

秋恵：早く来て良かったですね。七時の大鐘がもう鳴りましたが、なかなか始まりませんね。それを合図にお松明が点火されるんじゃないですか？

　幸好早點來了呢。七點時大鐘已經響過了，怎麼卻還不開始呢。不是以那個鐘聲作為信號來點燃火把的嗎？

英樹：今夜は有名な籠松明で、七時半からですよ。全ての練行衆が上堂するので、11本のお松明があげられるのはきっと凄いですよ。

　因為今晚是有名的燃燒燈籠火把活動，所以七點半才開始哦。所有負責修二會活動的僧侶都會登上二月堂，所以會有11把火炬被舉起來，一定很壯觀哦。

秋恵：そうですね。長さ6メートルほどの竹の先端に直径1メートルの大きな玉籠を付けて仕上げられた籠松明は炎が凄いと思います。

　對啊。在長達6公尺的竹子頂端加上直徑1公尺的大球籠所製作而成的燈籠火把，我想火焰會很驚人。

英樹：あっ、もう始まりますよ。ほら、僧侶はあそこの階段を登って二月堂へ向かっています。

　啊，已經開始了哦。看吧，僧侶爬上那邊的階梯往二月堂去了。

秋恵：あそこに、消防団も来ていますよ。そんなに危ないかな...

　那裡也來了消防隊哦。有那麼危險嗎……

英樹：それは約三百五十年前のお水取りの最中に二月堂が失火で焼失したことがあるからですよ。

　那是因為大約350年前的取水節進行到一半時，二月堂因為祝融被燒毀過哦。

秋恵：あっ、大きなお松明が目の前に出て来ました。

　啊。巨大的火把出現在眼前了。

英樹^{ひでき}：玉籠^{たまかご}が振^ふり回^{まわ}されて火花^{ひばな}がたくさん落^おちていますね。

➕ 火球被來回地轉動，掉下了很多火花呢。

秋惠^{あきえ}：玉籠^{たまかご}ごと❶落^おちたらどうしますか？私^{わたし}たちはこんな近^{ちか}くに立^たって、大丈夫^{だいじょうぶ}かな？

➕ 如果連火球一起掉下來怎麼辦？我們站得這麼近沒問題嗎？

英樹^{ひでき}：緊張^{きんちょう}しなくても良^いいですよ。担当^{たんとう}の僧侶^{そうりょ}はみんなプロだし、消防団^{しょうぼうだん}も準備万端^{じゅんびばんたん}でいてくれますし。

➕ 不用緊張也沒關係哦。負責的僧侶每個人都很專業，而且消防隊也做了萬全的準備。

秋惠^{あきえ}：お松明^{たいまつ}の火^ひの粉^こを被^{かぶ}ると一年^{いちねん}を健康^{けんこう}に過^すごせると聞^ききましたが、怖^{こわ}さのあまり❷、汗^{あせ}が出^でて来^きました。

➕ 雖然聽說沾上火炬的灰就能健康地過一年，但我因為太過害怕，汗都流出來了。

單字百寶箱

(MP3) ▶005

修二会 しゅにかい	每年3月1日至15日於東大寺的二月堂舉行的法會	消防団 しょうぼうだん	消防隊
十一面 悔過 じゅういちめん けか	修二會的正式名稱。意指對著二月堂的本尊十一面觀音菩薩像懺悔眾生在日常所犯的過錯	大勢 おおぜい	大批；眾多；一群人

春の行事

東大寺 とうだいじ	東大寺擁有1200多年的歷史，是世界最大的木造建築，其本尊俗稱「奈良大佛」，總重達380噸、高度有15公尺，是世界最大的青銅佛像	集まる あつ	聚集；集合
二月堂 にがつどう	位於東大寺境內的木造古蹟，為舉行修二會的地點。原建於8世紀，因在1667年的修二會儀式中遭到祝融，現存的二月堂是1669年重建而成	階段 かいだん	階梯；樓梯
お松明 たいまつ	火把；火炬，也是修二會的別稱「松明節」	振り回す ふ まわ	來回轉動
籠松明 かごたいまつ	為末端加上一個大球籠的巨大火把。僧侶舉著燃燒的燈籠火把在二月堂內奔跑，火花灰燼飛散的畫面是取水節讓人難忘的亮點之一	火花 ひ ばな	火花；火星
お水取り みず と	汲水，也是修二會的別稱「取水節」	緊張する きんちょう	緊張
お香水 こう ずい	香水，這裡指從「若狹井 わか さ」裡汲出的井水	万端 ばん たん	萬全
練行衆 れんぎょうしゅう	負責修二會活動的僧侶，每年會選出11位	担当 たん とう	負責；擔任
観音様 かんのんさま	對觀音菩薩的尊稱	目の前 め まえ	眼前

特好用句型

MP3 ▶006

❶ ～ごと

此句型「～ごと」是「連同～」、「連～一起」的意思。前面接名詞。

☆ 名詞＋ごと～　連～一起

例句1：葡萄を皮ごと食べました。

把葡萄連皮一起吃了。

しばらく

「海外駐在員にとって」「アパート」「家具」「借りる」「一番楽」

寫寫看

海外駐在員にとって、アパートを家具ごと借りるのは一番楽です。

對於被派駐在海外的工作人員來說，連同傢俱一起租房是最輕鬆的。

❷ ～のあまり

此句型「～のあまり」是「因為太過～」的意思。前面接名詞時，通常使用驚訝、興奮、開心、懊悔、害怕等等有感情與感覺的名詞。

☆ 動詞辭書形＋あまり～　因為太過～

例句1：彼のことを思うあまり、言いたいことが言えないことがある。

因為太過想著他的事，也有想說的話說不出口的時候。

3 弥生（やよい）

☆ な形容詞＋なあまり〜　因為太過〜

例句1：彼は几帳面なあまり、昼食を取るのを忘れることもしばしばある。

因為他太過認真，經常有忘記吃午餐的時候。

☆ 名詞＋のあまり〜　因為太過〜

例句1：空腹のあまりに、賞味期限が切れたパンを食べました。

因為肚子太餓，吃了過期的麵包。

「そのドラマを見て」「感動」「涙を流す」

私はそのドラマを見て、感動のあまりに涙を流しました。

我看了那部電視劇，因為太感動眼淚都流出來了。

春の行事

三月　ホワイトデー
白色情人節

3 弥生（やよい）

　　白色情人節是日本人發明的節日，每年一到3月14日時，在西洋情人節（2月14日）有收到巧克力的男性們，就必須要回送禮物給送自己巧克力的女性。而回禮多為西式甜點，例如糖果、餅乾、白巧克力等。

　　白色情人節的由來，有人說是日本人向來有回禮的習慣，就像在結婚時收到禮金之後要回禮一樣，因此對於西洋情人節時所收到的「人情巧克力」，也要送「人情回禮」。也有人舉證甜點業界歷年來所做的宣傳活動，指出這個日本特有的節日完全是因為相關業者的「陰謀」而開始普及的。

　　而且據說不同的回禮隱藏著不同的心思——例如糖果的意思是「喜歡妳」、餅乾的意思是「繼續當朋友」，而棉花糖則表示「抱歉，我不喜歡妳」。不過多數男性似乎都不清楚這些「暗號」，還是會直接依自己的喜好和預算選擇回禮，或者會煩惱著不知道送什麼。

　　更有一部分的女性雜誌提倡，回禮的價格應該訂在收到的禮物價格的兩、三倍，難怪近年來不管男女都開始覺得西洋情人節和白色情人節很麻煩呢。

ホワイトデー

達雄（たつお）：今年のバレンタインデーは土曜日（どようび）になって助（たす）かりましたね。

　　➕ 今年的西洋情人節是星期六，真是幫了個大忙對吧。

浩二（こうじ）：彼女（かのじょ）とゆっくりとデートが出来（でき）るからですか？

　　➕ 因為可以和女朋友悠閒地約會嗎？

達雄（たつお）：いいえ。義理（ぎり）チョコを貰（もら）わなかったから、ホワイトデーに義理（ぎり）返（がえ）しをしないで済（す）む❶ことですよ。

　　➕ 不是的。我是指因為沒有收到人情巧克力，所以在白色情人節就用不著做人情上的回禮這件事哦。

浩二：たしかに。いくら²お返しをするのは礼儀だと言われても、「男なら三倍返し」というのは、いったい誰が決めたんでしょうね。

➕ 確實如此。無論大家怎麼說回禮是一種禮儀，但是「男子漢的話回禮要三倍」這件事，到底是誰決定的啊？

達雄：お金の問題だけではないんですよ。お返しの選択も凄く面倒です。

➕ 不是只有錢的問題哦。回禮的選擇也非常地麻煩。

浩二：チョイスが多すぎで、何にしたらよいか分からなくなることですか？

➕ 你是指，因為選擇太多而不知道要選什麼才好嗎？

達雄：そうじゃないんですよ。飴や、クッキー、マシュマロなど、それぞれの意味があるらしいです。

➕ 不是哦。糖果、餅乾、棉花糖等等，似乎各有不同的意思。

浩二：そうですか？ぜんぜん知らなかったです。

➕ 真的嗎？我完全不知道。

達雄：お返しが飴なら「好き」、マシュマロなら「嫌い」、クッキーなら「友達」ということを聞きました。

➕ 我聽說回禮是糖果的話表示「喜歡」、棉花糖的話表示「不喜歡」、餅乾的話則表示是「朋友」。

浩二：大変です。去年の義理返しは、デパートのキャンペーンで全てマシュマロにしてしまいました！

➕ 真糟糕。去年因為百貨公司有促銷活動，我不小心全都用了棉花糖當回禮！

達雄：だから私はバレンタインデーもホワイトデーも大嫌いです。来年からこの二日間は有給を取ることにしました。

⊕ 所以不管是西洋情人節還是白色情人節，我都最討厭了。從明年開始這兩天我決定都要休年假。

浩二：さすが先輩です。私もそうします。

⊕ 真不愧是前輩。我也要這麼做。

達雄：君の告白を待っている女性が何人もいるのだから、ちゃんとお返しで返事して下さいよ。

⊕ 因為等著你告白的女生還有好幾個呢，你還是好好地用回禮給她們一個答覆吧。

單字百寶箱

MP3 ▶008

ホワイトデー	白色情人節（White Day）	普及する	普及
三倍返し	三倍的回禮，據說在西洋情人節收到巧克力的男性，要在白色情人節回送三倍價值的禮物	デパート	百貨公司（department store）
告白	告白	返礼	回禮
飴／キャンディ	糖果（candy）	悩む	煩惱
マシュマロ	棉花糖（marshmallow）	義理返し	回報人情
ホワイトチョコレート	白巧克力（white chocolate）	洋菓子	西式甜點
クッキー	餅乾（cookies）	独特	獨特

由来 ゆらい	由來	値段 ね だん	價錢；價格
菓子業界 か し ぎょうかい	甜點業界	面倒な めん どう	麻煩的；費事的
宣伝 せん でん	宣傳	陰謀 いん ぼう	陰謀

特好用句型

MP3 ▶009

春の行事

① ～て／で済む

「済む」這個動詞是完結（某事或某項工作）的意思。而「て／で済む」的句型則是用來表示「用～就了事了」、「用～就解決了」。如果句型前面接的是動詞的ない形，就是「不用～解決了」，或是「不用～也OK」的意思。

☆ **名詞＋で済む～　用～就解決・用～就了事**

例句1：小さな虫歯なので、一回の治療で済みました。

　　因為是小蛀牙，所以治療一次就解決了。

例句2：観光ビザが切れたら、罰金で済みますか？

　　如果觀光簽證過期的話，可以用罰款解決嗎？

☆ **動詞て形／い形容詞て形＋済む～　～就解決・～就了事**

例句1：保険に入っているので、自腹で費用を払わなくて済みました。

　　因為加入了保險，所以不用自掏腰包就了事了。

例句2：保険に入っているので、自腹の費用が少なくて済みました。

　　因為加入了保險，所以自付很少的費用就解決了。

☆ **動詞ない形／な形容詞 ＋で済む～　～就用不著・不用～也沒關係**

例句1：保険に入っているので、自腹で費用を払わないで済みました。

　　因為加入了保險，所以不用自掏腰包就了事了。

例句2：犬や猫に比べて、金魚の世話は簡単で済む。

　　和狗或貓相比，金魚的照顧很簡單就解決了。

しば・らく

「発表会」「指導者としての出席」
はっぴょうかい　し どうしゃ　しゅっせき

寫寫看

発表会には指導者としての出席で済みました。
はっぴょうかい　し どうしゃ　しゅっせき　す

在發表會裡以指導者的身分出席就了事了。

❷ いくら～も

「いくら」是多少的意思。「いくら～も」則類似中文的「再怎麼～也……」、「就算再怎麼～也……」、「無論再怎麼～也……」。

☆ いくら＋名詞／な形容詞＋でも～　再怎麼・就算是・無論是～

例句1：いくら親でも、子供が考えることを全て知っているはずがありません。
おや　こども　かんが　すべ し

就算是父母，也無法完全知道孩子在想什麼。

例句2：いくら駄目でも、自分の子供だ。
だ め　じ ぶん　こども

再怎麼不成材，也還是自己的小孩。

☆ いくら＋動詞て形／い形容詞＋も～　再怎麼・就算怎麼・無論怎麼～

例句1：いくら食べても太らない大食いが沢山います。
た　ふと　おおぐ　たくさん

無論怎麼吃都不胖的大胃王大有人在。

例句2：いくら忙しくてもメールくらい出来るはず。
いそが　で き

無論怎麼忙也應該有時間發e-mail。

春の_{はる}行事_{ぎょうじ}

 <ruby>しばらく</ruby>

「結婚_{けっこん}したい」「性格_{せいかく}がいい美人_{びじん}じゃないと」「駄目_{だめ}」

いくら結婚_{けっこん}したくても、性格_{せいかく}がいい美人_{びじん}じゃないと駄目_{だめ}だ。

就算再怎麼想結婚，如果不是個性好的美女就免談。

流行用語

「倍返し_{ばいがえ}」

　　內文所提及的「三倍返し_{さんばいがえ}」可能會讓許多讀者聯想到2013年紅極一時的日劇《半澤直樹_{はんざわなおき}》。該劇男主角半澤直樹的口頭禪，從一開始的「倍返し_{ばいがえ}」到幾集之後的「十倍返し_{じゅっぱいがえ}」，到劇終的「百倍返し_{ひゃくばいがえ}」讓人很是印象深刻。最後，「倍返し_{ばいがえ}」一詞甚至得到了當年度的「流行語大賞_{りゅうこうごたいしょう}」！幸好白色情人節的「禮返し_{れいがえ}」不需要「百倍奉還」。

お彼岸（ひがん）
彼岸節

三月

3 弥（や）生（よい）

在佛教用語裡，「到彼岸（とうひがん）」是脫離煩惱、悟道的意思。日本每年的彼岸節有兩次，分為「春彼岸（はるひがん）」和「秋彼岸（あきひがん）」，分別是以春分和秋分為「中日（ちゅうにち）」，再加上前後各三天，每次為期一週。通常「お彼岸（ひがん）」指的是春天的彼岸節。

春分和秋分都是日夜等長的日子，這兩天太陽從正東方昇起，從正西方落下，因此衍生若在彼岸期間供佛祭祖的話，就能到極樂淨土一說。此外，日本有一句諺語：「暑（あつ）さ寒（さむ）さも彼岸（ひがん）まで」（酷熱寒冷都只到彼岸節為止），這似乎在台灣也適用呢。

而彼岸節的祭祖供品除了水果之外，就是日式的甜點「和菓子（わがし）」了，其中以「牡丹餅（ぼたもち）」和「お萩（はぎ）」最為普遍。這兩種和菓子都是類似用麻糬裹上紅豆，然而因應季節的不同而有不一樣的稱呼，這種細膩的季節感與在彼岸節掃墓的習俗一樣，都是日本人特有的。

現代人不但忙碌，而且許多人都搬到離家鄉很遠的都市定居，無法經常返鄉，因此在日本各地都可以找到代理掃墓的業者，他們替無法親自掃墓的客戶提供打掃、供花、點蠟燭等服務。

お彼岸（ひがん）

👦 英樹（ひでき）：興味（きょうみ）深（ぶか）げ①にお彼岸（ひがん）の紹介（しょうかい）を読（よ）んでいますね。

　　➕ 你一副興致勃勃的樣子在讀彼岸節的介紹呢。

👧 秋恵（あきえ）：はい。お彼岸（ひがん）の習慣（しゅうかん）を見（み）ると、日本人（にほんじん）は本当（ほんとう）に先祖（せんぞ）への思（おも）いを大切（たいせつ）にするようですね。

　　➕ 是啊。從彼岸節的習慣看來，日本人好像真的很重視對祖先的追思呢。

👦 英樹（ひでき）：台湾人（たいわんじん）もそうだと思（おも）いますが、どうして特（とく）にそう思（おも）うのですか？

　　➕ 我想台灣人也是啊，為什麼會特別那樣想呢？

秋惠：日本ではお正月、お盆、春彼岸と秋彼岸、お墓参りの時期が年に四回もあるからです。

➕ 因為在日本有年節、盂蘭盆節、春彼岸和秋彼岸，一年掃墓的時期有四次之多。

英樹：そう数えれば、確かに少なくないですね。でも毎年必ず風習の通りにお参りするわけではありませんよ。

➕ 那樣數的話確實不少呢。但也不是每年一定得照著習俗去掃墓哦。

秋惠：でも、春分の日も秋分の日も国民の祝日にしているのは、日本だけですよ。それは、やはりお墓参りのためですよね。

➕ 但是，把春分跟秋分這兩天制定為國定假日的，也只有日本哦。那果然還是為了掃墓吧。

英樹：一日のお休みで田舎に帰るのは無理ですよ。でもお墓参り代行のサービスを使ったら、墓地の掃除やお花、ろうそく、線香、お参りまでやってくれますよ。

➕ 只有一天的假期要返鄉太勉強了哦。但是利用掃墓代理服務的話，墓地的打掃或供花、蠟燭、上香，甚至連拜拜都能替我們做到哦。

秋惠：便利そうですが、何となく違和感を感じますね。ところで、お萩を買って来たので、ちょっと食べませんか？

➕ 雖然很方便，但不知為何就是有不太對勁的感覺。對了，我買了和菓子御萩，你要不要吃一點？

英樹：はい、頂きます。あの、春のお萩は「牡丹餅」と呼ぶんですよ。

➕ 要，我開動了。那個、春天的御萩叫做「牡丹餅」哦。

秋惠：中身は一緒じゃないんですか？なぜ二つの名前があるんでしょう……

➕ 裡面的餡不是一樣嗎？為什麼有兩個名字啊……

春の行事

英樹：先祖への思いと同じように、日本人は季節感も大切にしますか
ら。

　⊕ 因為和對祖先的追思一樣，日本人也很重視季節感。

秋恵：ハハ。その季節感も含めて日本文化を理解するのに、私はどれ
だけ時間と手間がかかる<u>ことか</u>❷。

　⊕ 哈哈。要理解包含那種季節感在內的日本文化，我得花多少的時間和下多
少工夫啊！

英樹：いわゆる「暑さ寒さも彼岸まで」。いくら難しいことも、いず
れ時期が来れば過ぎて行きますよ。

　⊕ 所謂「冷不過春分，熱不過秋分」。不管再困難的事也總是有過去的時候
哦。

秋恵：良いことわざですね。いつも励ましてくれてありがとうござい
ます。

　⊕ 很好的諺語呢。謝謝你總是鼓勵我。

單字百寶箱

MP3 ▶011

お彼岸 ひ がん	為日本的雜節之一，每年有兩次，分為「春彼岸」和「秋彼岸」，是祭祖、掃墓的日子	代行 だい こう	代理
到彼岸 とう ひ がん	脫離煩惱；悟道；成佛	サービス	服務（service）
春分 しゅん ぶん	通常是西曆3月20日或21日，這一天陽光直射赤道上方，因此日夜等長	田舍 い なか	鄉下

秋分（しゅうぶん）	通常是西曆9月22日或23日，這一天陽光直射赤道上方，因此日夜等長	果物（くだもの）	水果
中日（ちゅうにち）	這裡指在一週的彼岸期間裡中間的日子，也就是春分和秋分當天	ことわざ	諺語
牡丹餅（ぼたもち）	類似麻糬裹上紅豆的日式甜點，為春彼岸的祭祖供品，材料同「**お萩**」	季節感（きせつかん）	季節感
お萩（はぎ）	類似麻糬裹上紅豆的日式甜點，為秋彼岸的祭祖供品，材料同「**牡丹餅**」	あんこ	紅豆沙
お参り（まい）	拜拜；參拜	時期（じき）	時期
極楽浄土（ごくらくじょうど）	極樂淨土	理解する（りかい）	了解；理解
暑さ寒さも彼岸まで（あつ さむ ひ がん）	日本諺語，字面上的意思是「酷熱寒冷都只到彼岸節」，意指「冷不過春分，熱不過秋分」，也有「再困難的時期都會過去」的含意	手間（てま）	工夫

特好用句型

▶012

❶ ～げ

此句型表示外表看起來的模樣，跟「～そう」很像，只是「～げ」通常是指感情或心理的狀態外顯的樣子。搭配的動詞多為「ある」，例如「自信（じしん）ありげ」、「不満（ふまん）ありげ」、「意味（いみ）ありげ」等等。

☆ 形容詞語幹＋げ～　看來～、～的樣子

例句1：クリスマスイブに一人ぼっちの彼女は何となく寂しげだ。

　　　在平安夜裡落單的她，不知怎地看來很寂寞的樣子。

例句2：赤ちゃんは母乳を飲んで満足げに寝ました。

　　　寶寶喝了母奶，看來一副心滿意足的樣子睡著了。

☆ 動詞ます形去ます＋げ～　看來～、～的樣子

例句1：彼は成績表を見て、自信ありげに東大に合格できると宣言しました。

　　　他看了成績單後一副很有自信的樣子，揚言可以考上東京大學。

「まるで」「宝くじ」「一等賞」「当たったかのように」「嬉しい」

彼女はまるで宝くじの一等賞が当たったかのように、嬉しげだ。

　　　她像是中了彩券的頭獎一樣，看來很高興的樣子。

② ～ことか

　「～ことか」是加強語氣、表示感嘆的句型，用來形容某事物的程度到了無法想像的地步。常搭配「どんなに～」、「どれほど～」一起使用，相當於中文的「該有多麼地～啊」的意思。

☆ 動詞普通形＋ことか～　多麼地～啊

例句1：私は年に一度の帰省をどれほど楽しみにしていることか。

　　　我有多麼地期待一年一次省親的日子啊。

☆ い形容詞＋ことか～　多麼地～啊

例句1：子供が親より先に死ぬのは、どんなに悲しいことか。

　　　孩子比父母先過世是多麼悲哀的事啊。

春の<ruby>行<rt>ぎょう</rt></ruby><ruby>事<rt>じ</rt></ruby>（<ruby>春<rt>はる</rt></ruby>）

☆ な形容詞＋な＋ことか～　多麼地～啊

例句1：一<ruby>点<rt>いってん</rt></ruby>の<ruby>差<rt>さ</rt></ruby>で<ruby>東大<rt>とうだい</rt></ruby>に<ruby>落<rt>お</rt></ruby>ちるのは、どれほど<ruby>残念<rt>ざんねん</rt></ruby>なことか。

因為一分之差而東大（東京大學）落榜，該有多麼地可惜啊。

 <ruby>しば<rt></rt></ruby>らく

「<ruby>宝<rt>たから</rt></ruby>くじ」「<ruby>一等賞<rt>いっとうしょう</rt></ruby>」「<ruby>当<rt>あ</rt></ruby>たる」「どんなに<ruby>嬉<rt>うれ</rt></ruby>しい」

寫寫看

<ruby>宝<rt>たから</rt></ruby>くじの<ruby>一等賞<rt>いっとうしょう</rt></ruby>が<ruby>当<rt>あ</rt></ruby>たるのは、どんなに<ruby>嬉<rt>うれ</rt></ruby>しいことか。

中了彩券的頭獎，該有多麼地高興啊！

三月 卒業式（そつぎょうしき）
畢業典禮

　　日本的學年跟著會計年度走，也就是四月開始，隔年三月結束，因此三月在日本是畢業典禮的旺季，街上常可以看到西裝筆挺或穿著和服配褲裙（袴）的畢業生，反而極少看到歐美和台灣畢業生會穿戴的學士服和學士帽。

　　相對於台灣人在「鳳凰花開時」很難不想到畢業生離校，不同地區的日本人對於「畢業花」的聯想也不太一樣，畢竟能不能剛好在櫻花盛開的那一天畢業，除了要看地區之外，也要端看該年的氣候適宜與否。

　　不過台日畢業生共有的畢業回憶應該非「驪歌」莫屬了。日文裡叫做「蛍（ほたる）の光（ひかり）」的驪歌旋律，源自於蘇格蘭民謠「Auld Lang Syne」（友誼萬歲），在英語系國家是在過完舊年迎接新年的時候，親友們牽手合唱的歌。除了結束之外，還有「新的開始」的寓意，並沒有像中文歌詞那麼地催淚和感傷。

　　然而，由於失業率的提高，沒有得到「内定（ないてい）」、也沒有計畫繼續升學的畢業生，多少都有「畢業就是失業」和「前途茫茫」的憂慮。不過，畢業典禮也可以很浪漫，因為日本的女中學生、女高中生有一個習慣，那就是在畢業典禮時向喜歡的男同學索取他制服上的第二顆鈕釦，因為此鈕釦離心臟最近，是否很讓人小鹿亂撞呢？

卒業式（そつぎょうしき）

MP3 ▶013

雅人（まさと）：高校（こうこう）の卒業式（そつぎょうしき）は最高（さいこう）だったのに、四年後（よねんご）は全（まった）く違（ちが）う。

　➕ 明明高中的畢業典禮是最棒的，但四年之後卻完全不一樣。

剛志（たけし）：どうしたの？

　➕ 怎麼啦？

雅人（まさと）：こう見（み）えても僕（ぼく）は高校時代（こうこうじだい）にかなりモテたので、第二（だいに）ボタン<u>どころか</u>❶、制服（せいふく）ごと持（も）って行（い）かれたよ。

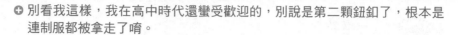

➕ 別看我這樣，我在高中時代還蠻受歡迎的，別說是第二顆鈕釦了，根本是連制服都被拿走了唷。

🙂 剛志：今でも十分モテるし、この卒業式が終わったら名門大学の卒業証書も手に入るよね。

➕ 現在也很受歡迎啊，而且這個畢業典禮結束之後，名校大學的畢業證書也到手了吧。

😐 雅人：でもたった今、本命の子に振られた。

➕ 但是就在剛才，我被真命天女給甩了。

🙂 剛志：マジで？どうして？

➕ 真的嗎？為什麼？

😐 雅人：現時点でまだ内定もらえていない卒業生は、名門大学でも三割ぐらいフリーターになるので、二人の未来は見えない<u>って</u>❷言われた。

➕ 因為在現在這個時間點還沒獲得內定的畢業生，就算是名校大學也有3成左右會變成飛特族，所以被她說了看不到我們兩個人的未來。

😢 剛志：僕も内定もらえていないよ。就職の厳しさを分かっていないその彼女は、在校生の後輩でしょう？

➕ 我也還沒有拿到內定喔。那個不懂工作有多難找的女生，是在校生的學妹吧？

😐 雅人：そう。こんな情けない時だけど、卒おめ！

➕ 對。雖然是這種沒出息的時候，（祝你）畢樂！

★卒おめ是「卒業おめでとう」的縮語，是年輕人對熟識的同輩或後輩會說的話，不能用在正式的場合。

🙂 剛志：卒業おめでとう！

➕ 畢業快樂！

春の行事

MP3 ▶014

卒業式（そつぎょうしき）	畢業典禮	情けない（なさけない）	悲慘；沒出息；令人遺憾
卒業証書（そつぎょうしょうしょ）	畢業證書	内定（ないてい）	內定。日本公司在正式發表錄取名單前所做的錄用決定
蛍の光（ほたるのひかり）	螢火蟲的亮光，日本驪歌的曲名	学科（がっか）	學科
袴（はかま）	和服的褲裙，日本的女大學生畢業時多半上身穿和服，下身加穿袴	名門（めいもん）	名門；世家
学年年度（がくねんねんど）	學年。日本是4月開始，隔年3月結束	記念品（きねんひん）	紀念品
会計年度（かいけいねんど）	會計年度。日本是4月1日開始，隔年3月31日結束	国歌（こっか）	國歌。日本的大學畢業典禮多半已不唱國歌
第二ボタン（だいに）	第二顆鈕釦（button）。日本的女中學生或高中生有在畢業典禮時向喜歡的男同學索取制服上第二顆鈕釦的傳統，因為該鈕釦離心臟最近	制服（せいふく）	制服
在校生（ざいこうせい）	在校生	流れ（ながれ）	流程
卒業生（そつぎょうせい）	畢業生	先輩（せんぱい）	前輩；學長姐；比自己早進公司的同事
謝恩会（しゃおんかい）	謝師宴	後輩（こうはい）	晚輩；學弟妹；比自己晚進公司的同事

MP3 ▶015

① 〜どころか

此句型依照語意可以解釋為「豈止〜」或「哪裡談得上〜」兩種意思。

大致來說，如果「Aどころか B」，那麼當中的 A、B 為相似的詞義（舉例 A 為英文、B 為西班牙文），那麼這個句型就相當於中文的「豈止是 A，就連 B 都〜」。

反之，如果 A、B 為對照的詞義（舉例 A 為 1 萬元、B 為 1 元），那麼這個句型就是「別說 A，根本 B」的意思。

☆ 名詞＋どころか〜　①非但、豈止・就連〜　②別說〜・根本是〜

例句1：その帰国子女は英語どころか、スペイン語もペラペラです。

那個歸國子女豈止是英文，就連西班牙語也說得很溜。

例句2：うちの社長は凄くケチで、一万元どころか、一元もくれないよ。

我們老闆很小氣，別說是一萬元了，根本是連一塊錢也不會給喔。

☆ 形容詞＋どころか〜　①非但、豈止　②別說〜・根本是〜

例句1：母親は優しいどころか、天使のような人でした。

母親豈止是溫柔的，根本是個像天使般的人。

例句2：僕の妻は親切どころか、悪魔のような人でした。

我老婆別說是親切了，根本是個惡魔般的人。

☆ 動詞原形＋どころか〜　①非但、豈止　②別說〜・根本是〜

例句1：日系二世のクラスメイトは漢字が分からないどころか、平仮名さえ書けません。

我的日裔美國人同學非但不認識漢字，就連平假名都寫不出來。

例句2：雪はやむどころか、さらに酷くなりました。

別說雪會停了，根本是越下越大。

「痩_やせる」「さらに」「太_{ふと}って来_くる」

痩_やせるどころか、さらに太_{ふと}って来_きました。
別說瘦了，根本是變得更胖了。

❷ 〜って

「〜って」多使用在要引用別人說的話、別人或自己的想法時，相當於「〜と」。但要注意的是，此句型只在非正式、口語的場合使用，在書寫或是正式場合，還是要使用「〜と」。

☆ 完整的句子＋って〜　（某某人）說〜

例句1：友達_{ともだち}は彼_{かれ}の高校_{こうこう}の卒業式_{そつぎょうしき}は最高_{さいこう}だったって言_いっています。
朋友說他的高中的畢業典禮是最棒的。

「夫_{おっと}」「会食_{かいしょく}」「今日_{きょう}の帰_{かえ}り」「遅_{おそ}くなる」

夫_{おっと}は会食_{かいしょく}で今日_{きょう}の帰_{かえ}りは遅_{おそ}くなるって。
我老公說因為有飯局，今天會晚歸。

　不知道是不是因為常用手機發簡訊的關係，日本的年輕人實在很愛用「縮語」。我印象最深的就是SMAP的香取慎吾在2000年帶起流行的「おっはー」式早安，它代替了「おはようございます」以及「おはよう」。

　現在連新年快樂的「あけましておめでとうございます」都普遍縮短成了「あけおめ」、而畢業快樂的「ご卒業<ruby>卒業<rt>そつぎょう</rt></ruby>おめでとうございます」也變成了「卒<ruby>卒<rt>そつ</rt></ruby>おめ」，其他的縮語還有很多，例如「就活<ruby>就活<rt>しゅうかつ</rt></ruby>」（就職活動）、「婚活<ruby>婚活<rt>こんかつ</rt></ruby>」（結婚活動）等等，並且仍然在持續增加中。

　但是要提醒大家注意的是，這些縮語只限用於熟識的年輕人之間，若在正式的場合、或者與長輩、不熟識的人說話時，可不能為了省幾個音節而失了禮節哦！

春<ruby>春<rt>はる</rt></ruby>の行事<ruby>行事<rt>ぎょうじ</rt></ruby>

台灣篇

陽明山の花祭り
陽明山花季

淡淡的三月天，杜鵑花開在陽明山上。每年的2月到3月，是台灣有名的陽明山花季，每年都吸引了幾十萬的人潮。陽明山除了有八萬株的杜鵑花，也是日本人最早在台灣種植櫻花的地區，因此能一睹好幾種日本櫻，還可以欣賞到許多台灣原生的山櫻花。

此外，陽明山的花季也並非櫻花一枝獨秀，而是許多花種的「接力賽」，賞花的季節也不限於花季期間。從1至3月的山櫻花、桃花、茶花，到3至5月的海芋、吉野櫻、杜鵑，到5至7月的台灣百合、野牡丹、繡球花，到10月之後的楓香、芒花等，幾乎一年四季陽明山上都有花木可賞。尤其是竹子湖的海芋花海，不但每年都吸引了數十萬人前往遊玩，山上的農園還提供了讓遊客親手採海芋的體驗活動。

陽明山是世界上少數位在大都市裡的國家公園，因為其特殊的火山地形、豐富的生態，以及自然的美景，都為不同喜好的國內外遊客提供了一個休閒的好去處。除了花季之外，陽明山也有「蝴蝶季」，而喜歡賞鳥、踏青、泡溫泉的人，更不能不到陽明山一遊了呢。

陽明山の花祭り

 ▶016

英樹：もう三月の末ですから、陽明山の花祭りは既に終わったでしょう。

　⊕ 都三月底了，所以陽明山的花季都已經結束了吧。

駿　：正式な活動は10日までのようですが、実はいつでも陽明山に行けば花見ができますよ。

　⊕ 雖然官方的活動好像只到10號，但實際上任何時候去陽明山都可以賞花哦。

英樹：今ごろ何が咲いていますか？

　⊕ 現在這個時候開什麼花呢？

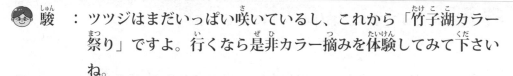

春の行事

駿 ： ツツジはまだいっぱい咲いているし、これから「竹子湖カラー祭り」ですよ。行くなら是非カラー摘みを体験してみて下さいね。

　⊕ 還有很多杜鵑花開著，而且「竹子湖海芋季」才正要開始呢。如果要去的話，請一定要體驗一下採海芋。

英樹： 本当に摘んでも大丈夫ですか？ 通常はお花を摘むのはいけないでしょう？

　⊕ 真的採了也沒關係嗎？通常不是不能摘花的嗎？

駿 ： 平気ですよ。それはイチゴ狩りみたいなものですから。農園によって値段が違いますが、だいたい一本10元です。

　⊕ 沒關係哦。因為那就像採草莓一樣。雖然每個農園的要價不一，但是大概一枝10元。

英樹： 安いですね。ところで、陽明山往きのバスで竹子湖まで行けますか？

　⊕ 很便宜呢。對了，坐開往陽明山的公車就能到竹子湖嗎？

駿 ： はい。それに、観覧シーズン用の臨時バスも乗れますよ。ただ、この時期の陽明山は人だらけ❶ですよ。

　⊕ 對。而且還可以搭乘賞花季節加開的公車哦。只是這個時期的陽明山是到處人擠人哦。

英樹： ついでに野鳥を見たり、温泉にも入りたいから、混雑するのは仕方がないんですよ。一緒に行きませんか？

　⊕ 因為我想順便去賞鳥、也想泡溫泉，所以就算人山人海也沒辦法呢。你要不要一起去？

駿 ： ごめんなさい、最近ちょっと風邪気味❷で、家でゆっくりと休みたいんですが……

　⊕ 抱歉，最近有點感冒的樣子，我想在家好好地休息……

英樹 ひでき：そうですか。お体を大事にして下さい。
からだ だいじ くだ

　⊕ 是這樣啊。請好好照顧身體。

駿 しゅん：はい。ちなみに、陽明山は台北市内より2から5度気温が低いの
ようめいざん たいぺいしない ど きおん ひく
で、夜まで遊びたいなら、薄手のジャケットを持って行ったほ
よる あそ うすで も い
うが良いと思いますよ。
い おも

　⊕ 好的。順帶一提，因為陽明山比台北市內的氣溫低2到5度，如果要玩到晚
上的話，我想帶著薄夾克去會比較好哦。

英樹 ひでき：台北を一望できるカフェを探して、夜景を見ながら食事しよう
たいぺい いちぼう さが やけい み しょくじ
と思っています。
おも

　⊕ 我在想要找一家可以把台北盡收眼底的咖啡館，一邊看夜景一邊用餐。

駿 しゅん：それは良いですね。
い

　⊕ 那樣很不錯呢。

單字百寶箱

(MP3) ▶017

国立公園 こくりつこうえん	國家公園	散策 さんさく	散步；走走
ツツジ	杜鵑	ハイキング	健行；踏青（hiking）
山桜 やまざくら	山櫻，又稱緋寒櫻	仕方がない しかた	沒辦法；沒輒
カラー	海芋（calla）	食事 しょくじ	餐點；用餐
椿 つばき	山茶花	カフェ	咖啡館（café）
臨時バス りんじ	加開的公車	混雑する こんざつ	混亂；擁擠；人山人海
野鳥 やちょう	野鳥	夜景 やけい	夜景

蝶 (ちょう)	蝴蝶	ジャケット	夾克（jacket）
気温 (きおん)	氣溫	眺め (ながめ)	瞭望；景色
摘む (つむ)	摘取	日帰り温泉 (ひがえりおんせん)	當日可來回的溫泉

春の行事 (はるのぎょうじ)

特好用句型

MP3 ▶018

❶ 〜だらけ

此句型相當於中文的「充滿了〜」、「淨是〜」的意思，要注意表達的是負面印象。例如「人 (ひと) だらけ」就類似中文的「人滿為患」或者是「人擠人」的感覺，而不是過年時家裡歡聚了一堆人的那種開心正面的氣氛，所以常會搭配負面的名詞使用，例如「ゴミ」、「問題 (もんだい)」、「欠点 (けってん)」等等。

☆ **名詞＋だらけ〜　〜滿為患、淨是〜**

例句1：中秋 (ちゅうしゅう) バーベキューのせいで、街 (まち) はゴミだらけです。

因為中秋烤肉的關係，街上淨是垃圾。

小練習 しばらく

「嘘 (うそ)」「政治家 (せいじか)」「もう」「うんざり」

寫寫看

嘘 (うそ) だらけの政治家 (せいじか) は、もううんざりだ。

我已經受夠了滿嘴謊言的政客了。

❷ ～気味_{ぎみ}

「気味」讀成「きみ」的時候，是感受、心情的意思。而此句型的讀法是「ぎみ」，意思是「稍微感到～」、「覺得有點～」、「隱約覺得～」，多用來表達身體或心理的狀態。

☆ 名詞＋気味_{ぎみ}～　稍微感到～、覺得有點～

例句1：新入社員_{しんにゅうしゃいん}として皆_{みな}の前_{まえ}で自己紹介_{じこしょうかい}するので、少_{すこ}し緊張_{きんちょう}気味_{ぎみ}だ。

因為要以新進職員的身分在大家面前做自我介紹，覺得有點緊張。

☆ 動詞ます形去ます＋気味_{ぎみ}～　稍微感到～、覺得有點～

例句1：アメリカでは普通_{ふつう}に見_みえる人_{ひと}でも日本_{にほん}では太_{ふと}り気味_{ぎみ}だ。

就算在美國看起來一般體形的人，在日本就覺得有點胖。

小練習　しばらく

「疲_{つか}れる」「彼氏_{かれし}」「元気_{げんき}づけるために」「マッサージする」「あげる」

寫寫看

疲_{つか}れ気味_{ぎみ}の彼氏_{かれし}を元気_{げんき}づけるために、マッサージしてあげました。

為了讓覺得有點疲倦的男朋友振作起來，我幫他按摩了。

NOTE

开四月

にゅう しゃ しき
入社式
就職典禮

4
卯
う
月
づき

　　在日本，每年的4月是學生開學，也是各公司舉行就職典禮迎接新員工的月份。因為日本許多企業都採用「一次性徵人」，沒有得到「內定」的「新卒」，就等於要和下一個年度的應屆畢業生一起競爭。因此有些人從大三就開始找工作，等到大四如果還找不到滿意的工作，為了避免淪為「就職浪人」而選擇延畢的人也大有人在。

　　在歐美國家，學生如果能好好利用人生的轉捩點，來個「gap year」中場休息，無論是去當志工或者大膽地跳出自己的舒適圈、嘗試一些新的事物，在找工作的時候反而能夠加分。相比之下，日本人較看重學業和就業的「無接縫」，因此給人一種一旦成為「フリーター」後便會終生如此的觀感。

　　由於今日日本企業的人事結構已經大為轉變，多數採用「契約社員」和「派遣社員」，大幅減少了「正社員」的人數。而為了「轉正」或待在「正社員」的窄門裡，不少社會的新鮮人都得忍受長時間的加班或者是沒被投保的待遇。

　　有幸參加「入社式」的新進職員，想必心中應該是喜憂參半吧。

にゅうしゃしき
入社式

ちちおや　　　しゅうしょく
父親：就職おめでとう！いよいよ社会人の仲間入りだね。

　　　　➕ 祝賀你開始工作！你終於成為了社會人士的一員了呢。

まさと
雅人：ありがとう。大学の三年生からずっと就職活動して来たので、入社式の前に疲れ切って死にそうだ。

　　　　➕ 謝謝。因為從大三的時候就一直在找工作，在就職典禮之前就好像要累死了。

ちちおや
父親：これからは実績を出さないと、仕事を契約社員や派遣社員に取られてしまうよ。

052

⊕ 今後拿不出成績的話，工作可是會被簽約制的員工或者派遣員工給搶走了哦。

雅人（まさと）：あまり安心（あんしん）できないね。

⊕ 真讓人不太能安心呢。

父親（ちちおや）：そうだよ。それに、いくら正社員（せいしゃいん）でも、もう年齢（ねんれい）が上（あ）がるにつれて❶必（かなら）ず賃金（ちんぎん）が上（あ）がったり昇進（しょうしん）できるという時代（じだい）じゃないんだよ。

⊕ 沒錯哦。而且，再怎麼是正職員工，現在也已經不是隨著年齡增長就一定可以加薪升職的時代了。

雅人（まさと）：まあ、沢山（たくさん）の不安（ふあん）の中（なか）に希望（きぼう）もあるので、自信（じしん）を持（も）って頑張（がんば）ろうと思（おも）う。

⊕ 哎，因為在很多不安之中還有著希望，所以我想抱持著自信去努力。

父親（ちちおや）：それでこそ我（わ）が息子（むすこ）だ。入社式（にゅうしゃしき）にスピーチや自己紹介（じこしょうかい）などがあるの？

⊕ 這才是我兒子。在就職典禮上有致詞或自我介紹嗎？

雅人（まさと）：うん。緊張（きんちょう）しすぎて上手（うま）く自己紹介（じこしょうかい）が出来（でき）なそうだ。

⊕ 有。我好像會太緊張而沒辦法順利地自我介紹。

父親（ちちおや）：逆（ぎゃく）に考（かんが）えて、入社式（にゅうしゃしき）をきっかけに❷会社（かいしゃ）の皆（みな）さんに好印象（こういんしょう）を与（あた）えたら？

⊕ 反面來想，以就職典禮為契機，給公司的所有人一個好印象如何呢？

雅人（まさと）：分（わ）かった。じゃ、行（い）って来（く）る。

⊕ 明白了。那麼我出門了。

MP3 ▶020

入社式 （にゅうしゃしき）	就職典禮。根據公司行業的不同，也會有「**入行式**」、「**入職式**」等說法	正社員 （せいしゃいん）	正職員工
就活 （しゅうかつ）	「**就職活動**」的簡稱，找工作	契約社員 （けいやくしゃいん）	合同制的員工
就職先 （しゅうしょくさき）	上班的地方；公司的名字	派遣社員 （はけんしゃいん）	派遣員工
新卒 （しんそつ）	應屆畢業生	アルバイト	打工；副業（Arbeit，德文「工作」）
大学中退 （だいがくちゅうたい）	大學肄業	フリーター	飛特族（freeter，和製英文）
公務員 （こうむいん）	公務員	浪人 （ろうにん）	四處流浪的無主武士；現代用法多是指重考生或無業者
国家資格 （こっかしかく）	國家考試	失業率 （しつぎょうりつ）	失業率
過労死 （かろうし）	過勞死	短大 （たんだい）	「**短期大學**」的簡稱，為兩年制大學
ハローワーク	日本的公共職業介紹所「Hello Work」	大学院 （だいがくいん）	研究所
一括採用 （いっかつさいよう）	一次性地僱用該年度所需要的人力，是日本許多企業招聘新人的習慣	試用期間 （しようきかん）	試用期

MP3 ▶021

❶ ～につれて

此句型也可寫成「～に連れて」，和「に従って」的用法很像，都可用中文的「隨著～」來理解。只是「Aに連れてB」表達的關係是發生A之後，連帶地B也自然地發生了，並不是因為自己（或他人）的意志讓B發生的；如果要表達「發生A之後，故意讓B隨之發生」，就要用「～に従って」。

☆ **動詞原形＋につれて～　隨著～、連帶著～**

例句1：成長するにつれて、子供の語彙も豊富になって来ました。

　　　隨著成長，孩子的語彙也連帶著豐富起來了。

☆ **名詞＋につれて～　隨著～、連帶著～**

例句2：乗客数の増加につれて、このバス路線の便数も増えて来た。

　　　隨著乘客的增加，這路公車的班次也跟著增加了。

☆ **和「～に従って」的用法不太一樣喔，比較看看哪裡不同：**

◆ 乗客が増えるにつれて、このバス路線の便数も増えて来る。

　　隨著乘客的增加，這路公車的班次也會跟著增加。

◆ 乗客が増えるに従って、このバス路線の便数も増えて来る。

　　隨著乘客的增加，這路公車的班次也會跟著增加。

◆ 乗客が増えるに従って、バス会社はこのバス路線の便数を増やした。

　　隨著乘客的增加，公車公司增加了這路公車的班次。

「経済発展」「日本の社会」「少子化」「進む」
けいざいはってん　　にほん　しゃかい　しょうしか　　すす

寫寫看

経済発展につれて、日本の社会の少子化が進みました。
けいざいはってん　　　　にほん　しゃかい　しょうしか　すす

隨著經濟的發展，日本社會的少子化連帶著惡化。

❷ ～をきっかけに（して）

☆ 名詞＋をきっかけに～　以～為契機、藉著～的機會

例句1：引っ越しをきっかけにして、もう読まない本を図書館に寄付する。
ひ　こ　　　　　　　　　　　　　　よ　　　　　ほん　としょかん　きふ

以搬家為契機，把已經不讀的書捐給圖書館。

「イギリス留学」「休み」「ヨーロッパ全土の旅行」「行く」
りゅうがく　やす　　　　　　ぜんど　りょこう　い

寫寫看

イギリス留学をきっかけにして、休みにヨーロッパ全土の旅行へ行きました。
りゅうがく　　　　　　　　　　　　やす　　　　　　　　ぜんど　りょこう　い

藉著在英國留學的機會，放假時去了全歐洲旅行。

NOTE

鎌倉祭り （かまくらまつ）
鎌倉祭

　　位於鎌倉的鶴岡八幡宮於4月的第二個星期日到第三個星期日會舉行一系列的活動來緬懷「源頼朝」、「源義經」、「靜御前」等歷史名人。從擁有五十餘年歷史的「鎌倉祭」的遊行開場，接著上演「靜之舞」來重現靜御前美而無畏的精神，以「頼朝公墓前祭」來祭祀鎌倉幕府的創始者，以「義經祭」來緬懷鎌倉戰神的偉業，並在最後一天以騎馬射箭比武的「流鏑馬」來劃下祭典的句點。

　　自源頼朝於十二世紀初期以鎌倉為據點，將政權從朝廷轉移到武士手上之後，日本便開始了長達七百年的「武家政治」。鎌倉自此晉升為有別於京都的另一個政治文化中心，而源家的宗廟「鶴岡八幡宮」也成為代表鎌倉的歷史名勝。

　　說到日本史上首位幕府將軍頼朝，他是「鎌倉戰神」義經的同父異母兄長，而舞藝精湛的靜御前則是義經的愛妾。在義經遭頼朝懷疑叛變而受追殺時，隨義經逃亡的靜御前被捉到鎌倉，源頼朝命令其在八幡宮的祭祀之日必須在神前獻舞祈福，然而靜御前不顧自身安危，用舞蹈跳出對義經的思念，因此惹惱了頼朝，日後生下的兒子也慘遭殺戮。而在鎌倉祭中上演的「靜の舞（しずか まい）」，據說便是靜御前當時的吟詩舞。

　　而「流鏑馬（やぶさ め）」是一門訓練武士騎馬射箭的傳統技藝，表演者得一邊策馬飛奔，一邊瞄準射靶來開弓。日本許多地方的神社至今仍會舉行這項活動祭神，不過在武士的故都鎌倉所舉行的流鏑馬，更是別具風味的場面。

鎌倉祭り （かまくらまつ）

 ▶022

　利香（りか）：鎌倉祭（かまくらまつり）の行事案内（ぎょうじ あんない）を見て下さい（み くだ）。私（わたし）が見たい（み）「静の舞（しずか まい）」は四月（しがつ）の第二日曜（だい に にちよう）ですが、あなたが見たい（み）流鏑馬（やぶさ め）はその次（つぎ）の日曜日（にちようび）ですよ。どうしますか？

　　➕ 請看一下鎌倉祭的活動介紹。我想看的「靜之舞」是四月的第二個星期日，而你想看的騎馬射箭是那下一個的星期日哦。怎麼辦呢？

大輔：狩装束の射手が馬を走らせながら弓で的を射るのは、武士の旧都で行われるだけに、とりわけ迫力があるものだから、流鏑馬にしましょうか？

➕ 穿著狩獵服的射箭手一邊策馬飛奔一邊開弓射靶的活動，因為只有在武士的故都舉行，所以特別有魄力，就決定看騎馬射箭好嗎？

利香：流鏑馬は全国で行われている行事ですが、静の舞は違いますよ。それに、静御前は舞の名手だったので、鎌倉祭りでは舞の上手な女性がただ一人だけ選ばれて、静の舞を奉納するんですよ。

➕ 騎馬射箭是全國都有舉行的活動，但靜之舞就另當別論了哦。而且靜御前是舞蹈名人，因此在鎌倉祭裡，會跳舞的女性只有一個人能被選中跳靜之舞來獻神哦。

大輔：現代のバージョンはちゃんと本来のものを受け継いでいるかどうか、ちょっと疑わしいですよ。

➕ 現代的版本是否有好好地繼承原本的舞蹈，有點可疑哦。

利香：関係ないでしょう。静の舞は勇気あっての❶舞なので、女性の心の強さを象徴しているのがポイントですよ。

➕ 有沒有都沒關係吧。靜之舞是要有勇氣才能存在的舞蹈，所以象徵女性內心的堅強才是重點哦。

大輔：えっ？その舞は静御前が義経を慕う歌を詠んで舞ったものではありませんか？

➕ 欸？那支舞不是靜御前為了表達對義經的愛慕而歌詠吟舞的嗎？

利香：そうですよ。でも愛慕だけで勇気が無かったとしたら❷、義経を殺そうと思っている頼朝の前でそんな舞を舞いますか？

➕ 是啊。但假設只有愛慕而沒有勇氣的話，能在想殺義經的賴朝面前跳那樣子的舞嗎？

大輔：なるほど。じゃあ、両方に行くのはどうですか？東京駅からた
った一時間で着くし、古都の鎌倉には他の見どころもいっぱ
いありますよ。

➕ 原來如此。那麼兩個活動都去怎麼樣？從東京車站出發只要一個小時就能
到達，而且在古都鎌倉還有很多其他的可看之處哦。

利香：そうですね。天気もいいので、鎌倉大仏も拝観して野点でもし
ましょうか？

➕ 是啊。因為天氣也很好，我們也去參觀鎌倉大佛，也在戶外品茶好嗎？

大輔：良いですよ。今、面白いことに気付きました。ひとつの鎌倉祭
の中で静の舞、頼朝公墓前祭、義経まつりが一緒に行われます
よ。

➕ 好啊。我剛剛發現了一件有趣的事。在一整個完整的鎌倉祭當中，會一起
舉行靜之舞、賴朝公墓前祭、義經祭哦。

利香：えっ？そんな歴史背景があってもですか？

➕ 欸？就算是有那樣的歷史背景嗎？

大輔：まあ、鎌倉の人にとっても、日本人にとっても、三人とも重要
な歴史上の人物ですから、鎌倉祭は批判や位置づけを加えずに
昔を偲ぶ行事なのでしょう。

➕ 這個嘛，因為無論是對鎌倉人來說、對日本人來說，三位都是重要的歷史
人物，鎌倉祭不對他們多作評判或是定位，只是一個緬懷過去的活動吧。

 ▶023

つるがおかはちまんぐう **鶴岡八幡宮**	日本三大幡宮之一，位於日本神奈川縣的鎌倉市，創建於1063年，又稱為「**鎌倉八幡宮**」，是武家源氏的宗廟，也是鎌倉武士的守護神	オープニング	開場（opening）
みなもとのよりとも **源 頼朝**	生於西元1147年，建立了鎌倉幕府，是日本史上首位幕府將軍。他將政權從朝廷轉移到武士手上之後，武家政治在日本維持了將近700年	の だて **野点**	戶外品茶會
みなもとのよしつね **源 義経**	生於西元1159年，平安時代末期之武將，也是源賴朝同父異母的弟弟。因驍勇善戰而有「鎌倉戰神」之稱，在31歲英年受源賴朝追殺後自盡身亡	めい しゅ **名手**	名人
しずかごぜん **静御前**	源義經愛妾，名為「靜」，「御前」則是日本古代對貴族婦女的尊稱。相傳靜御前不但貌美，而且舞藝精湛	う つ **受け継ぐ**	繼承；傳承
しずかまい **静の舞**	靜御前隨源義經逃亡時被捉到鎌倉，在八幡宮的祭祀之日曾被源賴朝命令於神前獻舞祈福	うたが **疑わしい**	可疑；不確定；靠不住
やぶさめ **流鏑馬**	騎馬射箭	した **慕う**	愛慕；思慕；想念
こ と **古都**	古都	**とりわけ**	特別；格外；尤其

鎌倉大仏 _{かま くら だい ぶつ}	銅鑄之如來佛坐像。位於鎌倉的高德院，高11公尺、重120噸，原置於佛殿之內，但佛殿在室町時代的一次海嘯中被沖毀之後，佛像便一直露座至今	バージョン	版本（version）
奉納する _{ほう のう}	對神佛的供獻、奉獻	拝観する _{はい かん}	參觀（神社、寶物等）
象徴する _{しょうちょう}	象徵	偲ぶ _{しの}	緬懷

 **特好用句型**

 MP3 ▶024

❶ 〜あっての

「AあってのB」的句型，強調的是唯有A存在，B才能存在或成立。

☆ 名詞＋あっての〜　有〜才有的〜、有〜才成立的〜

例句1：サービス業 _{ぎょう} はお客様 _{きゃくさま} あってのビジネスですから、お客さんを最優先 _{さいゆうせん} にしなければなりません。

因為服務業是有客戶才能存活的生意，不把客人當第一優先是不行的。

 **小練習** _{しばらく}

「仕事 _{し ごと} に集中 _{しゅうちゅう} する」「出世 _{しゅっ せ} できる」「家族 _{か ぞく} の支え _{ささ}」「こと」

仕事に集中して出世できたのも、家族の支えあってのことだ。

能夠專心在事業上並出人頭地，也是有家人的支持才做到的。

② ～としたら

此句型表達的是「事情雖非那樣或者雖不明朗，但假設是那樣的話……」。前面接的是動詞、形容詞、名詞等普通形。

☆ 動詞普通形＋としたら～　假設～

例句1：あなたが宝くじに当たったとしたら、賞金を何に使いますか？

假設你中了彩券，會把獎金用在什麼地方？

「あなた」「もし」「スカウトされる」「芸能界」「入ることにする」

あなたはもしスカウトされたとしたら、芸能界に入ることにしますか？

假設妳被星探發掘了，會決定進演藝圈嗎？

【四月】
高山祭り
たかやままつ
高山祭

　　起源於十六世紀末的高山祭，以華麗的「屋台」（神轎花車）展示和遊行
著名，這些高達4公尺的神轎花車，被稱為「活動的陽明門」，上面還載有裝了
巧妙機關的人偶，一經操控便能做出讓人嘖嘖稱奇的各種動作，因此高山祭素有
「日本三大美祭」的稱號。

　　高山祭在每年的春天、秋天各舉行一次，春祭由當地的「日枝神社」固定於
4月14日、15日舉行，又稱為「山王祭」；秋祭則由「櫻山八幡宮」固定於10月9
日、10日舉行，又稱為「八幡祭」。

　　高山祭專用的十多台神轎花車，每一台在夜晚都會掛著上百個燈籠再次遊
街，稱為「夜祭」。此外，我們不陌生的「獅子舞」，也是活動的亮點之一，只
是日本的獅子長得跟我們的舞獅有些不同。

　　高山市所屬的岐阜縣，古時稱「飛驒国」，自古飛驒工匠的手藝便是舉國
聞名。在奈良時代，飛驒國還被朝廷特准以進貢工匠來代替稅徵。境內有「小京
都」之稱的古鎮老街，保存了江戶時期「下町」的風情，是曾被《米其林旅遊指
南》評為三星的景點。

　　除了春天、秋天的高山祭，岐阜縣內的合掌村、下呂溫泉，著名的賞櫻、賞
楓、滑雪景點，日本僅存的「陣屋」、以及陣屋前面具有特色的早市，無一不是
吸引國內外遊客在不同季節到訪的理由。

たかやままつ
高山祭り

👦 英樹：またミシュランガイドを読んでいるのですか？今度はどこに？
ひでき　　　　　　　　　　　　　よ　　　　　　　　　　こんど

　　➕ 又在看米其林指南了嗎？這次要去哪裡？

👨 駿：三つ星を獲得した飛驒高山を訪ねる予定です。「わざわざ行っ
しゅん　みっ ぼし かくとく　　　　ひ だ たかやま　たず　　よ てい　　　　　　　　　　　　い
　　　てみる価値がある」だって。
　　　　　　　　か ち

　　➕ 我預定探訪獲得了三星評價的飛驒高山。聽說「有特地去一趟的價值」。

英樹：「小京都」飛驒高山と言えば、古い町並み、陣屋と朝市ですね。

➕ 說到「小京都」飛驒高山，就想到老街、陣屋和早市，對吧？

駿：はい。でも今回の研究テーマは「飛驒の匠たち」だから、高山祭を中心にして調査します。

➕ 是啊。但是因為這次研究的主題是「飛驒的工匠們」，所以會以高山祭作為中心調查。

英樹：高山祭に参加したことがある同僚は、秋に行ったようですが。

➕ 參加過高山祭的同事，好像是在秋天去的耶。

駿：高山祭とは秋の「八幡祭」と春の「山王祭」の二つの祭りの総称で、私が行くのは山王祭ですよ。

➕ 所謂高山祭是秋天的「八幡祭」和春天的「山王祭」這兩個祭典的總稱，我要去的是山王祭哦。

英樹：なるほど。じゃあ、あの「動く陽明門」と呼ばれる絢爛豪華な屋台が見られますか？

➕ 原來如此。那麼，看得到那個被稱作「活動的陽明門」、很豪華絢麗的神轎花車嗎？

駿：はい。しかも春の高山祭に登場する十二台のうち、からくり人形を乗せたのが三台もあるので、間近で飛驒匠の技が見えるはずです。

➕ 會的。而且在春天的高山祭裡登場的12台神轎花車當中，有3台載著機關人偶，因此應該可以近距離地看到飛驒工匠的工藝。

英樹：熟練の綱方が操るからくり人形は趣深かいけれど、人出が十何万人もあったので、屋台のそばに寄るのは無理だったと、その同僚が言っていました。

➕ 那位同事說過，雖然由熟練的操偶師所操控的機關人偶非常有戲，但是因為到場的群眾也有十幾萬人，所以要靠近神轎花車是太勉強了。

駿：やっぱりそうですか。研究のために、高山祭の実物屋台を常設展示している高山祭屋台会館にも行かなければなりませんね。

➕ 果然是這樣嗎。為了研究，也必須去一趟「高山祭屋台會館」呢，那裡經常性地展出高山祭時用的神轎花車實物。

英樹：歴史学者は良いですね。研究に<u>かこつけて</u>❶「タビ放題」できますから。

➕ 當歷史學者真好呢。因為可以用研究當做藉口去「旅行到飽」。

駿：そんなことはありませんよ。私はただ、現地調査<u>を契機にして</u>❷町を回ったり地元の人の生活を体験するだけですよ。

➕ 沒那回事哦。我只是以田園調查作為契機，在城鎮到處轉轉，體驗一下當地人的生活而已哦。

(MP3) ▶026

飛騨国 （ひだのくに）	曾是日本行政區之一，位於現在的岐阜縣北部	朝市 （あさいち）	早市
日本三大美祭 （にほんさんだいびさい）	指岐阜縣高山市的「高山祭」、京都市的「祇園祭」、以及埼玉縣秩父市的「秩父夜祭」	下町 （したまち）	古時候平民居住的地方、商業區
陽明門 （ようめいもん）	位於日光市的東照宮，雕工精細、用色豐富，是日本寺院建築中的珍品	ミシュランガイド	米其林指南（Michelin Guide）是由法國輪胎製造大廠米其林公司所出版的美食和旅遊書籍的總稱

4
卯（う）
月（づき）

屋台 やたい	一般指路邊攤，在高山祭中是指「神轎花車」。春季的高山祭有12台，秋季則有11台，每台均有百年歷史
からくり人形 にんぎょう	可活動人偶；裝有巧妙機關的人偶
飛驒匠 ひだたくみ	飛驒（今岐阜縣）工匠，以精湛的手藝聞名。在奈良時代，飛驒國曾被朝廷特准以進貢工匠代替稅徵
技 わざ	技術；手藝
獅子舞 ししまい	舞獅
綱方 つなかた	操作活動人偶的師傅。因高山祭的人偶是用許多條「綱」（繩索）遠距離操控的，因此操偶師便稱為「綱方」
陣屋 じんや	江戶時代的官邸；收納稅收的倉庫等，總稱為「陣屋」。過去在日本超過了60處，現存的只有「高山陣屋」

熟練 じゅくれん	熟練
観光パンフレット かんこう	旅遊手冊（pamphalet）
人出 ひとで	外出的人群
常設展示 じょうせつてんじ	常設展示（博物館等）
間近 まぢか	近距離；眼前
絢爛豪華 けんらんごうか	豪華絢麗
趣深い おもむきぶか	非常有趣；有戲

067

特好用句型

MP3 ▶027

❶ ～にかこつけて

「Aにかこつけて、B」的句型意思是，以A作為藉口或托詞去做B。

☆ 名詞＋にかこつけて～　以～為藉口・以～為托詞

例句1：接待にかこつけて、高級レストランで贅沢な食事をしました。

以招待賓客為藉口，在高級餐廳吃了奢侈的一餐。

「取引先の訪問」「一日」「社内会議をサボる」

寫寫看

取引先の訪問にかこつけて、一日社内会議をサボった。

以訪問客戶為藉口，偷懶了一整天沒去公司的內部會議。

❷ ～を契機にして

「Aを契機にして、B」的句型，表達的是把A當成好機會來開始B，而B通常是新的、正面的行動。

☆ 名詞＋を契機にして～　以～為契機～

例句1：賃貸の契約更新を契機にして、また実家暮らしを始めました。

以租約到期為契機，又回去老家和爸媽住了。

「今度」「大地震」「古い建物」「耐震性」「補強するべき」

今度の大地震を契機にして、古い建物の耐震性を補強するべきだ。

以這次的大地震為契機，應該補強老建築物的耐震性。

形容用語

「○○深い」

　　中文裡常有形容某人「○○很深」的說法，例如城府很深、影響很深等等。而日文中的「○○深い」的用途則更加廣泛，連中文裡不用「深」來形容的詞彙都包含在其中了，除了內文提及的「趣深い」之外，以下名詞都是日文裡常接上「深い」使用的哦：

　　「意味」、「意義」、「興味」、「迷信」、「思慮」、「遠慮」、「用心」、「考え」、「関心」、「関係」、「信心」、「信仰」、「影響」、「印象」、「絆」、「傷」、「認識」、「衝撃」、「愛情」、「言葉」、「問題」、「嫉妬」、「洞察」、「疑り」、「疑い」、「執念」、「罪」。

春の行事

お花見
はな　み

賞花

　　每年一到3月、4月，就是日本號稱「全民運動」的賞花時期了。賞花的習俗早在奈良時代就由中國傳到日本，然而當時只有貴族們賞花，而賞的花則以梅花為主；到了平安時代，櫻花後來居上取代了梅花的地位，自此之後「お花見」大多是指賞櫻花。一直到了江戶時代，賞花才開始成為庶民活動。

　　櫻花由溫暖的南方往北盛開，為了「追蹤」各地花開的進度，每年到了櫻花的開花時期，日本的報紙、新聞每天都會報導「櫻花前線」，就像天氣預報一樣，讓全國觀眾能即時掌握賞花的情報。此外，各網站和雜誌也會推出各式各樣的「賞花特集」以及「櫻花勝地」的介紹。準備賞花的民眾則會算準櫻花全開的日期，派人提前去漂亮的櫻花樹下鋪上野餐墊卡位，大夥兒輪流排隊。

　　賞花的「派對」不僅有吃有喝，甚至會有人唱起卡拉OK，熱鬧滾滾。當櫻花盛開的時候，若有微風吹來，就能目睹櫻花花瓣如雪花般飄落的美景，猶如夢境一般。

お花見
はな　み

🎧 友子：朝のニュースを見ましたか？
ゆう　こ　　　あさ　　　　　　　　み

　　➕ 早上的新聞看了嗎？

🎧 利香：桜前線の話しですか？
り　か　　　さくらぜんせん　　はな

　　➕ 有關櫻花前線的事嗎？

🎧 友子：そうですよ。今年の桜前線は記録的な早さで北上しているらし
ゆう　こ　　　　　　　　　　　　　こ　とし　さくらぜんせん　き　ろくてき　　はや　　　　ほくじょう
　　　　　いです。

　　➕ 是啊。聽說今年的櫻花前線好像以破紀錄的速度北上。

利香：それに地球温暖化のせいで❶、東京では鹿児島より早く開花するらしいですよ。

➕ 而且因為地球暖化的關係，東京好像會比鹿兒島早開花哦。

友子：見頃が例年に比べて❷10日ほど早まりそうですから、お花見パーティの手配は難しくなりますね。

➕ 因為聽說賞花期跟往年相比早了10天左右，所以賞花派對的安排也變得困難呢。

利香：満開予想の時までたっぷり時間があるので、大丈夫でしょう。

➕ 離預測的櫻花盛開時期還有很多時間，應該沒問題吧。

友子：私が定番の花見団子と桜餅を注文しておくので、任せて下さい。

➕ 我會預先訂購必吃的賞花丸子和用櫻花葉包的日式甜點，請交給我吧。

利香：じゃあ、私が花見弁当と花見酒を用意します。今年も桜吹雪を凄く楽しみにしています。

➕ 那麼，我來準備賞花吃的便當和酒。今年也非常期待如雪花般飄落的櫻花呢。

友子：宴会を夜までやったら、夜桜も楽しめますよね。

➕ 如果宴會一直開到晚上的話，還可以欣賞夜晚的櫻花哦。

利香：それなら沢山の花見団子を注文して下さいね。

➕ 如果那樣的話，請訂購很多的賞花丸子呢。

友子：ははっ。いわゆる「花より団子」ですよね。

➕ 哈哈。所謂「醉翁之意不在酒」是吧（比起賞花，更想吃賞花丸子）。

單字百寶箱

4 卯（う）月（づき）

お花見（はなみ）	賞花	桜名所（さくらめいしょ）	櫻花勝地
開花期間（かいかきかん）	花開的期間，各地區櫻花的花期只有7天～10天	花見の席（はなみのせき）	賞花的宴席
花見酒（はなみざけ）	賞花時喝的酒	風流（ふうりゅう）	風雅
花見弁当（はなみべんとう）	賞花時吃的便當，菜色的設計通常會融入櫻花的元素	早まる（はやまる）	提早
桜前線（さくらぜんせん）	以推測各地區櫻花開花的日期所繪製的地圖線，通常由暖和的南部往北部前進	花弁（かべん）	花瓣
満開（まんかい）	全開；盛開	花より団子（はなよりだんご）	日本諺語，意思是「醉翁之意不在酒」，也就是比起賞花，更想吃賞花丸子
夜桜（よざくら）	夜晚觀賞的櫻花	花見客（はなみきゃく）	賞花的人
桜吹雪（さくらふぶき）	如雪花般飄落的櫻花瓣	開花日（かいかび）	櫻花開花的日子
葉桜（はざくら）	櫻花凋落之後冒出新葉的櫻樹	桜餅（さくらもち）	用櫻花葉包覆的日式甜點
花見団子（はなみだんご）	賞花丸子，共有三色：淡紅、白色、綠色，各代表春天的櫻花、冬天的白雪和夏天的綠葉	染井吉野（そめいよしの）	日本最常見的櫻花種類

春の行事 (はる の ぎょう じ)

特好用句型

MP3 ▶030

❶ 〜せいで

此句型和「〜おかげで」的相同點是，兩個句型都有「由於〜的關係，而導致某結果」的意思。但是實際的語意和用法卻差了十萬八千里。要表示感謝之意時，用的是「〜おかげで」，就像中文的「多虧了〜」或是「託〜的福」；但是有指責、怪罪的意思時，例如要抱怨「都是〜害的」，就要用「〜せいで」。

日本人比較含蓄，所以用「〜せいで」的時候要小心可能造成聽者的反感。如果是自責「都怪我」、「都是我的錯」（私(わたし)のせいで），或是指責某樣「公敵」（例如噪音）的話，就不會有這種問題。

☆ 名詞＋のせいで〜　都是〜害的・都怪〜・都是因為〜的關係才

例句1：私(わたし)のせいで友達(ともだち)が怪我(けが)をしてしまいました。

都是因為我，朋友才會不小心受傷。

☆ な形容詞＋なせいで〜　都是〜害的・都怪〜・都是因為〜的關係才

例句1：上司(じょうし)が几帳面(きちょうめん)なせいで、みんな徹夜(てつや)でデーターを再確認(さいかくにん)しました。

都怪上司一絲不苟的個性，害得大家熬夜把數據再確認過。

☆ 動詞常體／い形容詞＋せいで〜　都是〜害的・都怪〜・都是因為〜才

例句1：元彼(もとかれ)に対(たい)してまだ未練(みれん)があるせいで苦(くる)しみます。

都是因為我對前男友還有留戀，才會痛苦。

例句2：お金(かね)が足(た)りなかったせいでおやつを買(か)うのをやめました。

都是因為錢不夠，我才會放棄買零食。

例句3：母(はは)の料理(りょうり)が美味(おい)しいせいで私(わたし)は太(ふと)っています。

都是因為媽媽的料理太好吃，我才會胖。

「寝不足」「今日」「仕事」「上手く出来ません」

寫寫看

寝不足のせいで今日は仕事が上手く出来ませんでした。

都是因為睡眠不足，今天的工作才會做不順手。

❷ 〜に比べて

「〜に比べて」的句型常在報告、新聞報導裡可以看到，是「跟〜相比」的意思，前面接的是名詞。此外，用「Aに比べてBは」的句型，可以用來表達「以A為比較的基準，B的不同」的意思。

☆ 名詞＋に比べて〜　跟〜相比

例句❶：母に比べて、父は厳しいです。

跟家母相比，家父較為嚴格。

小練習 しばらく

「台湾の物価」「日本」「安い」

寫寫看

台湾の物価は日本に比べて安いです。

台灣的物價跟日本相比，是便宜的。

清明節
せい めい せつ

清明節

　　所謂的「節氣」是依地球繞太陽的公轉而定的，因此在西曆上的日期幾乎都是固定的。本來「清明」只是二十四節氣之中的一個，但是在後來併入了寒食節「禁火」、「踏青」和「祭祖」的習俗，才演變成為現代的清明節。台灣將西曆的4月5日定為「民族掃墓節」，但其實各個族群掃墓的日期和祭祖的儀式都不太一樣。

　　在台灣，清明節最重要的習俗是掃墓，掃墓的儀式分為「掛紙」和「培墓」：「掛紙」俗稱「壓墓紙」，是為了表示該墳墓非無主的孤墳；而「培墓」則是除草、整修和祭拜祖墳。

　　此外，因為受到寒食節的影響，祭拜墓園的供品基本上是「不動煙火」的冷食，例如台灣的平民美食「潤餅」，就是古人吃的「春餅」的一種。

　　雖然現代人掃墓的習俗已有簡化，選擇不用土葬而是火葬的人也越來越多，但不管祭祖的形式為何，清明節最重要的還是子孫對祖先的追思。

清明節
せいめいせつ

 ▶031

　駿：今週の木曜日から中国語学校は四連休になりますので、ご注意
しゅん　　こんしゅう　もくようび　　ちゅうごくごがっこう　　よんれんきゅう　　　　　　　　　　　ちゅうい
　　　　　　ください。

　　⊕ 因為這一周的星期四開始，中文學校要四連休，請各位注意。

　亜子：えっ？木曜日も金曜日も休日ですか？
あこ　　　　　　もくようび　　きんようび　　きゅうじつ

　　⊕ 欸？星期四和星期五都是假日嗎？

　駿：そうですよ。台湾では4月4日は子供の日、4月5日は「清明
しゅん　　　　　　　たいわん　　しがつよっか　こども　ひ　しがついつか　　せいめい
　　　　　節」というお墓参りの日で、二日とも国民の祝日です。
　　　　　せつ　　　　　　はかまい　　ひ　ふつか　　こくみん　しゅくじつ

　　⊕ 沒錯哦。在台灣4月4日是兒童節、4月5日是叫做「清明節」的掃墓日，這兩天都是國定假日。

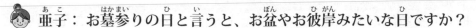

春の行事

亜子：お墓参りの日と言うと、お盆やお彼岸みたいな日ですか？

　　　➕ 說到掃墓日，是像盂蘭盆節或彼岸節那樣的日子嗎？

駿　：はい。行事の形態は異なりますが、簡単に言うと先祖を供養する日です。

　　　➕ 是的。雖然儀式的形態不一樣，但簡單來說就是祭祀祖先的日子。

亜子：その休日に先生も家族とお墓参りに行く予定ですか？

　　　➕ 那個假日老師也預定和家人去掃墓嗎？

駿　：はい。でも母は客家人なので、お墓参りは提灯の日の翌日に済みました。今度は閩南人の父の先祖の墓参りに行く予定です。

　　　➕ 對。但是因為家母是客家人，所以（母親那邊）掃墓已經在元宵節的隔天完成了。這次計畫去閩南人家父（那邊）的祖墳祭拜。

亜子：具体的に言うと、お墓参りの際❶は何をするのですか？

　　　➕ 具體來說，掃墓的時候要做什麼呢？

駿　：お墓の雑草を取り除き、色がついた紙をお墓の上に置いて、感謝と尊敬の気持ちを込めて❷先祖にご挨拶をします。

　　　➕ 除去墓地的雜草、把染色的紙放在墓地上、懷著感謝和尊敬的心和祖先打招呼。

亜子：お墓の掃除は分かりますけど、紙を置くのは何故ですか？

　　　➕ 我明白要打掃墓地，但是為什麼要放紙呢？

駿　：それは「ここは誰もお参りに来ない荒れたお墓ではない」ということを示すためです。ところで、お供えの一つは手作りの生春巻きですよ。

　　　➕ 那是為了要表示「這裡不是沒人祭拜而荒廢的墓地」。對了，供品之一是手工的潤餅哦。

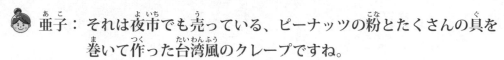

亜子：それは夜市でも売っている、ピーナッツの粉とたくさんの具を巻いて作った台湾風のクレープですね。

➕ 那是夜市也有在賣的，把花生粉和很多配料捲起來做成的台灣口味的可麗餅對吧。

MP3 ▶032

清明節 せいめいせつ	清明節	祝日 しゅくじつ	節日；國定假日
お墓参り はかまいり	掃墓	休日 きゅうじつ	假日
雑草 ざっそう	雜草	連休 れんきゅう	連休
閩南人 びんなんじん	閩南人	取り除く とのぞく	除掉；去除
客家人 はっかじん	客家人	手作りする てづくりする	用手做；自己做
生春巻き なまはるまき	潤餅；不經油炸的春卷	落花生／らっかせい ピーナッツ	花生（peanuts）
線香 せんこう	香；線香	示す しめす	表示
形態 けいたい	形態	クレープ	可麗餅（crêpe，法文）
感謝 かんしゃ	感謝	台湾風 たいわんふう	台灣風格；台灣口味
尊敬 そんけい	尊敬	具 ぐ	食材；配料

4 卯 う 月 づき

春の行事

① 〜際

此句型的用法和「〜時」一樣，只是更正式，相當於中文的「〜之時」、「〜之際」。

☆ 名詞＋の＋際〜　〜之際、〜之時

例句1：パスポート申請の際には申請用の写真が必要になります。

申請護照的時候必須有申請護照專用的照片。

☆ 動詞原形＋際〜　〜之際、〜之時

例句1：住宅リフォームを行う際の注意点は山のように沢山あります。

整修住宅的時候需要注意的地方像山那麼多。

☆ 動詞た形＋際〜　〜之際、〜之時

例句1：誤った情報が流れないよう、チェーンメールを受け取った際は、転送しないで下さい！

為了不讓錯誤的消息流傳，收到了連鎖信（詛咒信）的時候，請不要轉寄！

 しばらく

「お引越し」「住所変更」「手続き」「忘れないで下さい」

寫寫看

お引越しの際は、住所変更の手続きも忘れないで下さい。

搬家的時候，也別忘了辦住址變更的手續。

❷ 〜を込めて
こ

「〜を込めて」常用來表達「懷抱著某種情緒」，例如中文常說的「放感情」
就是一個很好的說明，這種用法常會搭配「心」、「気持ち」、「願い」等帶有情
こころ　　　　き も　　　　ねが
緒意象的字。

☆ 名詞＋を込めて〜　加了〜、懷著〜、放了〜
こ

例句1：娘が元気に成長するようにという願いを込めて、家族全員で雛飾りをしま
むすめ げんき せいちょう　　　　　　　　　　ねが こ　　　　か ぞくぜんいん ひなかざ
した。

懷抱著希望女兒能健康成長的心願，全家一起裝飾了女兒節的擺飾。

小練習 しばらく

「愛情」「作る」「料理」「優しい味がする」
あいじょう つく りょう り やさ あじ

寫寫看

彼女が愛情を込めて作った料理は、優しい味がします。
かのじょ あいじょう こ つく りょうり やさ あじ

女朋友放感情做成的料理，有溫柔的味道。

NOTE

媽祖巡礼
まそじゅんれい

媽祖繞境

4
卯
う
月
づき

　　「三月瘋媽祖」一語道盡了媽祖在台灣人心中的地位。神明繞境、進香一向是台灣民間最常見的民俗光景，並且是信徒自發性的宗教活動。

　　每年在農曆三月二十三日媽祖生日的前後，台灣便投入了一場媽祖繞境的「全民運動」。以台中大甲鎮瀾宮的「大甲媽祖繞境」活動為例，不但年年吸引十萬餘名信徒湧入了繞境起點大甲鎮，在前往嘉義新港奉天宮進香的沿途，更有破百萬人次的參與，堪稱是世界最大規模的宗教活動之一。

　　台灣著名的媽祖繞境活動也各具特色：例如白沙屯媽祖不但是少見的「軟身媽祖」，其進香的路線也會依媽祖的旨意而改變，而徒步的距離更是全台之最（來回超過400公里）；大甲媽祖繞境的參加人數最多；北港媽祖繞境時因為信徒會用大量的鞭炮炸轎，場面有如鹽水蜂炮一般震撼人心；而澎湖媽祖的海巡繞境因為是少數在海上舉行的繞境活動，所以最具特色。

　　當初在先民渡過黑水溝移居台灣的同時，也帶來了大家耳熟能詳的林默娘傳說。由「媽祖婆」的稱呼，可以看出這位傳說中的航海女神來台之後，儼然已成為了許多台灣人心中親民的守護神——不論男女老幼、各行各業，舉凡人生在世的任何煩惱，都可以向媽祖尋求指引、一吐為快。此外，繞境活動本身也隨著社會的發展而更加創新、多元，例如「媽祖萬人崇BIKE」以及「媽祖繞境台灣乾淨」都是很好的例子。

　　繞境進香不但是台灣最有代表性的民俗活動之一，在神明「巡視管區」的同時，人和人之間的互動和互助，也能看出台灣人強烈的熱情和生命力！

媽祖巡礼
まそじゅんれい

英樹
ひでき
：台湾
たいわん
では「三月
さんがつ
は媽祖
まそ
フィーバー」なる言葉
ことば
を聞
き
いたことがあるけど、目
め
の当
あ
たりに見
み
ないと想像
そうぞう
できないくらい大勢
おおぜい
の信徒
しんと
が来
き
ましたね。

⊕ 雖然我聽說在台灣有「三月瘋媽祖」的說法，但沒有親眼看到的話，很難想像有這麼多的信徒來呢。

駿　：旧暦の三月二十三日は媽祖様の誕生日なので、その前後は台湾中が媽祖のお祭りで盛り上がるということなのです。

⊕ 農曆的三月二十三日是媽祖的生日，在那天前後台灣到處都是媽祖的慶典，熱鬧滾滾哦。

英樹：日本で媽祖様は天妃様と呼ばれ、漁業の守護神じゃないんですか？

⊕ 在日本，媽祖被稱為天妃娘娘，祂不是漁業的守護神嗎？

駿　：はい。でも台湾人にとって、媽祖様は航海の女神でもあり、皆の守り神でもあります❶。ひいては「媽祖おばあちゃん」と呼ばれるくらい親しまれている神様ですよ。

⊕ 沒錯。但是對台灣人來說，媽祖既是航海女神，同時也是大家的守護神。甚至到了被稱為「媽祖婆」的程度，是一位與人親近的神明哦。

英樹：つまり、産土神みたいな存在ですね。さすが台湾人の半分が信徒と言われる神様ですね。

⊕ 也就是說，就像土地公一樣的存在呢。真不愧是被稱為信徒半個台灣的神明呢。

駿　：はい。媽祖おばあちゃんのご加護を頂くために、媽祖巡礼に参加する信徒は何百万人もいますよ。私の場合は、何回も別の媽祖巡礼に参加したことがありますよ。

⊕ 沒錯。為了得到媽祖婆的庇佑而參加媽祖繞境的信徒也有幾百萬人之多哦。以我來說，就參加過好幾次別的媽祖繞境哦。

英樹：媽祖巡礼は台湾中で行われているのですか？

⊕ 媽祖繞境在台灣各地都有舉行嗎？

春の行事

駿 ：大甲のは多くの政治家も参加し、規模が一番大きいのですが、他のも凄く面白いと思いますよ。

➕ 雖然大甲的媽祖繞境是很多政客也參加、規模最大的一個，但我認為其他的也很有意思哦。

英樹：巡礼は皆、何百キロもの道のりを徒歩で歩くのですか？

➕ 所有的繞境都是步行幾百公里嗎？

駿 ：ほとんど徒歩ですが、離島である澎湖の媽祖巡礼は船で行います。あと、自転車で随行する信徒もいますよ。ところで、マイ箸を持って来ましたか？

➕ 雖然大多是徒步，但是離島澎湖的媽祖繞境是坐船。還有，也有信徒是騎自行車隨行的哦。對了，你有帶環保筷來嗎？

英樹：はい。「媽祖巡行、台湾エコ」という活動は、あなたから何回も聞きましたから、二膳も持って来ました。

➕ 有。因為從你那裡聽了叫做「媽祖繞境、台灣乾淨」的活動好幾次，所以我帶了兩雙來。

駿 ：途中で様々な廟に立ち寄って、地元の信徒たちの手作り料理を頂くので、なるべくゴミを残さないように頑張りましょう。

➕ 路途上會到各式各樣的寺廟裡落腳，也會吃到當地信徒們親手做的菜餚，因此我們盡量努力不要留下垃圾吧。

英樹：分かりました。何万人の随行者がいてもゴミのない綺麗なお祭りが出来るかどうかは、一人一人の行動次第❷です。

➕ 明白了。就算有幾萬個隨行的人，但是否能有個沒有垃圾的乾淨祭典，還是取決於每一個人的行動。

▶035

媽祖 まそ	媽祖本名林默娘，傳說起源於西元10世紀的宋朝，據說媽祖為了指引出海的父兄返航而犧牲了自己，後來便成為漁民信仰的航海女神	フィーバー	熱潮（fever）
巡礼／巡行 じゅんれい／じゅんこう	巡禮；朝拜／巡行	移民する いみん	移民
女神 めがみ	女神	徒歩 とほ	徒步；步行
航海 こうかい	航海	存在 そんざい	存在
守護神／守り神 しゅごしん／まもがみ	守護神	メッカ	中心地；聖地；麥加（Mecca）
信徒／信者 しんと／しんじゃ	信徒	道のり みち	路程；距離
天妃様 てんびさま	天后娘娘，日本人對於媽祖的尊稱。根據研究，日本以及琉球在江戶時期之前就有媽祖神像，並且多集中在九州的南部地區，現在日本的一些縣市也還有媽祖廟	親しむ した	親切；易於接近
庶民信仰 しょみんしんこう	平民信仰；百姓的信仰	立ち寄る たよ	靠近；中途落腳；順路到
政治家 せいじか	政客	マイ箸 はし	環保筷；自己的（my）筷子
産土神 うぶすながみ	土地公	エコ	環保；環保意識。和製英語，取生態學（ecology）的前半段（eco）

特好用句型

（MP3）▶036

❶ ～でもあり～でもある

　「Aでもあり、Bでもある」的句型用來表達A、B兩者同時存在或成立，相當於中文的「既是A，同時也是B」。

☆ **名詞A＋でもあり＋名詞B＋でもある～　既是～同時也是～**

例句1：一人_{ひとり}で子育_{こそだ}てしている母_{はは}は優_{やさ}しい母親_{ははおや}でもあり、厳_{きび}しい父親_{ちちおや}でもある。

　　　獨自養育小孩的母親，既是慈母，同時也是嚴父。

 小練習 しばらく

「父_{ちち}」「小_{ちい}さな学校_{がっこう}」「校長先生_{こうちょうせんせい}」「雑役係_{ざつえきがかり}」

寫寫看

父_{ちち}は小_{ちい}さな学校_{がっこう}で校長先生_{こうちょうせんせい}でもあり、雑役係_{ざつえきがかり}でもある。

父親在一間很小的學校裡既是校長，同時也是個打雜的。

❷ ～次第_{しだい}で／～次第_{しだい}だ

　「次第_{しだい}」的用法有好幾種，這裡介紹的是「取決於～」、「全看～」、「根據～而決定」。「～次第_{しだい}で」用於句子的中間，而「～次第_{しだい}だ」則用於句末。此句型有時候會跟「によって」併用，相當於中文的「根據～的情況（而決定）」。

☆ **名詞／動名詞＋次第_{しだい}で～　取決於～、全看～、根據～而決定**

例句1：言_いい方_{かた}次第_{しだい}で、相手_{あいて}を怒_{おこ}らせることもあるし、喜_{よろこ}ばせることもある。

　　　取決於說話方式，（同樣一句話）能讓對方生氣，也能讓對方開心。

小練習（しば・らく）

「交渉」（こうしょう）「成功するかとうか」（せいこう）「交渉人」（こうしょうにん）「腕」（うで）

寫寫看

交渉が成功するかとうか、交渉人の腕次第だ。
（こうしょう せいこう こうしょうにん うで し だい）

談判是否成功，取決於談判人的本事。

漢字女還想告訴你

和製英語

「マイ○○」

　　我旅居東京的期間，日本掀起了一片「マイ○○」的風潮。台灣的「環保筷」、「環保袋」在日本叫「マイ箸」（はし）（my 筷子）、「マイバッグ」（my bag）；自己的車子和房子叫「マイカー」（my car）、「マイホーム」（my home）。用搜尋引擎打出「マイ」兩字，出現的東西更是包羅萬象。「マイ○○」可以算是「和製英語」（せいえい ご）（わ）的極致。

　　本篇內文裡的「マイ箸を持って来ましたか？」（はし も き）在英文裡是根本不成立的句子（正確的英文是Did you bring your chopsticks？）。

　　而「マイブーム」的字源「my boom」，在英文可不是指「自己目前的喜好、在自己心裡流行的事物」哦。順帶一提，日本大叔最愛點唱的卡拉OK歌曲是辛納屈（Sinatra）的「マイウェイ」（My Way），而我個人最喜歡的則是「マイペース」（my pace，自己的步調）。

5
皐さ

月つき

日本從4月底到5月初，共有四個國定假日，分別是4月29日的「昭和日」、5月3日的「行憲記念日」、5月4日的「植樹節」，以及5月5日的「男兒節」，再加上穿插在其中的週末，就「連」成了所謂的「黃金週」。

黃金週是日本人出國旅行的高峰期，上班族通常只要請二、三天的特休，就可以連續放十天左右的長假，非常地「划算」。而日本旅遊業者為了吸引黃金週期間破百萬的出國人潮，常會打出吸睛的「超便宜機票」、「超便宜機加酒」等促銷活動，而不想或無法出國的人，可能就近在日本國內旅行，但也有許多人會選擇在家好好休息，以免出去「人擠人」之後，反而更疲累。

歐美國家的國定假日雖然沒有日本多，但員工的有薪假較多天，而且在歐美文化裡「渡假」是理所當然的事，請假可以只為了玩樂，不一定非得是生病或有私事。多數歐美人士都會在當年把特休休完，而每個人選擇休特休的時間點都不太一樣，配合國定假日的休假也較有彈性，因此較少會發生像日本（和台灣）這種一到連假就發生交通堵塞，機場、車站、觀光景點都人滿為患的情形。

然而不管是外出遊玩或者在家休息，許多人在放完天堂般的長假，在重新返回職場叢林時總不免感到有些躁鬱，這也就是俗稱的「五月病」。簡單來說，就像是加強版的「星期一症候群」。

ゴールデンウィーク

(MP3) ▶037

達雄：あまり元気が有りませんね。やっぱりブルーマンデーですか？

　➕ 看起來沒什麼精神呢。果然得了星期一憂鬱症嗎？

浩二：いいえ。ゴールデンウィークのあまりの楽しさに❶、後で五月病になってしまいました。

　➕ 不，是因為黃金週太開心了，之後才不小心得了五月病。

達雄：五月病（ごがつびょう）の方（ほう）がもっと大変（たいへん）じゃないんですか？どこか面白（おもしろ）い所（ところ）に行（い）って来（き）たのですか？

⊕ 五月病不是更糟糕嗎？去了什麼有趣的地方玩回來啊？

浩二：二日（ふつか）の有給（ゆうきゅう）を取（と）って、スペインで一週間（いっしゅうかん）くらい遊（あそ）びました。

⊕ 我請了兩天的特休（有薪假），在西班牙玩了一星期左右。

達雄：海外旅行（かいがいりょこう）ですか？きっと高（たか）かったでしょう？

⊕ 國外旅行嗎？一定很貴吧？

浩二：大型連休（おおがたれんきゅう）はいつも出国（しゅっこく）ラッシュだから、しようがありません。でも格安（かくやす）ホテルパックをゲットしたので、多少（たしょう）助（たす）かりました。

⊕ 因為連續假日時總是出國熱潮，真沒辦法。但是我找了超便宜的機票加酒店的組合，多少有點幫助。

達雄：良（よ）かったですね。私（わたし）は国内旅行（こくないりょこう）でも行（い）こうかと思（おも）ったけれど、費用（ひよう）も高（たか）ければ、交通（こうつう）も❷大渋滞（だいじゅうたい）なので、結局（けっきょく）うちでごろごろしただけでした。

⊕ 真不錯呢。雖然我本來想說國內旅行也好，但是不只是費用貴，交通也是大塞車，結果最後只在家裡滾來滾去（閒待著）。

浩二：それでもよかったですね。私（わたし）は帰国（きこく）ピークに戻（もど）って来（き）たので、混雑（こんざつ）のあまり、疲（つか）れてしまいました。

⊕ 那也不錯啊。因為我是在回國高峰回來的，太混亂擁擠了很累人。

達雄：日本（にほん）も欧米（おうべい）のように、休暇（きゅうか）を取（と）るのが当（あ）たり前（まえ）な風習（ふうしゅう）になれば、連休（れんきゅう）のたびに民族（みんぞく）の大移動（だいいどう）みたいなものに成（な）らないでしょう。

⊕ 日本如果也能像歐美一樣，把渡假變成是理所當然的習慣的話，那麼每次的連續假日應該就不會變得像是民族大遷移一樣。

浩二：私（わたし）も同感（どうかん）です！

⊕ 我也有同感！

（MP3）▶038

ゴールデンウィーク	黃金週，也稱為「黃金週<ruby>黃<rt>おう</rt></ruby><ruby>金<rt>ごん</rt></ruby><ruby>週<rt>しゅう</rt></ruby><ruby>間<rt>かん</rt></ruby>」或「GW」（Golden Week，和製英文）	<ruby>休暇明け<rt>きゅう か あ</rt></ruby>	假期結束
<ruby>昭和の日<rt>しょう わ ひ</rt></ruby>	為紀念昭和天皇，日本將其生日4月29日訂立為「昭和日」	<ruby>交通渋滞<rt>こう つう じゅう たい</rt></ruby>	交通堵塞
<ruby>憲法記念日<rt>けん ぼう き ねん び</rt></ruby>	行憲紀念日。訂立在5月3日，旨在紀念日本憲法的施行	<ruby>帰国ピーク<rt>き こく</rt></ruby>	回國高峰（peak）
<ruby>緑の日<rt>みどり ひ</rt></ruby>	綠之日。類似植樹節，訂立在5月4日，旨在感謝大自然	<ruby>旅行会社<rt>りょ こう かい しゃ</rt></ruby>	旅行社
<ruby>大型連休<rt>おお がた れん きゅう</rt></ruby>	日本放送局（NHK）對於黃金週的稱呼，除了想減少使用外來語、和製英文之外，該局不承認「Golden Week」一詞的理由還包括該假期其實超過一週等等	<ruby>海外旅行<rt>かい がい りょ こう</rt></ruby>	國外旅行
<ruby>有給休暇<rt>ゆう きゅう きゅう か</rt></ruby>／<ruby>年休<rt>ねん きゅう</rt></ruby>	有薪假／年假，簡稱「<ruby>有<rt>ゆう</rt></ruby><ruby>給<rt>きゅう</rt></ruby>」。日本的勞動基準法規定，職員持續在職一年六個月後，就有權利依工作年資放1至10天的有薪假	<ruby>格安航空券<rt>かく やす こう くう けん</rt></ruby>	超便宜機票
<ruby>飛石連休<rt>とび いし れん きゅう</rt></ruby>	一個星期內有複數的假日，但卻沒有連接在一起，像打水漂時石頭在水面上彈跳一樣	<ruby>満室<rt>まん しつ</rt></ruby>	無空房

春の行事

出国ラッシュ	出國熱潮（rush）	満席	無空位
五月病	指剛畢業的社會新鮮人（或是大學新鮮人），在新的環境努力了一個月後，因為不適應而逐漸顯現的躁鬱感。或者是上班族在放完長假後必須返回工作崗位的一種精神萎靡的身心狀況	振替休日	補假。日本法律規定，如果國定假日剛好落在星期日，可以補假一天
ブルーマンデー	星期一躁鬱症；星期一症候群（Blue Monday）	当たり前	理所當然

 特好用句型

(MP3) ▶039

❶ あまりの～に

此句型用來表達由於情況到了某一個極端的程度，才會導致某種不平常的結果。通常搭配的是名詞化的形容詞，即「形容詞詞幹＋さ」。

☆ **あまりの＋形容詞詞幹＋さ＋に～　因為太～，才～**

例句❶：夏の最中はあまりの暑さに、エアコンを付けっぱなしにしていました。

盛夏的時候因為太熱了，才會不小心讓冷氣就這樣開著不關。

 小練習 しばらく

「この小説」「面白さ」「寝食も忘れる」「ずっと読んでしまう」

この小説のあまりの面白さに、寝食も忘れてずっと読んでしまいました。

因為這本小說太有趣了，才會廢寢忘食地一直讀下去。

❷ 〜も〜ば、〜も〜

此句型用來強調一系列同類型的狀況，相當於「不但A〜、B也〜」。

☆ 名詞A＋も＋い容詞ば形、名詞B＋も〜　不但A〜、B也〜

例句1：娘は性格もよければ、勉強もできるので、学級委員長に選ばれた。

因為我家女兒不但性格好，又會讀書，所以被選為班長。

☆ 名詞A＋も＋動詞ば形、名詞B＋も〜　不但A〜、B也〜

例句1：あの人は妊婦なのに、タバコも吸えば、お酒も飲むので、胎児にどんな悪影響が出るか心配です。

那個人明明是孕婦，不但抽菸還喝酒，因此我擔心不知道會給胎兒帶來多糟的影響。

小練習

「この仕事」「給料」「高い」「業務内容」「面白い」「最高」

この仕事は給料も高ければ、業務内容も面白いので、最高です。

這份工作不但薪水高，工作內容也有意思，因此棒透了。

新茶祭り
新茶祭

5
皐
月

　「八十八夜」是日本的「雜節」之一（不包括在二十四節氣裡的節日），這指的是立春之後的第八十八天，多為5月2日，而八十八夜之後再過三天，便是立夏，降霜的機率大減，因此八十八夜對日本農民來說是個特別的日子，他們會在這一天開始進行整地播種等農事。

　　對某些地區的茶農來說，「八十八夜」更是特別。因為在這一天採的茶稱為「八十八夜新茶」，不但採的是剛冒出的新芽，而且必須手工摘取，因此被封為頂級茶葉，自古便被視為長壽的吉祥茶，據說喝了可以延年益壽。當然，因為日本狹長的地形關係，並不是每個區域在八十八夜時都適合採新茶，因此產量稀少的「八十八夜新茶」相當珍貴。

　　許多茶葉的產區在這一天會推出「八十八夜新茶祭」或「八十八夜採茶集會」等活動，不但可以體驗手工摘取茶葉，還可以參加製茶、泡茶、品茶，以及用茶葉做料理等活動，而且自己摘的茶葉還能帶回家。

　　而日本的狹山地區有首採茶歌的歌詞是「色觀靜岡、香聞宇治、味數狹山」，雖然對色、香、味的評鑑每個人見仁見智，但是號稱「日本三大茗茶」的靜岡茶、宇治茶、狹山茶的高人氣也是有目共睹的。京都宇治市所舉辦的「八十八夜採茶集會」，以及狹山茶的產地埼玉縣所舉辦的「八十八夜新茶祭」，都是國內外觀光客「身體力行」茶文化的好機會。

新茶祭り

🧑 利香：海に行くには、まだ早いでしょう？なんで日焼け止めを買うんですか？
　⊕ 去海邊還太早吧？為什麼買防曬用品啊？

👩 和子：今週末、茶摘みを体験する予定ですから。
　⊕ 因為這週末我預定去體驗採茶。

利香（りか）：どこでお茶（ちゃ）を摘（つ）みますか？

　➕ 在哪裡採茶呢？

和子（かずこ）：八十八夜（はちじゅうはちや）なので、幾（いく）つかのお茶（ちゃ）の産地（さんち）では新茶祭（しんちゃまつ）りを開催（かいさい）しているようだけど、私（わたし）が参加（さんか）するのは宇治市（うじし）の「八十八夜茶摘（はちじゅうはちやちゃつ）みの集（つど）い」です。

　➕ 因為是八十八夜，雖然好像有好幾個茶產地都有舉辦新茶祭，但是我參加的是宇治市舉辦的「八十八夜採茶集會」。

利香（りか）：まるで童謡（どうよう）の「茶摘（ちゃつ）み」みたいですね。一日中（いちにちじゅう）やりますか？

　➕ 簡直像童謠的「採茶歌」一樣嘛。會採一整天嗎？

和子（かずこ）：いいえ。宇治茶（うじちゃ）の手（て）もみを試（ため）したり、ホットプレートやフライパンで簡単（かんたん）な製茶（せいちゃ）を体験（たいけん）したり、それに色々（いろいろ）な日本茶（にほんちゃ）の淹（い）れ方（かた）も習（なら）います。

　➕ 不。也會嘗試手揉宇治茶、體驗用鐵板或煎鍋簡單地製茶，另外也會學習日本茶的不同泡法。

利香（りか）：抹茶（まっちゃ）や煎茶（せんちゃ）など、様々（さまざま）なお茶（ちゃ）の淹（い）れ方（かた）は違（ちが）うと知（し）りつつも❶、結局全（けっきょくすべ）てお湯（ゆ）をいれるだけで済（す）ませています。

　➕ 我知道抹茶、煎茶等各種茶的泡法不同，最後卻還是都只加了熱水就了事了呢。

和子（かずこ）：美味（おい）しい淹（い）れ方（かた）を習（なら）ったら教（おし）えてあげますね。素人向（しろうとむ）け❷の淹れ方教室（かたきょうしつ）だから、分（わ）かりやすいと思（おも）います。

　➕ 我學了好喝的泡法之後再教妳。因為是素人取向的泡茶教室，我想應該很好懂。

利香（りか）：ところで、お茶（ちゃ）の手（て）もみを体験（たいけん）したら、そのお茶（ちゃ）は持（も）ち帰（かえ）っても良（い）いんですか？

　➕ 對了，體驗完揉茶之後，那個茶可以帶回家嗎？

和子：それはちょっと分（わ）からないけど、自分（じぶん）が摘（つ）んだ新芽（しんめ）の持（も）ち帰（かえ）り
は可能（かのう）だそうですよ。

➕ 那就不清楚了，但聽說自己採的新芽可能可以帶回家哦。

利香：じゃあ、戻（もど）ったら摘（つ）んだ新芽（しんめ）でお茶作（ちゃづく）りパーティーをやりま
しょうか？

➕ 那麼，妳回來之後，要不要用妳摘的新芽來開製茶派對呢？

和子：いいですよ。原材料（げんざいりょう）は宇治茶（うじちゃ）だから、少（すく）なくとも香（かお）りは保証付（ほしょうつ）
きですよ。

➕ 好啊。因為原料是宇治茶，至少香味是有帶保證的哦。

利香：いわゆる「色（いろ）は静岡（しずおか）、香（かお）りは宇治（うじ）よ、味（あじ）は狭山（さやま）でとどめさす」
ですよね。ついでに日本銘茶（にほんめいちゃ）の試飲会（しいんかい）も開（ひら）きましょう。

➕ 正所謂的「色觀靜岡、香聞宇治、味數狹山」對吧。我們順便開個日本茗
茶的試飲會吧。

八十八夜（はちじゅうはち や）	立春之後的第八十八天，多為西曆的5月2日，是日本的雜節之一。	**集い**（つど い）	集會
日本三大銘茶（に ほん さん だい めい ちゃ）	日本三大茗茶，為靜岡茶、宇治茶、狹山茶	**長生きする**（なが い）	（活得）長壽
靜岡茶（しず おか ちゃ）	日本靜岡縣生產的茶，該地區所生產的茶量為日本第一	**珍重**（ちん ちょう）	珍貴

宇治茶 うじちゃ	在京都南部地區，以宇治市為中心所生產的茶		**試飲** しいん	試飲
狹山茶 さやまちゃ	以埼玉縣西部以及東京都西多摩地區為中心所生產的茶。「三大茗茶」中產量最少的一種		**持ち帰る** もかえ	帶回家
新茶 しんちゃ	新茶；春季採收的頭幾批茶		**味わう** あじ	品嚐；品味
新芽 しんめ	新芽		**香り** かお	香味
霜降り しもふ	降霜		**薫る** かお	散發香味
手もみ茶 てちゃ	手揉茶		**製茶／** せいちゃ **お茶作り** ちゃづく	茶葉製作
茶摘み ちゃつ	採茶		**淹れる** い	沖泡（茶）

特好用句型

(MP3) ▶042

❶ ～つつ（も）

　　此「逆接」句型的用法類似「～けど」、「～のに」，但後面接的句子大多是說話者後悔的情況，因此也常會搭配「しまう」一起使用，表示一不小心做了不該做的事。

☆ **動詞ます形去ます＋つつ（も）～　～卻、～但是**

例句1：宿題をしなければと思いつつ、テレビにかじり付いてしまいました。
　　　　しゅくだい　　　　　　　　　　おも　　　　　　　　　　　　　　　　つ
　　　我心想得做功課了，卻緊抱著電視不放。

「高齢者」「席を譲らなければ」「思う」「疲れる」「そのまま座ってしまう」

寫寫看

高齢者に席を譲らなければと思いつつも、疲れていたのでそのまま座ってしまいました。
我心想不讓座給老年人不行，但是因為很累就那樣繼續坐著了。

② ～向け

此句型字面上的翻譯是「面向～」，類似中文的「以～為對象（取向）」，或是「針對」或「適合」某族群的意思。

☆ 名詞＋向け～　以～為對象、針對～、適合～

例句1：セレブ向けのネイルサロンなので、きっと高いですよ。
因為是以貴婦為取向的美甲沙龍，一定很貴哦。

「高齢者」「料理」「噛みやすくした」

寫寫看

高齢者向けの料理だから、噛みやすくした。
因為是針對高齡族群的料理，所以做得很好咬。

五月 子供の日（こ ども ひ）
男兒節

日本的兒童節在5月5日，這一天是日本的「端午節」、「菖蒲節」，傳統上是祈求家裡的男孩能夠健康成長的節日，因此常被譯為「男兒節」。在這一天，家裡有男孩的人會在院子或陽台掛上鯉魚旗，這是期望家裡的男孩能夠「鯉魚躍龍門」的意思。

除了女兒節，日本人在男兒節也有裝飾人偶的習慣，這些人偶被稱為「五月人形（ご がつ にんぎょう）」。此習俗源自於德川幕府時期，武士們特別重視這個音同「尚武節」的日子，因此繼承家族的男兒一旦出生，家族就會在這一天擺設出盔甲、武士人偶、弓刀等英勇氣息十足的道具，希望藉由這些裝飾來代替孩子承受災難。

在這一天會吃「柏餅（かしわもち）」的習慣，也是因為柏葉（槲樹葉）在發新芽之前不會凋落，因此吃柏餅是為了討個子孫興旺的好彩頭之意。

此外，在這一天還有另一個習俗，那就是泡「菖蒲湯（しょう ぶ ゆ）」驅邪。不但許多澡堂和溫泉會提供菖蒲浴，就連超市也會販賣菖蒲葉讓民眾買回家DIY菖蒲湯。據研究，菖蒲根部的精油具有減緩腰痛和神經痛的藥效，而菖蒲葉則有促進血液循環和保濕的作用，其獨特的香味也能讓人達到放鬆身心的芳療效果，因此泡菖蒲浴也被視為民俗療法的一種。

子供の日（こ ども ひ）

和子（かずこ）：息子（むすこ）の初節句（はつぜっく）の話（はな）しですが、義母（ぎぼ）が夫（おっと）のお下（さ）がりの五月人形（ご がつにんぎょう）を息子（むすこ）に飾（かざ）ってあげて欲（ほ）しいと、昨日（きのう）それを持（も）って来（き）ました。

➕ 說到我家兒子第一次的男兒節，我婆婆想要拿我老公的舊的男兒節人偶替我兒子擺飾，昨天就拿著那人偶過來了。

利香（りか）：今（いま）は不況（ふきょう）だから、年（ねん）に数日（すうじつ）しか飾（かざ）らないものに大金（たいきん）をかけずに済（す）むのはよかったですね。

➕ 因為現在景氣不好，不用為了一年裡才裝飾幾天的東西花大錢就能搞定，太好了呢。

和子：全然嬉しくありません。五月人形は、雛人形と同じでその子の厄を背負うので、それぞれ自分のが必要ですよ。

　➕ 我一點也不開心。因為男兒節人偶跟女兒節人偶一樣，都是為了代替孩子承受災難的，所以每個人都需要自己的人偶啊。

利香：あっ、そうなんですか？じゃあ、ご主人はどう思っているのですか？

　➕ 啊，是這樣的啊？那妳先生怎麼想的呢？

和子：彼の子供の頃の思い出の飾りなので、ぼろぼろなのに喜んで受け取ってしまいました。義母も急に持って来たので、その場で断りようもありません❶でした。

　➕ 因為那是有他童年回憶的裝飾品，明明很破舊他還是很高興地收下了。因為我婆婆也是突然拿來的，那種場合就算想也沒辦法當場婉拒。

利香：断ろうものなら❷、夫婦喧嘩になってしまうかもしれませんよ。

　➕ 要是婉拒的話，說不定你們夫妻會吵架哦。

和子：収納も凄く大変ですよ。両親は新しくコンパクトサイズの兜飾りを買ってくれる気満々だったのですが、結局こんな事になってしまいました。

　➕ 而且收納也很辛苦哦。雖然我父母一心想買新的袖珍型的裝飾頭盔送我們，但最後卻變成這樣。

利香：一番大事なのは、息子さんが健康に勇ましく成長するのを祈ることですよ。うちの場合は、子供の日に鯉のぼりを揚げるだけです。

　➕ 最重要的是祈求你家兒子能健康、勇壯地成長哦。我們家呢，在男兒節只懸掛鯉魚旗而已。

和子：それは、息子さんがまだ小さくて、どうせ分からないからですか？

　➕ 那是因為妳兒子還小，反正也還不懂嗎？

利香<small>りか</small>：大<small>おお</small>きくなっても遊<small>あそ</small>べない兜<small>かぶと</small>や武士人形<small>ぶしにんぎょう</small>より、息子<small>むすこ</small>は鯉<small>こい</small>のぼりの方<small>ほう</small>を喜<small>よろこ</small>んでくれるようだし、その日<small>ひ</small>に家族三人<small>かぞくさんにん</small>で一緒<small>いっしょ</small>に菖蒲湯<small>しょうぶゆ</small>に入<small>はい</small>るのは何<small>なに</small>より楽<small>たの</small>しいですから。

➕ 就算長大了，比起不能拿來玩的頭盔或武士人偶，我家兒子好像會比較高興有鯉魚旗，而且那天一家三口一起泡加入白菖蒲的藥浴，比什麼都開心呢。

和子<small>かずこ</small>：菖蒲湯<small>しょうぶゆ</small>ですか。そう言<small>い</small>えば、私<small>わたし</small>もそういう和風<small>わふう</small>アロマテラピーでちょっとリラックスする必要<small>ひつよう</small>がありそうです。

➕ 白菖蒲藥浴啊。那麼說來，看來我也好像需要用那種和式芳療來稍微放鬆一下了。

單字百寶箱

MP3 ▶044

子供<small>こども</small>の日<small>ひ</small>	兒童節。日本的兒童節是西曆的5月5日，雖然主旨是「重視兒童的人格、在實現其幸福的同時，也對母親們表示感謝」，但因為傳統習俗的關係，「男兒節」的氣味濃厚	薬効<small>やっこう</small>	藥效
菖蒲<small>しょうぶ</small>の節句<small>せっく</small>	菖蒲節，古時在端午節這天會用味道強烈的白菖蒲來驅邪，因而有此稱呼	神経痛<small>しんけいつう</small>	神經痛
鯉<small>こい</small>のぼり	鯉魚旗	保湿効果<small>ほしつこうか</small>	保濕效果
五月人形<small>ごがつにんぎょう</small>	男兒節人偶，即在男兒節這一天所布置的人偶擺飾	リラックスする	放輕鬆（relax）

春の行事（はるのぎょうじ）

鎧兜（よろいかぶと）	盔甲和頭盔，男兒節的擺飾	民間療法（みんかんりょうほう）	民俗療法
武士人形（ぶしにんぎょう）	武士人偶，男兒節的擺飾	出世する（しゅっせ）	出人頭地
初節句（はつぜっく）	男孩子第一次過男兒節，或女孩子第一次過女兒節	勇ましい（いさ）	勇敢；雄壯
コンパクトサイズ	袖珍型；小巧型（compact size）	成長する（せいちょう）	成長
菖蒲湯（しょうぶゆ）	加入白菖蒲的藥浴	お下がり（さ）	長輩給的舊衣服、物品
アロマテラピー	芳療（aromatherapy）	ぼろぼろ	破舊

 特好用句型

 MP3 ▶045

❶ ～ようもない／～ようがない

此句型用來表達「想那麼做，卻不得其門而入」，也就是「想～也沒辦法」的意思。

☆ 動詞ます形去ます＋ようもない～ 想～也沒辦法

例句1：水泳（すいえい）が出来（でき）ない私（わたし）は、溺（おぼ）れた人（ひと）を助（たす）けようがない。

不會游泳的我，想救溺水的人也沒辦法。

 小練習

「助（たす）けてくれた人（ひと）」「顔（かお）」「名前（なまえ）」「分（わ）からない」「恩返（おんがえ）しをする」

助<small>たす</small>けてくれた人<small>ひと</small>の顔<small>かお</small>も名前<small>なまえ</small>も分<small>わ</small>からないのでは、恩返<small>おんがえ</small>しをしようがない。

連幫助我的人的長相、名字都不知道,想報恩也沒辦法。

❷ ～ようものなら

「Aようものなら、B」的句型,相當於中文的「要是發生A,就會導致B」,而B多半是說話者可以預料的糟糕結果,但有時會過於誇張。

☆ 動詞意向形＋ものなら～　一旦發生～就・如果～就

例句1：もう一度遅刻<small>いちどちこく</small>しようものなら、首<small>くび</small>になる。

如果再遲到一次,就會被炒魷魚。

「無能<small>むのう</small>な経営者<small>けいえいしゃ</small>」「会社<small>かいしゃ</small>を任<small>まか</small>せる」「倒産<small>とうさん</small>する」

無能<small>むのう</small>な経営者<small>けいえいしゃ</small>に会社<small>かいしゃ</small>を任<small>まか</small>せようものなら、倒産<small>とうさん</small>しますよ。

如果把公司交給無能的管理者,就會破產哦。

NOTE

母の日（はは ひ）
母親節

許多國家都有母親節，訂立的日期也是五花八門，但以五月的第二個星期日被最多的國家採用，其中包括了日本和台灣。然而在1930年代初期，剛成立的日本婦女協會曾一度推行將皇后的生日「地久節」（ちきゅうせつ）訂為母親節，但最後還是效仿了美國。

對百貨業者、網路店家來說，母親節更是「商戰時期」之一。日本的手提包協會還很聰明地利用了「お袋」（ふくろ）同為「老媽」以及「袋子」的這一點，將母親節「お袋の日」（ふくろ ひ）訂為「提包日」。雖然日本一家知名的網路商店曾進行研究調查後發現，媽媽們最想收到的母親節禮物的前三名其實沒有一樣是商品，但多數的兒女們還是會費一番心思挑選禮物，而且預算也比買父親節禮物來得高。

比起自己的媽媽，送禮給另一半的媽媽可能更讓人傷腦筋，難怪每年一到母親節，便有許多網友因為不知道要送婆婆什麼禮物而在網路上PO文求救，有些百貨公司也會推出送婆婆的精選禮品，來吸引希望讓婆婆加分的煩惱中的媳婦們。

母の日（はは ひ）

 ▶046

友子（ゆうこ）：母の日（はは ひ）の贈り物（おく もの）ですが、何（なに）を贈れば（おく）良い（よ）のかと悩んで（なや）います。

　➕ 說到母親節的禮物，我很煩惱不知道要送什麼。

利香（りか）：お母さん（かあ）と凄く（すご）仲（なか）がよさそうなのに、お母さん（かあ）の好き嫌い（す きら）がよく分かって（わ）いるんじゃないの？

　➕ 明明妳跟妳母親的感情好像很好，妳應該很清楚媽媽喜歡和討厭的東西，不是嗎？

友子（ゆうこ）：実母（じつぼ）ではなく、義母（ぎぼ）の話し（はな）ですよ。結婚して（けっこん）この三年間（さんねんかん）、毎年（まいとし）この時期（じき）になると悩み（なや）ます。

⊕ 我說的不是我媽，而是我婆婆哦。婚後這三年，每年一到這時期我就很煩惱。

利香（りか）：確（たし）かに嫁（よめ）にとっては、コストの問題（もんだい）はともかく❶、「できる嫁（よめ）」と言（い）われるような贈（おく）り物（もの）を選択（せんたく）するのが肝心（かんじん）よね。

⊕ 的確對媳婦來說，費用的問題可以先不考慮，重要的是要能選對禮物才能被稱為「能幹的媳婦」吧？

友子（ゆうこ）：特（とく）に結婚（けっこん）に反対（はんたい）された私（わたし）の場合（ばあい）は、女（おんな）のプライドに関（かか）わるものがあります❷。

⊕ 特別是婚事曾被反對過的我，總覺得這關係到女人的自尊。

利香（りか）：旦那（だんな）さんは結婚（けっこん）する前（まえ）に、お母（かあ）さんにどんなプレゼントを贈（おく）りましたか？

⊕ 妳先生在婚前送了什麼樣的禮物給他母親呢？

友子（ゆうこ）：小（ちい）さい頃（ころ）はメッセージカードを作（つく）っていたけれど、就職（しゅうしょく）してからは電話（でんわ）を掛（か）けるか、食事（しょくじ）をおごるだけで済（す）ませていたらしいです。

⊕ 小時候做了賀卡，開始工作之後，好像只是打個電話或者請吃個飯就搞定了。

利香（りか）：それで良（い）いかもしれませんよ。ある調査（ちょうさ）によると、母親（ははおや）が贈（おく）って貰（もら）いたいものは、一位（いちい）から三位（さんい）までは、「一緒（いっしょ）に外食（がいしょく）」、「手紙（てがみ）やメッセージカード」と「一緒（いっしょ）に旅行（りょこう）やお出（で）かけ」ですよ。

⊕ 那樣說不定也不錯哦。根據某項調查，母親們最想收到的禮物前三名是「一起出去吃飯」、「信或賀卡」和「一起旅行或外出」哦。

友子（ゆうこ）：母親（ははおや）が求（もと）めているのは、商品（しょうひん）ではなく、子（こ）どもと一緒（いっしょ）に過（す）ごす時間（じかん）や、感謝（かんしゃ）の気持（きも）ちだと良（よ）く分（わ）かっていますが、それは自分（じぶん）の子（こ）どもに限（かぎ）っての事（こと）なので悩（なや）んでいます。

⊕ 雖然我很清楚母親們追求的不是商品，而是和孩子一起度過的時間或感謝的心意等，但因為那些都只限於自己的孩子，我才會這麼煩惱啊。

👩 利香（りか）：じゃあ、ブランドバッグを贈（おく）ったらどうですか？「お袋（ふくろ）の日（ひ）」ですから。

⊕ 那麼，送名牌包如何呢？因為是「提袋日」（老媽日）嘛。

👩 友子（ゆうこ）：ハハ。節電（せつでん）できる実用的（じつようてき）な商品（しょうひん）や売（う）れ筋雑貨（すじざっか）にしようかと思（おも）っていましたが、ブランドバッグにした方（ほう）が「嫁（よめ）の株（かぶ）」を上（あ）げられそうですね。

⊕ 哈哈。我本來在考慮要選省電又實用的商品或是熱賣的雜貨，但好像選名牌包比較能讓「媳婦股」增值呢。

單字百寶箱

（MP3）▶047

母（はは）の日（ひ）	母親節，日本從1949年開始效仿美國將母親節訂在五月的第二個星期日	**苦労（くろう）**	辛苦；勞苦
地久節（ちきゅうせつ）	皇后的生日，1948年後改稱為「皇后誕生日（こうごうたんじょうび）」，同様，天皇的生日也從「天長節（てんちょうせつ）」改稱為「天皇誕生日（てんのうたんじょうび）」	**労（いた）る**	慰勞；安慰
袋物（ふくろもの）の日（ひ）	提包日、提袋日，因為日文裡的「お袋（ふくろ）」有「老媽」和「袋子」的兩種意思，因此日本提包協會在1993年便一語雙關地將母親節訂為提包日	**コスト**	費用（cost）

カーネーション	康乃馨，國際母親節的節花（carnation）	求める	追求；要求
倣う	倣效；仿照	外食する	在外面吃飯
義母	配偶的母親、繼母或是養母，是「義理の母」的簡稱	売れ筋	熱賣
実母	親生母親；親娘	実用的な	實用的
女のプライド	女性的自尊（pride）	雑貨	雜貨
メッセージカード	賀卡（message card，和製英文，正確的英文是 greeting card）	節電	省電
好き嫌い	好惡；喜歡和討厭的事物	商品	商品

 特好用句型 ▶048

❶ 〜はともかく（として）

「Aはともかくとして、B〜」的句型表達的是，雖然A和B都得考慮，但在考慮A之前要優先考慮B。

☆ 名詞＋はともかく（として）〜　**先不考慮〜、姑且不說〜**

例句❶：年を取ったら、結婚のタイミングはともかくとして、子供を産めるかどうかが問題です。

上了年紀的話，姑且不說結婚的時機，能不能生小孩才是問題。

しばらく

「旅行（りょこう）」「目的地（もくてきち）」「出発日（しゅっぱつび）」「決（き）める」「先（さき）」

寫寫看

旅行（りょこう）の目的地（もくてきち）はともかく、出発日（しゅっぱつび）を決（き）める方（ほう）が先（さき）です。

先不管旅行的目的地，出發的日期要先決定。

❷ 〜ものがある

此句型用來表示說話者對於某項事實、某種因素的感嘆或感受，相當於中文的「總覺得〜」、「感覺很〜」、「有〜的一面」。

☆ 動詞原形／い形容詞＋ものがある〜　總覺得〜、感覺很〜、有〜的一面

例句1：人（ひと）には限界（げんかい）というものがある。

人總有極限。

例句2：五歳（ごさい）のとき既（すで）に作曲（さっきょく）が出来（でき）たモーツァルトの才能（さいのう）には、素晴（すば）らしいものがある。

五歲便能作曲的莫札特，總覺得其才華實在出色。

☆ な形容詞＋な＋ものがある〜　總覺得〜、感覺很〜、有〜的一面

例句1：旦那（だんな）と私（わたし）の結婚（けっこん）を反対（はんたい）した義母（ぎぼ）に、母（はは）の日（ひ）のプレゼントをするのは複雑（ふくざつ）なものがある。

送母親節禮物給曾經反對我和老公結婚的婆婆，也有其複雜的一面。

春の行事（はる ぎょうじ）

小練習　しばらく

「村上春樹（むらかみはるき）」「小説（しょうせつ）」「非現実的な話しが書かれていても（ひ げんじつてき な はな か）」「読者（どくしゃ）」「共感させる（きょうかん）」

寫寫看

村上春樹（むらかみはるき）の小説（しょうせつ）には、非現実的な話しが書かれていても（ひ げんじつてき な はな か）読者（どくしゃ）に共感させる（きょうかん）ものがある。

村上春樹的小說，就算寫了非現實的故事，總能讓讀者產生共鳴。

始於平安時代初期，為了祈求風調雨順、五穀豐收而舉行的「葵祭」，號稱是全日本最優雅且古意盎然的祭典，同時也是京都三大祭之中歷史最悠久的祭典，其正式名稱為「賀茂祭」，因為巡遊的人群，甚至牛馬身上都有葵葉裝飾著，因此又被稱為「葵祭」。

　　葵祭在每年的五月十五日舉行，祭典的內容主要是重現平安時期的官員隊伍當年向下鴨、上賀茂兩神社傳送天皇諭旨和供品的盛大場面。官員隊伍會從京都御所出發，500位身著華麗古裝的巡遊隊員從容恬靜地穿梭在京都的主要街道上，經過下鴨神社，並於五個小時之後會抵達終點上賀茂神社。

　　而身穿宮廷正裝「十二單」，坐在轎子裡出場的「斎王代」，是葵祭裡最受矚目的女主角。「齋王」是指代表皇室侍奉神明的巫女，由皇族中的未婚女性出任。從前的葵祭由齋王擔任主祭，但1956年以後，便由京都平民中選出家世良好的未婚女性來代替齋王，因此稱為「齋王代」。

　　不管是古時候的京都人，或者是日本古典文學當中所提到的「祭」，在在都是指葵祭，由此可見這個傳承了古老傳統的祭典從古至今的盛況及重要性仍舊不變。

あおいまつ
葵祭り

MP3 ▶049

秋恵：かなり曇っていますね。天候のいかんによっては❶、祭りを実施できないこともあるので、かなり心配しました。

　⊕ 是個大陰天呢。因為根據天候的狀況，也有可能無法舉行祭典，所以我很是擔心呢。

亜子：私もですよ。祭りの実施、順延については、祭り当日の早朝に決定されるので、朝一で京都市観光協会に電話をして確認しましたよ。

⊕ 我也是啊。因為有關祭典的舉行、順延，都是在祭典當天早上才決定的，所以我一早就打電話去京都市觀光協會確認了哦。

秋惠： ご苦労様です。全席指定といっても、やはりこの一列目の席は一番臨場感がありますね。

⊕ 辛苦妳了。雖說所有的座位都是對號入座，果然還是第一排的座位最有臨場感呢。

亜子： 葵祭は人気の高い祭りですから、早めにこの席を確保しました。それに、指定席が設置された京都御苑と下鴨神社の二箇所のうち、より評判が良い御苑の席を押さえましたよ。

⊕ 因為葵祭是個很受歡迎的祭典，所以我老早就確保了這個座位。而且，設置對號座位的京都御苑和下鴨神社這兩個地點當中，我搶到了評價較好的御苑座位哦。

秋惠： ありがとうございます。静かな祭りだと聞いたので、携帯はちゃんとマナーモードにしましたよ。

⊕ 謝謝妳。因為聽說這是個安靜的祭典，所以我有確實地把手機設定成震動模式哦。

亜子： そう言えば、カメラも発光禁止モードにしなければならないですね。今日のような曇りでも、牛馬が暴走しないよう、葵祭ではフラッシュ撮影は禁止ですよ。

⊕ 這麼說來，相機也要設定成禁止閃光模式呢。就算是像今天這種陰天，為了防止牛馬暴衝，在葵祭是禁止用閃光燈拍照的哦。

秋惠： 分かりました。葵祭の紹介パンフレットの写真を見ると、時代祭と見間違えそうですね。

⊕ 我知道了。看葵祭介紹手冊裡的照片，很容易誤認成時代祭呢。

亜子： 確かに葵祭も時代祭も時代劇コスプレのように見えるけれど、葵祭はあくまで平安時代に始まった、かつ平安時代の朝廷行事だけを再現する行列巡行ですよ。

➕ 的確，不管是葵祭還是時代祭，看起來都好像是歷史劇的變裝活動，但是葵祭到底始於平安時代，而且重現的只有平安時代朝廷的例行公事的隊伍巡遊哦。

秋惠：なるほど。それに、行列の参加者から祭儀の牛車に至るまで❷全て葵の葉で飾られるという特徴があるので、「賀茂祭」を葵祭と呼ぶことが一般的になったようですね。

➕ 原來如此。而且，因為從巡遊隊伍的參加者甚至到祭禮的牛車，都有用葵葉裝飾的特徵，好像因此讓「賀茂祭」普遍地被稱作「葵祭」了呢。

亜子：はい。昔は京の祭といえば葵祭を指すほど葵祭が隆盛であったし、時代祭より長い歴史があります。

➕ 沒錯。已到了從前說到京都的祭典，就是指葵祭的程度，葵祭不但聲勢浩大，也比時代祭有更悠久的歷史。

秋惠：ところで、ヒロイン役の斎王代は毎年京都の未婚女性の中から一人だけ選ばれるそうなので、私たちみたいな部外者は無縁ですよね。

➕ 對了，聽說女主角的「齋王代」每年都是從京都的未婚女性當中，僅挑選一位來擔任，所以像我們這樣的外部人士應該是無緣的吧？

亜子：選ばれる女性は皆凄いお嬢様のようですよ。それに、もし選ばれたとしたら、蒸し暑い京の初夏に一日中、何十キロもの十二単を着ていることができますか？

➕ 被選上的女性好像每個都是超級千金大小姐哦。而且，假設妳被選上了，妳能在悶熱的京都初夏一整天都穿著重達幾十公斤的十二單衣嗎？

MP3 ▶050

賀茂祭 か も まつり	葵祭的正式名稱，於每年的5月15日舉行，是下鴨神社、上賀茂神社的例行祭典	**全席指定** ぜん せき し てい	全部的座位都要對號入座
下鴨神社 しも がも じんじゃ	正式的名稱為「**賀茂御祖神社**」，位於京都市左京區。和上賀茂神社一樣，供奉的是賀茂氏一族的守護神，因此兩社合稱「賀茂神社」	**臨場感** りん じょう かん	臨場感
上賀茂神社 かみ が も じんじゃ	正式的名稱為「**賀茂別雷神社**」，位於京都市北區，建於西元678年，和下鴨神社一樣，供奉的是賀茂氏一族的守護神，因此兩社合稱「賀茂神社」	**マナーモード**	震動模式 （manner mode，和製英文）
朝廷行事 ちょう てい ぎょう じ	朝廷的例行公事	**フラッシュ撮影** さつ えい	用閃光燈拍照（flash）
京 きょう	京都的簡稱	**評判** ひょう ばん	評價；評論
斎王代 さい おう だい	代替「齋王」擔任葵祭主祭的平民未婚女性。「**齋王**」是指代表皇室侍奉神明的巫女，由皇族未婚的女性出任	**暴走する** ぼう そう	暴衝；亂跑；狂飆
十二単 じゅう に ひとえ	十二單衣，宮廷正裝，正式的名稱是「**五衣・唐衣・裳**」，十二指的是「非常多層」的意思，標準的十二單衣約有20公斤重	**コスプレ**	角色扮演；變裝 （costume play原為和製英文，但現在cosplay一字也開始被普遍使用）

未婚女性 み こん じょ せい	未婚女性	見間違い み ま ちが	錯看；誤認
時代劇 じ だい げき	歷史劇	当日 とう じつ	當天
ヒロイン役 やく	女主角；扮演女英雄的角色（heroine）	携帯 けい たい	手機，全名是「携帯電話 けい たい でん わ」，因為漢字的筆畫多，所以常被寫成「ケイタイ」

 特好用句型

(MP3) ▶051

❶ 〜のいかんによっては、〜

　　此句型「Aのいかんによっては、B」表達的是在A的情況之下，有可能會發生B的狀況。A通常是某種程度、較為抽象的詞語。以抽象的「成績」和具體的「分數
 せいせき」為例，「成績のいかんによっては」是成立的，但是「点数
 てんすう のいかんによっては」就會讓人覺得奇怪。

☆ 名詞＋のいかんによっては〜　根據〜的情況〜

例句1：欠勤率
 けっきんりつ のいかんによっては、解雇
 かい こ されるかもしれませんよ。

　　根據缺勤率的情況，可能會被解僱哦。

 小練習
 しば らく

「成績
 せいせき」「卒業
 そつぎょう できないこと」「あるでしょう」

 寫寫看

成績
 せいせき のいかんによっては、卒業
 そつぎょう できないこともあるでしょう。

　　根據成績的好壞，也有畢不了業的情況呢。

春の行事

② 〜に至（いた）るまで

　　此句型用來表達某項事物的範圍「甚至到了」某種極限。常與「から」、「全（すべ）て」一起使用，「AからBに至（いた）るまで全（すべ）て〜」就是「從A到B全部〜」。

☆ 名詞＋に至（いた）るまで〜　甚至到〜

例句1 ：その会社（かいしゃ）の学歴審査（がくれきしんさ）は厳（きび）しいです。幼稚園（ようちえん）から大学（だいがく）に至（いた）るまで全（すべ）て履歴書（りれきしょ）に列記（れっき）しなければなりません。

　　那家公司的學歷審查很嚴格。從幼稚園甚至到大學全部都必須在履歷表上列表出來。

「破産（はさん）によって」「家（いえ）」「ラジオ」「全（すべ）て」「差（さ）し押（お）さえる」

破産（はさん）によって、家（いえ）からラジオに至（いた）るまで全（すべ）て差（さ）し押（お）さえられました。

　　因為破產，從房子甚至到收音機全部都被查封了。

和製英語

「○○ラッシュ」

　　日文的「ラッシュ」由來可能是英文的rush、lash，或是rash。以「rush」來說，除了內文提及過的「帰国（きこく）ラッシュ」（回國的高峰期），相關的單字還有「出国（しゅっこく）ラッシュ」（出國的高峰期）、「交通（こうつう）ラッシュ」（交通高峰期）、「通勤（つうきん）ラッシュ」（上下班高峰期），以及「ラッシュアワー」（rush hour，高峰時間）。

　　除此之外，「○○ラッシュ」也有「○○熱」的意思，例如「投資（とうし）ラッシュ」（投資熱）以及「ゴールドラッシュ」（淘金熱）等等。

三社祭
さんじゃまつり

三社祭

　　擁有七百年歷史的「三社祭」不但是江戶的三大祭之一，也是東京最熱鬧的一項傳統盛事，由東京的淺草神社在每年五月的第三個週五、週六、週日舉行。這項神轎遶境慶典散發著濃厚的江戶氛圍，每年都有破萬的抬轎手穿著祭典的服飾參與抬轎，能吸引一、兩百萬人到場參觀。

　　淺草神社被稱為「三社樣」，昔日是淺草寺的一部分，明治時代以後因為「神佛分離」的政策從淺草寺分出。現代的三社祭是由原本的「觀音祭」以及將神轎迎上奉船並巡海的「船祭」形式，演變成以遶境為主的陸上祭禮。

　　「三社」指的是檜前浜成、檜前竹成兄弟，以及土師中知三人。據說在西元628年，檜前兄弟在江戶灣捕魚時發現了一尊落入漁網的神像，在請教了土師中知後才明白那是一尊觀世音菩薩像，日後土師中知皈依了佛門，並開始在自家供奉起觀音，因而開啟了淺草寺的歷史。三社祭也就是為了紀念對於淺草寺的創建有直接關係的這三位人物。

　　三社祭的第二天，從淺草地區44個「町」裡約會有100座神轎被抬出來在街道上遊行，而祭典的最後一天是壓軸戲——「神轎出宮」，也就是三座本社神轎的大遊行，每一座都重約一噸，至少需要50個抬轎手合力才扛得起神轎。

三社祭
さんじゃまつり

052

秋恵：浅草は最も江戸を感じることができる土地と言われますが、江戸っ子ではない私も何だか懐かしく感じるのは、不思議です。

　➕ 雖然有人跟我說淺草是最能感到江戶氣息的地方，但不是江戶子的我也不知怎麼地覺得很懷念，真是不可思議。

春の行事

亜子：それは多分、観音信仰の文化が色濃く伝わっている上に、浅草は台湾のように人情厚い所だからでしょう。

⊕ 那大概是因為這裡傳達了濃厚的觀音信仰文化，而且淺草和台灣一樣是個人情味重的地方吧。

秋恵：そうかも知れませんね。しかもこの熱狂の本社神輿渡御を見たら、何だか台湾の媽祖巡礼を思い出します。

⊕ 或許如此呢。而且看到這個狂熱的本社神轎大遊行之後，不知怎麼地讓我想起了台灣的媽祖繞境。

亜子：三社祭の見どころは何といっても、最終日に行われる、この「宮出し」ですよ。

⊕ 三社祭的看頭怎麼說都是最後一天舉行的這個「神轎出宮」哦。

秋恵：担ぎ手の半纏姿は粋ですね。掛け声を聞いたり祭り着を見るにつけ❶、日本の祭りのエネルギーを実感し、見物客としてもウキウキしますよ。

⊕ 抬轎手穿著短褂的樣子真帥呢。每當我聽到喊聲、看到祭典穿的服裝，總能真實地感受到日本祭典的活力，即使是觀眾也興奮不已哦。

亜子：日本人は普段、やや恥ずかしがり屋さんのイメージですが、祭りにかけては❷ほぼ全裸を見られても構わないくらい大胆になりますね。

⊕ 雖然日本人平常給人有些害羞的形象，但是在祭典方面卻變得連幾乎被看到全裸都不在意的大膽程度哦。

秋恵：確かに今日は褌姿をいっぱい見て来ましたね。ちょっとスケベに聞こえるかもしれませんが、私はそれが三社祭の見応えのハイライトの一つだと思います。

⊕ 確實今天看了很多人穿著丁字褲的模樣。雖然聽起來可能有點色，但是我認為那可是三社祭最值得一看的精彩場面之一。

亜子：祭褌は三社祭の男子伝統衣装であり、男粋をアピールするのに最適ですね。

　⊕ 祭典的丁字褲是三社祭的男性傳統穿著，最適合用來展現男兒的瀟灑呢。

秋恵：そうなんですよ。ところで、さっき雷門の大提灯を見ましたか？引き上げて畳まれていましたが、せっかく浅草寺まで来たので写真を撮りました。

　⊕ 就是啊。對了，剛才妳有看到雷門的大燈籠嗎？雖然被往上折起來了，但是因為難得來了一趟淺草寺，我還是拍了照。

亜子：よく珍しい写真を撮りましたね。それは三社祭の際に神輿に下を通過させる為にしたので、普段はなかなか見られませんよ。

　⊕ 妳拍到非常珍貴的照片了呢。那是為了在三社祭的時候讓神轎能從燈籠下面通過才折的，所以平常不太能看得到哦。

MP3 ▶053

あさくさ	以淺草寺為中心的商業街區。從前是東京的一個地名，在江戶時代之前是東京最繁華的地方
浅草	

ねっきょう	
熱狂	狂熱

あさくさじゃじゃ	位於淺草寺本堂的東側，昔日是淺草寺的一部分，明治時代以後因為神佛分離的政策從淺草寺分出。裡面供奉的是土師真中知、檜田浜成、檜前武成，三位皆是對淺草寺的創立有直接關係的人物
浅草神社	

じっかん	
実感する	真實感覺到

春の行事

浅草寺 せん そう じ	位於東京的台東區，創建於西元628年，是東京最古老的寺院，供奉著觀世音菩薩	**人情厚い** にん じょう あつ	人情味重
雷門 かみなり もん	淺草寺於表參道入口之門，正式的名稱是「**風雷神門**」。門的左邊有風神像，右邊有雷神像，中間懸掛著相當醒目且著名的大紅燈籠	**見応え** み ごた	值得一看
船祭り ふな まつ	將神轎置放於供奉的船後，進行巡海的祭典	**エネルギー**	能量；活力（energy）
江戸っ子 え ど こ	土生土長的東京人。現在多指從祖父輩就一直生長在東京，尤其是住在「**下町**」的人	**粋** いき	瀟灑；俊俏；帥
江戸湾 え ど わん	現在的隅田川下游，以前被稱為「江戶灣」	**うきうきする** いき	興奮；歡愉；高興
宮出し みや だ	神轎出宮；出神社	**アピールする**	展現魅力、吸引力（appeal）
祭り着 まつ り ぎ	祭典穿的服裝	**最適** さい てき	最適合
半纏 はん てん	日式的短上衣；褂子	**最終日** さい しゅう び	最後一天

MP3 ▶054

❶ ～につけ

此句型用來表達「每次看到、聽到、想到、或者處在某種情形時，總會～」的意思。

☆ **動詞原形＋につけ～　每當～・總會～**

例句1：学生時代の唄を聞くにつけ、昔の事を思い出す。

　　　　每當聽到學生時代的歌，總會想起以前的事。

「いなくなったお爺ちゃん」　「思い出す」　「涙が出て来る」

（寫寫看）

いなくなったお爺ちゃんを思い出すにつけ、涙が出て来ます。

每當想到去世的爺爺，總會掉下眼淚。

❷ ～にかけては

此句型用來表達在某一方面的才能較高、素質較好、或者較有自信，相當於中文的「在～方面」的意思。

☆ **名詞＋にかけては～　在～方面**

例句1：いくら暗算にかけては自信があると言っても、電卓よりは速くない。

　　　　就算在心算方面再怎麼有自信，也快不過電子計算機。

春の行事（はる ぎょうじ）

小練習 しばらく

「あの人（ひと）」「不器用（ぶきよう）」「芸術家（げいじゅつか）には成（な）れない」「審美眼（しんびがん）」「芸術家（げいじゅつか）にも負（ま）けない」

寫寫看

あの人（ひと）は不器用（ぶきよう）なので芸術家（げいじゅつか）には成（な）れないが、
審美眼（しんびがん）にかけては芸術家（げいじゅつか）にも負（ま）けない。

雖然那個人因為手藝笨拙而無法成為藝術家，但是在審美觀方面卻不輸給藝術家。

夏の行事

說到煙火大會就會想到「放暑假」以及穿著「浴衣」觀賞煙火的民眾，而且從 2012 年東京晴空塔啟用開始，隅田川煙火大會又多了一項和煙火相互輝映的亮點，東京也因此多了一種夏季的「風物詩」。

6月 JUNE

京都薪能　　　父親節
大風箏會戰　　六月新娘
山王祭　　　　端午節

7月 JULY

中元　　　　　天神祭
鰻魚日　　　　隅田川煙火大會
祇園祭　　　　飛魚收藏祭

8月 AUGUST

青森睡魔祭　　夏季甲子園
七夕　　　　　溫泉祭
農曆的盂蘭盆會　鬼月
五山送火

廿六月

京都薪能
きょう と たきぎ のう

京都薪能

「能」和「歌舞伎」一樣，都是日本的傳統表演藝術之一，其特色是以音樂、面具、服裝和道具，輔以靜態的舞蹈，來表現出一種情境。然而由於「能」的舞蹈動作非常緩慢，常有人開玩笑地說，外行人不僅看不到熱鬧，還可能不小心看到睡著。

「薪能」則是在夏季的夜晚，大多是在戶外的舞台所演出的能劇。日本的許多地方都有舉行「薪能祭」的習俗，而每年的6月1日、2日，日本的著名神社「平安神宮」都會在境內特設的戶外舞台演出「能」和「狂言」，這是京都的例行活動之一。

除了在搖曳的篝火中展開的「京都薪能祭」，6月1日也是日本人換季的日子，日文稱為「衣替えの日」或是「更衣日」，是學校以及規定穿制服的機關單位統一讓學生、職員換上夏季制服的日子。

6 水無月
みな な づき

京都薪能
きょう と たきぎ のう

MP3 ▶055

秋恵：今年も薪能祭を見に行くん❶ですか？
あき え　　ことし　たきぎのうまつり　み　い

➕ 今年你也會去看薪能祭嗎？

英樹：はい。毎年六月の一日と二日に平安神宮で能を見ることにしているので、とても楽しみです。
ひで き　　まいとしろくがつ　ついたち　ふつ か　へいあんじんぐう　のう　み　　　　　　　　たの

➕ 是的。因為每年6月的1日和2日我都會去平安神宮看能劇，真的很期待。

秋恵：雨天順延ですから、二日間とも晴れそうで良かったですね。
あき え　　う てんじゅんえん　　　　　　ふつ か かん　　　は　　　　　よ

➕ 因為雨天就會順延，看來那兩天都會是晴天，太好了呢。

英樹：お陰さまで、順調に観賞が出来そうです。今年も人気の高い演目が上演されるので、一緒に行きませんか？
ひで き　　かげ　　　　じゅんちょう　かんしょう　で き　　　　　ことし　にんき　たか　えん　もく　じょうえん　　　　　　いっしょ　い

126

⊕ 托妳的福，看來可以順利地欣賞到表演。今年也會演出受歡迎的能劇，要不要一起去呢？

秋恵：一度行ってみたい**ん❶**ですが、チケットを買うのにもう遅すぎますよね？

⊕ 雖然我是想去一次看看，但是買票的話已經太晚了吧？

英樹：そんなことはありませんよ。前売券より高いですが、当日券も販売されていますよ。

⊕ 沒有那種事哦。雖然比預售票還貴，但是也有在販售現場票唷。

秋恵：じゃあ、是非ご一緒させて下さい**❷**。

⊕ 那麼，請一定要讓我和你一起去。

（決定如何前往平安神宮）

秋恵：神宮の近くに有料駐車場もありますが、やはり地下鉄で行くのが一番速いでしょう。

⊕ 雖然神宮附近有付費停車場，但還是坐地鐵去最快吧。

英樹：私もそう思います。東西線の東山駅から徒歩10分しかかかりませんので、地下鉄で行きましょう。

⊕ 我也這麼想。因為從東西線的東山站走路只要10分鐘，還是坐地鐵去吧。

秋恵：ところで、今日は初めて「もう、夏が来た。」と感じますね。

⊕ 對了，今天第一次覺得「夏天來了」呢。

英樹：そう、そう。今日は衣替えの日でもあり、学生も夏服に替ったので、完全に夏の雰囲気ですね。

⊕ 沒錯、沒錯。今天也是換季的日子，因為學生都換上了夏季制服，完全是夏天的氛圍了呢。

夏の行事

127

（看完表演）

英樹：今年の公演も、相変わらず素晴らしかったです！篝火もとても立派でした。

➕ 今年的演出還是一往如常地精彩！篝火也非常地壯觀。

秋恵：ええ、感動しました。能の舞は静かでゆっくりなので、見ていて眠くならないかと、実は心配したん❶です。でも凄く面白かったです！誘ってくれて、ありがとうございます。

➕ 是呀，好感動。因為能劇的舞蹈安靜又緩慢，老實說我本來還擔心看著看著會不會打瞌睡呢。但是真的非常有意思！謝謝你邀請我來。

單字百寶箱

🎧MP3 ▶056

薪能 たきぎのう	在夏天夜晚，大多是戶外特設的舞台所演出的能劇	演目 えんもく	劇目；節目。「楊貴妃」是能劇裡的有名劇目之一
狂言 きょうげん	日本的傳統古典藝術之一，多為穿插在能劇表演之間的喜劇	前売券 まえうりけん	預售票
平安神宮 へいあんじんぐう	為紀念日本古都（平安京）遷都1100週年，於西元1895年建成的神社，位於京都的左京區	当日券 とうじつけん	演出當天在窗口購買的票
風物詩 ふうぶつし	能表現出季節感的人事物	初夏 しょか	初夏
篝火 かがりび	在郊外活動裡點燃的火堆或高台	衣替え／更衣 ころもがえ／こうい	服裝的換季，以前較常寫成「衣更え」

のう ぶ たい **能舞台**	表演能劇的舞台	ころも が ひ **衣替えの日** こう い び **／更衣日**	換季日，原本為陰曆的四月一日，現訂為西曆的6/1，此外，10/1也是換季日。在較溫暖的地區則是5/1和11/1
のう めん **能面**	能劇演員戴的木製塗漆面具	なつ ふく **夏服**	夏季的衣服、制服；夏裝
のう ま **能を舞う**	演出能劇。要注意動詞是「**舞う**」，不是「**演じる**」，由此可見舞蹈在能劇裡的重要性	ひと え **単衣**	「ひとえ」指的是「一層」，因此用來稱呼沒有內襯的和服（單層和服），通常在6月與9月穿著
りゅう は **流派**	能劇的流派是世襲的劇團，分為五大流派：觀世流、寶生流、金春流、金剛流、喜多流	なつ もの うす もの **夏物／薄物**	盛夏（7月～8月）穿著的和服，材質多為絽、紗、羅等涼爽的材質
こう えん **公演**	表演；演出	ゆ かた **浴衣**	夏天穿的和服，因為裡面沒有和服裡面一層的內衣，也不需要搭配襦袢和足袋，因此不適合穿到宴會、典禮等正式場合

夏の行事

特好用句型

(MP3) ▶057

❶ ～ん

　　此句型用法和「～の」一樣，只是較口語化，而寫文章的時候要用「～の」。比起一般的「です／ます」敘述句，更有強調情緒、解釋理由、說明原因的語氣。

　　「～ん」前面接的是動詞常體，這裡列舉幾個句型示範。

☆ 動詞原形＋ん～　**解釋或說明情況。句尾加「か」便是說話者對於自己的推測或是推測的理由進行確認。**

例句1：お客さんは一体いつ来るんですか？

　　　　客人到底什麼時候來呀？

☆ 動詞て形＋いる＋ん～　**解釋現在正在做的事。句尾加「か」便是詢問或是確認對方現在正在做的事。**

例句1：あの二人は裏でこそこそ何をしているんですか？

　　　　那兩個人暗地裡偷偷摸摸地在搞什麼呀？

☆ 動詞た形＋ん～　**解釋發生過的事情。句尾加「か」便是詢問已經發生過的事。**

例句1：どうして会社を休んだんですか？

　　　　怎麼沒去上班呀？

☆ 形容詞原形＋ん

例句1：ちょっと高いんですけど美味しいですよ。

　　　　雖然有點貴，但很好吃。

☆ 形容詞過去形＋ん

例句1：お腹が痛かったんで、病院に行きました。

　　　　因為肚子痛去了醫院。

「明日の今頃」「あなた」「どこにいる」「だろう」

明日の今頃には、あなたはどこにいるんだろう。

明天的這個時候，你會在哪裡呢？

☆ 咦，好熟悉的句子，好像在哪裡聽過耶～沒錯！這是歌手宇多田光的歌曲「First Love」裡面的歌詞。下一句的歌詞用的則是另一個句型「動詞て形＋いる＋ん」。一起來唱唱看吧！

♪ 明日の今頃には、あなたはどこにいるんだろう、誰を想っているんだろう。♪

　　明日此時，你會在哪裡，又會想著誰呢？

❷ ～させて下さい

　　謙讓語（下對上）的表現常會用到使役形（～させる、～かせる等等），這裡的「下」是自己，而「上」則是對方。也可以配合「頂きます」、「貰えませんか」的使用，作為有禮貌的敘述句或是詢問句。

☆ 「～させて下さい」～　　意思是「請讓我做某某事」。

例句1：また遊びに行かせて下さいね！

　　下次請讓我再去玩哦！

☆ 「～させて頂きます」～　　有感謝地位較高的人（如上司）同意或諒解讓自己（說話者）做某件事的意思。

例句1：今日は早めに休ませて頂きます。

　　今天（老闆或是顧客）讓我早一點休息。

☆ 「～させて貰えませんか」～　　是有禮貌的詢問，請求上司的同意時經常使用。

例句1：そのお客さんは私に担当させて貰えませんか。

　　是否能讓我負責那個客人呢？

※ 和「～て下さい」的用法完全不一樣喔，比較看看哪裡不同：

　　○ 京都を案内<u>して</u>下さい。▶ 請你當我的嚮導帶我逛京都。

　　○ 京都を案内<u>させて</u>下さい。▶ 請讓我當你的嚮導帶你逛京都。

夏の行事

131

「是非_{ぜひ}」「一度_{いちど}」「見積_{みつもり}する」「下_{くだ}さい」

是非_{ぜ ひ}一度_{いちど}お見積_{みつもり}をさせて下_{くだ}さい。

請一定要讓我為您報一次價。

漢字女還想告訴你

慣用用語

「お陰_{かげ}さまで〜」

　　意思和中文的「託您的福」很相近。雖然不能算是節慶或祝賀用語，在日常生活中卻是相當實用的慣用語，不但可以用來表達感謝，也能作為寒暄、問候、回覆祝賀等用途。「お陰_{かげ}」原來就有表示受到神佛的庇護之意，廣義指受到他人的恩惠、幫助等，加上「さま」（或是漢字「樣_{さま}」），就變成了有禮貌的說法。

　　用法很簡單，只要在「お陰_{かげ}さまで」的後面，加上想要表達的完整句子就可以了。這個慣用語常常會和「無事_{ぶ じ}に」、「順調_{じゅんちょう}に」（平安無事地、順利地）搭配使用。

☆ 表達感謝

例句1：お陰_{かげ}さまで、完売_{かんばい}いたしました。▶ 託大家的福，已經銷售一空。

☆ 寒暄／問候

例句1：お陰_{かげ}さまで、仕事_{し ごと}は順調_{じゅんちょう}です。▶ 託你的福，工作一切順利。

例句2：明（あ）けましておめでとうございます。お陰（かげ）さまで、無事（ぶじ）に一年（いちねん）が過（す）ぎました。

▷ 新年快樂。託你的福，平安無事地過了一年。

☆ 回覆祝福的話

例句1：A：ご結婚（けっこん）おめでとうございます！ ▷ 恭喜你們結婚！

B：お陰（かげ）さまで、無事（ぶじ）に結婚式（けっこんしき）をあげられました。 ▷ 託你的福，順利地舉辦了婚禮。

「お陰（かげ）さまで」「無事（ぶじ）」「卒業（そつぎょう）」

夏（なつ）の行事（ぎょうじ）

お陰（かげ）さまで、無事（ぶじ）に卒業（そつぎょう）できました。

託你的福，順利畢業了。

漢字女的趣事分享

　　一開始聽日本朋友對我說「お陰（かげ）さまで」時，我的心中常常會出現OS，明明我什麼忙都沒幫到，怎麼能算是託我的福呢？後來，我把它想成是「感謝神佛的庇護」，就能瞭解朋友想要表達的意思了，因為很多事都不是靠一己之力就可以成功的，所以東方有「天時、地利、人和」，而西方則有「墨菲定律」之說。因此對於那些能夠順利進行的事情，我們應該也要對其中有形和無形的助力，好好地表達一下謝意呢！

漢字女還想告訴你

俳句欣賞

☆ 小林一茶 （1763〜1827）

衣更て　坐ってみても　ひとりかな　　換上當季的衣服　坐著張望　還是獨自一人

▶ 這首俳句的意境是：換上了當季的衣裝，不知怎麼地心情大好，想要秀給別人看看，卻沒
　有半個客人來訪，最後還是孤單一人。

☆ 松尾芭蕉 （1644〜1694）

一つ脱いで　後に負ぬ　衣がえ　　脱下一件　放在背上　當做換季

▶ 這首俳句的意境是：在旅途時遇到了換穿夏裝的日子，因為沒有準備夏天的衣服，所以將
　穿在外面的那件衣服脫下來，披在背上，就當成是換季了。

漢字女的趣事分享

　　剛搬到東京的第一個秋天某個特別冷的日子，我想都沒想地就穿上了冬天的厚夾
克上班。等上了捷運後才發現，我是唯一一個穿厚夾克的人，超醒目的！

　　到了公司，我的日本同事在我進門的時候就劈頭一句：「咦～不是還沒換季嗎？
怎麼穿了厚夾克呢？」我們公司不穿制服，所以「換季日」對我們來說應該是沒有影
響的，但是當時卻能感受到整個東京似乎有一個我不知道的約定俗成，那就是不管是
否是學生、服務的單位是否穿制服，或是實際的氣溫如何，大家都會很有默契地「挨
到」換季日才會換穿下個季節的服裝。

　　不過，也有可能和約定俗成無關，而是那天會覺得冷到爆的，只有我這個「熱帶
女」而已吧？

NOTE

おお だこ がっ せん
大凧合戦
大風箏會戰

在新瀉縣的白根地區，每年1到6月初旬，天空中就飛揚著多彩多姿的風箏，準備迎接一場激戰。白根大風箏會戰已有三百多年的歷史，傳說在江戶時代中期，當地民眾放風箏慶祝中之川堤防修築完成。但是，當堤防東邊的風箏飛起的時候，卻讓堤防西邊的風箏掉落，之後西邊的田地荒蕪，導致居民不滿，自此之後，堤防東西兩邊的居民便開始以風箏較勁。

大風箏會戰的規則很簡單：每一回合東西兩邊各放一只風箏交戰，並要在限制的時間內使對方的風箏線斷掉，讓風箏墜落。

大風箏會戰時所放的風箏，不但數量和尺寸非凡（最大的寬5米，長7米），形狀也不是我們熟悉的菱形，而是長方形或是六角形。巨型的長方形風箏約有50公斤重，風箏的面用和紙黏成，並繪上臉譜等不同的和式圖樣。而放風箏所用的繩索更依照傳統製繩的方法，採用手工捻成的純日本麻，不但費工，而且需要三、四十個成年人合力才能讓風箏順利飛上天空。白根的巨型風箏，在80年代時就已被列入金氏世界紀錄。

除了大風箏會戰之外，也有超過一千只的六角風箏參加「小風箏會戰」。在每年的風箏會戰之前，小朋友和觀眾都有機會去體驗製作風箏，也就是從骨架組成到黏紙、畫風箏等等流程，而當地的小學生們也有自己的「小朋友的大風箏會戰」（子ども大凧合戰）。此外，「白根風箏和歷史館」也陳列了許多世界各地罕見的風箏，以及巨無霸風箏，供遊客參觀。

おおだこがっせん
大凧合戦

▶058

👩 和子：いよいよ今日は大凧合戦の開戦式ですね。ご主人は今年も参加しますか？
かず こ　　　　　　　　きょう　　おおだこ がっせん　　かいせんしき　　　　　　　しゅじん　　ことし　　さん か

　⊕ 終於到了今天大風箏會戰的開戰典禮了呢。您先生今年也參加嗎？

利香：もちろんです。彼にとって[1]、大凧合戦は生きがいです。

➕ 當然。對他來說，大風箏會戰就是生存的意義。

和子：うちの長男は、小学生になったばかりで、初めて子ども大凧合戦に参加します。

➕ 我家的長男剛成為小學生，就第一次參加小朋友的大風箏會戰。

利香：子ども大凧合戦と言えば、いつも開戦式の前日の午後に行われていますね。

➕ 說到小朋友的大風箏會戰，一直都是開戰典禮前一天的下午舉行的吧。

和子：そうですよ。昨日あの子は子ども大凧合戦で頑張った後、すぐ夜の北風祭りで太鼓を叩きました。とっても疲れたようでした。

➕ 沒錯哦。昨天那孩子在小朋友的大風箏會戰努力之後，立刻又在晚上的北風祭典裡打太鼓。他看起來非常累的樣子。

利香：私はこれから主人を応援しに、堤防へ行くところですが、一緒に行きませんか？

➕ 我現在正要去堤防幫我老公加油，要一起去嗎？

和子：私はまだ合戦の会場へ行けません。息子はこれから市中パレードに参加するので、それが終わったら一緒に開戦式に行きます。

➕ 我還不能去會戰現場。因為我兒子現在要去參加市中心的遊行，遊行結束之後我們會一起去開戰典禮。

利香：そうですか。会場は凄く混んでいるらしいので、そこでは出会えないと思いますが……

➕ 是這樣啊。因為現場好像很擁擠，我想我們在那裡可能碰不到面……

夏の行事

137

和子：じゃあ、明日の花火大会は一緒に行きましょうか？

　　➕ 那麼，明天要不要一起去看煙火？

利香：明日は主人がきっと筋肉痛なので、私が世話をしなければならないんですよ。

　　➕ 因為明天我老公一定會肌肉痠痛，我得要照顧他哦。

和子：分かりました。じゃ、明後日のお祭り広場で会いましょう。

　　➕ 瞭解了。那麼，後天我們在祭典廣場見吧！

利香：はい、飲食コーナーで会いましょう。主人はきっと昼間からビールを飲んじゃいますから。

　　➕ 好啊，在飲食區見吧！因為我老公一定會從白天就開始喝了。

和子：勝敗に関わらず❷、一生懸命に頑張った後のビールは一番美味しいですよね。

　　➕ 因為不管勝敗如何，拼命努力之後的啤酒最好喝嘛。

單字百寶箱

MP3 ▶059

おお だこ 大凧	大風箏	かい せん しき 開戦式	開戰典禮
がっ せん 合戦	會戰	しょう はい 勝敗	勝敗
せい さく か てい 製作過程	製作過程	きん にく つう 筋肉痛	肌肉痠痛
たこ つな 凧綱	風箏線	いん しょく 飲食 コーナー	飲食區（corner）
けい ひ 経費	經費	てい ぼう 堤防	堤防

<ruby>麻<rt>あさ</rt></ruby>	麻		<ruby>対岸<rt>たい がん</rt></ruby>	對岸
<ruby>絵柄<rt>え がら</rt></ruby>	圖案		タイミング	時間點（timing）
<ruby>道具<rt>どう ぐ</rt></ruby>	工具；器材		<ruby>凧揚げ<rt>たこ あ</rt></ruby>	放風箏
<ruby>継承する<rt>けい しょう</rt></ruby>	傳承		ルール	規則（rule）
<ruby>育成<rt>いく せい</rt></ruby>	培養		<ruby>体験<rt>たい けん</rt></ruby>	體驗

特好用句型

(MP3) ▶060

夏の行事

❶ 〜にとって

此句型中文的意思是「對〜來說」、「從〜的觀點來看」。前面接名詞，而後面通常接評價或是判斷等。

☆ 名詞＋にとって〜　對〜來說

例句1：<ruby>親<rt>おや</rt></ruby>にとって、<ruby>子供<rt>こ ども</rt></ruby>は<ruby>一番<rt>いち ばん</rt></ruby>の<ruby>宝物<rt>たから もの</rt></ruby>だ。

　　　　對父母來說，小孩是最棒的寶物。

<ruby>優秀な社員<rt>ゆうしゅう しゃいん</rt></ruby>」「<ruby>会社<rt>かいしゃ</rt></ruby>」「<ruby>重要な資産<rt>じゅうよう し さん</rt></ruby>」

<ruby>優秀<rt>ゆうしゅう</rt></ruby>な<ruby>社員<rt>しゃいん</rt></ruby>は<ruby>会社<rt>かいしゃ</rt></ruby>にとって<ruby>最<rt>もっと</rt></ruby>も<ruby>重要<rt>じゅうよう</rt></ruby>な<ruby>資産<rt>し さん</rt></ruby>だ。

　　　　優秀的員工對公司來說，是最重要的資產。

❷ 〜に関わらず

　此句型用來表示「不受〜的影響」的時候，和「〜に関係なく」的用法很像，在中文是「不管〜（如何）」、「不論〜都」的意思。前面可以接一般的名詞，或是意思相對的名詞，例如高低、大小、男女、好惡、有無、勝敗等等。

　如果要表示「不管有沒有〜／不管〜與否」，則可用「動詞原形＋ない形」。

☆ 名詞＋に関わらず〜　　不管〜

例句1：学歴に関わらず、店員の努力と能力で評価します。

　　　不管學歷如何，我們會以員工的努力和能力來作評價。

☆ 動詞原形＋ない形＋に関わらず〜　　不管〜與否

例句1：電話を使用するしないに関わらず、基本料金を払わなければいけない。

　　　不管用電話與否，都不能不付基本費用。

「経験」「やる気があれば」「出来る」

　　　　　　　　　　　　　　経験に関わらず、やる気があれば出来ます。

　　　　　　　　　　　　　　　　　　　　　　　　不管經驗如何，只要想做就做得到。

<ruby>山王祭<rt>さん　のう　まつり</rt></ruby>

山王祭

　　每年在六月中旬由東京的日枝神社所主辦的山王祭，不但名列日本三大祭典，也是江戶（東京）三大祭之首，據說已有1300多年的歷史。在江戶時代因為這個祭典的神轎和花車特別被許可進入江戶城內，從德川第三代將軍（德川家光）開始皆有參拜過此祭典，因此號稱為「天下祭」。

　　山王祭在日本許多地方都有舉行，日期也不盡相同，但是東京的山王祭超過10天，期間不但有各種日本的傳統藝術表演（例如太鼓和傳統舞蹈），遊客也有機會可以欣賞、體驗日本的傳統文化（例如茶道和花道）。

　　每逢偶數年，日枝神社還會舉行大規模的巡遊，叫做「神幸祭」，約有500名身穿古代服裝的民眾組成長達好幾百公尺的隊伍，從早上開始以日枝神社為起迄點，沿途載歌載舞地經過市中心的許多區域，直到傍晚才返回。遊行途中，沿路上的觀眾不但可以為他們加油打氣，還可以幫忙抬轎，體會一下原汁原味的日本祭典。

<ruby>山王祭<rt>さんのうまつり</rt></ruby>

 ▶061

👨 <ruby>達雄<rt>たつ お</rt></ruby>：<ruby>今日<rt>きょう</rt></ruby>はうちの<ruby>事務所<rt>じ む しょ</rt></ruby>の<ruby>東側<rt>ひがしがわ</rt></ruby>の<ruby>窓<rt>まど</rt></ruby>から<ruby>神幸祭<rt>しんこうさい</rt></ruby>が<ruby>見<rt>み</rt></ruby>えますよ。

　　➕ 今天從我們辦公室東邊的窗戶可以看到神幸祭哦。

👦 <ruby>浩二<rt>こう じ</rt></ruby>：<ruby>本当<rt>ほんとう</rt></ruby>ですか？<ruby>何時<rt>なん じ</rt></ruby>ぐらいに<ruby>見<rt>み</rt></ruby>えますか？

　　➕ 真的嗎？大約幾點看得到呢？

👨 <ruby>達雄<rt>たつ お</rt></ruby>：<ruby>神輿<rt>み こし</rt></ruby>は<ruby>朝<rt>あさ</rt></ruby>7<ruby>時<rt>じ</rt></ruby>45<ruby>分<rt>ふん</rt></ruby>に<ruby>日枝神社<rt>ひ え じんじゃ</rt></ruby>からの<ruby>出発<rt>しゅっぱつ</rt></ruby>で、<ruby>都心<rt>と しん</rt></ruby>の<ruby>中枢<rt>ちゅうすう</rt></ruby>である<ruby>皇居<rt>こうきょ</rt></ruby>、<ruby>霞ヶ関<rt>かすみ が せき</rt></ruby>、<ruby>銀座<rt>ぎん ざ</rt></ruby>、<ruby>日本橋<rt>にっぽんばし</rt></ruby>などを<ruby>回<rt>まわ</rt></ruby>り、こちらに<ruby>来<rt>く</rt></ruby>るのは<ruby>大体<rt>だい たい</rt></ruby><ruby>午後<rt>ご ご</rt></ruby>の3<ruby>時頃<rt>じ ころ</rt></ruby>です。

　　➕ 神轎早上7點45分從日枝神社出駕，繞行市中心中樞的皇宮、霞關、銀座、日本橋一圈，到這裡的時候差不多是下午3點左右。

浩二：山王祭といえば、皇居を巡幸できる日本唯一のお祭りなので、名実共に天下祭りですね。

　　⊕ 說到山王祭，因為是日本唯一可以巡幸皇宮的祭典，果然是名副其實的天下祭呢。

達雄：今日は友達が神輿の担ぎ手なので、私は昼飯ぬきで[1]仕事を片付けてから早退して、様子を見に行くんですよ。

　　⊕ 因為今天我朋友是負責抬神轎的人，因此我不吃午餐把工作結束之後，要早退去看他的情況哦。

浩二：私もずっと王朝装束を着て練り歩きたいと思っているのですが、いつもぐずぐずして、今年も参加できませんでした。

　　⊕ 我也一直想穿著古代王朝時期的服裝遊行，但總是慢手慢腳的，今年也參加不了了。

達雄：神幸祭は偶数年だけ開催されますから、申し込みを忘れやすい[2]ですね。

　　⊕ 因為神幸祭只有在偶數年才會舉行，所以很容易會忘記申請呢。

浩二：そうなんですよ。でも毎年開催の子供まつりも、茅の輪をくぐって災厄を祓う神事も、どれも見どころですね。

　　⊕ 正是如此哦。不過每年例行的山王兒童祭和穿越茅草環來消除災厄的祭神行事，不管哪一個都是值得看的亮點對吧。

達雄：日枝山王は江戸の氏神ですから、山王祭はいつも盛大を極め、日本三大祭りの一つにも数えられています。

　　⊕ 因為日枝山王是江戶的守護神，因此山王祭一直都極其盛大，也被列入了日本三大祭典之一。

浩二：もうワクワクして、仕事に集中できないくらいですよ。

　　⊕ 我已經興奮到沒辦法集中精神工作的程度了呢。

夏の行事

達雄：山王祭は十一日間という長いお祭りなので、週末でも太鼓や民踊などの芸能を楽しむことが出来ますよ。

➕ 正因為山王祭是長達11天的祭典，就算是週末也可以享受大鼓和民族舞蹈等表演藝術的樂趣哦。

MP3 ▶062

山王祭 (さんのうまつり)	山王祭，正式的名稱為「日枝神社大祭」	民踊 (みんよう)	民間舞蹈；民族舞蹈
山車 (だし)	花車	将軍 (しょうぐん)	將軍
江戸城 (えどじょう)	江戸城（現皇居）	中枢 (ちゅうすう)	中樞
神輿 (みこし)	神轎	開催する (かいさい)	舉行；召開
神幸祭 (しんこうさい)	山王祭裡舉行的大規模巡遊、神轎繞境。每逢偶數年由日枝神社舉辦，若逢奇數年，則由神田神社主辦	見どころ (み)	精彩之處；值得看的地方
日枝神社 (ひえじんじゃ)	位於東京的千田區，在江戸城（東京）建城之初，為了守護江戸城而建，因此被視為鎮守東京的神社，古時候被稱為「山王社（さんのうしゃ）」	担ぎ手 (かつて)	負責抬神轎的人
天下祭り (てんかまつり)	天下祭，因為在江戸時期所有的祭典裡只有山王祭的神轎和花車受許可進入江戸城內，而且從德川第三代將軍開始皆參拜過此祭典，因而得此稱號	都心 (としん)	市中心

こう きょ 皇居	皇宮	げい のう 芸能	技藝；表演藝術
たい こ 太鼓	鼓；大鼓	よう す 様子	情況；動向；姿態
うじ がみ 氏神	在地的守護神	ね ある 練り歩く	結成隊伍遊行

特好用句型

(MP3) ▶063

① ～ぬきで

☆ 名詞＋ぬきで～　省去～、不加～

例句1：私はベジタリアンだから肉ぬきでお願いします。

　　　因為我是素食主義者，所以麻煩你別放肉。

小練習 しばらく

「残業代」「今の年収」「３00万円もない」

寫寫看

残業代ぬきで今の年収は３00万円もありません。

不算加班費，現在的年收入還不到300萬日幣。

② ～やすい

　　此句型的漢字是「～易い」，顧名思義就是「容易～」的意思；其相反意思的句型是「～にくい」，寫成漢字的「～難い」就很好記憶。

☆ 動詞ます形去ます＋やすい〜　容易〜、方便〜

例句1：この歯医者さんの電話番号は「6480-4618」で、語呂合わせの「虫歯ゼロ、白い歯」ですから、本当に覚えやすいですよ。

這個牙醫的電話號碼是「6480-4618」，諧音是「沒有蛀牙，雪白牙齒」，真的很容易記哦。

「一口餃子」「小さい」「凄く」「食べる」

一口餃子は小さいので、凄く食べやすいです。

因為一口餃很小，很方便吃。

NOTE

父の日
父親節

　　6月的第三個星期日是日本的父親節，其由來和母親節一樣都始於美國。不過和5月的第二個星期日「普天同慶」的母親節不同的是，父親節的日期隨著國家而不同，其由來更是五花八門。例如台灣的父親節取的是「爸爸」的諧音，因此訂立在8月8日，而德國的父親節則是訂立在復活節40天後，也就是耶穌回到父親懷抱的「升天日」。

　　就像康乃馨是母親節的代表花一樣，父親節也有代表花，而且是令人意想不到的「玫瑰花」。其原因是，世界首位倡導父親節的美國多德夫人（Sonora Dodd），建議父親還在世的人們在父親節那天戴一朵紅玫瑰，而父親已過世的人們則戴白玫瑰來紀念自己的父親。

　　日本的領帶業者在60年代末期開始大力地推廣父親節的概念（其理由可想而知），而公事包以及皮帶業者更各自將6月的第三個星期日訂為「かばんの日」（公事包日）和「ベルトの日」（皮帶日），用以象徵辛苦工作的父親。

　　在日本，一般人對於父親節較為陌生，慶祝的活動也可能只有電話一通而已，不僅如此，老一輩的爸爸們接到「父親節快樂」的電話，還可能會不明所以呢！

父の日

亜子：もうすぐ父の日ですが、お父様へのプレゼントはもう決まりましたか？

　➕ 父親節快到了，妳決定送令尊什麼禮物了嗎？

秋恵：え？日本では父の日は六月なのですか？

　➕ 欸？在日本父親節是在6月嗎？

亜子：そうですよ。アメリカと一緒で、六月の第三日曜日です。台湾では違うのですか？

> 是啊。跟美國一樣，是6月的第三個星期日。在台灣不一樣嗎？

秋恵：台湾では八月八日が父の日になりました。それは中国語で「パパ」の発音が「88」と同じだからです。

> 在台灣，父親節被訂在8月8日。那是因為在中文裡「爸爸」的發音跟「88」一樣。

亜子：父の日は国によって[1]日にちがそれぞれらしいですね。

> 父親節因為國家的不同，日期好像也五花八門呢。

秋恵：それで、お父様への贈り物はやはり定番のギフトにしましたか？お酒やおつまみとか？

> 然後呢？妳還是決定送令尊一般必送的禮物嗎？像酒或下酒菜之類的？

亜子：去年の贈り物は焼酎にしました。今年はグラスやメンズウエアなども考えましたが、父の好き嫌いもサイズもよく分からないので、やめました。

> 去年的禮物選了燒酒。雖然今年想過要送酒杯或是男裝，但我不清楚家父的喜好和尺寸，就放棄了。

秋恵：ファッション小物はどうですか？通販で買ったら、無料配達もできますよ。

> 時尚的小配件怎麼樣呢？郵購的話還可以免費配送哦。

亜子：やはり和菓子にします[2]。和菓子なら、母も一緒に楽しめますから。

> 我還是買日式甜點好了。因為送日式甜點的話，母親也可以一起享用。

夏の行事

亜子：お父さん、いつも私のために頑張ってくれて、ありがとう。父の日に尊敬と感謝の気持ちをいっぱい込めて、これを贈ります。

⊕ 爸爸，謝謝你一直為我努力。在父親節的這天滿載著尊敬與感謝的心意，我送你這個。

父親：え？バラか？それはお母さんへのプレゼントじゃないの？

⊕ 欸？玫瑰花嗎？那不是送媽媽的禮物嗎？

亜子：バラは父の日の花だよ。あと、和菓子も買って来た。年に一回の親孝行だから、贅沢にしたんだよ。

⊕ 聽說玫瑰花是父親節的代表花。另外我也買來了日式甜點。因為是一年一次的盡孝，我可是花了大手筆哦。

父親：そう言っても、お母さんの好物ばかりだよね。まるで二回目の母の日だ。まあ、可愛い娘が顔を出してくれるだけでも十分嬉しいが。

⊕ 就算妳這麼說，（送的）淨是妳媽媽喜歡的東西呢。就像是過第二次的母親節。啊，雖然可愛的女兒肯露個臉我就很開心了。

6 水無月

單字百寶箱

（MP3）▶065

父の日	父親節	お酒	酒
バラ	玫瑰花	焼酎	燒酒
贈り物	禮物	ネット	網路（Internet）

定番の ギフト (ていばん)	常送的禮物（gift）	無料配達 (むりょうはいたつ)	免費配送
プレゼント	禮物（present）	メンズ ウエア	男裝（men's wear）
ファッ ション小物 (こもの)	時尚（fashion）小配件	ハンカチ	手帕（handkerchief）
スイーツ	甜點（sweets）	ネクタイ	領帶（「neck」tie）
和菓子 (わがし)	日式甜點	尊敬 (そんけい)	尊敬
グラス	玻璃酒杯；玻璃 （glass）	感謝 (かんしゃ)	感謝
おつまみ	下酒菜	親孝行 (おやこうこう)	對父母盡孝道；孝順

夏の行事 (なつ) (ぎょうじ)

特好用句型

(MP3) ▶066

① 〜によって

此句型的用法有好幾種，這裡介紹的是比較常用的：

（1）因為〜而

（2）根據〜而

（3）由（誰做的），用法像是英文的「by〜」

☆ **名詞＋によって＋文〜　因為〜而**

例句1：アメリカでは州によって法律が違います。 (しゅう) (ほうりつ) (ちが)

在美國，因不同的州，法律會不同。

☆ 名詞＋によって＋文～　根據～而

例句1：この貿易問題は日韓協定によって解決した。
ぼうえきもんだい　にっかんきょうてい　　　かいけつ

這個貿易問題已根據日韓協議解決了。

☆ 人名＋によって～　由（誰做的）

例句1：紙は蔡倫によって発明された。
かみ　さいりん　　　　はつめい

紙是由蔡倫發明的。

「英語の発音」「地域」「異なる」
えいご　はつおん　ちいき　こと

英語の発音は、地域によって異なります。
えいご　はつおん　　　ちいき　　　　こと

英文的發音會因為區域而有所不同。

② ～にする

此句型的用法也有好幾種，這裡介紹三種：

（1）決定／選擇（某樣東西）

（2）把A變成／換成／改造成B

（3）把A當作B（使用）

☆ 名詞＋にする～　決定／選擇（某樣東西）

例句1：お飲み物はジュースにしましょうか？
の　もの

飲料選果汁吧？

☆ 名詞A＋を名詞B＋にする～　把A變成／改造成B

例句1：自分の部屋をオフィスにしました。
じぶん　へや

把自己的房間改造成了辦公室。

☆ 名詞A＋を名詞B＋にする～　把A當作B（使用）

例句1：彼氏の腕を枕にして寝ました。

男朋友的手臂當枕頭睡著了。

 しばらく

「この餃子の餡」「凄く」「美味しいから」「二人前」「しまう」

この餃子の餡は凄く美味しいから、二人前にしちゃいました。

因為這餃子餡非常好吃，一不小心就買了兩人份。

夏の行事

153

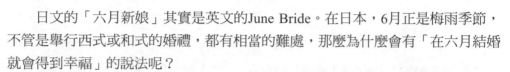

ジューンブライド
六月新娘

　　日文的「六月新娘」其實是英文的June Bride。在日本，6月正是梅雨季節，不管是舉行西式或和式的婚禮，都有相當的難處，那麼為什麼會有「在六月結婚就會得到幸福」的說法呢？

　　其實該說法源自於歐洲，6月（June）是因古羅馬掌管婚姻和生育的女神Juno而得名，因此人們相信在6月舉行婚禮，可以得到Juno女神的庇護。另有一說是中世紀的歐洲人習慣在5月的時候進行一年一次的沐浴，因此6月是結婚的最好時機，因為不管是新郎、新娘亦或是客人，大家在6月的時候聞起來都還不會太失禮。不過幸福的傳說終究敵不過天候的挑戰，根據調查，在日本6月其實是舉行婚禮的淡季。

　　日本的婚禮主要分成「三部曲」，先是典禮的部分（結婚式），再來是吃喜酒（披露宴），之後年輕人還會「續攤」（二次会）。在日本，沒有收到邀請函並回覆會參加的人，擅自參加婚禮是很不禮貌的。

　　此外，到了婚禮現場要先在「芳名帳」上簽到，並把紅包（ご祝儀袋）交給負責收禮金的人之後，才進入禮堂就座哦。

ジューンブライド

MP3 ▶067

亜子（あこ）：今年（ことし）の七月（しちがつ）に結婚式（けっこんしき）を挙（あ）げることにしました❶。

　⊕ 我決定在今年的7月結婚。

友子（ゆうこ）：ご結婚（けっこん）おめでとうございます。

　⊕ 恭喜妳結婚。

亜子（あこ）：これは招待状（しょうたいじょう）ですが、都合（つごう）がよければ是非（ぜひ）いらっしゃって下（くだ）さい。

　⊕ 這是請帖，有空的話請一定要來參加。

友子：あら、招待状を手渡すために、わざわざ来てくれたんですか？
すみませんね。

🟢 啊，為了親自送請帖特地過來的嗎？真不好意思啊。

亜子：いいえ。当日は暑い夏の盛りなので、涼しく晴れるように祈り
続ける毎日です。

🟢 不會。因為婚禮當天正逢盛夏，所以我天天祈禱，希望那天是涼快的晴天。

友子：七月はもう梅雨明けですから、きっと大丈夫ですよ。ところ
で、やはり神前式にするのですか？

🟢 因為7月已經出梅了，一定沒問題哦。對了，妳還是決定舉行神前式嗎？

亜子：いいえ。ウエディングドレスもフラワーシャワーもずっと憧れ
ていますので、チャペル式にしました。

🟢 不是的。因為我一直對結婚禮服和撒花慶祝很憧憬，才決定舉行教堂式的
婚禮。

友子：そうですか。素敵な結婚式になりそうですね。私は両親の希望
で、神前式になりました❷が、本当は小さな人前式で挙げたか
ったです。

🟢 是這樣啊。看來會是個很棒的婚禮呢。雖然我因為父母的希望舉行了神前
式，但其實我想舉行的婚禮是小巧的人前式。

亜子：あぁ、そうですか。参進の儀は大変だったでしょ。

🟢 啊，是這樣啊。新郎新娘進場的儀式一定很辛苦的吧。

友子：はい。それに、本来は六月に結婚してジューンブライドになり
たかったのですが、雨の降るのを恐れてやめました。結局は六
月に入籍して、ある意味でジューンブライドになりました。

🟢 沒錯。而且，我本來想在6月結婚當個6月新娘，但因為擔心會下雨，就放
棄了。最後在6月入籍，從某個意義來說我也算當了6月新娘。

亜子：ははっ。そういう手もありますね。じゃ、幸せな結婚生活ができるように、私も六月に結婚届けを出す事にします。

　　⊕ 哈哈。還有這一招呢。那麼，希望能過幸福的婚姻生活，我也決定要在6月辦理結婚登記。

友子：お招きいただきまして、本当にありがとうございます。喜んで出席させていただきます。

　　⊕ 真的多謝妳的邀請。我會很高興地出席。

亜子：心よりお待ちしております。

　　⊕ 打從心底恭候妳的大駕。

MP3 ▶068

ジューンブライド	六月新娘（June Bride）	チャペル式	在教堂（chapel）舉行的結婚儀式
花嫁 はなよめ	新娘	神前式 しんぜんしき	在神社舉行的結婚儀式
新郎新婦 しんろうしんぷ	新郎新娘	人前式 じんぜんしき	在親友面前舉行、不具宗教色彩的結婚儀式
結婚届け けっこんとど	結婚登記	ウエディングドレス	新娘禮服（wedding dress）
招待状 しょうたいじょう	邀請函	フラワーシャワー	撒花慶祝（flower shower）
結婚式 けっこんしき	婚禮	参進の儀 さんしんのぎ	在神前式的儀式中，新郎新婦入場的儀式

披露宴	婚宴；宴會	記念撮影	照紀念相片
二次会	續攤	梅雨明け	梅雨期過後；出梅
ご祝儀袋	禮金袋	雨季	雨季
芳名帳	芳名簿	誓いの言葉	誓言

特好用句型

MP3 ▶069

❶ ～ことにする

　　此句型用來表現以自己的意志決定做的事，要注意和「～ことになる」的不同。如果以自己的意志決定不做某件事，則是要改變前面的動詞，而不是「～ことにしない」。此句型加上不同動詞形態的組合很多，這裡選擇一部分介紹。

☆ **動詞原形／ない形＋ことにする～　決定要做／不做某件事。**

例句1：お正月は実家に戻ることにする。

　　我決定過年要回老家。

例句2：お正月は実家に戻らないことにする。

　　我決定過年不回老家。

☆ **動詞原形／ない形＋ことにした～　已經決定了要做／不做某件事。**

例句1：留学することにした。

　　我已經決定了要留學。

例句2：もう泣かないことにした。

　　我已經決定了再也不哭。

☆ **動詞過去形／なかった形＋ことにしよう～　就當做已經～／沒有～過吧。**

例句1：拾った金は神様がくれたことにしよう。

　　撿到的錢就當做是神明賜予的吧。

夏の行事

例句2：この話は聞かなかったことにしよう。

就當作沒聽過這件事吧。

☆ 動詞原形／ない形＋ことにしている～　習慣做～／不做某件事。

例句1：父は毎朝近くの公園を散歩することにしている。

爸爸習慣每天早上到附近的公園散步。

例句2：私は寝る前に食べないことにしている。

我習慣在睡覺前不吃東西。

「彼女」「結婚しない」「子供を産む」

彼女は結婚しないことにしましたが、子供は産むことにしました。

雖然她已經決定了不結婚，但已決定要生小孩。

❷ ～ことになる

此句型並非自己意志決定，而是別人（環境）的決定，或是自然而然地變成某種狀態。要注意和「～ことにする」的不同。如果被決定／被規定不用做某件事，則要改變前面的動詞。此句型加上不同動詞形態的組合很多，這裡選擇一部分介紹。

☆ 動詞原形／ない形＋ことになった～　被規定了要做／不做某件事

例句1：ヨーロッパへの出張は鈴木さんが行くことになった。

鈴木先生被派到歐洲出差。

例句2：ヨーロッパへの出張は鈴木さんが行かないことになった。

（公司決定了）鈴木先生不用到歐洲出差。

例句3：来年からイギリスに留学することになりました。

明年開始我會（被送）去英國留學。

☆ 動詞原形／ない形＋ことになっている～　應該（被規定）要做／不做某件事

例句1：10時までに必ず帰宅することになっている。

我（被規定）在10點之前一定要回家。

例句2：ここでは、チップはいただかないことになっています。

我們這裡（規定）不收取小費。

「台風の」「お祭り」「中止する」

台風のため、お祭りは中止することになりました。

因為颱風，祭典被（規定）中止了。

漢字女的趣事分享

　　第一次參加日本同事婚禮的那天，因為有點晚到，所以按照「流程」在芳名帳上簽到，並把紅包交給負責收禮金的人之後，進入禮堂時只剩下最後一排的「站位」了。

　　同事穿著婚紗美美地站在新郎的旁邊，神父開口了：「……病気の時も健康の時も……」

　　雖然聽不太清楚（就算聽得清楚，剛到日本的我也沒辦法全聽懂），不過應該是在說「……無論甘苦、無論貧富、無論病痛健康，永遠相愛珍惜，至死不渝……」這一句。

夏の行事

神父接著問新郎「……違いますか？」，而新郎竟然回答「違います」！最奇怪的是，現場包括神父在內所有的人，都是一副心滿意足、理所當然的樣子。神父接著問我朋友：「……良き時も悪き時も……永遠に愛する……違いますか？」

　　我心理催促著朋友，快說「沒錯、沒錯，無論甘苦我都會永遠愛他」，沒想到朋友竟然也回答「違います」！喂，我沒聽錯吧？！不過看著大家一副歡天喜地的樣子，婚禮的進行應該很順利。

　　喝完喜酒回家查了字典才知道，的確是我聽錯了──原來他們說的不是「ちがいます」而是「ちかいます」！從此之後，「誓う」這個單字不但深深地烙印在我的腦海裡（至死不渝），如果再聽到學中文的朋友說她想「找精子」（照鏡子），我一定不會再哈哈大笑了，誓います！

端午
たん　ご

端午節

　　日本也有端午，據說早在奈良時期就有慶祝，不過日本現代的「端午の節句」
たん　ご　せっ　く
已棄用農曆，改為西曆的5月5日，那天也是日本的兒童節（男兒節）。此外，端午節的「節草」菖蒲，因為日文發音和「尚武」一樣，因此以前的日本武士們特別注重這個節日。
しょう　ぶ

　　至於我們的愛國詩人屈原，則跟日版的端午節完全沾不上邊；類似我們的龍舟大賽也只有在沖繩和長崎有舉辦。至於吃粽子的習俗，在日本的關西地區還有保留，在關東地區則是吃外面包著槲樹葉、叫「柏餅」的日式麻糬。日本粽的形
かしわもち
狀呈長條形，尾端還有稻草伸出來，通常是幾「條」粽子紮成一綑的。

端午
たん　ご

秋恵：母の手作りの粽です。どうぞ召し上がって下さい。
あきえ　　はは　て　づく　ちまき　　　　　　　　め　あ　　くだ

　⊕ 這是家母做的粽子，請用吧。

英樹：どうもありがとう。あれ、形は日本の粽とずいぶん違いますね。
ひでき　　　　　　　　　　　　　かたち　に　ほん　ちまき　　　　　　ちが

　⊕ 謝謝。哎呀，形狀跟日本的粽子非常不一樣呢。

秋恵：形をはじめ①、味も意味も全然違いますよ。どうですか？
あきえ　かたち　　　　　あじ　い　み　ぜんぜんちが

　⊕ 以外形為首，味道和意義也完全不同哦。怎麼樣？

英樹：美味しいです。もち米に、豚肉、干し椎茸、干しえびの餡が入
ひでき　おい　　　　　　ごめ　ぶたにく　ほ　しいたけ　ほ　　　　あん　はい
っていますね。

　⊕ 很好吃。糯米裡加了豬肉、乾香菇、乾蝦仁的餡呢。

秋恵：はい。あと塩漬け卵の黄身と落花生も入っています。母の粽は
あきえ　　　　　しおづ　たまご　きみ　らっかせい　はい　　　　　はは　ちまき
いつもお米より餡が多いです。
ごめ　　あん　おお

　⊕ 是的。另外還放了鹹蛋黃和花生。家母的粽子總是餡比米多。

英樹：何か線香の香りがしませんか？

⊕ 妳有聞到線香的味道嗎？

秋恵：はい。それは私の匂い袋からの香りです。虫除けと魔除けの作用があると、昔から言われている子供の御守りです。

⊕ 有。那是從我的香包傳出的香味。有驅蟲和避邪的作用，從以前就被說是小孩子的護身符。

英樹：形も粽みたいで可愛いですね。

⊕ 形狀也像顆粽子，真可愛呢。

秋恵：凄く蒸し暑いですね。あっ、もうすぐ12時ですから、生卵を立てるのをやってみませんか？

⊕ 真的好悶熱呀。啊，就快要12點了，你要不要試試把生蛋立起來？

英樹：生卵を立てることが本当にできますか？

⊕ 真的可以把生蛋立起來嗎？

秋恵：端午の正午なら出来るみたいです。私は見た<u>ことはあります</u>❷が、自分で実際に成功したことが一回もありません。

⊕ 如果在端午的正中午好像可以。雖然我看過，但實際上自己卻連一次都沒有成功過。

英樹：とても楽しそうですね。私が成功したら、写真を撮ってくれませんか？

⊕ 好像很好玩呢。如果我成功了，可以幫我拍張照嗎？

秋恵：もちろんです。その後、竜船レースも始まりますので、大きい声で友達を応援しましょう。

⊕ 當然可以。在那之後，因為龍舟比賽也要開始了，我們就大聲地幫朋友們加油吧。

夏の行事

163

6
水無月

端午の節句 たん ご せっ く	5月5日端午節，和七草（1/7）、女兒節（3/3）、七夕（7/7）、重陽（9/9）同為日本的「五節句」	**粽** ちまき	粽子
菖蒲の節句 しょう ぶ せっ く	菖蒲節，端午節的別名	**柏餅** かしわもち	用槲樹葉包著、帶餡的日式麻糬
重五 じゅう ご	五月五日是雙重的五，因此稱之為重五	**蒸し暑い** む あつ	悶熱
魔除け ま よ	除魔	**屈原** くつ げん	屈原
厄除け やく よ	消除災病	**卵立て** たまご た	立蛋
竜船レース りゅう せん	龍舟比賽（race）	**風習** ふう しゅう	風俗習慣
ドラゴンボート	龍舟（Dragon Boat）	**正午** しょう ご	正午
尚武 しょう ぶ	尚武	**詩人** し じん	詩人
蓬 よもぎ	艾（草）	**匂い袋／香り袋** にお ぶくろ かお ぶくろ	香包
生卵 なまたまご	生的雞蛋	**お守り** まも	護身符

164

 特好用句型

(MP3) ▶072

① ～をはじめ／～をはじめとして

這兩個句型的意思和字面上一樣：「以～為始」或是「以～為首」。也就是「以某樣東西為代表，同組群的東西全部都～」的意思。此句型的後面常接みんな／すべて（全部的）、いろいろ（各種的）、だれも／いずれも（誰都／哪個都）。

這兩個句型的用法幾乎是一樣的，只是「～をはじめとして」的後面，很難接「～して下さい」之類的請求，因此拜託對方做某事的時候，前面的句型用的是「～をはじめ」（見例句2）。另外，如果後面接的是名詞，就要用「～をはじめとする」來修飾（見例句3）。

☆ 名詞＋をはじめ～　**以～為首**

例句1：ガソリンをはじめとして、エネルギーや食料品など全てのものが値上がりしました。

以汽油為首，能源或食品等全部的東西都漲價了。

例句2：鈴木社長をはじめ、貴社の皆さんによろしくお伝え下さい。

以鈴木總經理為首，請代我向貴公司的所有人問好。

例句3：近い将来、エアコンをはじめとする家電製品は、みんなスマートフォンから操作ができるようになる。

不久的將來，以冷氣機為首的家電，全都會變得可以用智慧型手機來操作。

 小練習 しばらく

「寿司」「天ぷら」「ラーメン」「いずれも」「欧米で評価が高い」「日本料理」

寿司をはじめとして、天ぷらやラーメンなどいずれも欧米で評価が高い日本料理だ。

以壽司為首，天婦羅和拉麵等，不管哪一種都是在歐美評價很高的日本料理。

❷ ～ことがある／ない

此句型前面的動詞如果是過去形，「～ことがある」可用來表示有做過某事的經驗，而「～ことがない」則是從來沒有做過某事的經驗。

而如果句型前面是動詞原形，則表示說話者斷定某件事有可能會發生或不可能發生（見例句1），或是客觀地敘述某件事發生的可能性（見例句2）。

☆ 動詞過去形＋ことがある／ない～　有／沒有過～的經驗

例句1：宇宙へ行ったことがある人に会ったことがありません。

我從沒遇過曾經去過宇宙的人。

☆ 動詞原形＋ことがある／ない～　可能會～／不可能會～

例句1：台湾の山地でも雪が降ることがある。

在台灣的山區也可能下雪。

例句2：誰も今より若くなることはありません。

誰都不可能變得比現在更年輕。

「このやり方」「失敗する」

このやり方で失敗したことがありません。

用這種做法從來沒失敗過。

お中元
ちゅう げん

中元

道教的習俗中有三元，分別為「上元」、「中元」和「下元」。中元節是陰曆的七月十五日，俗稱地官赦罪日，有焚火祭神的習俗。該節日由中國傳到日本之後，因為跟佛教的盂蘭盆會的日期重疊，兩個節日的習俗互相結合，變成用「接火」和「送火」的儀式來祭祖。

江戶時代之後，人們開始藉著中元／盂蘭盆會的時機，送禮給有往來的親友。在現代的日本，中元節送禮的習慣已經演變成類似台灣的中秋送禮，對象不限於親友，也包括了往來的客戶等平時對自己照顧有加的人。但近年來學校以及越來越多的公司開始規定，禁止家長送禮給孩子學校的老師，或者是職員送禮給自己的上司。

一般中元送禮的時期大多從西曆的7月1日開始到7月中旬，但日本的西部則多是從8月初到8月的中旬為止。此外，中元送禮的價位通常會低於年節送禮，而禮物上面則會有禮簽紙，標示著「御中元」。

お中元
ちゅうげん

👩 利香：あなた、お中元の贈り先はこれで良いですか？

　🔵 老公，中元送禮的對象這些就可以了嗎？

👦 大輔：お互いの実家の両親、毎年送る親しい友人、子供の先生たち以外の人はいますか？

　🔵 兩家的父母、歷年都會送的好友、孩子的老師們以外，還有其他人嗎？

👩 利香：あなたの上司は？

　🔵 你的上司呢？

大輔：うちの会社は最近、お中元とお歳暮を禁止していますよ。それに、社内だけではなく、取引先やお得意様への儀礼的な贈り物までも禁止されています。

　➕ 我們公司最近開始禁止中元和年節的送禮哦。而且還不只是公司內部，連送給往來的客戶、老主顧等禮貌上的禮物都被禁止了。

利香：日頃お世話になったのに、年二回ぐらいの贈り物で感謝の気持ちを伝えるのは駄目ですか？

　➕ 明明平常受到了照顧，卻連一年大約兩次用送禮來表達謝意都不行嗎？

大輔：まあ、会社は会社なり❶に配慮がありますから。

　➕ 啊、因為公司有公司自己的考量吧。

利香：そうですね。ずいぶん前に子供の担任教師からも「公務員は受け取れないので贈らないで下さい」と明言されました。

　➕ 對耶。很久以前，我也被孩子的班導師明白地說了「因為公務員不能收，請別送」。

大輔：それなら、空手やピアノなどのお稽古の先生なら大丈夫だと言うことですか？

　➕ 那樣的話，如果是空手道或是鋼琴等技藝的老師就沒關係嗎？

利香：はい。このリストで良ければ、七月中旬までに市内の相手にはお中元を持参して手渡します。

　➕ 對。如果這個名單可以的話，我會在七月中旬前帶著中元禮物親手交給在市內的對象。

大輔：君も仕事が忙しいのに、お中元をわざわざ自分で手渡すまでもありません❷よ。ほとんどのデパートは宅配便で相手先に送るサービスがありますから。

　➕ 妳的工作明明也很忙，用不著為了中元禮物特別親自去送禮哦。因為大部分的百貨公司都提供宅配到對方地點的服務。

夏の行事

169

利香（りか）：そうですね。じゃあ、二人（ふたり）で送（おく）り状（じょう）を書（か）きましょうか。

也是。那麼，我們兩個要不要來寫送禮的卡片啊。

單字百寶箱

MP3 ▸074

單字	讀音	意思
お中元	ちゅうげん	中元節，基本上是7月15日，但日本西部地區則多為8月15日
道教	どうきょう	道教
のし紙	がみ	印有繩紋的禮簽紙，若是中元節的禮物，紙上會寫著「御中元」
お礼状	れいじょう	感謝信，收禮方通常收到禮物之後會寄感謝函給送禮方
上旬	じょうじゅん	上旬
中旬	ちゅうじゅん	中旬
下旬	げじゅん	下旬
送り状	おく じょう	一般是送貨單的意思，但這裡指的是無法當面送禮時寫的卡片，內容包括禮物送達的日期，以及向對方表達謝意、希望對方日後也多多指教等。若對象是較為親密的人，也會報告自己的近況
お得意様	とくいさま	老顧客；主顧
上司	じょうし	上司
知り合い	し あ	熟人；認識的人
友人	ゆうじん	友人；朋友
お世話	せわ	照顧；照料
日頃	ひごろ	平時；平常
稽古	けいこ	（技藝的）小練習
親しい	した	親近；親密

きん し 禁止する	禁止	て わた 手渡す	親手交遞；面交
とり ひき さき 取引先	客戶；往來的顧客	じ さん 持参する	帶去；帶來

MP3 ▶075

❶ ～なり

☆ 名詞＋なり～　**有～自己的**

例句1：私は私なりに生き方があるので、余計な世話は要りません。

因為我有自己的生活方式，不需要（他人）多餘的關照。

「子供」「考え方」「一々」「批判しないで下さい」

子供は子供なりに考え方があるので、一々批判しないで下さい。

因為孩子有孩子自己的想法，請不要逐一批評。

❷ ～までもない

此句型用來形容程度較輕或是理所當然的事，因此「用不著～」的情形。

☆ 動詞原形＋までもない～　**沒必要～、用不著～、即便不～也沒關係**

例句1：頭が痛いくらいなら、病院へ行くまでもない。

若只是頭痛的程度的話，即便不去醫院也沒關係。

夏の行事

171

「病院」「禁煙」「言う」「常識」

寫寫看

病院が禁煙なのは、言うまでもなく常識です。

醫院是禁煙的事用不著說，是常識。

7
文
月

NOTE

土用丑の日
鰻魚日

　　有聽過「土用の丑」的人，應該會直接聯想到日本人的「夏季進補日」，也就是吃鰻魚的「鰻魚日」。其實，「土用期間」是指在立春、立夏、立秋和立冬前約18天的期間，所以每個季節都有「土用」。而且，「土用」雖不屬於二十四節氣或是五節句，卻是很重要的「雜節」。

　　另外，十二地支不但可以用來計年，也可以用來計日。因此，在土用的期間輪到「丑」的日子就叫做「土用丑の日」。因為土用期間約有18天，而地支只有12支，所以有時在土用的期間會輪到兩次「丑日」，這時候就會用「一の土用」和「二の土用」來做區分。

　　據說，在土用期間只要吃是「う」音開頭的食物，就可以討好彩頭（就像我們在過年期間吃「旺來」和魚一樣），那麼為什麼現代的「土用日」會和吃鰻魚畫上等號呢？

　　關於這點，最有名的故事是江戶時代一位名叫平賀源內的學者，為了幫助賣鰻魚的友人「渡小月」，而在友人的店門口貼了「今日はうなぎの日」，因為和「今日はうしの日」的發音很像，因而帶來了人潮，可以說是日本從幾百年前開始便歷久不衰的「宣傳標語」。

　　而且因為該行銷手法太成功，讓現代的日本人一聽到「土用」只想到盛夏的鰻魚，而忘了其他季節的土用以及其他以「う」音開頭的食物呢。

土用丑の日

（MP3）▶076

😊 駿 ：今日は鰻の日だ。
　　⊕ 今天是鰻魚的日子。

😊 英樹：えっ、なんで？給料を貰ったばかりなの？
　　⊕ 欸，怎麼說？你才剛發薪水嗎？

駿 ：そうじゃないよ。今日は丑の日だ。

　　⊕ 不是那樣的。今天是丑日。

英樹：あぁ、そういうこと。いくら習慣でも土用丑の日に鰻を食べるのは、きっとお金が掛かるよ。

　　⊕ 啊，那個啊。再怎麼是習慣，在土用丑日吃鰻魚，一定很傷財哦。

駿 ：最近暑くてあまり食欲がないうえに病気がち[1]だ。たとえちょっと高くても[2]、やはり栄養満点の鰻を食べたい。

　　⊕ 最近天氣太熱不僅沒有食慾，還動不動就生病。就算有點貴，我還是想吃營養滿分的鰻魚。

英樹：鰻と言えば、蒲焼だ。蒲焼と言えば、パリパリの関西風だ。

　　⊕ 說到鰻魚，就是烤鰻魚。說到烤鰻魚，就是酥脆的關西口味。

駿 ：僕は白焼きの関東風が一番美味しいと思うけど...

　　⊕ 雖然我認為蒸過再烤的關東口味最好吃……

英樹：分かった。じゃあ、今日は牛丼の日だ。

　　⊕ 我明白了。那麼，今天是牛肉蓋飯的日子。

駿 ：えっ、なんで？給料日まで大変なら僕がおごってもいいよ。

　　⊕ 欸，怎麼說？如果你很難撐到發薪日的話，我可以請客啊。

英樹：そうじゃないよ。関東風と関西風のどっちにするかで喧嘩にならないように、「土曜牛の日」にしよう！

　　⊕ 不是那樣的。為了不在關東風和關西風之間選哪個而吵架，我們決定「星期六是牛之日吧！

　　（註：「土曜牛の日」和「土用丑の日」兩者發音相同）

駿 ：ははっ。

　　⊕ 哈哈。

夏の行事

175

單字百寶箱

7
文_{ふみ}
月_{づき}

土用の間 （ど よう あいだ）	在立春、立夏、立秋、立冬前約18天的期間，立秋前的土用稱為「夏の土用」
土用丑の日 （ど よう うし ひ）	十二地支不僅可以用來計年，也可以用來計時、計日。在土用的期間輪到「丑」的日子就叫做「土用丑の日」。因為土用期間約有18天，而地支只有12支，所以有時候在土用的期間會輪到兩次「丑日」。
一の丑／ 二の丑 （いち うし／に うし）	在土用的期間若會輪到兩次「丑日」的話，第一次輪到的日子／第二次輪到的日子
十二支 （じゅう に し）	十二地支，分別是：子、丑、寅、卯、辰、巳、午、未、申、酉、戌、亥
雑節 （ぞう せつ）	指不含在二十四節氣以及五節句的民間傳統節日，例如：土用、節分、入梅等等
二十四節気 （に じゅう し せっ き）	二十四節氣，包括夏至、冬至，以及立春、立夏、立秋、立冬等等

立冬 （りっ とう）	立冬
食欲 （しょく よく）	食慾
鰻の蒲焼 （うなぎ かば やき）	烤鰻魚串；烤鰻魚片
さばき方 （かた）	片魚（將魚解體）的方式。關東風和關西風的鰻魚因為烤的方式不同，因此片魚的方式也不同：前者是切開鰻魚的背部，而後者是切開油脂較多的腹部
焼き方 （や かた）	烤的方式
関東風 （かん とう ふう）	關東口味、風味。在關東地區，會先把鰻魚蒸過再烤

ごせっく 五節句	五個傳統節日，分別是七草（1/7）、女兒節（3/3）、端午（5/5）、七夕（7/7）、重陽（9/9）	かんさいふう 関西風	關西口味、風味。不先經過蒸煮而直接烤熟鰻魚的方式，是關西風鰻魚的特色
りっしゅん 立春	立春	しらや 白焼き	先蒸過再烤
りっか 立夏	立夏	ちょうりほう 調理法	烹調的方式
りっしゅう 立秋	立秋	パリパリ	咯吱咯吱、酥脆的聲音；充滿活力

夏 (なつ) の 行事 (ぎょうじ)

 特好用句型

（MP3）▶078

❶ 〜がち

　　此句型用來表達動不動就發生的情況、接二連三發生的情況，或是有發生某狀況的傾向，類似中文的「經常」、「容易」。此句型大多用在負面的情況。

☆ 名詞＋がち〜　　**動不動就〜、經常〜**

例句1：ロンドンに旅行 (りょこう) した時 (とき)、ずっと雨 (あめ) がちの天気 (てんき) でした。

　　　　我在倫敦旅遊的時候，一直是動不動就下雨的天氣。

☆ 動詞ます形去ます＋がち〜　　**動不動就〜、經常〜**

例句1：彼 (かれ) はものを忘 (わす) れがちだから、事前 (じぜん) に買 (か) い物 (もの) リストを作 (つく) った方 (ほう) がいい。

　　　　因為他經常忘東忘西的，你最好事先做好購物清單。

 小練習 しばらく

「梅雨 (つゆ)」「明 (あ) けるまで」「曇 (くも) り」

梅雨_{つゆ}が明_あけるまで曇_{くも}りがちです。

到出梅之前，經常是陰天。

❷ たとえ～で／ても

　　「たとえ」常用來表示假設的語氣。「例_{たと}えば」（舉例來說）搭配「で／ても～」（也～）就很像中文的「就算～也」、「即使～也」。

☆ たとえ＋名詞／な形容詞＋でも～　　就算～也、即使～也

例句1：たとえ親_{おや}でも子_こどもへの体罰_{たいばつ}は禁止_{きんし}されています。

　　即使是父母，也被禁止對子女體罰。

例句2：するべき事_{こと}は、たとえ面倒_{めんどう}でも終_おわらせます。

　　應該做的事就算麻煩也會做完。

☆ たとえ＋動詞て形／い形容詞て形＋ても～　　就算～也、即使～也

例句1：たとえ電話_{でんわ}しても、忙_{いそが}しくて長_{なが}くは話_{はな}せない。

　　即使打了電話，因為很忙也沒辦法說很久。

例句2：たとえ忙_{いそが}しくても、たまには両親_{りょうしん}に電話_{でんわ}をして下_{くだ}さい。

　　就算忙，有時候也請打個電話給父母。

小練習　しば・らく

「叶_{かな}わない」「恋_{こい}」「彼女_{かのじょ}が好_すき」

寫寫看

たとえ叶_{かな}わない恋_{こい}でも、彼女_{かのじょ}が好_すきだ。

　　即使是沒有結果的愛情，也喜歡她。

NOTE

七月

祇園祭
ぎおんまつり

祇園祭

　從7月1日開始為期一個月的「祇園祭」，是「日本三大祭」之一，不但盛大而且熱鬧非凡，是京都的年度盛事。祇園祭始於西元869年，據說當時的京都傳染病肆虐，人們為了消災解厄才開始舉行此宗教儀式。

　而舉行祭典的八坂神社，位於京都祇園，被當地的人暱稱為「祇園様」，是日本三千多間八坂神社的總社。祇園是京都最繁華的地段之一，區內的「花見小路」更被形容為藝伎的故鄉。

　祇園祭的高潮，是在7月17日舉行的「山鉾巡行」。最高可達25公尺、重達12噸的「山鉾」是裝飾華麗的彩車，通常需要30至50個人牽引，不但裝飾了各種美術工藝品，側面懸吊的掛毯也是幾百年前從中國、土耳其等國家傳入日本的最高級品，相當美輪美奐，因此這些彩車的遊行也被稱為「活動的美術館」。

　在祇園祭的「宵山」期間，許多歷史悠久的家族和老店會展示自家的屏風、和服、盔甲、書畫等寶物，讓一般的民眾開開眼界，也就是所謂的「屏風祭」。

　此外，在7月24日還會舉行「花傘巡行」，不同於陽剛的山鉾巡行，花傘巡行的主角是藝伎和小孩，充滿了嫻靜典雅的氣息。

祇園祭
ぎおんまつり

MP3 ▶079

英樹：私たちの席はここですよ。早めに来て良かったですね。混雑で席に辿り着けない場合でも、料金は払い戻し出来ませんから。

> ⊙ 我們的位子在這裡哦。還好早點來了呢。因為如果因為人多到不了座位，也沒辦法退費。

秋恵：大変暑いのに、なんで日傘を閉じるのですか？

> ⊙ 明明很熱，怎麼還把陽傘收起來呢？

英樹：日傘や喫煙、食事などは、周囲の人の迷惑になりますから。でも、水分補給を充分にしないと、熱中症の恐れがあるので、お水は飲んでも大丈夫ですよ。

➕ 因為撐傘或是抽菸、吃東西等等，會對周遭的人造成困擾。但是如果不充分補充水分的話，恐怕會中暑，所以喝水倒是沒關係的哦。

秋恵：「動く美術館」と言われる山鉾を見るのを凄く楽しみにしています。

➕ 我好期待看到被稱為「活動美術館」的彩車啊。

英樹：山鉾の側面を飾るタペストリーや織物は、何百年も前に中国やペルシャなどから伝わった最高級品なので、通る時はよく見て下さいね。

➕ 彩車側面所裝飾的掛毯和織物，是幾百年前從中國或波斯等地方傳來的最高級品，所以經過的時候請仔細看哦。

秋恵：山鉾は重要文化財に指定されたのですか？やはり、雨が降ったら巡行は順延か中止になりますよね。

➕ 彩車是不是被制定為重要的文化財產了呢？下雨的話，遊行果然還是會順延或中止，對吧？

英樹：いいえ。炎天につけ雨天につけ❶、山鉾巡行は決行しますよ。

➕ 不會哦。不論是大熱天還是下雨天，彩車遊行照常舉行哦。

秋恵：観光客には有り難いことですね。ところで、昨日たくさんの旧家や老舗の宝物を見て来ましたよ。

➕ 對觀光客來說真是謝天謝地呢。對了，我昨天看到了很多歷史悠久的家族和老店舖的寶物哦。

英樹：屏風祭のことですね。新町通を歩きましたか？そこに行けば、五六軒の家で秘蔵している屏風や美術品を鑑賞できるはずですよ。

➕ 是在說屏風祭的事吧。妳有走到新町街嗎？如果去那裡，應該就可以欣賞到五、六間的人家所珍藏的屏風和美術品哦。

秋惠：人の流れに沿って❷進んだので、どこを通ったかはよく分かりませんでした。

➕ 因為我是順著人潮前進，所以不太清楚走過哪裡。

英樹：宵山の三日間、その辺りは夜の6時から歩行者天国になるので、歩き安いですよ。ちなみに、来週の花傘巡行まで京都に居られますか？

➕ 在宵山的三天期間，因為那一帶從晚上6點開始就變成了行人專用區，所以很方便行走哦。順便問一下，妳在下星期的花傘遊行之前會在京都嗎？

秋惠：あさって台北に戻るので、芸者さん達の花傘巡行を見られなくて、とても残念です。

➕ 我後天就要回台北了，看不到藝伎的花傘遊行真可惜。

單字百寶箱

MP3 ▶080

八坂神社	創建於656年，因為1868年的神佛分離政策，最後定名為「八坂神社」		花見小路通り	通過祇園的主要道路，由南到北約1公里長，俗稱「藝伎的故鄉」
祇園	京都最繁華的地段之一，常可看見藝伎出沒		芸者	藝伎
山鉾	彩車		織物	織品
花傘巡行	在7月24日舉行的遊行，是祇園祭的活動之一，參加者多為包括藝伎的女人和小孩		伝わる	相傳；流傳

ペルシャ	波斯（Persia）
タペストリー	掛毯；壁毯（tapestry）
宵山期間	7月14日至16日
旧家	世家；歷史悠久的家族
老舗	老店；老字號
宝物	寶物
屏風祭	屏風祭，在宵山期間一些京都的世家和老店會展示自家的屏風、和服、盔甲、書畫等寶物，供一般民眾觀賞

熱中症	中暑
歩行者天国	禁止車輛通行的行人專用區
秘蔵する	珍藏
鑑賞する	觀賞；欣賞
辿り着く	好不容易才走到
日傘	陽傘
炎天	炎熱的天氣

夏の行事

 特好用句型

(MP3) ▶081

① 〜につけ、〜につけ

「Aにつけ、Bにつけ」的句型，可以用來列舉兩種相對的情形，或是並列同類的情形，以表達「不論是A還是B」。

☆ A動詞原形＋につけ＋B動詞原形＋につけ〜　　**不論A還是B〜**

例句1：被害者の酷い状態を見るにつけ聞くにつけ、心が痛みます。

　　被害者慘不忍睹的狀態，不管是眼見還是耳聞，心都會痛。

☆ A形容詞＋につけ＋B形容詞＋につけ〜　　**不論A還是B〜**

例句1：美味しいにつけ不味いにつけ、頂く料理に文句を言うのはいけません。

　　不論好不好吃，對這些受人招待的料理都不可以抱怨。

183

☆ A名詞＋につけ＋B形容詞＋につけ〜　　**不論A還是B〜**

例句1：良きにつけ悪しきにつけ、外国へ働きに行く人は多くなりつつある。

不論是好事還是壞事，到國外去工作的人正在增加。

小練習

「結果」「良き」「悪しき」「正直に報告する」

結果は良きにつけ悪しきにつけ、正直に報告します。

無論成果是好是壞，都會誠實報告。

❷ 〜に沿って

此句型表達的是「順著」、「不偏離」某種的指示、標準、方針、期待、希望
等。

☆ 名詞＋に沿って〜　　**順著〜、按照〜**

例句1：新耐震基準に沿って、マイホームを建てました。

按照新的防震標準建造了自己的家。

小練習

「十二年国民基本教育」「政策」「２０１４年」「本格的に」「実施する」「予定」

十二年国民基本教育の政策に沿って、２０１４年から本格的に実施する予定です。

按照12年國教的政策，預計從2014年開始正式實施。

天神祭り
天神祭

天神祭是少數在水、陸、空都有活動的祭典，也是日本三大祭之一。雖然因為各種情況曾經多次停辦，但始於西元951年的天神祭，不但擁有上千年的歷史，也是大阪夏季最為盛大的祭典，由奉祀「天神」的大阪天滿宮在每年的7月24日、25日舉辦，號稱是世界上最大規模的水上慶典。

「天神」指的是菅原道真，他是平安時代的學者兼政治家，官拜右大臣，受貶到九州並抑鬱而終之後，被日本人神格化為學問之神。而天神祭便是祭祀天神、祈求平安所舉行的祭典。

在一連串的慶典活動中，又以「陸渡御」、「船渡御」和「奉納花火」最有看頭。「渡御」類似我們的神轎繞境，抬著「鳳神輿」和「玉神輿」兩座神轎的陣頭和三千多名古裝打扮的陸渡御隊伍，聲勢浩大地繞行市區之後，於天滿橋畔搭乘上百艘船，以載著天神神靈的御鳳輦船為主的船隊，在大阪的河川上開始水上的巡行活動「船渡御」。

在河岸上的觀眾，則穿著夏祭的招牌「浴衣」，一邊納涼一邊欣賞倒映在河面上船隊的燈火以及高達數千發供奉天神的煙火，有船隻經過時還會大聲拍手加油。

值得一看的還有，當巡遊的人群回到天滿宮時大家一起打的大阪拍子「大阪締め」、由天神橋筋商店會舉辦的「女孩扛神轎」活動，以及擊鼓手「願人」在搖晃之中打鼓的「催太鼓」活動。

天神祭り

👧 利香：天神祭を見に来てよかったですね。天神祭ならでは[1]の光景をいっぱい見聞できました。

➕ 有來看天神祭真好呢。見識了許多如果不是天神祭就不可能看到的光景。

😊 **大輔**：そうですね。陸も川も、そして空も存分に利用する祭りは珍しいですね。

　⊕ 沒錯呢。陸地、河川還有天空都盡情利用的祭典很稀少呢。

😊 **利香**：もちろん、盛り上がった陸渡御も、水面に揺れる光が綺麗な船渡御も、そして浪花の空を彩る花火も、全て見どころでしたが……

　⊕ 當然，有氣氛熱烈的陸上繞境、有光影搖曳在水面上的美麗水上繞境，還有把大阪的天空著上色彩的煙火，雖然這些全都是精彩之處……

😊 **大輔**：そう言うと思いました。君が一番興味のあるところは、ギャルみこし、催太鼓と大阪締めでしょう？

　⊕ 我就知道妳會這麼說。妳最感興趣的地方，應該是女孩扛神轎、搖晃太鼓和大阪拍子吧？

😊 **利香**：当たりです。さすが私のソウルメイトですね。

　⊕ 被你說中了。真不愧是我的靈魂伴侶呢。

😊 **大輔**：その理由についても当てて見ましょうか？風習の関係で女性がみこしを担ぐのは一般的には禁止されていますが、「ギャルみこし」は天神祭の正式な行事ではないものの、少し男女平等の夢を見られたからでしょう？

　⊕ 要我來猜猜看理由嗎？雖然因為習俗的關係女性普遍被禁止抬神轎，但是「女孩扛神轎」雖說不是天神祭正式的活動，但也讓人看到了一點男女平等的夢，對吧？

😊 **利香**：はい。それに、若い女の子たちが、力を合わせて200キロもある神輿を担ぐ様子もとっても素敵でした。

　⊕ 沒錯。而且年輕的女孩子們合力扛起重達200公斤神轎的樣子非常棒。

😊 **大輔**：あと、催太鼓を叩く願人たちのバランス感覚にも感心したでしょう？

　⊕ 還有，敲擊搖晃太鼓那些鼓手們的平衡感，也讓妳很佩服吧？

夏の行事

👧 利香：はい。彼らの赤くて長い頭巾も凄く目立ちました。

　➕ 是啊。他們又紅又長的頭巾也很顯眼。

👦 大輔：最後は、皆が大阪のユニークな手締めで、行事が無事に終わったことを祝う「大阪締め」に感動したでしょう。

　➕ 最後一個是，大家一起用大阪獨一無二的拍手喝采，來慶祝活動平安無事結束的「大阪拍子」，也讓妳很感動吧？

👧 利香：祝うて三度、パパーンパン！全部当たりです。天才ですね！

　➕ 要慶祝來拍手三下，乒乓－乒！全都猜對了呢。你是個天才哦！

👦 大輔：天才でも何でもない❷ですよ。ただそれが私にとっても一番面白いところだっただけですよ。

　➕ 根本不是什麼天才哦。只是那些對我來說也是最有意思的地方而已啊。

👧 利香：いいえ。私と意見が一致する人は、天才に違いないと思いますよ。

　➕ 才不是呢。我想，跟我的想法一樣的人，一定是個天才沒錯哦。

單字百寶箱

（MP3 ▶083）

大阪天満宮 おおさか てん まん ぐう	位於大阪市北區，建於西元949年，每年在7月24～25日所舉行的天神祭，是日本三大祭之一	**力を合わせる** ちから あ	合力
天神 てん じん	指菅原道真，在其死後被稱為「火雷天神」，是神道教的神明之一	**ユニーク**	獨一無二（unique）

菅原道真 _{すが わら の みち ざね}	生於西元845年，是平安時代的學者兼政治家，官拜右大臣，受貶到九州並抑鬱而終之後，被日本人神化為學問之神	**感心する** _{かん しん}	佩服；欽佩
神格化 _{しん かく か}	神化	**目立つ** _{め だ}	顯眼；引人注目
なにわ	大阪的古稱，漢字可寫成「浪花」、「難波」或是「浪速」	**光景** _{こう けい}	光景；情景
陸渡御 _{りく と ぎょ}	陸上巡行	**見聞する** _{けん ぶん}	開眼界；長見識
船渡御 _{ふな と ぎょ}	水上巡行	**揺れる** _ゆ	搖曳；搖晃
ギャルみこし	女孩（girl）扛神轎，是由天神橋筋商店會在7月23日舉辦的活動，不算是天神祭正式的行事之一，所有報名徵選的女孩都得先通過挑米的考驗，最後選出的80位，得扛兩座各重200公斤的神轎，在天神橋筋商店街以及大阪天滿宮附近遊行	**手締め** _{て じ}	拍手喝采以慶祝活動順利完成
催太鼓 _{もよおし だい こ}	搖晃太鼓，也就是把幾個擊鼓手放在平台上打鼓，平台之下的工作人員則要拼命地晃動平台，「催太鼓」是神轎出巡時的頭陣	**ソウルメイト**	靈魂伴侶（soulmate）
願人 _{がん にん}	催太鼓的擊鼓手，頭上戴著紅色長條垂墜頭巾，得在被前後、左右晃動的狀態下擊鼓	**町人** _{ちょう にん}	江戶時代的商人；城鎮的居民

夏の行事
_{なつ ぎょう じ}

<ruby>大阪<rt>おおさかじ</rt></ruby>締め **大阪締め**	大阪拍子，大阪人自己則稱之為「**手打ち**」，其拍法是，聽到「拍吧」要連拍兩次手（乓乓），接著聽到「再一次」時，再連拍兩次手（乓乓），最後聽到「要慶祝來拍手三下」就要快拍兩次手，停一拍，再拍一次手（乓乓－乓）
<ruby>無事<rt>ぶじ</rt></ruby>に **無事に**	平安無事地

特好用句型

MP3 ▶084

❶ ～ならでは（の）

☆ 名詞＋ならでは（の）～　　**如果不是～就不可能～、只有～做得到**

例句1：そのように<ruby>簡単<rt>かんたん</rt></ruby>に<ruby>新記録<rt>しんきろく</rt></ruby>が<ruby>達成<rt>たっせい</rt></ruby>できるのは、<ruby>最高<rt>さいこう</rt></ruby>の<ruby>選手<rt>せんしゅ</rt></ruby>ならではだ。

那麼簡單就能刷新紀錄的事，只有最厲害的選手做得到。

小練習 <ruby>しば<rt>らく</rt></ruby>

「<ruby>子供<rt>こども</rt></ruby>を<ruby>救<rt>すく</rt></ruby>うため」「トラックまで<ruby>持<rt>も</rt></ruby>ち<ruby>上<rt>あ</rt></ruby>げられる」「<ruby>母性愛<rt>ぼせいあい</rt></ruby>の<ruby>力<rt>ちから</rt></ruby>」

寫寫看

<ruby>子供<rt>こども</rt></ruby>を<ruby>救<rt>すく</rt></ruby>うためにトラックまで<ruby>持<rt>も</rt></ruby>ち<ruby>上<rt>あ</rt></ruby>げられるのは<ruby>母性愛<rt>ぼせいあい</rt></ruby>の<ruby>力<rt>ちから</rt></ruby>ならではだ。

為了救出小孩，連卡車都抬得起來的，只有母愛的力量才做得到。

❷ ～でもなんでもない

　　此句型多用在口語中，表達的是對某人或某事強烈的不滿、批評或是否定，用在說話者自己身上，則有自責或是自貶的語意。

☆ 名詞＋でもなんでもない～　　**根本不是什麼～、一點也不是什麼～**

例句1：私に言わせれば、あの人は英雄でも何でもない。ただ運が良かっただけです。

如果要我說的話，那個人根本不是什麼英雄，只是運氣好而已。

「彼」「取引先の訪問」「行っているわけ」「ただ」「サボっているだけ」

彼は取引先の訪問に行っているわけでもなんでもない。ただサボっているだけだ。

他根本不是去拜訪什麼客戶，只是在偷懶而已。

七月 隅田川花火大会
すみだがわはなびたいかい
隅田川煙火大會

　　每年7月的最後一個星期六，都有約一百萬人會到東京隅田川兩岸或是附近，欣賞仲夏夜空裡所綻放的繽紛色彩。在一個半小時內會施放超過兩萬發煙火的隅田川煙火大會，分成兩個會場進行，是關東地區首屈一指的煙火大會。

　　據說從江戶時代開始便有在夏夜裡於隅田川搭船遊玩、乘涼、放煙火的習俗。到了西元1733年，因為全國爆發大饑荒，同時江戶也流傳霍亂，因此八代將軍德川吉宗為了驅除病魔並弔念亡魂，在隅田川舉行了水神祭並放了煙火。

　　之後，在隅田川納涼的季節開始的首日，施放煙火便成為一個慣例，這項被稱為「兩國花火大會」的活動，是日本歷史最悠久的煙火大會，雖然曾一度中斷了15年，爾後改稱為「隅田川花火大會」。

　　隅田川煙花大會遇到小雨還是會照常舉行，遇到大雨則是順延到隔天，不能順延時則取消。不過因為花費很高的關係，若非逼不得已，主辦單位絕不輕言取消。例如2013年的隅田川煙花大會，開場沒多久就遇到一陣難以預測的「游擊隊豪雨」，使得還沒放的煙火全部淋溼，不但煙火大會取消，淋得像落湯雞一般的民眾也淪落為「回家難民」。

　　而說到煙火大會就會想到「放暑假」以及穿著「浴衣」觀賞煙火的民眾，而且從2012年東京晴空塔啟用開始，隅田川煙火大會又多了一項和煙火相互輝映的亮點，東京也因此多了一種夏季的「風物詩」。

すみだがわはなびたいかい
隅田川花火大会

 ▶085

秋恵：今日は雨天予報だよ。花火大会は大丈夫かな？
（あきえ）（きょう）（うてんよほう）（はなびたいかい）（だいじょうぶ）

　◆ 今天的天氣預報說會下雨哦。煙火大會沒問題嗎？

英樹：たとえ小雨が降るにしろ❶、簡単に延期や中止にはされないよ。
（ひでき）（こさめ）（ふ）（かんたん）（えんき）（ちゅうし）
　　　大勢の人々が精一杯準備したんだし、こんなに大規模な花火大
（おおぜい）（ひとびと）（せいいっぱいじゅんび）（だいきぼ）（はなびたい）
　　　会は何億円もの予算と商機に関わるからね。
（かい）（なんおくえん）（よさん）（しょうき）（かか）

➕ 就算下個小雨，也沒那麼容易被延期或中止哦。因為很多人竭盡全力做了準備，而且這麼大規模的煙火大會，關係到多達幾億日幣的預算和商機呢。

秋惠：せっかく光っているスカイツリーも一緒に見える場所を取ったので、最後のクライマックスまで見たいよね。

➕ 因為好不容易占到了可以一起看到發光的天空樹的地方，想看到最後的高潮呢。

英樹：僕も夜空が昼間のように明るくなる、その最後の一瞬が好きなんだ。

➕ 我也喜歡把夜晚的天空照得像白天一樣明亮的最後一瞬間。

秋惠：日本人が桜や花火を好む理由は、その美しさが一瞬のものだからではないかな。

➕ 日本人喜歡櫻花、煙火的原因，是不是因為那種美麗是一瞬間的啊。

英樹：私の場合はちょっと違うよ。花火大会と言えば、ビール、浴衣美人と夏休みだよ。出来れば花火を見ながら船遊びもしたいな。

➕ 我的情形可有點不太一樣哦。說到煙火大會，就會想到啤酒、穿著浴衣的美女和暑假哦。可能的話也想一邊搭船遊玩一邊看煙火呢。

秋惠：まるで浮世絵に描かれた「両国川開き花火」だね。

➕ 簡直就像是浮世繪裡畫的「兩國地區初夏納涼的煙火」嘛。

英樹：あっ、もう時間だ。二万発の最初の一発が始まるぞ。

➕ 啊，時間到了。兩萬發的第一炮要開始了哦。

秋惠：さすが江戸の空を彩る隅田川花火大会……うわぁ～ゲリラ豪雨だ。

➕ 真不愧是為江戶的天空上色的隅田川煙火大會……嗚啊～游擊隊大雨來了。

夏の行事

193

英樹：信じられない……

○ 真令人不敢相信……

秋恵：今まではテレビでこの関東最大の花火を見てたのを、今年はやっと決心して現場に来たら、かえって何も見られず、しかも濡れたまま「帰宅難民」になってしまった。本当に皮肉だよ。

○ 我一直以來都是從電視看這個關東最大的煙火，今年終於下定決心來了現場，反而什麼都看不到，而且在濕答答的狀態下還變成了「回家難民」。真的很諷刺呢。

單字百寶箱

MP3 ▶086

隅田川	位於東京北部的河川，全長23.5公里，因跨越隅田川的橋體種類相當多元，因此隅田川素有「橋樑博物館」之稱	船遊び	搭船遊玩
花火大会	煙火大會；煙火晚會	夜空	夜空
夏休み	暑假	好む	愛好；喜歡
夕涼み	傍晚的乘涼	小雨	小雨
川開き	初夏為了納涼而在河川上施放的煙火	中止する	中止；取消
予算	預算	延期する	延期
彩る	上色；著色	精一杯	竭盡全力；盡最大的努力

スカイツリー	東京晴空塔，又稱天空樹（Sky Tree），日文全名是「**東京スカイツリー**」。高達了634公尺，目前是世界最高的自立式電波塔，於2012年5月啟用	<ruby>浮世絵<rt>うきよえ</rt></ruby>	浮世繪，起源於江戶時代的一種日本繪畫藝術，多為描繪人們的日常生活、社會百態、有名的風景以及戲劇等的版畫
クライマックス	高潮（climax）	<ruby>大規模<rt>だいきぼ</rt></ruby>	大規模
<ruby>光<rt>ひか</rt></ruby>る	發光；發亮	ゲリラ<ruby>豪雨<rt>ごうう</rt></ruby>	指集中在某地域，猶如游擊隊（guerrilla）一般難以預測的豪雨，是日本人製造的新詞
<ruby>明<rt>あか</rt></ruby>るい	明亮的	<ruby>帰宅難民<rt>きたくなんみん</rt></ruby>	回家難民，也稱為「**帰宅困難者**」，比喻因為地震等天災所導致的交通大癱瘓而無法回家的人們

<ruby>夏<rt>なつ</rt></ruby>の<ruby>行事<rt>ぎょうじ</rt></ruby>

特好用句型

(MP3) ▶087

❶ ～にしろ

此句型用來表達說話者的判斷、主張，或是責備的內容，常配合「たとえ」、「<ruby>仮<rt>かり</rt></ruby>に」、「もし」等假設的詞句使用。

☆ **動詞普通形／形容詞＋にしろ～ 就算～也、即使～也～**

例句1：もしあの<ruby>子<rt>こ</rt></ruby>が<ruby>誘拐<rt>ゆうかい</rt></ruby>されたにしろ、<ruby>犯人<rt>はんにん</rt></ruby>からの<ruby>連絡<rt>れんらく</rt></ruby>が<ruby>来<rt>く</rt></ruby>るはずだ。

就算那孩子真被綁架了，犯人也應該會聯絡。

例句2：いくら<ruby>忙<rt>いそが</rt></ruby>しいにしろ、<ruby>寝<rt>ね</rt></ruby>る<ruby>時間<rt>じかん</rt></ruby>だけはちゃんと<ruby>取<rt>と</rt></ruby>るべきだ。

就算再怎麼忙，只有睡覺時間一定要好好把握。

☆ な形容詞／名詞＋である＋にしろ～　就算是～也、即使是～也～

例句1：生活は大変であるにしろ、子供には苦労させません。

就算生活困難，也不會讓孩子受苦。

例句2：三人だけの会社であるにしろ、せめて最低賃金は支払わなければならない。

就算是只有三個人的公司，至少也必須給付最低工資。

「もしあの人」「お金持ち」「そんなに無駄遣いをする」「貧乏になる」「時間の問題」

もしあの人がお金持ちであるにしろ、
そんなに無駄遣いをしたら、貧乏になるのは時間の問題だ。

就算那個人是有錢人，如果那麼浪費的話，變窮只是遲早的事。

② ～たら、かえって

「Aたら、かえってB」的句型，可以用來表達做了A之後，反而得到和預想相反的結果B。

☆ 動詞た形＋ら＋かえって～　做了～之後，反而～

例句1：体重を減らすために一生懸命運動したら、かえって筋肉量が増えて、もっと重くなりました。

為了減重拼命地運動之後，反而長了肌肉，變得更重了。

「安物を買う」「修理代の方」「お金かかる」

 寫寫看

安物を買ったら、かえって修理代の方にお金がかかりました。

買了便宜貨之後，反而在修理費用上花了更多錢。

 漢字女還想告訴你

玩樂用語

「○○遊び」

在日文裡有許多種「○○遊び」，在中文裡大致分為三種：

（一）「玩○○」：女遊び（玩女人）、水遊び（玩水）、火遊び（玩火）、雪遊び（玩雪）、砂遊び（玩砂）、泥遊び（玩泥巴）、人形遊び（玩娃娃）。

（二）「○○遊戲」：言葉遊び（文字遊戲）、ビー玉遊び（彈珠遊戲）、まるばつ遊び（圈叉遊戲）、積み木遊び（積木遊戲）、まねっこ遊び（模仿遊戲）、一人遊び（一人遊戲）、二人遊び（兩人遊戲）、グループ遊び（團體遊戲）、コンピューター遊び（電腦遊戲）、トランプ遊び（撲克牌遊戲）、ままごと遊び（扮家家酒遊戲）。

（三）「○○遊」：夜遊び（夜遊）、船遊び（船遊）。

夏の行事

<ruby>台灣篇<rt></rt></ruby>

<ruby>飛魚貯藏祭<rt>と び う お ちょ ぞう さい</rt></ruby>
飛魚收藏祭

　　飛魚對於台灣達悟族（又稱雅美族）來說，不僅是重要的食物來源，也是最神聖的漁獲，更是族群的文化核心。蘭嶼特有的「夜曆」和歲時行事，就是順應飛魚隨著黑潮到來的時期而制定的。

　　說到蘭嶼的達悟族的重要祭典，例如船祭和飛魚祭，都和捕魚有關。飛魚祭分13次舉行，有三個階段：如春季舉行的「飛魚招魚祭」、每年6月至7月舉行的「飛魚收藏祭」，以及每年中秋節過後舉行的「飛魚終食祭」。

　　達悟族人在舉行「飛魚收藏祭」後，便不再捕捉飛魚而改捉其他的魚種食用。而所捕捉到的飛魚，大部分都會曬成魚乾，以方便儲存並延長食用的期限。

　　以前的達悟族人在舉行過「飛魚終食祭」之後，便不再食用飛魚，而吃不完的飛魚也會讓其他動物吃，絕不暴殄。現今因為有了冰箱，因此就算過了終食祭，還是有機會吃到飛魚乾。

　　「達悟」在達悟族語是「人」的意思，也是達悟族的自稱，「雅美」一詞據說源自於19世紀末日本人在調查蘭嶼島之時，對該地的稱呼。

<ruby>飛魚貯藏祭<rt>と び う お ちょ ぞう さい</rt></ruby>

MP3 ▶088

<ruby>駿<rt>しゅん</rt></ruby>：<ruby>夏休<rt>なつやす</rt></ruby>みに<ruby>蘭嶼<rt>らんゆ</rt></ruby>に<ruby>行<rt>い</rt></ruby>って<ruby>来<rt>き</rt></ruby>ました。

　⊕ 我在暑假的時候去了蘭嶼回來了。

<ruby>英樹<rt>ひでき</rt></ruby>：<ruby>蘭嶼<rt>らんゆ</rt></ruby>はどこですか？

　⊕ 蘭嶼在哪裡啊？

<ruby>駿<rt>しゅん</rt></ruby>：<ruby>蘭嶼<rt>らんゆ</rt></ruby>は<ruby>台湾<rt>たいわん</rt></ruby>の<ruby>東<rt>ひがし</rt></ruby>にある<ruby>小<rt>ちい</rt></ruby>さな<ruby>離島<rt>りとう</rt></ruby>の<ruby>一<rt>ひと</rt></ruby>つです。そこには「タオ<ruby>族<rt>ぞく</rt></ruby>」という<ruby>先住民<rt>せんじゅうみん</rt></ruby>が<ruby>住<rt>す</rt></ruby>んでいて、<ruby>私<rt>わたし</rt></ruby>は<ruby>彼<rt>かれ</rt></ruby>らの<ruby>飛魚祭<rt>とびうおまつ</rt></ruby>りの<ruby>一<rt>ひと</rt></ruby>つを<ruby>観<rt>み</rt></ruby>ました。

　⊕ 蘭嶼是在台灣東邊的一個小離島。那裡住了叫「達悟族」的原住民，我看過他們的一個飛魚祭。

7文<ruby><rt>ふみ</rt></ruby>月<ruby><rt>づき</rt></ruby>

英樹：一つと言うのは，本当は飛魚祭りが幾つもあると言う意味ですか？

　　説一個，表示飛魚祭其實是有好幾個的意思嗎？

駿　：その通りですよ。飛魚は神様がタオ族に対して❶与えた大切な食べ物であるので、春から秋にかけて飛魚に関する祭りを13回も行うらしいです。

　　正是如此。飛魚對於達悟族來說，因為是神賜予的重要食物，因此從春季到秋季好像有高達13次關於飛魚的祭典。

英樹：九州地方では飛魚の干物を使って「アゴ出汁」を作るのを知っていますが、蘭嶼では飛魚がそんなに大事にされているとは知りませんでした。

　　我知道在九州的地區會用飛魚乾做成飛魚高湯，但不知道在蘭嶼飛魚被看得那麼重要。

駿　：タオ族の伝統文化を始め、暦法や年中行事まで、ほとんどが飛魚を中心に❷しているくらい、昔から飛魚を大事にしているらしいです。

　　以達悟族的傳統文化為首，連曆法到一整年的活動大多都是以飛魚為中心的程度，聽說從以前開始就把飛魚看得很重要。

英樹：なるほど。私も一度行ってみたくなりました。

　　原來如此。我也變得想去一次看看呢。

駿　：ぜひ行ってみて下さい。私が観た祭りは「飛魚貯蔵祭」で、春に行けば飛魚を招く祭りを行うし、時々船祭りもあるらしいですよ。

　　請你一定要去看看。我看的祭典叫做「飛魚收藏祭」，如果在春季能去的話，有舉行招飛魚的祭典，好像有時候也有船祭哦。

夏の行事

199

英樹：日本から飛行機がありますか？

　⊕ 有從日本直達的飛機嗎？

駿　：調べましたが、無いらしいです。でも、台湾本島の台東から小さい飛行機や船で簡単に行けますよ。

　⊕ 我調查了，但好像沒有。但是從台灣本島的台東坐小飛機或船很容易就可以到哦。

英樹：そこに行って、何か注意するべき事はありませんか？

　⊕ 去那裡，有沒有什麼應該注意的地方嗎？

駿　：地元の人は凄く平和で親切な人達ですし、そこのタタラ船もとても印象的です。ただ、人や飛魚の写真を撮る前に必ず許可を貰うことに注意して下さい。

　⊕ 當地人都是非常和平親切的人，而且那裡的拼板船也讓人印象深刻。不過，要對著人或飛魚照相之前，請注意一定要先得到許可。

英樹：分かりました。あと、食べ物のお薦めは何かありませんか？

　⊕ 我知道了。還有，你有什麼推薦的食物嗎？

駿　：ご飯を出すレストランもありましたが、私はせっかくだと思って、毎日タロイモ、サツマイモ、飛魚など伝統的な食事にしました。とても美味しかったので、お薦めします。

　⊕ 雖然也有供應米飯的餐廳，但我想機會難得，所以決定每天都吃芋頭、甘薯、飛魚等傳統料理。因為很好吃，所以我推薦。

| らん ゆ 蘭嶼 | 蘭嶼 | ひ もの 干物 | 魚乾 |

200

離島（りとう）	離島		原住民（げんじゅうみん）／先住民（せんじゅうみん）	原住民
本島（ほんとう）	本島		伝統文化（でんとうぶんか）	傳統文化
アゴ	飛魚，在九州或日本沿岸地區的稱呼，其他許多地方採用漢字的讀法「トビウオ」		捕獲する（ほかく）	捕魚
飛魚祭り（とびうおまつり）	飛魚祭		乾燥させる（かんそう）	使乾燥
飛魚貯蔵祭（とびうおちょぞうさい）	飛魚收藏祭		地元の人（じもとのひと）	當地人
タオ族（ぞく）	達悟族是雅美族人對自己的稱呼，「達悟」是「人」的意思		船祭り（ふなまつり）	船祭
アミ族（ぞく）	雅美族，是達悟族的舊稱，據說「雅美」是日本人所命名，在傳統達悟族語中，沒有「雅美」這個字		黒潮（くろしお）	黑潮
台東（たいとう）	台東		サツマイモ	甘薯
タタラ船（ぶね）	拼板船		タロイモ	芋頭（taro）

夏（なつ）の行事（ぎょうじ）

特好用句型

MP3 ▶090

❶ 〜に対（たい）して

此句型可以照字面上的漢字來記憶，相當於中文的「對於〜」，通常用來表示某人對於某項事物的態度或行動，也可以用來做對比，或是用來表示針對於各個一定的範圍（例如：每100元）所採取的行動（例如：課5元的稅）。

☆ 名詞＋に対して〜　①對〜、對於〜　②與〜成對比　③每〜、每一〜

例句1：私は子供に対して、高い期待を抱きます。

我對小孩抱有很高的期待。

例句2：親の高い期待に対して、子供のやる気はあまりありません。

與父母的高期待成對比，小孩反而沒什麼幹勁。

例句3：5％の消費税というのは、100元に対して5元を加算することです。

所謂5％的消費税是每100元要加算5元的意思。

☆ 動詞原形／形容詞＋のに対して〜　①對〜、對於〜　②與〜成對比

例句1：彼が簡単に約束できるのに対して、本当に約束を守ってくれるのか疑う人は結構います。

對於他可以輕易地做出約定這件事，有相當多人懷疑他是否能真的守約。

例句2：台湾では一流の大学に入学するのが難しいのに対して、卒業するのは簡単です。

在台灣，和很難考進一流大學成對比，要畢業反而很容易。

 小練習 しば・らく

「政策の透明性の欠如」「大学生」「抗議運動」「続ける」

寫寫看

政策の透明性の欠如に対して、大学生は抗議運動を続けます。

對於政策透明度的欠缺，大學生繼續抗議運動。

❷ 〜を中心に（して）

此句型同樣地可以用字面的漢字來記憶，相當與中文的「以〜為中心」、「以〜為重點」。

☆ 名詞＋を中心に（して）〜　以〜為中心

例句1：地球温暖化の問題を中心にして、各国の代表がその対策を議論しました。

以地球暖化的問題為中心，各個國家代表討論了其對策。

「問題」「責任を問うより」「寧ろ解決策」「探す」「調べ始める」

この問題に対して責任を問うより、寧ろ解決策を探すことを中心に調べ始めましょう。

對於這個問題，與其追究責任，不如以找出解決辦法為中心地開始調查吧。

八月

青森ねぶた祭り
（あお もり まつ）

青森睡魔祭

　　不管是週末假日、刮風或是下雨，每年日本的青森市都會固定在8月2日至7日期間，舉行讓人熱血沸騰的東北三大祭之一的「睡魔祭」。

　　根據統計，每年都有超過300萬人參加這個盛夏的巨型人形燈籠大會，而且只要穿上大會規定的服裝，任何人都可以成為替燈車開路的「跳人」，這些服裝甚至還可以只租不買。

　　關於睡魔祭的由來有好幾個說法，其中較為有趣的說法是「眠流」，也就是要趕跑在夏天有礙農耕的睡魔。每年約有20台的「佞武多」人形燈籠花車參加睡魔祭的遊行，不但個個高大（高達5公尺，重達4噸），需要數十人甚至上百人才推得動，而且造型一個比一個更威武霸氣。

　　而燈籠的設計創意大多取自歌舞伎或是歷史故事中有名的場景，因此除了日本史上著名的武士之外，也能看到我們熟悉的鍾馗、諸葛亮等。但我想，看到這些猶如「凶神惡煞」般的燈籠，應該有人是直接被嚇醒的吧。

　　這些人形燈籠光是製作就得花上至少3個月，而設計並製作這些人形燈籠的「佞武多師」據說是全年無休，在睡魔祭結束的隔天就得開始設計下一年度的燈籠造形。每年的睡魔祭都會選出最優秀的燈籠製作者，此獎項向來被視為佞武多師的殊榮。

　　在睡魔祭的最後一天，燈籠遊行改在白天進行，到了夜晚則會有五座燈籠被送入海上漂流，最後再以盛大的煙火大會，為這個著名的「火祭」劃下句點。

青森ねぶた祭り
（あおもり まつ）

▶091

　秋恵：台湾にも灯籠の祭りがありますが、こんなに巨大で迫力ある灯籠は初めて見ます。
（あき え）（たいわん）（とうろう）（まつ）（きょだい）（はくりょく）（とう）（ろう）（はじ）（み）

　　⊕ 雖然台灣也有燈籠節，但這麼巨大又有魄力的燈籠我第一次看到。

亜子：ねぶたは日本でも珍しいので、重要無形民俗文化財に指定されていますよ。

　　⊕ 佞武多在日本也很罕見，因此被指定為重要的無形民俗文化財產。

秋恵：毎年三百万人以上の観光客が訪れるそうですね。

　　⊕ 聽說每年有300萬人以上的觀光客到訪呢。

亜子：はい。でも私が一番好きなのは、ハネト衣装さえ着ていれば❶観光客も自由に台車の前で踊れることです。

　　⊕ 對。但我最喜歡的是，只要穿上跳人的服裝，連觀光客也能自由地在花車前跳舞。

秋恵：なるほど。だから道すがらにハネト衣装を販売するお店を何軒も見かけるのですね。

　　⊕ 原來如此。難怪沿途看到了好幾間賣跳人服裝的店呢。

亜子：一度だけ体験したいなら、レンタルで十分ですよ。一式のレンタル料は4千円前後で済みます。

　　⊕ 如果只想體驗一次的話，用租的就足夠了。一套的租金約4千日幣左右就解決了。

秋恵：これから衣装を借りて、好きなねぶたの団体に入るにはもう遅いでしょうか？

　　⊕ 現在開始租衣服並加入喜歡的佞武多團體已經太晚了吧？

亜子：既にねぶたの行進が始まっているから、途中からの参加はパレードの邪魔になるので、やめましょう。

　　⊕ 遊行已經開始了，從中途參加會影響遊行，還是算了吧。

秋恵：そうですね。わざわざ青森まで来た以上は❷、ねぶたとハネトの写真を沢山撮って帰ります。

　　⊕ 說得也是。既然大老遠地來了青森一趟，就要拍很多佞武多燈籠和跳人的照片回去。

夏の行事

亜子：あっ、凄く面白いねぶたが来ましたよ。「孫悟空が閻魔庁を騒がす」という名場面ですよ。

　⊕ 啊，很有意思的佞武多來了哦。是「孫悟空大鬧閻羅殿」的經典場景哦。

秋恵：中国の伝説人物も登場するのですね。しかも孫悟空だけではなく、相手の閻魔もちゃんとあって、創意も芸術性も高いですね。

　⊕ 中國傳說的人物也登場了呢。而且還不是只有孫悟空，連對手閻羅王也有，不但很有創意而且藝術性也很高呢。

亜子：大きさ以外に、台湾の灯籠とは何処が違いますか？

　⊕ 除了尺寸大以外，跟台灣的燈籠有哪裡不一樣呢？

秋恵：台湾の灯籠は場面より人物を独立させたものが多いし、主題も歌舞伎や伝説には限らず、灯籠を引いてパレードする風習もありません。あと、台湾の灯籠はキティちゃんも登場するぐらい可愛く和やかな表情をしていますよ。

　⊕ 台灣的燈籠比起場景來說有較多單獨的人物，主題也不限於歌舞伎或是傳說，而且也沒有拉著燈籠遊行的風俗習慣。還有就是台灣的燈籠是連Hello Kitty都會登場的程度，帶著可愛平和的表情哦。

單字百寶箱

MP3 ▶092

ねぶた／ねぷた 佞武多	巨型的人形燈籠，在青森市被稱為「ねぶた」在弘前市則被稱為「ねぷた」，漢字寫成「佞武多」，因此睡魔祭也翻譯成「佞武多祭」	伝説	傳說

とうほくさんだい 東北三大 まつ 祭り	東北三大祭，分別為青森睡魔祭、仙台七夕祭、秋田竿燈祭	じんぶつ 人物	人物
なつまつ 夏祭り	夏天舉行的祭典	レンタル	租借用（rental）
ハネト	跳人，在燈籠花車前跳舞的人。每台花車約有500～2000人左右的跳人來開路，是睡魔祭的特色之一	お はら 追い払う	轟走、驅逐、趕跑
し ねぶた師	佞武多師，也就是設計、製作人形燈籠的師傅	パレード	遊行（parade）
ねむ なが 眠り流し	趕跑「**睡魔**」的活動，據說東北三大祭皆跟「眠流」有關	おとず 訪れる	到訪；訪問；來臨
ぜんやさい 前夜祭	在舉行主要祭典的前一晚所舉行的活動，通常會為了炒熱祭典氣氛載歌載舞	きぼ 規模	規模
そうい 創意	創意	みち 道すがら	沿途；一路上
げいじゅつせい 芸術性	藝術性	しょくにん 職人	工藝的專業人士；匠人
ひ まつ 火祭り	以火為主題的祭典。日本的祭典除了火祭，還有風祭、水祭等等	じゆうさんか 自由参加	自由參加。青森的睡魔祭開放觀光客體驗當「跳人」，不必是當地人也不用事先報名，只要在遊行開始前穿好規定的服裝就可以參加

夏の行事

特好用句型🐦

① ～さえ～ば

☆ 名詞＋さえ＋動詞ば形～　只要～就～

例句1：愛(あい)さえあれば生(い)きていける。

　　　只要有愛就能活下去。

小練習 しば・らく

「文字(もじ)の入力(にゅうりょく)」「出来(でき)る」「ブログ」「始(はじ)められる」

寫寫看

文字(もじ)の入力(にゅうりょく)さえ出来(でき)ればブログを始(はじ)められます。

只要會打字，就可以開始寫部落格。

② ～以上(いじょう)は

　　「A以上(いじょう)は、B」的句型用來表達「既然A，就應該B」，其中的B是說話者強烈地認為、判斷、或是希望等等。

☆ 動詞原形／た形＋以上(いじょう)は～　既然～（就）～

例句1：ペットを飼(か)う以上(いじょう)は、ちゃんと世話(せわ)をするべきです。

　　　既然要養寵物，就應該好好照顧才對。

例句2：賭(か)けに負(ま)けた以上(いじょう)は、約束(やくそく)通(とお)りおごるしかない。

　　　既然打賭輸了，就只能照約定請客。

8
葉(は)

月(づき)

「結婚」「お互いのこと」「考える」
（けっこん）（たが）（かんが）

結婚した以上は、お互いのことを考えるべきだ。
（けっこん）（い じょう）（たが）（かんが）

既然結了婚，就應該要為對方著想。

專家稱謂

「○人／○人／○人」
（にん）（と）（じん）

　　所謂「一種米養百種人」，除了內文提及的「職人」（工藝的專業人士）之
外，還有「仕事人」（專業、專門的人）、「玄人」（內行人、專業的人），以及
其相反詞「素人」（外行人、業餘／非專業的人）。

　　對台灣人來說，「素人」和「達人」（對某種事物很精通、厲害的人）等詞
彙，已經在日常生活中被廣泛地使用，而日本許多的「有名人」（名人）和「芸能
人」（藝人）在台灣也很受歡迎。

夏の行事
（なつ）（ぎょう じ）

209

七夕祭り
たなばたまつ

七夕

在日本大部分地區的七夕，已經棄用農曆而改為西曆的7月7日，但仙台的「七夕祭」則沿用農曆，因此多在8月初舉行，是日本最有名的七夕祭典。

日版的七夕和我們熟悉的情人節大不相同，反而更像是「許願節」，而且許願的內容也不限於愛情，可以是家人健康、學業進步、生意興隆，甚至是世界和平。而且，從在不同顏色的長條彩紙上面寫詩，以及編制紙衣時要祈禱縫紉的手藝能進步的這幾點看來，日本的七夕還保留了一些源自中國「乞巧節」的痕跡。

這裡要注意，七夕的日文發音不是字面上的「しちせき」，而是日文的織布機「棚機」（たなばた），除了我們熟知的牛郎和織女的故事原型之外，也加入出自《古事記》的「棚機傳說」，在在顯現了七夕自奈良時代傳到日本之後被「本土化」的情況。

七夕祭り
たなばたまつ

▶094

利香：新聞によると、仙台七夕祭りには三日間で200万ぐらいの人が
りか　しんぶん　　　　せんだいたなばたまつ　　みっかかん　　にひゃくまん　ひと
訪れる<u>そう</u>❶です。
おとず

➕ 看報紙說，仙台的七夕祭在3天內好像就有200萬人去參觀。

大輔：そんなに大勢の人が集まるの？
だいすけ　　　　　　　　おおぜい　ひと　あつ

➕ 有那麼多人去啊？

利香：日本一の七夕祭り<u>だそう</u>❶です。特に前夜祭に行われる花火は
りか　にっぽんいち　たなばたまつ　　　　　　とく　ぜんやさい　おこな　　　はなび
見逃さないよう薦めています。
みのが　　　　　すす

➕ 聽說是日本第一的七夕慶典。尤其是在慶典前夜放的煙火，建議最好不要
錯過。

大輔：今年は仙台に行ってみないか？
だいすけ　ことし　せんだい　い

➕ 今年要去仙台看看嗎？

利香：そこの七夕祭りは昔から旧暦で行われているので、八月の初旬
になりますよ。あなた、お休みを取れますか？

　　➕ 那裡的七夕祭從以前開始就是依照農曆舉行的，所以日期會變成8月初旬
　　哦。老公，你能申請到休假嗎？

大輔：それは大丈夫だと思う。願い事を書いた短冊を笹に掛けるの
は、子供達が小学校を卒業して以来一度もしてないから、懐か
しいな。

　　➕ 我想沒問題。因為從孩子們小學畢業之後，就不曾把寫著願望的長條狀詩
　　籤掛到細竹上過，好懷念呀。

利香：あぁ、嬉しいです。短冊に綺麗な字でお願いを書けるように、
今日からお習字を練習しなければなりません。

　　➕ 啊，真開心。為了能在長條狀的詩籤上用漂亮的字寫上願望，今天開始我
　　得練習書法。

（七夕祭當天）

利香：とっても大きくて豪華な笹飾りですね。全て手作りだそう❶で
すよ。

　　➕ 非常巨大又豪華的細竹裝飾品。聽說全部是手工做的哦。

大輔：短冊以外の飾り付けも色々あるんだ。やはりこれは仙台七夕祭
りの特徴だろう。

　　➕ 長條狀的詩籤之外，還有各式各樣的裝飾品呢。這果然是仙台七夕祭的特
　　點吧。

利香：ええ。吹き流しを中心に、他にも短冊を含めて、折鶴や投網な
ど全部で七種類もあるそう❶です。

　　➕ 是啊，雖然以流蘇為中心，但其他包括長條狀的詩籤在內，紙折成的鶴和
　　紙做的漁網等，聽說一共有七個種類。

大輔：願い事を短冊に書こう。

　　➕ 我們在長條狀的詩籤上寫下願望吧。

夏の行事

利香：じゃあ、いつも夫婦で楽しく旅行が出来ますように❷、と書きます。

⊕ 那麼，我就寫「希望我們夫婦倆可以快樂地出門旅行」。

大輔：その願いなら、もう叶えているよ。

⊕ 那個願望的話，已經實現了哦。

單字百寶箱

MP3 ▶095

たなばた 七夕	七夕	かざ つ 飾り付け	裝飾品
しょくじょ 織女	織女	たなばた おく 七夕送り	七夕祭典之後將節慶用的裝飾品放入河川流走，也叫「七夕流し」
ひこ ぼし 彦星	牛郎	たん ざく 短冊	長條狀的詩籤，用來祈求學業、書法的進步，是仙台七夕祭的「七飾品」之一
たな ばた 棚機	織布機	かみ ごろも 紙衣	和紙做的和服，用來祈求闔家平安、無病無災，通常吊在細竹的最頂端。傳統上在編織的過程中要同時祈禱縫紉的手藝能進步，是仙台七夕祭的「七飾品」之一
さい るい う 洒涙雨	在七夕下的雨	おり づる 折鶴	紙折成的鶴，用來祈求長壽，是仙台七夕祭的「七飾品」之一

212

夏
の
行
事

しょくじょ でん せつ 織女伝説	織女的傳說
ささ 笹	細竹
おり がみ 折紙	摺紙
あま がわ 天の川	銀河
わ か 和歌	日本詩歌的一種

きんちゃく 巾着	紙做的小錢包，用來祈求生意興隆、富貴以及積蓄，是仙台七夕祭的「七飾品」之一
と あみ 投網	紙做的漁網，用來祈求漁業興旺、五穀豐收，是仙台七夕祭的「七飾品」之一
くず かご 屑籠	垃圾桶，紙做的筐用來培養清潔以及節約的好習慣，是仙台七夕祭的「七飾品」之一
ふ なが 吹き流し	流蘇狀的吊飾（彩帶），象徵織女用的線，也用來祈求長壽，是仙台七夕祭的「七飾品」之一
きゅう れき 旧暦	農曆

 特好用句型

(MP3) ▶096

❶ ～そう／～だそう

「～そう／～だそう」的句型可以用來表達傳聞、聽來的話，很像中文的「聽說～」。句型的前面常常加「～よると」、「～では」來表明情報的來源。

☆ 動詞原型＋そう～　　聽說～

例句1：天気予報によると、夜から雪が降るそうです。

聽氣象報告說，今晚開始會下雪。

例句2：噂では、その女優さんは来月に結婚するそうですよ。

謠言是說，那個女演員好像下個月要結婚哦。

☆ **名詞／な形容詞＋だそう〜　聽說〜**

例句1：あのおじさん、ああ見えでもお金持ちだそうですよ。

那個阿伯就算看起來那樣，聽說是個有錢人哦。

例句2：ネット情報によると、このレストランは小さいけど凄く豪華だそうです。

從網路上的情報聽說這家餐廳雖然小，但非常豪華。

☆ **い形容詞＋そう〜　聽說〜**

例句1：今年の夏は例年より暑いそうだ。

聽說今年的夏天會比往年熱。

小練習 しばらく

「ニュースによる」「近いうち」「狂犬病」「５０年ぶり」「流行する」

寫寫看

ニュースによると、近いうちに狂犬病が５０年ぶりに流行するそうです。

聽新聞報導說，50年不見的狂犬病最近會流行。

❷ **〜ように**

　　許願的時候，雖然可以直接寫「我想〜」（〜たい），或是「給我〜」（〜ください），但如果翻閱過日本人用來寫心願的絵馬或是短冊，就會發現很多時候，許願的句型是「〜ように」。

　　當然，如果用的是動詞的ない形，意思就與變成「希望不會〜」。

☆ **動詞現在形＋ように〜　希望〜**

例句1：運命の人に出会いますように。

希望遇到命中注定的人。

214

☆ 可能動詞＋ように～　希望能夠～

例句1：彼女とずっと一緒にいられますように。

希望能跟女朋友永遠在一起。

例句2：新しく来た転校生と友達になれますように。

希望能跟新來的轉學生變成朋友。

☆ 動詞ない形＋ように～　希望～

例句1：パパとママが毎日喧嘩しないように。

希望爸媽不要每天吵架。

「我が社の計画」「成功する」

___

我が社の計画が成功しますように。

希望我們公司的計畫會成功。

和歌欣賞

織女の今夜逢ひなば　常のごと

明日を隔てて　年は長けむ　　——《萬葉集》10卷

織女今宵會　相逢事不常

明朝離別後　相隔一年長　　　　——茂呂美耶　翻譯

夏の行事

這是中日混血的作家茂呂美耶在她的部落格裡分享的一首和歌，取自日本最古老的和歌集《萬葉集》，原作者不詳。

　　讀了茂呂美耶作家翻譯的這首和歌，讓我驚覺：雖然日本的七夕和我們熟悉的版本大不相同，但對於牛郎織女的無奈，古今中外應該都能有所感，就算是對七夕沒有任何概念的歐美人士，也應該能夠想像沒有信件、電話和網路，一年只有一次航班的「遠距離戀愛」，這該有多麼地讓人揪心啊！

漢字女的趣事分享

　　在日本用來慶祝七夕祭的細竹和掛在細竹上的吊飾，不知怎麼地讓我想起了聖誕樹。尤其是仙台七夕祭的「七飾品」，看上去就更像聖誕樹上各式各樣的吊飾了。此外，一定要掛在細竹最頂端的「紙衣」，也跟一定要放在聖誕樹頂端的「聖誕之星」（Star of Bethlehem）很像。

　　最後，日版的七夕和歐美的聖誕兩者之間的共通點還有「許願」。對於不是基督徒或是年紀還很小的孩子來說，對於聖誕節的期待當然是樹下放著願望裡的禮物。

　　而日本七夕的細竹上，滿滿掛的也都是願望，但是很大一點不同的是，聖誕樹下的禮物多是有形物體，而細竹上掛的短冊則常常是無形的心願，像是「希望世界和平」、「希望進入二次元的世界」，甚至是在網路上造成曾熱烈討論的「希望爺爺變成青蛙」！

NOTE

廿八月

月遅れ盆
つき おく　　　ぼん

農曆的盂蘭盆會

8
葉
は
月
つき

　　「盆」或是「お盆」都是指盂蘭盆會，原本是農曆的七月十五日，但在明治
維新之後大部分的日本節日都改用西曆，因此演變成現在有些區域在7月過節，
而有些區域卻在8月（相當於舊曆的七月）過節。在8月過的盂蘭盆會被稱為「晚
一個月的盂蘭盆會」。

　　盂蘭盆會源自於佛教，根據《佛說盂蘭盆經》記載，目連尊者為了報乳哺之
恩，遵從佛祖之教導在農曆的七月十五日「施佛及僧」，以供養功德之力使其母
脫離餓鬼道之苦，也就是著名的《目連救母》佛教故事。

　　然而日本的「お盆」卻結合了其民間的「祖靈信仰」和習俗：日本人相信，
祖先的靈魂會一年一次回來和家人團聚，因此在13日的那一天會用「迎え火」迎
接祖靈，14日～15日擇時全家一起去掃墓，最後在16日的那一天再用「送り火」
歡送祖靈。裝飾「盆提灯」的習俗，是為了讓祖靈能找到回家的路而做的記號，
而京都著名的「五山送火」和「嵐山放水燈」，則是送走祖靈的儀式。

　　另外，日本人會在茄子和小黃瓜下面插上四支牙籤、火柴棒或是竹筷，做成
「精霊馬」，讓祖靈能乘著「交通工具」來回。迎接時用小黃瓜代表腳程很快
的馬，讓祖靈能早一刻回家，而歡送時則用圓圓胖胖的日本茄子代表腳步沈重的
牛，不但讓祖靈別走得太快，同時也可以帶著很多供品離開。

月遅れ盆
つきおく　　ぼん

 ▶097

🧑 秋恵：台湾では盂蘭盆会と言えば、目連尊者がお釈迦様の教えに従っ
あきえ　　　たいわん　　　うらんぼんえ　　い　　　　もくれんそんじゃ　　　しゃかさま　　おし　　したが
て、布施の徳を積むことで母親を救う話しが最も有名ですが、
ふせ　とく　つ　　　ははおや　すく　はな　　もっと　ゆうめい
日本では違うようですね。
にほん　　　ちが

　✢ 在台灣提到盂蘭盆會，就屬目連尊者遵從釋迦牟尼佛的教義，累積布施的
　　功德救了母親的故事最有名，但在日本好像不是這樣。

英樹：お盆の時期に布施をする人もいますよ。でも、日本人にとってお盆で何より大事なのは、先祖供養の儀式です。例え地域によってお盆の日にちが違ってもこれは同じです。

　➕ 也有人在盂蘭盆期間布施，但是對日本人來說，盂蘭盆時期比什麼都重要的是祭祖的儀式。就算各地過盂蘭盆的日期各不相同，也是如此。

秋恵：それはお墓参りのことですか？

　➕ 那是指掃墓嗎？

英樹：お墓参りはその儀式の一つになりますが、まず十三日の夕方に迎え火で祖先の霊を迎えるところから始まります。

　➕ 掃墓也是其中之一，但首先在13日的傍晚要以迎火開始迎接祖靈。

秋恵：それは火の明かりで祖先の霊を家まで導くことですか？

　➕ 那是用火光來引導祖靈回家嗎？

英樹：はい。昔は家の門口や玄関でオガラを焚きましたが、今は共同住宅に住む人が多くて、実際に火を焚くことは難しいものです❷。

　➕ 對。從前會在家門口或是玄關燒麻桿，但現在住在公寓的人很多，實際上要燒火這件事，一般來說是很困難的。

秋恵：なるほど。火を焚くことが出来ない場合は、どうやって祖先の霊のために家の目印を作るのですか？

　➕ 原來如此。在不能燒火的情況下，要如何才能替祖靈將家裡做上記號呢？

英樹：その場合は盆提灯が迎え火と送り火の役割をします。

　➕ 那種時候就用盆燈籠充當「迎火」和「送火」的角色。

秋恵：あっ、京都の有名な五山送り火も、祖先の霊をあの世にまた送り出す儀式ですよね。

　➕ 啊，京都有名的五山送火也是再送祖靈重回那世界的儀式對吧。

夏の行事

英樹(ひでき)：そうですよ。それに、灯籠流(とうろうなが)しも送(おく)り火(び)の一種(いっしゅ)です。ところで、私(わたし)は精霊馬(しょうりょううま)を作(つく)りましたよ。ほら。

➕ 沒錯哦。而且放水燈也是一種送行的火。對了，我做了精靈馬哦。你看。

秋惠(あきえ)：この割(わ)り箸(ばし)を4本(よんほん)挿(さ)して足(あし)にしたきゅうりと茄子(なす)のことですか？凄(すご)く可愛(かわい)いですね。

➕ 你是指這些插了4支木筷當腳的小黃瓜和茄子嗎？好可愛哦。

英樹(ひでき)：祖先(そせん)の霊(れい)は足(あし)の速(はや)いきゅうりの馬(うま)に乗(の)って、早(はや)く家(いえ)に帰(かえ)ってこられるように、そして足(あし)の遅(おそ)い茄子(なす)の牛(うし)に乗(の)ってゆっくりあの世(よ)に戻(もど)って行(い)くように、と言(い)う意味(いみ)のこの世(よ)の人(ひと)からのお供物(そなえもの)です。

➕ 這些是來自人間的供品，意思是希望祖靈乘著腳程快的小黃瓜馬快快回家，之後再乘著牛步的茄子慢慢回去那世界。

秋惠(あきえ)：とても面白(おもしろ)いですね。それに、馬(うま)も牛(うし)も皆(みんな)「精霊馬(しょうりょううま)」と呼(よ)ぶんですね。

➕ 很有意思呢。而且馬和牛全都叫做「精靈馬」呢。

單字百寶箱

🎧 ▶098

盂蘭盆会(うらんぼんえ)／お盆(ぼん)	盂蘭盆會；根據《佛說盂蘭盆經》記載，目連尊者為了報乳哺之恩，遵從佛祖之教導在農曆的七月十五日「施佛及僧」	目印(めじるし)	記號；目標
迎え火(むかえび)	迎接的火	茄子(なす)	茄子
送り火(おくりび)	送行的火	きゅうり	小黃瓜

嵐山の灯籠流し あらしやま とう ろう なが	嵐山放水燈；嵐山是京都市裡的一個知名景點，除了在8月16日的夜晚有舉行放水燈的活動之外，也是賞楓的好去處	まちまち	紛紜；形形色色；各不相同
精霊馬 しょうりょううま	亡靈乘坐的動物，以小黃瓜代表馬、日本茄子代表牛	門口 かど ぐち	門口
布施 ふ せ	布施	玄関 げん かん	玄關
お釈迦様 しゃ か さま	對釋迦牟尼佛的尊稱	爪楊枝 つま よう じ	牙籤
祖霊信仰 そ れい しん こう	祖靈信仰又稱祖先崇拜、敬祖，乃是日本神道教的主要內容之一	割り箸 わ ばし	衛生筷；一次性的木筷子
盆提灯 ぼん ちょう ちん	盆燈籠，是為了讓祖靈能找到回家的路而做的記號	導く みちび	導引
あの世 よ	那世界，也就是指黃泉、來世。而「**この世**」（這世界），則是指人間	焚く た	焚燒

夏の行事
なつ ぎょう じ

特好用句型

MP3 ▶099

❶ 〜に従って
したが

「〜に従う」可以用漢字來幫助記憶，就是「遵從〜」、「遵循〜」的意思，
したが
例如：遵從規則、指示等。

但是這個句型也可以用來表現「隨著〜」，後面接的句子通常有「也跟著」的
語意。換句話說，這個句型有「主、從」之分，也就是先發生「主」，之後（或同
時）「從」也跟著變化。此外，這個句型的「主」和「從」也有一定的必然性。要
注意這個句型和「〜につれて」、「〜伴って」等句型不同的地方。
ともな

☆ 名詞＋に従って_{したが}～　①遵從～　②隨著～

例句1：医師_{いし}の指示_{しじ}に従_{したが}って毎日_{まいにち}お薬_{くすり}を飲_のんで下_{くだ}さい。

請遵從醫師的指示，每天吃藥。

☆ 動詞原形＋に従って_{したが}～　隨著～

例句1：高度_{こうど}が上_あがるに従_{したが}って、空気_{くうき}が薄_{うす}くなる。

隨著高度上升，空氣也跟著變稀薄。

「不景気_{ふけいき}」「犯罪_{はんざい}」「増_ふえる」

不景気_{ふけいき}に従_{したが}って、犯罪_{はんざい}も増_ふえます。

隨著經濟蕭條，犯罪也跟著增加。

② ～ものだ

「～ものだ」的意思很多，這裡的用法是形容「理所當然」的情形，或是「一般來說～」、「普通來說～」。

☆ 動詞／い形容詞＋ものだ～　當然～、一般來說～、普通的話～

例句1：子供_{こども}を立派_{りっぱ}に育_{そだ}てるには時間_{じかん}がかかるものだ。

要把孩子教養得出色，當然要花時間。

例句2：子供_{こども}が戦死_{せんし}した親_{おや}にとっては、戦争_{せんそう}の思_{おも}い出_では辛_{つら}く悲_{かな}しいものだ。

對於孩子戰死在沙場的父母來說，戰爭的回憶當然是痛苦又悲傷。

☆ な形容詞＋な＋ものだ～　當然是～、一般來說～、普通的話～

例句1：試験勉強_{しけんべんきょう}というのは、一般的_{いっぱんてき}に言_いって退屈_{たいくつ}なものだ。

所謂讀書考試的這件事，一般來說當然是無聊的。

とし か しんてん したが かんきょうもんだい ふ
「都市化の進展に従う」「環境問題」「増える」

とし か しんてん したが かんきょうもんだい ふ
都市化の進展に従って、環境問題も増えるものだ。

隨著都市化的進展，環境問題當然也會跟著增加。

夏の行事

八月

五山送り火
（ご　ざん　おく　び）

五山送火

　　京都的一大夏季盛事，就是在盂蘭盆隔日的夜晚（8月16日），在環繞著京都盆地五座山的山腰上，依序點燃巨型的「大、妙、法」三個字以及船形和鳥居形的篝火，以用來恭送在盂蘭盆時迎來的祖先靈魂。

　　點燃第一個字（大文字）之前，要先舉行點光明燈以及念誦般若心經的儀式。然而這麼具有佛教色彩的祭典裡，為什麼會出現神道教特有的鳥居呢？據說將這些文字、形狀連結起來，就是「不管佛教徒或是神道教的信徒，都能乘著船平靜地回到淨土」的意思。

　　五山送火的時候一共能欣賞到六個字和形狀，其中「妙」和「法」在同一座山被點燃，而「大」字卻有兩個，分別是在東山如意嶽最先被點燃的「大文字」，以及在左邊大北山的「左大文字」。相傳在當晚若能夠喝下倒映著大文字的酒或水，就不會生病。

　　此外，當地人也相信，若把自己的名字及病名寫在會被用來點火的護摩木片上，就可以痊癒。把焚燒剩下的炭帶回家的話，還可以避邪除災。

五山送り火（ご　ざん　おく　り　び）

慶太（けいた）：家から大文字が見えますから、五山送り火の観賞は家にしましょうか？
　　➕ 從我家能看到大文字，所以要在我家觀賞五山送火嗎？

英樹（ひでき）：ヤッター！その夜に飲むお酒は私が用意しておきますからね。
　　➕ 太好了！那一晚要喝的酒我會先準備好哦。

慶太（けいた）：ありがとう。8時に点火されるので、7時から私の家族と一緒に晩ご飯を食べましょうか？
　　➕ 謝謝。因為8點的時候會點火，所以7點開始和我的家人一起吃飯好嗎？

8
葉（は）
月（づき）

MP3 ▶100

英樹：ありがとう。じゃあ、8月16日の夜7時にお宅で！

　＋ 謝謝。那麼，8月16日晚上7點在貴府見！

（五山送火當晚）

慶太：どうぞ上がって下さい。

　＋ 請進。

英樹：お邪魔します。これ、つまらないものですが、どうぞ。

　＋ 打擾了。這個雖不成敬意，還請收下。

慶太：わざわざ父が好きなお酒を買って来てくれたの？ありがとう。後で大文字を映したこのお酒を飲んで、健康を祈りましょう。

　＋ 你還特地去買來家父喜歡的酒嗎？謝謝。等一下我們來喝倒映著大文字的這個酒，祈求健康吧。

英樹：はい、それにお土産も買って来ました。どうぞ。

　＋ 好啊。而且，我也買了伴手禮，請收下。

慶太：あぁ。今年限定の送り火オリジナル絵はがき、一筆箋と扇子だ！とっても素敵です。ありがとう。

　＋ 啊。是今年才有的原創的送火繪畫明信片、短字條和扇子！真的太棒了，謝謝。

英樹：お宅から全ての送り火が観賞できますか？

　＋ 從你家可以觀賞到所有的送火嗎？

慶太：左大文字と鳥居形がよく見えませんが、その代わりに大文字、妙法と舟形はまるで目の前ですよ。

　＋ 左大文字和鳥居的形狀看不太清楚，但另一方面，大文字、妙法和船的形狀，就像在眼前一樣哦。

夏の行事

225

英樹：凄いですね。ところで、明日の朝一番で両親と消し炭を頂きに山を登ります。都合が良ければ、一緒に登って下さい。

➕ 真不是蓋的呢。對了，明天一早我要和父母登山去領焚燒剩下的炭。如果你方便的話，也請跟我們一起上山吧。

慶太：はい。消し炭を頂いて帰ったら、両親はきっと大喜びしますよ。晩ご飯はもう用意してありますから、早速食べましょう。

➕ 好啊。若領到焚燒剩下的炭回家的話，我父母應該會很高興呢。晚飯已經準備好了，我們快點開動吧。

8
葉は
月つき

🎵 MP3 ▶101

大文字（だいもんじ）	大字	**お邪魔します**（じゃま）	打擾了。在日本進入別人的屋子前一定要打的招呼
送り火（おくび）	送火，為了恭送祖先靈魂而燃燒的篝火	**朝一番**（あさいちばん）	一早
大文字焼き（だいもんじやき）	京都以外的人有時會將五山送火稱為「燃燒大文字」，京都人非常討厭這樣的稱呼，因此去到京都時千萬不能用這個說法	**翌日**（よくじつ）	隔日
精霊（せいれい）	精靈；死者的靈魂	**山登り**（やまのぼり）	登山
護摩木（ごまぎ）	密教修護摩法時必須點燃的木片	**絵はがき**（え）	有畫的名信片
無病息災（むびょうそくさい）	無病息災，通常寫在護摩木的木片上，用來點燃「送火」並祈求健康、順利	**一筆箋**（いっぴつせん）	短字條

<ruby>点火<rt>てん か</rt></ruby>	點火	<ruby>扇子<rt>せん す</rt></ruby>	扇子
<ruby>消し炭<rt>け ずみ</rt></ruby>	焚燒剩下的炭，相傳帶回家可以避邪除災	オリジナル	原作；原創（original）
<ruby>門火<rt>もん び</rt></ruby>	為了迎接以及恭送祖先的靈魂而在門前點燃的火，是「<ruby>迎え火<rt>むか び</rt></ruby>」和「<ruby>送り火<rt>おく び</rt></ruby>」的統稱	<ruby>鳥居<rt>とり い</rt></ruby>	立在神社入口的門
<ruby>家内安全<rt>か ない あん ぜん</rt></ruby>	闔家平安，通常寫在護摩木的木片上，用來點燃「送火」並祈求全家平安	<ruby>神道<rt>しん とう</rt></ruby>	神道教，為日本人的傳統民族宗教，為日本的主要信仰之一

<ruby>夏<rt>なつ</rt></ruby>の<ruby>行事<rt>ぎょう じ</rt></ruby>

MP3 ▶102

① ～おく

在事前先做好的動作、準備、行為，常常會用「動詞ておく」的句型來表現。前面的動詞（也就是預先做好的動作）要用て形，而且大多是他動詞，極少是自動詞（例如：<ruby>寝る<rt>ね</rt></ruby>、<ruby>遊ぶ<rt>あそ</rt></ruby>、<ruby>走る<rt>はし</rt></ruby>等等）。

另外，保持或存留某種狀態，也可以用「動詞ておく」的句型來表現，意思是「就那樣讓～著」。要注意「～おく」和「～ある」在用法上的不同。

☆ 動詞て型＋おく～　先做好～

例句1：<ruby>夜<rt>よる</rt></ruby>はお<ruby>客<rt>きゃく</rt></ruby>さんが<ruby>来<rt>き</rt></ruby>ますので、<ruby>家<rt>いえ</rt></ruby>を<ruby>掃除<rt>そう じ</rt></ruby>しておきます。

因為晚上會有客人來，所以我先把家裡打掃好。

☆ 動詞て型＋おく～　就那樣先～著

例句1：そのままドアを<ruby>開<rt>あ</rt></ruby>けておいて<ruby>下<rt>くだ</rt></ruby>さい。<ruby>主人<rt>しゅ じん</rt></ruby>が<ruby>直<rt>す</rt></ruby>ぐ<ruby>帰<rt>かえ</rt></ruby>ってきますから。

麻煩就那樣把門先開著。因為我先生馬上就要回來了。

「お握り」「作る」「ご飯」「炊く」「保温」

お握りを作るなら、先ずご飯を炊いておきましょう。

要做飯糰的話，首先把飯先煮好吧。①

これからお握りを作るから、ご飯はそのまま保温しておきなさい。

我等一下會做飯糰，請你把飯就那樣先保溫著吧。②

❷ 〜ある

　　因人為的原因而呈現某種狀態，可以用「動詞てある」的句型來表現，意思是「已經是〜的狀態了」。常用的動詞有：書く、貼る、掛ける等等，用來表示呈現的人為狀態時，助詞要用「は」或「が」而不是「を」。

　　另外，用「〜おく」準備好的結果、狀態，也可以用「動詞てある」來表現。例如，提前先向參加者說明規矩（参加者にルールを説明しておく），之後如果老闆問起，你就可以說：已經向參加者說明規矩了（参加者にルールを説明してある）。常用的動詞有：用意する、準備する、掛ける等等。

☆ 動詞て型＋ある〜　　已經是〜著的狀態了：已經有〜了

例句1：ドアが開けてありますよ。そこから入って下さい。

門已經開著了哦，請從那裡進來。

例句2：家は掃除してあるから、お客さんを連れて帰っても大丈夫だよ。

家裡已經有打掃了，因此你把客人帶回家來也沒關係哦。

「お握り」「ご飯」「炊く」「食べる」

お握りのご飯はもう炊いてありますよ。

做飯糰的米飯，已經煮好了哦。①

ご握りが作ってあるから、それを食べだら？

飯糰有做好的，所以吃那個怎麼樣？②

差異比較

「～おく和～ある的差別」

清楚了嗎？用下列的劇情確認一下吧！

☆ 你跟媽媽說你想做明天野餐用的飯糰，媽媽告訴你：

お握りを作るなら、先ずご飯を炊いておきましょう。

☆ 飯煮好的時候，媽媽跑來告訴你：

お握りのご飯はもう炊いてありますよ。

☆ 你去廚房的時候，剛好看到爸爸正要把飯鍋的插頭拔掉。你趕緊對爸爸說：

これからお握りを作るから、ご飯はそのまま保温しておきなさい。

☆ 你做好飯糰正在整理廚房的時候，弟弟跑來廚房覓食，你對弟弟說：

ご握りが作ってあるから、それを食べたら？

夏の行事

夏の甲子園

なつ　こう　し　えん

夏季甲子園

「甲子園」是日本職業棒球阪神虎隊的棒球場，因建於甲子年（1924年），所以被命名為甲子園。此後，日本著名的全國高中棒球大賽也移到甲子園舉行，在春、夏兩季開打，分別被稱為「春季甲子園」和「夏季甲子園」，其中以「夏季甲子園」尤其被重視，而「甲子園」也因此也成高中棒球隊的聖地，以及最高夢想的象徵。

喜愛日本漫畫的台灣人，對「甲子園」應該不陌生。熱血小將們一心想要打進甲子園的情節，不管看過幾次，都還是很催淚。因為該球賽採用單場淘汰制，一輪球就要打包回家，這樣的場景不但讓人不捨，也屢屢提醒觀眾這場大賽的殘酷現實。

而台灣的代表隊在1923～1940年間也曾參賽，代表的次數以台北一中（現在的建中）為首（七次），而五次參賽的嘉義農林學校（本土電影《KANO》就是「嘉農」的日文發音，現已改為嘉義大學），更是在1931年的夏季一路打到總決賽，揚威甲子園。

而今，甲子園三字已經成為「高中生最高競賽」的代名詞，各種針對高中生所主辦的大賽，都喜歡以「XX甲子園」命名，例如「將棋の甲子園」、「科学の甲子園」等，還有比較知名的例子，應該是電影《書法女孩：舞動甲子園》（書道ガールズ!! わたしたちの甲子園）吧。

なつ　こう　し　えん

夏の甲子園　(MP3) ▶103

しゅん
駿　：やっと甲子園に来ました。ずっと憧れていたんですよ。
　　　こう　し　えん　き　　　　　　　　あこが

　　⊕ 終於來到了甲子園。我一直很憧憬哦。

ひで　き
英樹：台湾の人も甲子園を知っていますか？
　　　たい　わん　ひと　こう　し　えん　し

　　⊕ 台灣的人也知道甲子園嗎？

駿 ：野球漫画を読んだことがある人達は、もちろんこの野球の聖地の名前を聞いたことがあります。でも、私の場合❶は個人的な理由もあります。

　　⊕ 有看棒球漫畫經驗的人，一定聽過這個棒球聖地的名字。但是，我的情況也有私人的理由在。

英樹：えっ？知り合いが出場するんですか？

　　⊕ 是嗎？是你認識的人會出場嗎？

駿 ：いいえ。実は祖父が台湾の代表選手として夏の大会に出場したそうです。

　　⊕ 不是的。老實說，聽說我爺爺曾經以台灣的代表選手的身分參加過夏季大會。

英樹：ええ〜凄いです！それはいつのことですか？

　　⊕ 欸〜真厲害！那是什麼時候的事情呢？

駿 ：1931年のことでした。台湾は1921年から1940年まで、毎年出場校を出していましたが、ただ一度だけ決勝戦まで進出しました。

　　⊕ 1931年的時候。台灣從1921年開始到1940年，每年都有出場比賽的學校，但是只有一次是打到總決賽。

英樹：もしかして、お爺さんが？

　　⊕ 該不會就是你爺爺？

駿 ：はい。でも最後には0対4で愛知県の中京商業チームに負けて、優勝旗を貰えませんでした。

　　⊕ 是的。但是最後以0比4敗給了愛知縣的中京商業隊，沒能拿到冠軍錦旗。

英樹：あぁ、とても残念ですね。

　　⊕ 啊，真的太可惜了呢。

夏の行事

231

駿 ：はい。でも私にとって準優勝まで頑張った祖父は本当に凄いです。今日、私は一人の観衆として全力で出場校を応援します。

⊕ 是啊。但是對我來說，一直努力到亞軍的爺爺真的很厲害。今天我以一個觀眾的身分，全力為比賽的學校加油。

英樹：天気予報によると②、今日は雨の恐れがないので、私たちは最後まで応援しましょう。

⊕ 聽氣象預報說，今天不用擔心會下雨，因此我們就加油到最後吧。

駿 ：あぁ、選手達がもう握手しています。いよいよ試合が始まりますね。

⊕ 啊，選手們已經在握手了。比賽終於就要開始了呢。

單字百寶箱

MP3 ▶104

全国高校野球選手権大会／夏の甲子園／夏の大会	俗稱「夏季甲子園」或是「夏季大會」，每年八月，由各地區高中的冠軍球隊在甲子園進行複賽，爭取全國總冠軍	戦う	戰鬥
選抜高校野球大会／春の甲子園／春の大会	俗稱「春季甲子園」或是「春季大會」，每年三月下旬到四月，參賽的高中棒球球隊在甲子園爭奪全國冠軍，而參賽的球隊則是由委員會決定	握手	握手
阪神タイガース	日本職業棒球阪神虎隊（Hanshin Tigers）	激励	激勵

はんしんこうしえん やきゅうじょう **阪神甲子園野球場**	甲子園球場的全名		しあいじょうほう **試合情報**	比賽的情報
やきゅうまんが **野球漫画**	以棒球為主題的漫畫		かんせん **観戦マナー**	觀賽的禮儀（manner）
せんしゅ **選手**	選手		**イベント**	活動（event）
しゅつじょうこう **出場校**	出場比賽的學校		けっしょうせん **決勝戦**	總決賽
ゆうしょうき **優勝旗**	冠軍錦旗		てんきよほう **天気予報**	天氣預報
だいひょう **代表**	代表		かんどう **感動**	感動
だんたい **団体チケット／** だんたいにゅうじょうけん **団体入場券**	團體票（ticket）		おうえん **応援する**	加油

夏（なつ）の行事（ぎょうじ）

特好用句型

▶105

❶ ～場合（ばあい）

　　此句型用來表示某人的情況、某事的狀態或事態。此外，也可用這個句型來表示假設的狀態，或提醒會發生某事的可能性，這種用法常在說明書等的注意事項裡，類似中文的「若有發生～的情況時」的意思。

☆ **名詞／副詞＋の場合（ばあい）～　　～的情況、若發生～的情況**

例句1：地震（じしん）の場合（ばあい）には、この階段（かいだん）をご利用（りよう）ください。

　　　若發生地震，請使用這個樓梯。

例句2：もしもの場合（ばあい）には、子供（こども）の世話（せわ）が一番心配（いちばんしんぱい）です。

　　　若發生萬一的情況，我最擔心的是小孩的照料。

☆ **な形容詞＋な場合～　～的情況、若發生～的情況**

例句1：暴風雪が原因で当日中に再出発が困難な場合は宿泊場所の手配を行う。

　　　若因暴風雪而發生當天再次出發有困難的情況，會進行住宿的安排。

☆ **動詞原形／い形容詞＋場合～　～的情況、若發生～的情況**

例句1：学校を休む場合は、先生に連絡して下さい。

　　　若有不來上學的情況，請跟老師聯絡。

例句2：転職回数が多い場合は、履歴書をどう書けばいいの？

　　　若是換工作次數太多的狀況，履歷表應該怎麼寫才好呢？

☆ **動詞た形＋場合～　～的情況、若發生～的情況**

例句1：切符を無くした場合、もう一度買って下さい。

　　　若發生遺失車票的狀況，請再買一次。

「万一」「備える」「生命保険」「入っておく」

写写看

万一の場合に備え、生命保険に入っておく。

為了預防萬一的情況發生，我預先買了人壽保險。

② **～によると／～によれば**

　　此句型用來表示情報所根據的來源，很像中文的「聽～說」。句型前面的名詞常是報紙、新聞、報告、來信等，或是發表情報的機關，例如氣象局、環保局等。句型之後所接的句子通常會以「看來～」結尾（例如：らしい、そうだ、ということだ），用來表示該說話者本身並未（或無法）確認該資料，因此有一定的不確定性。

☆ 名詞＋よると／によれば～　聽～說、根據～

例句1：警察庁のデータによると、被害者のうち六割以上は女性だそうです。

根據警察署的數據，被害人中看來有超過六成是女性。

例句2：占いによれば、あの女優はこれからも人気が高いらしい。

根據算命，那個女演員看來日後也會很受歡迎。

「都市伝説」「満月の夜」「異常な事件」「起こる」

寫寫看

都市伝説によれば、満月の夜に異常な事件が起こります。

根據都市傳說，滿月的夜晚會發生異常的事件。

夏の行事

温泉祭り
溫泉祭

炎熱的8月，實在讓人很難跟「溫泉」做聯想，但日本許多有名的溫泉勝地卻習慣在盛夏舉行溫泉祭。除了歷史典故（例如發現溫泉的日期）之外，也有不少溫泉業者會結合「夏祭」以及放煙火等活動，以「溫泉感謝祭」的方式來吸引顧客。

日本三大名湯中的「下呂溫泉」和「草津溫泉」，便是很好的例子。下呂溫泉被譽為「美人湯」，該區的居民每年從8月1日起會舉行為期三天的溫泉祭。第一天的「龍神火祭」，是由數群壯漢在火星亂竄、爆竹聲四起之中，氣勢十足地舞動五條不同顏色的大龍；第二天則是藝妓的表演和祈福的神轎遊行；最後一天除了有音樂和當地的舞蹈表演之外，更以兩千發的煙火秀壯觀地為祭典劃下完美的句點。

而同樣在8月初舉行的「草津溫泉感謝祭」則源自於「丑湯祭」，也就是古時在土用期間的丑日丑時「入湯」以祈求健康、平安地度過一年的習俗。

到了現代，草津的居民為了對「湯善神」表達謝意，開始了舉行感謝祭的習慣。除了祭拜溫泉之神之外，該祭典中最具象徵性的儀式，便是把來自草津地區四種最具代表性的溫泉水，倒入同一個木桶混合之後再進行「分湯」。號稱「心病之外，百病皆癒」的草津溫泉，不但療效廣受好評，連湧出的熱泉量也是全日本之冠。

據調查，日本有超過三千處附帶住宿的溫泉勝地，而這個數據還不包括當天來回的泡湯設施和景點。

此外，住在溫泉區的人家們，不是直接把溫泉接到家裡的浴室，就是乾脆把家附近的溫泉澡堂當自家浴室使用。因此，在素有「泡湯王國」之稱的日本，幾乎天天都有某地在舉行「溫泉祭」。對於溫泉區的居民、到處尋訪「秘湯」的溫泉達人，或是國內外遊客來說，不管春夏秋冬，季季皆是「溫泉季」的日本真是太好了。

温泉祭り

（MP3）▶106

😊 **英樹**：今、真夏だよ。温泉の情報を調べるには、気が早くない？温泉より冷房でしょ？

　　➕ 現在是盛夏耶。找溫泉的資訊不會太猴急了嗎？冷氣比溫泉好吧？

😐 **慶太**：冷房をかけ過ぎた<u>ばかりに</u>❶、体調が崩れてしまった。昔は「丑湯」の習慣があったから、夏でも温泉に入ると元気になれると思う。

　　➕ 正因為開太多冷氣了，身體狀況才變糟的。我想，因為從前有「丑湯」的習慣，所以就算是在夏天泡溫泉，也能變得有精神。

😊 **英樹**：「ウシ湯」って、牛もお風呂に入るということ？

　　➕「丑湯」是指牛也泡澡嗎？

😐 **慶太**：ハハ、違うよ。それは、土用の丑の日に入湯すると、体に良いということだよ。

　　➕ 哈哈，不是哦。那是指在土用期間的丑日入浴的話，對身體有益。

😊 **英樹**：なるほど。じゃあ、やはり彼女と二人で何処かの秘湯に行くの？

　　➕ 原來如此。那麼，你果然要跟女朋友兩個人去某處的秘湯嗎？

😐 **慶太**：秘湯に行くのは結構時間かかるので、今度はやめておく。それに、彼女に振られたので、温泉旅行<u>がてら</u>❷気分転換をして、彼女の事は忘れるよ。

　　➕ 因為去秘湯還蠻費時的，所以這次還是算了。而且我被女友甩了，所以去溫泉旅行時順便轉換一下心情，會把她忘了哦。

😊 **英樹**：そうか。じゃあ、行きやすい温泉地にしたの？

　　➕ 是哦。那麼，你決定去容易到達的溫泉勝地嗎？

夏の行事

慶太：うん。箱根は何回も行ったので、今度は群馬県の草津温泉にした。今週末はちょうど、温泉の神様に感謝する祭りが行われるようだ。

　嗯。因為我去過箱根好幾次了，所以這次決定去群馬縣的草津溫泉。這週末好像剛好有舉行感謝溫泉之神的祭典。

英樹：いいね。祭りの時は、温泉街が一番活気づくと思うし、草津温泉は日本三大名湯の一つだしね。

　不錯嘛。我認為祭典時期的溫泉街最充滿活力，更何況草津溫泉又是日本三大名泉之一。

慶太：それに、夏祭りに恒例の花火を打ち上げるようだ。ところで、「草津よいとこ、薬の温泉」と歌われているよ。草津の名高い薬湯に全ての病気を癒してもらおう。

　而且好像也會放夏日祭典少不了的煙火。對了，有一首和歌是唱著「草津好地、藥之溫泉」呢。讓草津知名的藥湯，來治癒我所有的疾病吧。

英樹：「お医者様でも草津の湯でも、恋の病は治りゃせぬ」とも言われているよ。

　但也有話說「心病是連醫生和草津溫泉都沒法醫」的哦。

慶太：ハハ。草津温泉のおかげで、新しい恋を始められれば別だけどね。

　哈哈。如果拜草津溫泉之賜能開始一段新的戀情，就另當別論了哦。

MP3 ▶107

か ざん こく 火山国	有火山的國家，日本有108座的活火山，約占全世界的7%	き ぶん てん かん 気分転換	轉換心情

單字百寶箱

8
葉
月

<ruby>日本三大名湯<rt>に ほん さん だい めい とう</rt></ruby>	指岐阜縣的「下呂溫泉」、群馬縣的「草津溫泉」和兵庫縣的「有馬溫泉」	<ruby>恋の病<rt>こい やまい</rt></ruby>	心病
<ruby>温泉<rt>おん せん</rt></ruby>	溫泉,按照日本「溫泉法」的定義,不一定要高溫,但必須含有不同於一般水的物質	<ruby>体調<rt>たい ちょう</rt></ruby>	身體狀況
<ruby>湯畑<rt>ゆ ばたけ</rt></ruby>	熱水的田地,也就是收集「<ruby>湯の花<rt>ゆ はな</rt></ruby>」(硫磺等溫泉特有物質)的地方,同時具有調節溫泉溫度的作用	<ruby>治す<rt>なお</rt></ruby>	治療;醫治
<ruby>銭湯<rt>せん とう</rt></ruby>	澡堂;公共浴池	<ruby>湯治<rt>とう じ</rt></ruby>	以治療某種疾病為目的,長期地待在溫泉勝地調養身體,在日本是從古時候就有的醫療行為
<ruby>足湯<rt>あし ゆ</rt></ruby>	泡腳的熱水;供人泡腳的地方	<ruby>活気づく<rt>かっ き</rt></ruby>	充滿活力
<ruby>秘湯<rt>ひ とう</rt></ruby>	指由於交通不便或是藏在深山野地的溫泉	<ruby>薬湯<rt>やく とう</rt></ruby>	湯藥或是具有藥效的洗澡水
<ruby>入湯<rt>にゅう とう</rt></ruby>	入浴	<ruby>治癒力<rt>ち ゆ りょく</rt></ruby>	治癒力
<ruby>丑湯<rt>うし ゆ</rt></ruby>	古時在土用期間的丑日丑時「入湯」,以祈求健康、平安地度過一年的習俗	<ruby>名高い<rt>な だか</rt></ruby>	有名的;出名的;名聲高的
<ruby>温泉街<rt>おん せん がい</rt></ruby>	溫泉街	<ruby>癒す<rt>いや</rt></ruby>	療癒;治療

<ruby>夏の行事<rt>なつ ぎょうじ</rt></ruby>

特好用句型

 MP3 ▶108

① ～ばかりに

　「～ばかり」的其他句型在別的章節有介紹，這裡介紹的是「正是因為～」的用法。這個句型多用來表達因為某個原因，才會發生某件令人後悔或是遺憾的事，要注意這個句型後面接的多是不好的結果。

☆ 動詞普通形＋ばかりに～　　**正是因為～才～**

例句1：飲み過ぎたばかりに、二日酔いで死ぬほど辛いです。

　　　正是因為喝多了，才會宿醉到痛苦要死的程度。

小練習 しばらく

「海外」「生水」「飲む」「下痢をしてしまう」

寫寫看

_____

海外で生水を飲んだばかりに、下痢をしてしまいました。

正是因為在國外喝了生水，才會拉肚子。

② ～がてら

　「～がてら」相當於中文的「順便」、「同時也」，可以用來表示一石二鳥的狀況，與「～ついでに」的意思一樣，只是前面接的詞性不同，用的時候要注意。

☆ 動詞ます形去ます＋がてら～　　**～（的時候）順便～**

例句1：お客を駅まで送りがてら、郵便局に寄った。

　　　送客人到車站的時候，順便去郵局。

☆ する動詞裡的名詞＋がてら〜　順便〜、同時也〜

例句1：温泉街を散策がてら、足湯を巡って来た。

在溫泉街散步的時候，順便到可以泡腳的地方轉轉才回來。

「買い物」「晩ご飯」「外で」「済む」

買い物がてら、晩ご飯も外で済ませました。

購物的時候，順便連晚餐都在外頭解決了。

差異比較

買い物のついでに、晩ご飯も外で済ませました。

▶ 購物的時候，順便連晚餐都在外頭解決了。

夏の行事

鬼月
おにづき
鬼月

農曆的七月在台灣俗稱「鬼月」，期間鬼門大開，為了不招惹滿街的「好兄弟」以求平安地度過鬼月的民間禁忌也有一卡車，例如不能戲水、搬家、買房子、結婚等等。

鬼月的焦點是十五日的中元節，而台灣和日本的中元節的最大不同點在於，雖然兩者都和「餽贈」及「打好關係」有關連，但前者是廣泛地普渡無人奉祀、素昧平生的孤魂野鬼，而後者則是選擇式地送禮答謝平日照顧自己的親友、往來的公司等等，類似台灣的中秋節送禮。

在台灣，和中元普渡相關的兩大慶典活動有放水燈和搶孤。在水上放水燈是為了導引水裡的孤魂野鬼上岸接受普渡，通常在普渡前一天的下午或晚上舉行，尤其以北部地區最重視此祭祀活動，特別是「雞籠中元祭」的放水燈活動，每年都吸引數萬人的人潮。

而搶孤則是閩南系特有的民俗祭典，在宜蘭頭城以及屏東恆春都有舉行，頭城是十八世紀末先民開墾蘭陽平原的第一站，當時因天災人禍而造成許多人犧牲，相傳搶孤就是在當時被引進來祭拜這些離鄉背井且魂無所歸者。同時，祭拜完鬼魂後的祭品也會任由貧苦之人搶食，因此有博愛陰陽兩界之深意。

曾經因為危險而被禁止舉行的宜蘭頭城搶孤，在1991年恢復舉辦之後，不但改善了安全設備，更演變成了一種競賽性的活動，各隊好手為了獲得神鬼的庇護，而無不使出全身招數要奪得順風旗。

おにづき
鬼月

 ▶109

慶太：昨日テレビで台湾の奇祭の一つとも言える「搶孤」を見ました。一度試してみたいな。

　⊕ 昨天在電視上看到了可說是台灣奇異祭典之一的「搶孤」。我真想試試看。

英樹：私は途中から見ましたが、凄く感動しました。番組の最初にその祭りの由来の紹介がありましたか？

　我雖然從中間才開始看，但是非常感動呢。節目的開頭有介紹該祭典的由來嗎？

慶太：はい。中元の伝統行事の中でも特に特異な儀式で、無縁仏になった開拓者たちの亡霊を慰めるためにこの行事が始まったと言われています。

　有。就算在中元節的傳統活動之中也算是特別奇異的儀式，據說是為了撫慰變成孤魂野鬼的開墾者的亡魂而開始的儀式。

英樹：なるほど。日本のお中元とはずいぶん違いますね。それに、日本のお盆でも無縁仏まで慰める<u>ほど</u>❶の習慣はないでしょう。

　原來如此。跟日本的中元節非常地不一樣呢。而且，就算是日本盂蘭盆節的習慣也沒有連孤魂野鬼都撫慰的程度吧。

慶太：そうですね。ちょっとネットで探しましたが、台湾の人は旧暦の七月を「鬼月」と呼んで、その時期は霊界の扉が開くので、色々なタブーがありますよ。

　對啊。我在網路上查了一下，台灣的人把農曆的七月稱為「鬼月」，那個時期因為鬼門會打開，所以有各種的禁忌哦。

英樹：例えば、その一ヶ月どんなタブーがありますか？

　舉例而言，那一個月裡有什麼樣的禁忌呢？

慶太：悪霊を怒らせないように、水遊びや結婚などをしない習わしがあります。他にも沢山ありますが、とにかく生活に気を配って過ごすようです。

　為了不觸怒惡鬼，有不戲水、不結婚等等的習俗。其他還有很多，反正就是要多方小心過生活的樣子。

英樹：本当に面白いですね。

　真的很有趣呢。

夏の行事

243

慶太：それに、台湾の中元祭でも灯籠流しをしますよ。でもそれは海や水の事故で亡くなった無縁仏も一緒に供養するため、亡霊が上手く上陸できるように迎える行事だそうです。

　　　⊕ 而且台灣的中元祭也放水燈哦。不過那好像是為了也能祭祀在海裡或水裡因故去世的孤魂野鬼，迎接那些亡魂，讓他們能夠順利登陸的例行儀式。

英樹：灯籠流しは日本では送り火の一種である一方で ❷、台湾では迎え火だそうですね。

　　　⊕ 看來放水燈一方面在日本是一種送行的火，同時在台灣卻是出迎的火呢。

慶太：如何ですか？今年の夏一緒に台湾に行って搶孤に参加してみませんか？

　　　⊕ 怎麼樣呢？今年的夏天要不要一起去台灣參加搶孤看看呢？

英樹：高さ10メートル以上もある棚の上にどんな賞品があっても、グリースが塗られた支柱を登るのは私には無理ですよ。

　　　⊕ 在高度超過10公尺的架子上面，不管有什麼樣的獎品，我都無法攀爬塗了滑油的柱子哦。

おにづき 鬼月	鬼月	じごく 地獄	地獄
ちゅうげんまつり 中元祭	中元祭典	タブー	禁忌（taboo）
ぼうれい 亡霊	亡魂	ゆらい 由来	由來
あくりょう 悪霊	惡鬼	なら 習わし	習俗
れいかいのとびら 霊界の扉	鬼門	みずあそび 水遊び	戲水

MP3 ▶110

くよう 供養する	供養；祭祀	き くば 気を配る	多方注意；多方留神
とう ろう なが 灯籠流し	放水燈	しょうひん 賞品	獎品
む えんぼとけ 無縁仏	無人祭祀的亡魂	じ こ 事故	事故
かい たく しゃ 開拓者	開墾者；拓荒者	グリース	滑油（grease）
たな 棚	架子	ため 試す	嘗試

夏^{なつ}の行^{ぎょう}事^じ

 特好用句型

MP3 ▶111

❶ ～ほど

　　或寫做「～程^{ほど}」，用漢字來記憶應該很容易，相當於中文的「～的程度」。這個句型通常是用來對兩樣事物做比較；如果用來表示否定的語氣，則相當於中文的「不到～的程度」、「不比～」、「沒有～那麼」。前面可以接名詞、助詞、副詞等「體言」，也可以接動詞。

☆ 名詞＋ほど～　　～的程度

例句1：富士山^{ふ じ さん}は玉山^{ぎょくさん}ほど高^{たか}くない。

　　　富士山沒有玉山那麼高。

☆ 助詞＋ほど～　　～的程度

例句1：先^{さき}ほどまで子供^{こ ども}と話^{はな}していた。

　　　直到剛剛都在跟我的小孩說話。

☆ 副詞＋ほど～　　～的程度

例句1：親子^{おや こ}は驚^{おどろ}くほど似^にている。

　　　母子相像到驚人的程度。

☆ **動詞原形／い形容詞＋ほど～　～的程度**

例句1：二日酔いの経験は死ぬほど辛いです。

宿醉的經驗痛苦到要死的程度。

例句2：あなたの気持ちか痛いほど分かります。

我痛切地理解你的心情。

☆ **な形容詞＋な＋ほど～　～的程度**

例句1：不思議なほど仕事が上手く行く。

工作順利到不可思議的程度。

小練習 しばらく

「ラーメン」「美味しい」「食べ物」

寫寫看

ラーメンほど美味しい食べ物はありません。

沒有像拉麵那麼好吃的食物了。①

意外なほど美味しいラーメンを作りました。

我做了好吃到令人意外的拉麵。②

❷ ～一方（で）

　「～一方」的用法很多，這裡介紹的句型是用來表示同時存在的兩種有對照性的情況或事物，類似中文的「一方面～同時卻也～」、「既是～卻也～」。

☆ **名詞＋である＋一方～　一方面是～同時卻也是～、既是～卻也**

例句1：中国は世界最大の輸出国である一方、近いうちに最大の輸入国にもなる。

中國一方面是世界最大的出口國，同時在不久之後也將成為最大的進口國。

☆ 動詞原形／い形容詞＋一方～　一方面～同時卻也～

例句1：早慶戦を見ると、自分が留学した早稲田大学を応援したい一方で、彼氏の
母校の慶応大学も応援したくなる。

如果看早稻田大學對上慶應大學的棒球賽，我一方面會想替留學過的早稻田大學加
油，同時也想替男朋友的母校慶應大學加油。

例句2：学校の先生は学期中は凄く忙しい一方で、夏休みも冬休みも暇になります。

學校的老師一方面在學期之中非常忙碌，同時在暑假和寒假卻變得很閒。

☆ な形容詞＋な＋一方～　一方面～同時卻也～

例句1：四十歳過ぎてからの妊娠で不安な一方、ずっと子供が欲しかったので嬉し
いです。

過了40歲才懷孕，一方面很不安，同時因為一直很想要個孩子所以很開心。

「彼女」「有名なテニス選手である」「モデルとしても」「活躍する」

寫寫看

彼女は有名なテニス選手である一方、モデルとしても活躍しています。

她一方面是有名的網球選手，同時也以模特兒的身分活躍著。

夏の行事

秋の行事

日本的賞月活動和節日氛圍都和台灣的中秋節非常不同，感覺較恬靜而富有詩意。不過兩邊倒有一點是相同的，就是都有吃圓狀食物的習慣，日本人雖不吃月餅，也沒有「月圓人團圓」的說法，但形狀像大白湯圓的「月見団子」，反而長得更像一個 3D 的月亮呢！

9月
SEPTEMBER

歐瓦拉風盂蘭盆節　國際節慶
重陽節　　　　　　中秋節
石清水祭

10月
OCTOBER

那霸大繩拔河祭　鞍馬火祭
十三夜　　　　　運動會
京都時代祭　　　東港王船祭

11月
NOVEMBER

文化祭　　　　　新嘗祭
七五三節　　　　賞楓
神在祭　　　　　自行車節

苧九月 ▶ おわら風の盆

歐瓦拉風盂蘭盆節

　　每年的9月1日（也就是立春後的第「二百十日」），富山縣八尾地區的居民會舉行一次鎮風去災、祈求豐收的慶典。據說因為初秋之際常有颱風來襲，而颱風對農家來說等於是災難的代名詞，因此當地人把盂蘭盆會的祭祖儀式也融入該祭典，成為了「風の盆」，藉以祈求五穀豐登。此外，9月1日也是日本的「防災の日」，許多政府機關都會舉行各種活動來推廣防災的觀念。

　　已有三百年歷史的「歐瓦拉風盂蘭盆節」，其獨具特色的歌舞，本來只是當地居民自娛的活動，但是許多人在風聞哀傷的歐瓦拉民謠以及帶有神秘感的舞蹈之後，都會在此期間前來一睹為快，導致這個人口只有兩萬多居民的小地方，在三天的祭典期間竟湧入了20多萬個觀光客。

　　在「本祭り」期間男女老少都會放下所有的工作，穿著「浴衣」，配合歐瓦拉小調的演奏，輪流沿著當地蜿蜒起伏的山坡路踩街跳舞。其「前夜祭」長達一個月，由參加祭典的11個「町」輪流預演。除了舞台表演和穿越大街小巷的遊行表演「町流し」，遊客最愛的還是每晚的高潮「輪踊り」，這個活動是由舞者圍成一圈跳舞，一旁的遊客也可以加入，跟著舞者的動作做「帶動跳」的動作。

　　我想這個祭典會讓遊客流連忘返的原因之一，應該是舞者將大草笠戴到幾乎完全看不到臉的角度，讓人好奇到牙癢癢地目不轉睛，甚至想蹲下來一探廬山真面目的關係吧。

9 長月

おわら風の盆

▶112

👦 達雄：やっと着きました。観光バスや列車を降りたら歩く以外に移動手段はないので、ゆっくり坂を登りましょう。

　　➕ 終於到了。下了遊覽車或火車之後，除了步行之外就沒有別的移動方法了，所以我們慢慢地走坡道吧。

浩二：汗がだらだらと流れるでしょうが、坂の町八尾は、伝統的な風情が漂う所ですね。

➕ 一定會汗流浹背吧，但是位在山坡上的八尾，是個飄蕩著傳統風情的地方呢。

達雄：この祭りに参加する十一の町のうちで、諏訪町という町は「日本町並み百選」に選ばれた所ですよ。あっ、踊り子達が来ています。

➕ 參加這個祭典的11個城鎮當中，叫做諏訪町的鎮還是入選「日本街道百選」的地方呢。啊，舞者們來了。

浩二：これは町流しですか？たまたま見られるとは、運がいいですね。

➕ 這就是穿越大街小巷的踩街跳舞嗎？碰巧能看到，運氣真好呢。

達雄：私が見た色々な盆踊りのうちで①、おわら風の盆踊りは最も哀切感に満ちていると思います。

➕ 在我所看過的盂蘭盆舞當中，我認為歐瓦拉風的盂蘭盆舞最充滿著哀傷感。

浩二：男踊りと女踊りは随分違いますね。

➕ 男生跳的舞和女生跳的舞非常地不一樣呢。

達雄：一緒に踊りたいなら、あとの輪踊りは観光客も入って踊ることが出来ますよ。

➕ 如果你想一起跳的話，之後的圍成圓圈跳的舞，觀光客也可以加入一起跳哦。

浩二：勘弁して下さいよ。私はラジオ体操さえ出来ない人間ですから。

➕ 饒了我吧。因為我是連收音機體操都做不了的人。

達雄：さっきから踊り子をじっと見つめているから、一緒に踊りたいのかと思いました。

➕ 從剛才你就一直盯著舞者們看，所以我還以為你想一起跳呢。

秋の行事

浩二：それは、編み笠を深くかぶった踊り子の顔を見たくて仕方がないからです。

　　➕ 那是因為我忍不住想看把草笠戴得很低的舞者的臉啊。

達雄：確かに見れば見るほど❷、その神秘感に惹かれてしまいますね。

　　➕ 確實是越看就越被那種神秘感所吸引呢。

MP3 ▶113

おわら風の盆	富山越中八尾祭，又名「歐瓦拉風盂蘭盆節」。是日本富山縣八尾地區在每年的9月1日到3日之間會舉行的鎮風去災、祈求豐收以及追思祭祖的民間節慶活動	編み笠	草笠
防災の日	防災日是為了紀念1923年9月1日發生的關東大地震以及1959年發生的伊勢灣颱風而制定的國定假日。尤其在「二百十日」前後，常有颱風來襲，因此在「防災週」期間，日本政府會舉行各種活動來推廣防災的觀念	ステージ	舞台（stage）

9 長月

二百十日 （に ひゃく とう か）	從立春算起的第二百一十天，是日本的雜節之一。因為在這個農作物開花結果的時期經常有颱風來襲，因此許多地方為了鎮災會舉行「風祭」，例如富山縣的「歐瓦拉風盂蘭盆節」和奈良縣的「鎮風祭」	台風 （たい ふう）	颱風
坂の町 （さか まち）	山坡上的城鎮，也是八尾地區的暱稱	列車 （れっ しゃ）	列車；火車
風祭り （かぜ まつ）	以風為主題的祭典，日本的祭典除了風祭，還有火祭、水祭等等	観光バス （かん こう）	遊覽車
本祭り （ほん まつ）	本祭，也就是祭典本身，不包括前夜祭等等。「歐瓦拉風盂蘭盆節」的本祭是9月1日到3日這三天	町並み （まち な）	街道
哀切感 （あい せつ かん）	悲傷的感覺	満ちる （み）	充滿；圓滿
輪踊り （わ おど）	圍成一圈跳舞	かぶる	戴（帽子等）
町流し （まち なが）	穿越大街小巷踩街跳舞	惹く （ひ）	吸引

秋の行事（あき の ぎょう じ）

 特好用句型

▶114

❶ ～うちで（は）

　　「うち」的用法有好幾種，這裡介紹的「～うちで」句型，是用來表達在一定的範圍裡最具代表性的例子，相當於中文的「～當中」。而「～うちでは」的句型，則是用在做對比的時候。

☆ 名詞＋の＋うちで〜　〜當中

例句1：連休のうちでは、最初と最後の休日に高速道路が一番込みます。

連續假期當中，以第一天和最後一天的假日高速公路是最為擁擠的。

「何十人」「クラスメート」「私」「一番」「足が早い」

何十人ものクラスメートのうちで、私は一番足が早い。

幾十個人那麼多的同學當中，我走得最快。

❷ 〜ば〜ほど

☆ 動詞ば形＋動詞原形＋ほど〜　越〜越〜

例句1：年を取れば取るほど、新しいことを覚えるのが難しくなります。

年紀越大就變得越難記住新的東西。

「山」「上に」「登る」「空気」「薄い」

山を上に登れば登るほど、空気が薄くなります。

越往山上爬，空氣就越稀薄。

NOTE

<ruby>重陽<rt>ちょうよう</rt></ruby>

重陽節

重陽節是農曆的九月九日，在陰陽五行說裡，偶數為陰、奇數為陽，而奇數之中又以九最大，因此「重九」便稱為「重陽」。農曆的九月是菊花盛開的日子，在古代中國，重陽節飲菊花酒的習俗據說是由「桓景登高避禍」的故事而來，因此民間開始有在重陽登高的習俗，使重陽節有了「菊花節」或「登高節」的別稱。

而《本草綱目》和《神農本草經》裡也記載著，菊花有「散風熱、平肝明目」、「久服利氣，輕身耐勞延年」的藥效，其不懼風霜的特性也被認為是延年益壽的最佳食補之一。此外，「九九」音同「久久」，因此台灣政府在1974年將重陽節訂立為「敬老節」。

有些從漳州移民台灣的先民，因為當時的經濟條件不好，無法在各個祖先的忌日一一舉行祭拜儀式，所以選在重陽節統一做「總忌」，因此重陽節也是許多人祭祖的日子。

重陽約在大化革新的時期由中國傳入日本，到了平安時代，貴族之間開始流行以賞菊、舉行菊花酒宴的方式歡度重陽。在現代的日本，重陽節雖然不太被重視，並且也已經改為沒有菊花盛開的西曆9月，但有部分地區仍會在10月到11月的期間，以舉行豐收祭的方式來慶祝重陽。而日本政府把9月的第三個星期一訂立為「敬老の日」。

9

長<rt>なが</rt>

月<rt>つき</rt>

<ruby>重陽<rt>ちょうよう</rt></ruby>

 ▶115

<ruby>健<rt>けん</rt></ruby>：<ruby>台湾<rt>たいわん</rt></ruby>でも<ruby>敬老<rt>けいろう</rt>の<ruby>日<rt>ひ</rt></ruby>に<ruby>お爺<rt>じい</rt></ruby>さんと<ruby>お祖母<rt>ばあ</rt></ruby>さんにプレゼントをする<ruby>習慣<rt>しゅうかん</rt></ruby>がありますか？

　⊕ 在台灣也有敬老節送禮給祖父母的習慣嗎？

<ruby>駿<rt>しゅん</rt></ruby>：<ruby>台湾<rt>たいわん</rt></ruby>の<ruby>敬老<rt>けいろう</rt>の<ruby>日<rt>ひ</rt></ruby>は<ruby>重陽<rt>ちょうよう</rt>の<ruby>日<rt>ひ</rt></ruby>に<ruby>定<rt>さだ</rt></ruby>められたので、<ruby>敬老<rt>けいろう</rt></ruby>の<ruby>活動<rt>かつどう</rt></ruby>より<ruby>重陽<rt>ちょうよう</rt>の<ruby>風習<rt>ふうしゅう</rt></ruby>が<ruby>重視<rt>じゅうし</rt></ruby>されています。

● 台灣的敬老節訂在重陽那天，所以比起敬老的活動，重陽的習俗更受重視。

健：昔日本の貴族たちは重陽の日に菊花酒を飲んで、観菊をしたようでしたが、今の人たちはというと❶、重陽を知らない人が多いんです。台湾ではどう祝いますか？

● 從前日本的貴族們在重陽那天好像會喝菊花酒賞菊，但現在的人們呢，則有很多都不知道重陽節。在台灣是怎麼慶祝的呢？

駿：何もしない人も沢山いますが、一部の人はお墓参りをします。その日が週末になるかどうかによりますが、家はいつも家族全員で山登りか凧揚げをしてきました。

● 雖然也有很多人什麼都不做，但有一部分的人會去掃墓。要看那天是不是週末，但我們全家人向來都是去登山或是放風箏。

健：とても健康で楽しそうですね。

● 聽起來很健康又好玩呢。

駿：都合が良かったら、一緒に来ませんか？今年の重陽は十月の中旬になります。

● 如果你有空，要不要一起來呢？今年的重陽會在十月中旬。

健：ぜひ行かせて下さい。もう過ぎたと思いましたが、台湾の重陽は旧暦の九月九日なんですね。我々長崎の人も、十月に「お九日」を祝います。

● 請一定要讓我去。我還以為已經過了呢，但是台灣的重陽節是農曆的九月九日對吧。我們長崎人在十月的時候也會慶祝「九日節」。

駿：その日は、どんなお祝いをしますか？

● 那天會怎麼慶祝呢？

健：「長崎くんち」は収穫祭と合わせた秋祭りです。その日は長崎の氏神の前で色々な踊りをします。演し物の一つは「龍踊」ですよ。

秋の行事

⊕ 「長崎九日節」是跟豐收祭合併在一起的秋季祭典。那一天我們會在長崎的守護神面前跳各種的舞。演出的節目之一是舞龍哦！

🧑 駿 ：それは何ですか？

⊕ 那是什麼呢？

🧑 健 ：漢字ではドラゴンの「龍」とダンスの「踊」です。台湾で龍踊を見るたびに❷、故郷の長崎くんちを懐かしく思い出します。

⊕ 漢字是dragon的「龍」以及dance的「舞」。每當我在台灣看到舞龍，就很懷念地想起故鄉的「長崎九日節」。

🧑 駿 ：鄭成功が長崎で生まれたのは知っていますが、長崎のお祭りでも龍踊が見られるとは全然知りませんでした。

⊕ 雖然我知道鄭成功是在長崎生的，但我完全不知道在長崎的祭典裡也可以看到舞龍。

9
長
月

MP3 ▶116

ちょうよう せっく 重陽の節句	9月9日。重陽節和七草（1／7）、女兒節（3/3）、端午（5/5）、七夕（7/7）、同為日本的「五節句」	さだ 定める	制定；決定；安頓下來
きく せっく 菊の節句	菊花節。因為農曆的九月是菊花盛開的日子，因此重陽節又稱為菊花節	やま のぼ 山登り	爬山；登山
けい ろう ひ 敬老の日	敬老日。日本政府從2003年開始將9月的第三個星期一定為國定假日「敬老の日」	じゅう し 重視する	重視

大化の改新 （たいか かいしん）	在飛鳥時代（西元646年）由皇室所發動的政治變革，旨在廢除貴族掌權的政治，改為以天皇為中心的體制
貴族 （きぞく）	貴族
菊花酒 （きっかしゅ）	菊花酒，古稱「長壽酒」，是昔日於重陽節必飲的酒
観菊 （かんぎく）	賞菊花
長寿 （ちょうじゅ）	長壽
お九日 （くんち）	日本九州北部地區在10月舉行的秋季祭典，據說是重陽節和豐收祭的合併。其中，擁有三百多年歷史的「長崎くんち」裡演出的節目，更是包含了舞龍等充滿異國風味的表演，在江戶時期曾因祭典過於華麗而一度遭到批評
龍踊 （じゃおどり）	舞龍

健康 （けんこう）	健康
過ぎる （す）	經過；過去
合わせる （あ）	合併；合起
高齢者 （こうれいしゃ）	年長的人；老年人
演し物 （だしもの）	表演的節目
収穫祭 （しゅうかくさい）	豐年祭
懐かしい （なつ）	懷念；眷念

秋（あき）の行事（ぎょうじ）

特好用句型

MP3 ▶117

❶ はというと

「～というと」是「說到～」的意思，而「Aは～。Bはというと」的句型是拿B和A對比，相當於中文的「說到B呢，則是～」、「而B則是～」。

例句1：娘さんはしっかりしています。息子さんはというと、マザコンでお母さんがいないと何も出来ないらしいです。

他們家的女兒很爭氣。說到兒子則是個媽寶，媽媽不在的話好像什麼也做不了。

「欧米人」「小麦色の肌」「日焼けする」「台湾の女性」「美白する」

写写看

欧米人は、小麦色の肌になるために日焼けします。
台湾の女性はというと、うっかり少し日焼けするとすぐ一生懸命に美白します。

歐美人士為了古銅色的肌膚而曬太陽。

而台灣的女性呢，一不小心曬黑一些就會馬上拼命地美白。

❷ ～たび（に）

☆ 動詞原形＋たび（に）～　　每當～、每次～

例句1：友達は海外旅行から戻るたびに、珍しいお土産を持って来てくれます。

每當朋友從國外旅行回來，都會帶稀奇的紀念品回來給我。

☆ 名詞＋の＋たび（に）～　　每當～、每次～

例句1：デートのたびに彼氏が美味しいものをごちそうしてくれます。

每次約會的時候，男友都會請我吃好吃的東西。

小練習

「稲妻」「光る」「雷」「鳴る」

寫寫看

稲妻が光るたびに雷が鳴ります。

每次閃電都會打雷。

漢字女還想告訴你

延伸用語

「○○合わせ」

「合わせる」是合併、合起的意思。而「○○合わせ」在中文裡多是「○○合」或是「合○○」，例如「組み合わせ」（組合）、「力合わせ」（合力）。但日文的「○○合わせ」的用法卻比中文廣泛得多，例如「待ち合わせ」（碰頭會面）、「打ち合わせ」（商量）、「付け合わせ」（搭配）、問い合わせ（詢問），以及在本書許多章節出現的「語呂合わせ」（諧音）等等。

秋の行事

石清水祭
いわしみずさい

石清水祭

　　佛教的放生儀式其實日本也有，叫做「放生會」，但因為不少佛教的習俗在日本已經和固有的神道教結合，因此許多放生會反而是由神社舉行的。

　　擁有1150年歷史的「石清水祭」就是個具有代表性的放生祭典。號稱日本三大勅祭之一的「石清水祭」，每年定期在9月15日由京都八幡市的石清水八幡宮舉行，以放生魚鳥的儀式，來祈求所有生物的平安和幸福。古時候此儀式被稱為「石清水放生會」。

　　石清水祭會在清晨兩點開始，約有500名的神職人員會將供奉在男山本殿的三架鳳輦（神輿），移駕前往山腳的頓宮行跪拜禮。祭典儀式遵循古禮，而身著古裝的祭祀行列，也有如平安時代的王朝畫卷一般。魚、鳥的放生儀式約在早上八點舉行，而神輿也會在晚上八點左右被迎回本殿。

　　關於石清水八幡宮還有一段有趣的小故事，就是其境內竟然有一座愛迪生的紀念碑！據說愛迪生為了改良燈泡嘗試了好幾千種的植物纖維，等嘗試到日本扇子的扇骨時，發現非常合適，接著又發現男山周邊的真竹在碳化之後可以讓燈泡維持亮度1200小時之久！日後愛迪生用鎢絲替代了炭化的竹絲，因此發明了家家戶戶都能使用的鎢絲燈泡，而這項發明背後的幕後功臣，便是八幡宮境內的真竹了。

9 長（なが） 月（つき）

石清水祭
いわしみずさい

MP3 ▶118

慶太（けいた）：京都（きょうと）の石清水祭（いわしみずさい）を見（み）に行（い）きませんか？

　➕ 要不要去看京都的石清水祭呢？

英樹（ひでき）：それは水（みず）の祭（まつ）りですか？

　➕ 那是水的祭典嗎？

慶太：違いますよ。それは葵祭、春日祭とともに「日本三大勅祭」の一つとされる、京都の石清水八幡宮が行う放生会の事です。

　⊕ 不是哦。那是和葵祭、春日祭並列「日本三大勅祭」之一的，由京都的石清水八幡宮所舉行的「放生會」。

英樹：生きものを放生すると言うと、仏教の行事を連想しますが、八幡宮は神社ですよね？

　⊕ 說到放生就會聯想到佛教的儀式，但是八幡宮是神社吧？

慶太：実は江戸時代まで八幡大神は「八幡大菩薩」という仏でもあって、神仏習合の最も典型的な神様なんですよ。

　⊕ 事實上到江戶時代為止，八幡大神也是叫做「八幡大菩薩」的佛，是神佛合同最典型的神明哦。

英樹：なるほど。道理で❶仏教儀式の色彩が濃いですね。

　⊕ 原來如此。難怪佛教儀式的色彩濃厚呢。

慶太：昔、石清水八幡宮は「石清水八幡宮寺」と呼ばれ、本殿のある男山には百人以上の僧が住んでいた寺もありましたよ。

　⊕ 以前石清水八幡宮不但被稱為「石清水八幡宮寺」，其本殿所在的男山也有百人以上的僧侶所居住的佛寺哦。

英樹：面白いですね。お祭りはいつですか？

　⊕ 真有意思呢。祭典是什麼時候？

慶太：九月十五日の朝二時からです。

　⊕ 9月15日早上2點開始。

英樹：夜中ですか？私は早寝系なので、その時間は起きられそうもない❷んですよ。

　⊕ 半夜嗎？因為我屬於早睡型，所以那個時間看來是醒不來的哦。

秋の行事

ちょくさい **勅祭**	由天皇派的使者（**勅使**）所舉行的神道祭典	**い** **生きもの**	生物
さんちょくさい **三勅祭**	保存古代祭典的儀式和內容的三個勅祭，分別為：京都的賀茂神社所舉行的「賀茂祭」（俗稱「**葵祭**」）、京都的石清水八幡宮所舉行的「石清水祭」，以及奈良市的春日大社所舉行的「**春日祭**」	**へいあん** **平安**	平安
いわしみずはちまん **石清水八幡** **ぐう** **宮**	位於京都府八幡市的神社，是日本三大八幡宮之一，也是僅次於伊勢神宮的第二個皇室宗廟，在江戶時代之前被稱為「石清水八幡宮寺」	**こうふく** **幸福**	幸福
はちまんおおがみ **八幡大神**	是武家的守護神，也是日本皇室的祖神。受到「神佛習合」的思想影響，曾一度被稱為「**八幡大菩薩**」，是神佛合同的神明中最典型的代表，後來因為明治維新的神佛分離政策，被撤除「菩薩」尊稱	**おごそ** **厳か**	莊嚴；隆重；鄭重
しんぶつしゅうごう **神仏習合**／ **しんぶつこんこう** **神仏混淆**	神佛合同。指日本古有的神道教和外來的佛教兩種信仰被結合的宗教現象	**しきさいこ** **色彩が濃い**	色彩濃厚
ごほうれん **御鳳輦**	頂部用鳳凰裝飾的皇族座車，現代則是指神社舉行祭典時有鳳凰裝飾的神轎	**てんけいてき** **典型的**	典型的

頓宮（とんぐう）	天皇或是神明暫時休息的地方	連想する（れんそう）	聯想
融和（ゆうわ）	融合；和睦	夜中（よなか）	半夜
放生会（ほうしょうえ）	放生儀式	早寝系（はやねけい）	早睡型
神仏分離（しんぶつぶんり）	神道教和佛教分開	早寝早起き（はやねはやおき）	早睡早起

 特好用句型

MP3 ▶120

❶ 道理（どうり）で～（わけだ）

☆ 道理（どうり）で＋文（＋わけだ）～　難怪～、怪不得

例句1：鈴木（すずき）さんは小学三年生（しょうがくさんねんせい）まで台湾（たいわん）に住（す）んでいたのか。道理（どうり）で台湾語（たいわんご）で挨拶（あいさつ）できるわけだ。

鈴木先生到小學三年級為止一直住在台灣啊。難怪他可以用台語打招呼。

 小練習　しばらく

「彼女（かのじょ）」「今日（きょう）」「初（はつ）デート」「ずっと緊張（きんちょう）」「昨夜（さくや）」「眠（ねむ）れない」「わけだ」

 寫寫看

_____

彼女（かのじょ）は今日（きょう）の初（はつ）デートにずっと緊張（きんちょう）していたのか。
道理（どうり）で昨夜（さくや）よく眠（ねむ）れなかったわけだ。

她為了今天的第一次約會一直很緊張啊。難怪昨晚會睡不好。

秋（あき）の行事（ぎょうじ）

265

❷ ～そうもない

☆ 動詞ます形去ます＋そうもない～　看來不會～、沒有～的樣子

例句1：この台風の進行速度<ruby>台風<rt>たいふう</rt></ruby>の<ruby>進行速度<rt>しんこうそくど</rt></ruby>では、<ruby>暫<rt>しばら</rt></ruby>く<ruby>風<rt>かぜ</rt></ruby>も<ruby>雨<rt>あめ</rt></ruby>もやみそうもありません。

以這個颱風的行進速度，看來暫時風雨都不會停。

「<ruby>明日<rt>あす</rt></ruby>」「<ruby>初<rt>はつ</rt></ruby>デート」「<ruby>緊張<rt>きんちょう</rt></ruby>して」「<ruby>今夜<rt>こんや</rt></ruby>」「<ruby>眠<rt>ねむ</rt></ruby>れる」

写写看

<ruby>明日<rt>あす</rt></ruby>の<ruby>初<rt>はつ</rt></ruby>デートに<ruby>緊張<rt>きんちょう</rt></ruby>して、<ruby>今夜<rt>こんや</rt></ruby>は<ruby>眠<rt>ねむ</rt></ruby>れそうもない。

為了明天的第一次約會很緊張，看來今晚是睡不著了。

9
<ruby>長<rt>なが</rt></ruby>
<ruby>月<rt>つき</rt></ruby>

NOTE

国際フェスティバル
こく さい

國際節慶

　日本不僅有傳統的節日祭典，在東京和橫濱等較多外國人居住的城市，也會定期舉辦充滿異國風味的慶祝活動。可能因為9月的東京氣候相當宜人，每年的9月一到，就有許多外國團體爭相舉辦「○○國節」，而活動地點又以場地大、綠地多又兼具舞台的代代木公園為首選。

　在2013年9月，光是在代代木公園舉辦的外國節慶就有三個：從1993年開始舉辦的「印度節」，是日本最大的印度節慶，每年吸引約20萬人前來參加；從2004年開始舉辦的「斯里蘭卡節」，每年有10萬多人參加；以及從2008年為了慶祝日本和越南建交35週年而開始舉辦的「越南節」，據統計也有10萬多人參加。

　說到外國節慶，最有名的應該是發源於德國慕尼黑的「十月節」（Oktoberfest），也就是我們熟知的「啤酒節」。日本有很多城市舉行「オクトーバーフェスト」，但是該節日到了日本似乎不只在10月舉辦，光是東京在9月就已經「偷跑」辦了好幾場。而日本啤酒的發源地橫濱，除了在9月至10月會定期舉行「十月節」，在4月至5月期間還會舉辦「春季十月節」，不但能品嚐到80多種的啤酒，還可以吃到德國料理。

　不管是印度節還是啤酒節，這些外國節慶的共同點不外乎是提供遊客一個體驗異國的吃喝玩樂、以及更進一步了解該國文化的機會呢。

9
長 なが

月 つき

国際フェスティバル
こくさい

（MP3）▶121

達雄：最近の代々木公園は異国情緒に溢れていますね。
たつお　　　　さいきん　　　　　よ よ ぎこうえん　　　　　い こくじょうちょ　　あふ

　　⊕ 最近代代木公園洋溢著一股異國風情呢。

浩二：九月の上旬から十月の中旬にかけて❶、殆ど毎週末に外国のフ
こう じ　　く がつ　じょうじゅん　　じゅうがつ　ちゅうじゅん　　　　　　　　ほとん　まいしゅうまつ　　がいこく
　　　ェスティバルがあるようです。

　　⊕ 從9月上旬到10月中旬期間，幾乎每個週末都好像有國外的節慶呢。

達雄：ドイツのオクトーバーフェストなら毎年参加していますが、他にはどんな外国のフェスティバルがありますか？

➕ 雖然德國的十月啤酒節的話我倒是每年都會參加，其他的話還有什麼樣的外國節慶呢？

浩二：代々木公園の場合、先週末はベトナムフェスティバルで、今週末はスリランカフェスティバルが行われるようです。

➕ 以代代木公園為例，好像上週末舉行了越南節，這個週末則會舉行斯里蘭卡節。

達雄：なるほど。フェスティバルと言えば、来週末は一緒に横浜オクトーバーフェストに行きませんか？ドイツビールや日本の地ビールなどが80種類も揃っている上、ライブステージもあると聞きましたよ。

➕ 原來如此。說到節慶，下週末要不要一起去橫濱啤酒節呢？聽說不但備齊了80種之多的德國啤酒和日本的精釀啤酒，也有現場演奏哦。

浩二：ごめんなさい。私はインド料理が大好きなので、来週末の「ナマステ・インディア」というインドのフェスティバルにどうしても行かずにはいられません[2]。

➕ 抱歉。我因為太喜歡印度料理了，所以下週末的「Namaste India」印度節，無論如何我都不能不去。

達雄：じゃあ、再来週はどうですか？その時ならもう十月なので、本格的なオクトーバーフェストと言えますよ。

➕ 那麼下下週如何呢？那時候的話已經是十月了，所以也可說是正格的十月啤酒節哦。

浩二：良いですよ。その日、私がプレゼントした「とりあえず、ビール下さい」と書いたTシャツを着ませんか？

➕ 好啊。那一天你會穿我送你的，寫著「請先上啤酒」的T恤嗎？

秋の行事

269

達雄：いいえ。その日はビールしか飲まないので、「大盛りできますか」と書いたTシャツを着ます。

➕ 不會。那一天我只會喝啤酒，所以我會穿的是寫著「可以裝滿嗎？」的T恤。

浩二：ハハ。じゃあ、私は「エサを与えないで下さい」のTシャツにします。

➕ 哈哈。那麼我決定穿「請勿餵食」的T恤。

單字百寶箱

MP3 ▶122

フェスティバル	慶祝活動（festival）	異国情緒	異國情調；異國風味
スリランカ	斯里蘭卡（Sri Lanka）	溢れる	滿溢；溢出
ベトナム	越南（Vietnam）	国際	國際
インド	印度	とりあえず	姑且；暫時；首先
ナマステ・インディア	印度節；Namaste（梵語的「你好」）India（印度）	大盛り	大杯的；大盤的；盛得很滿
オクトーバーフェスト	於德國慕尼黑市舉行的十月啤酒節，每年吸引超過六百萬國內外的遊客（Oktoberfest，德文）	横浜	橫濱，是人口僅次於東京的日本第二大城市，也是日本啤酒的發祥地
代々木公園	位於東京的代代木區，占地54萬平方公尺，是東京第五大的公園	本格的	真正的；正格的；正式的；道地的

9 長月

ドイツ ビール	德國啤酒 （Deutsch beer）		揃う	湊齊；備齊
地ビール	當地的啤酒；精釀啤酒； 手工啤酒		Tシャツ	T恤（T-Shirt）
ライブ ステージ	現場演出（live stage）		再来週	下下週

MP3 ▶123

❶ 〜から〜にかけて

　　「AからBにかけて」的句型和「AからBまで」的意思很像，都是用來表示某個起點到某個終點的句型。但是要注意的是，「AからBにかけて」裡面的A和B（起點和終點）都不是明確的時間或地點，而是大概的範圍。此外，這個句型後面接的動作或是現象，大多是持續性發生，而非一次性的。

☆ **名詞A＋から＋名詞B＋にかけて〜　從〜到〜（期間）**

例句1：昨夜から今朝にかけて、大きな地震が多発しました。

　　　從昨晚到今早，大地震頻發。

「マイケル・ジャクソン」「８０年代」「９０年代」「最も売れる」「歌手」

秋の行事

マイケル・ジャクソンは８０年代から９０年代にかけて最も売れた歌手です。

麥可・傑克森是從80年代到90年代期間最暢銷的歌手。

② ～ずにはいられない

這個句型用來表達很想做某事的情緒，如果不做某事的話就會渾身不舒服的情況。也可以用「ないではいられない」。

☆ 動詞ない形去ない＋ずにはいられない～　　不能不～、不做～就渾身不舒服

例句1：お酒を飲まずにはいられない人は、アルコール中毒者と呼びます。

不喝酒就渾身不舒服的人，叫做酒鬼（酒精中毒者）。

「あの人」「ブログ中毒」「毎日」「書く」

9
長_{なが}
月_{つき}

あの人はブログ中毒で、毎日書かずにはいられない。

那個人是部落格中毒，每天不寫不行。

日本人喝啤酒，就像我們喝開水或是夏天喜歡喝的各種冷飲一樣，完全沒有「酒精濃度」的考量。

通勤時間長的人，下班後可能不是飛奔回家，而是先喝一杯放鬆一下再說；到餐廳吃飯，不管吃的是什麼菜，而且明明大家都已經決定要開一瓶紅酒或是喝烈酒，但日本人屁股一坐到椅子上，嘴巴就會很自動地說出「とりあえず、ビールください」，彷彿啤酒是所有料理通用的開胃酒一般。

回到家裡就更不用說了，就像我們在日劇裡看到的，除了早餐之外，好像是餐餐配啤酒都不嫌多，如果能一邊泡澡一邊喝啤酒，那簡直就是歐吉桑的天堂。

　　對於不喝啤酒的我來說，也曾試著用自己喜歡的冷飲（例如西瓜牛奶、冷泡茶）來想像日本人「無啤酒不歡」的心情，但事實證明這是無用之舉，因為「西瓜牛奶＋牛排＋紅酒」的組合，怎麼想都很奇怪吧？但因為親眼見識過日本的啤酒文化，所以有一次在台北日本學校的園遊會裡，看到一個日本人穿著「請先上啤酒」的T恤走來走去，就覺得很爆笑！這種KUSO的T恤穿到祭典裡，應該就不用開口點菜了吧。

　　順帶一提，日本的酒駕標準不但嚴苛，而且採「連坐」式，不但駕駛人要受罰，連同車的乘客、提供酒類和提供車輛的人，都必須連帶受罰哦。

聚餐用語

「盛り」

　　一群朋友或同事在「居酒屋」熱鬧聚餐的場景在日劇裡經常出現。而在這種場景裡最常出現的字，就是「盛り」了：啤酒要大杯的「大盛り」；下酒菜盛得滿滿像山一樣的「山盛り」；現場總會有幾個炒熱氣氛的高手，讓場子「盛り上がる」；直到大家都「モリモリ」精力旺盛地high了起來。

秋の行事

中秋（ちゅうしゅう）
中秋節

在台灣，中秋節和過年一樣，是一家團圓的日子，正是所謂的「月圓人圓」。但是，賞月時吃的月餅和柚子，曾幾何時已不再是第一主角，小時候的「一家烤肉萬家香」，反倒變成了「萬家烤肉中秋節」。

曾被用來起義抗元的月餅，近年來走的是精緻、養生的路線，讓高卡路里的傳統月餅不再是唯一的選擇。而餡料除了蓮蓉、蛋黃等每年必見的口味之外，隨著和菓子的流行漸趨日式，連冰淇淋業者也不讓糕餅業者獨享中秋禮盒這塊「大餅」，紛紛推出了冰淇淋月餅。而月餅的形狀更也不再只有圓形，各種卡通人物的造型爭相出籠。習慣在中秋佳節送禮的人們，有時甚至會選擇愛心禮盒兼做公益。

很多曾經是非常重要的節日（例如上巳節）如今多不為人知，但「中秋」卻能從最初出現在《周禮》開始，不斷地衍變而留存至今，主要的活動也從祭月、望月、賞月、一直演變到現在成為烤肉的代名詞。這樣子強烈的「適應力」應該是幾千年來中秋能歷久不衰的原因之一吧！

9 長（なが）月（つき）

中秋（ちゅうしゅう）

MP3 ▶124

英樹（ひでき）：日本では中秋（ちゅうしゅう）の名月（めいげつ）と言（い）うと、月見団子（つきみだんご）を供（そな）えて月見（つきみ）を楽（たの）しみますが、台湾（たいわん）ではずいぶん違（ちが）うそうですね。

➕ 在日本說到中秋明月，就是供奉賞月丸子和享受賞月的樂趣，看來在台灣好像非常不一樣呢。

秋恵（あきえ）：もちろん、中秋（ちゅうしゅう）の夜（よる）に私（わたし）たちも月見（つきみ）をしますが、それより大切（たいせつ）なのは月（つき）が満（み）ちると共（とも）に❶、家族全員（かぞくぜんいん）も集（あつ）まって一家団欒（いっかだんらん）することです。

➕ 當然，我們也在中秋夜裡賞月，但比那個還重要的是，在月圓時，全家人也能聚在一起，一家團圓。

274

英樹：なるほど。定番の食べ物はありませんか？

　　⊕ 原來如此。有固定會吃的食物嗎？

秋恵：はい。伝統的には月餅とボンタンですが、この十年は「中秋バーベキュー」が流行って来たので、若い人達には焼肉も定番みたいな物とも言えます。

　　⊕ 有的。傳統上是月餅和文旦，但近十年流行「中秋烤肉」，對年輕人來說，烤肉也可以說是固定會吃的食物。

英樹：月餅と言えば、私が泊まっているホテルで一個もらいました。

　　⊕ 說到月餅，我從我住的旅館那裡收到了一個。

秋恵：それは、台湾ではこの節句には、日本のお中元やお歳暮のように、普段お世話になった取引先や知り合いに、感謝の気持ちでプレゼントする風習があるからです。

　　⊕ 那是因為在台灣，這個節日就像是日本的中元節或歲暮，有送禮物給平常受到照顧的往來公司和熟人以表達感謝的習慣。

英樹：貰った月餅は抹茶の味がしたので、ちょっと変わった和菓子の感じがしました。

　　⊕ 我收到的月餅是抹茶口味的，因此感覺有點像是變種的日式點心。

秋恵：昔は蓮の実と塩漬け卵の黄身を餡にするのが普通でしたが、最近は健康を意識するし、人気の味も変わって来たので、アイスクリーム月餅もあるぐらい多様化しています。

　　⊕ 從前一般都是用蓮子和鹹蛋黃來做內餡，但最近因為意識到健康的問題，受歡迎的口味也變了，口味的多樣化已經到了連冰淇淋月餅都出現了的程度。

英樹：じゃ、詰め合わせの月餅を買ってお土産にします。

　　⊕ 那麼，我要買不同口味裝在一起的月餅當伴手禮。

秋の行事

275

秋恵：これから実家に戻るところですが、一緒に来てバーベキューをしませんか？

　　➕ 我接下來正要回老家，你要不要也一起來烤個肉呢？

英樹：本当にいいんですか？

　　➕ 真的可以嗎？

秋恵：もちろん、家はいつも親戚と帰省できない友達を誘ってバーベキューをしながら❷月見をするんです。あとで電車に乗ってから、「嫦娥と兎」の伝説を教えますよ。

　　➕ 當然，我們家向來都會邀請親戚和無法返鄉探親的朋友來邊烤肉邊賞月。等下我們坐上火車後，我再告訴你有關「嫦娥和玉兔」的傳說吧。

單字百寶箱

MP3 ▶125

中秋	中秋	実家	老家；父母的家；娘家
月見	賞月	アイスクリーム	冰淇淋（ice cream）
帰省する	返鄉探親	バーベキュー	戶外烤肉（barbecue、BBQ）
一家団欒	一家團聚；團圓	愛でる	欣賞
月餅	月餅	誘う	邀請
塩漬け卵の黄身	鹹蛋黃	詰め合わせ	混裝；什錦

276

ザボン／ボンタン	柚子；文旦	餡 （あん）	內餡
蓮の実 （はす み）	蓮子	家族全員 （か ぞく ぜん いん）	全家所有的人
嫦娥 （じょう が）	嫦娥	健康 （けん こう）	健康
兔 （うさぎ）	兔子	意識する （い しき）	意識；覺悟

特好用句型

（MP3 ▶126）

❶ ～と共（とも）に

　　或寫做「～とともに」，用漢字來記憶應該很容易，相當於中文的「和～一起」、「是～的同時」、「在～的同時」。

☆ **名詞＋と共（とも）に～　和～一起**

例句1：両親（りょうしん）と共（とも）に祖母（そ ぼ）のお墓参（はかまい）りに行（い）きました。

　　和父母一起去掃奶奶的墓。

☆ **名詞＋である＋と共（とも）に～　是～的同時**

例句1：基礎教育（き そ きょういく）は権利（けん り）であると共（とも）に、義務（ぎ む）でもある。

　　基礎教育是權利的同時，也是義務。

☆ **い形容詞＋と共（とも）に～　在～的同時也**

例句1：自分（じ ぶん）の子供（こ ども）が大人（おと な）になるのは、嬉（うれ）しいと共（とも）に寂（さび）しく感（かん）じます。

　　自己的小孩變成大人的事，在高興的同時也感到落寞。

☆ **な形容詞＋である＋と共（とも）に～　在～的同時**

例句1：新製品（しんせいひん）の研究開発（けんきゅうかいはつ）は困難（こんなん）であると共（とも）に、時間（じ かん）も費用（ひ よう）もかかる。

　　新產品的研發，困難的同時也耗時耗財。

秋（あき）の行事（ぎょう じ）

☆ **動詞原形＋と共に〜　在做〜的同時**

例句1：婚約をすると共に、新しい家を一緒に探す。

　　　在訂婚的同時，也一起找新家。

「親友」「結婚相手」「でもある」

寫寫看

親友であると共に結婚相手でもある。

是摯友的同時，也是結婚的對象。

2 〜ながら

　　這個句型的很像中文的「一邊做A，一邊做B」，但是在日文裡，A和B兩種動作有主、副之分，主要的動作要放在後面（B的位置），因此用的時候要注意。

　　用「賞月」和「烤肉」為例，用這個句型表達「一邊賞月，一邊烤肉」的話，有「烤肉的同時，順帶地瞄一兩眼月亮」的意思；而「一邊烤肉，一邊賞月」的話，則有「在賞月的同時，順帶地烤烤肉」的意思。

☆ **動詞ます形去ます+ながら〜　一邊〜・一邊〜**

例句1：「嫦娥と兔」の伝説を聞きながら、電車に乗りました。

　　　一邊聽「嫦娥和玉兔」的故事，一邊坐車。

9
長
月

「テレビを見る」「宿題をする」

テレビを見ながら、宿題をしました。

一邊看電視一邊寫作業。

觀賞用語

「〇見／狩り」

中文稱之為「賞〇」（例如賞花、賞月、賞鳥），在日文通常是「〇見」（花見、月見、鳥見）。要注意的是「賞楓」在日文是「紅葉狩り」，而「賞菊」則是「観菊」哦。

秋の行事

十月 那霸大綱挽まつり
那霸大繩拔河祭

な は おおつな ひき

　　每年體育節前的星期日，沖繩的那霸市便會聚集近三十萬的人潮，有一萬五千人的當地市民、駐地美軍和觀光客會分為東西兩方，摩拳擦掌地準備參加一年一度的「那霸大繩拔河」。

　　該比賽使用的是兩條直徑長達156公分的巨繩——稱為「男繩」和「女繩」，各別是由主繩加上256條長約7公尺的支繩所組成，兩繩結合後共長200公尺、重達40噸，已被金氏世界紀錄認定為「世界第一用稻草製作的大繩」。

　　那霸的拔河比賽源於1600年代的琉球王朝，當時的農村為了祈求豐收或是求雨，而城市為了象徵商業的繁榮，開始了拔河的比賽。用稻草製成的拔河繩象徵了沖繩的稻米文化，而男繩和女繩合為一繩則代表了陰陽結合。

　　另外，拔河比賽之前的陣旗遊行也是那霸大繩拔河的亮點之一，代表東西兩方的村莊各自舉著精心設計的陣旗入隊，而比賽開始前也會開放讓有興趣參加拔河的民眾抓好支繩就定位。

　　比賽維持三十分鐘，期間不分國籍、男女、年齡，大家同心協力為了共同的目標而努力的情景，相當地有渲染力。在拔河結束後，割下拔河繩的一小段帶回家的話，據說可除病消災。

10 神無月

かん な づき

那霸大綱挽まつり

な は おおつな ひき

浩二：これはギネスブックによって「世界一のわら綱」と認定されたロープだよ。

こうじ　　　　　　　　　　　　　せ かいいち　　つな　　　にんてい

　　➕ 這就是被金氏世界紀錄認定為「世界第一稻草繩」的繩子哦。

達雄：さすが１５６センチの直径だね。太さは女性一人の身長と同じくらいで、吃驚だ。

たつ お　　ひゃくごじゅうろく　　ちょっけい　　　ふと　　じょせいひとり　　しんちょう　　おな　　　　　　びっくり

　　➕ 不愧是156公分的直徑。粗細差不多是一個女人的身高，讓人大吃一驚呢。

浩二：綱の東側と西側の、どっちにする？

➕ 繩子的東邊或西邊，要選哪邊？

達雄：ここから一番近い側にしましょうか？既に人波にもまれている
ので、向こう側に移動するのは無理でしょう。

➕ 要不要選離這裡最近的那一邊？我們已經被人潮擠來擠去了，要移動到另
一邊太勉強了吧。

浩二：そうですね。じゃあ、綱引きの隙間を探しましょう。

➕ 說的也是。那麼，我們來找拔河的空位吧。

達雄：綱引きをするのは小学校以来だよ。よし！挽き手の一人とし
て、出来るだけ頑張って勝ちましょう。

➕ 我從小學之後就沒拔過河呢。好啦，身為拔河選手的一員，我們盡可能地
努力得勝吧。

（拔河比賽結束後）

浩二：負けて悔しいけれど、勝ち負けより「ハーイヤッ」の掛け声に
合わせ、年齢、性別、国籍を問わず❶一万五千人が一体となっ
て綱を引くことに感動した。

➕ 輸了雖然不甘心，但比起輸贏，配合「嗨依呀」的喊聲，不論年齡、性
別、國籍，一萬五千人融為一體拔河較勁這件事，讓我很感動。

達雄：僕の人生で一番きつい三十分でした。綱引きが終わった途端に❷
筋肉が痛くなったし、急にお腹も空いてきた。

➕ 剛剛是我人生中最累人的30分鐘。拔河一結束，我的肌肉就開始疼痛，而
且肚子也突然餓了起來。

浩二：じゃあ、せっかく南国に来たんだから、ゴーヤを食べに行こう。

➕ 那麼，因為難得來一趟南方地區，我們去吃苦瓜吧。

秋の行事

281

達雄：その前に、無病息災のお守りとして枝綱を切って持ち帰りましょう。

➕ 在那之前，我們先剪一段支繩帶回家當作無病息災的護身符吧。

体育の日	體育節。日本的國定假日之一，為每年10月的第二個星期一	市民	市民
大綱	大繩。那霸的大繩拔河比賽把一條「女綱」和一條「男綱」結合為一，成為一條長度共200米，重達40噸的大繩	人波	人潮
枝綱	支繩。因為大繩太粗（直徑有156公分），所以分出256條粗細適合拔河的支繩，拔河的參賽者抓的是支繩而不是主繩（大繩）	もまれる	被擠來擠去
ギネスブック	金氏世界紀錄（Guinness Book of World Records）	隙間	空檔；空隙；空位
認定される	被認定	年齢	年齡
綱を挽く／綱を引く	拔河	性別	性別
南国	南國；南方各地	国籍	國籍

アメリカ軍人 （ぐん）（じん）	美國（America）軍人	勝ち負け （か）（ま）	勝負
吃驚する （びっくり）	吃驚	きつい	累人；嚴厲；苛刻
挽き手 （ひ）（て）	拔河選手；拔河的人	ゴーヤ／ ニガウリ	苦瓜。最初只有沖繩地區稱苦瓜為「ゴーヤ」，其他地方則叫「ニガウリ」，不過經過沖繩熱潮後，現在日本人大多稱苦瓜為「ゴーヤ」

 特好用句型

MP3 ▶129

❶ 〜を問わず
（と）

☆ 名詞＋を＋問わず〜　不管〜、不論〜、與〜無關、不受〜影響
（と）

例句1：男女を問わず、資格を持っている看護師を募集中です。
（だんじょ）（と）（しかく）（も）（かんごし）（ぼしゅうちゅう）

不論男女，我們正在應徵持有證照的護士。

 小練習　しば らく

「昼夜」「火災」「消防団」「出動する」
（ちゅうや）（かさい）（しょうぼうだん）（しゅつどう）

寫寫看

昼夜を問わず、火災が発生したら消防団は出動します。
（ちゅうや）（と）（かさい）（はっせい）（しょうぼうだん）（しゅつどう）

不論晝夜，若發生火災消防隊就會出動。

秋の行事
（あき）（ぎょう）（じ）

❷ ～途端（に）

「A途端に、B」是形容A發生之後，幾乎在同時就發生B。相當於中文的
「剛～，就～」。

☆ 動詞た形＋途端～　剛～・就～

例句1：旦那は夜勤なので、私が家に帰った途端に、出かけて行った。

我老公上夜班，因此我前腳一回家，他後腳就出門了。

「昼間」「一生懸命」「綱を引く」「ベッドに入る」「ぐっすり眠る」

寫寫看

昼間一生懸命に綱を引いたので、ベッドに入った途端に、ぐっすり眠りました。

因為白天拼了命地拔河，一爬上床就睡死了。

十三夜（じゅうさんや）

十三夜

　　日本有三個賞月節，分別是「十五夜（じゅうごや）」、「十三夜（じゅうさんや）」和「十夜（じゅうや）」。這三晚的「お月見（つきみ）」逃過了「除舊換新」的一劫，還是依照舊曆舉行，日期分別是在農曆的八月十五（西曆9月）、九月十三（西曆10月），以及十月初十（西曆11月）的晚上。

　　所謂的「十五夜（じゅうごや）」就是我們的中秋，那天的月亮叫做「中秋の名月（ちゅうしゅうのめいげつ）」或是「芋名月（いもめいげつ）」。而「十三夜（じゅうさんや）」的月亮（又稱「豆名月（まめめいげつ）」或「栗名月（くりめいげつ）」）對古時的日本文人來說，更具魅力，據說是因為這一天較可能是晴天，因此月亮看起來更美、更亮。

　　到了現代人較陌生的「十夜（じゅうや）」，賞月反而已經不是重點，因為到了農曆的十月，已經是稻穀收成的季節，因此賞完了這個「三の月（みのつき）」之後，也代表了該年收成的工作已經結束了。

　　不管是「十五夜」、「十三夜」或是「十夜」，日本的賞月活動和節日氛圍都和台灣的中秋節非常不同，感覺較恬靜而富有詩意。不過兩邊倒有一點是相同的，就是都有吃圓狀食物的習慣，日本人雖不吃月餅，也沒有「月圓人團圓」的說法，但形狀像大白湯圓的「月見団子（つきみだんご）」，反而長得更像一個3D的月亮呢！

十三夜（じゅうさんや）

MP3 ▶130

🧒 利香（りか）：去年（きょねん）の十五夜（じゅうごや）は雨（あめ）だったうえ、今年（ことし）は曇（くも）りだったので、今夜（こんや）こそ❶どうしてもお月見（つきみ）をしたいんです。

　➕ 去年的十五夜下了雨還不說，今年的十五夜又是陰天，因此今晚無論如何我都想賞到月。

🧑 大輔（だいすけ）：「十三夜（じゅうさんや）に曇（くも）りなし」と言（い）われるので、満月（まんげつ）じゃなくても今夜（こんや）は名月（めいげつ）を眺（なが）めて楽（たの）しめるはずです。

　➕ 俗話說「十三日無陰」，因此就算不是滿月，今晚照理說應該可以享受到眺望明月的樂趣。

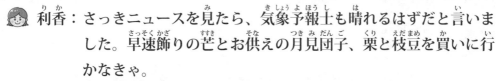

利香：さっきニュースを見たら、気象予報士も晴れるはずだと言いました。早速飾りの芒とお供えの月見団子、栗と枝豆を買いに行かなきゃ。

➕ 剛看了新聞，氣象預報員也說了應該會放晴。我得趕快去買裝飾的芒草以及供神的賞月丸子、栗子和毛豆了。

大輔：僕が車で送ってあげましょうか？ついでに久しぶりのドライブもしましょう。

➕ 要不要我用車子載妳去呢？我們順便去兜一下好久沒兜的風吧。

利香：じゃあ、お言葉に甘えて，そうさせて貰います。

➕ 那麼我就恭敬不如從命啦。

（當天晚上）

利香：ああ～まだ曇りです。気象予報士のくせに[2]、予報が全然当たりません。

➕ 啊啊，又是陰天。明明是天氣預報員，卻完全不準。

大輔：気にしないで。来月の十日夜も付合ってあげますから、三の月まで月待ちをしましょう。

➕ 別介意。因為下個月的十夜我也會陪妳，我們把賞月延期到三之月吧。

利香：しようがないですね。栗ご飯を作って食べましょうか？

➕ 真沒轍呢。要我做栗子飯來吃嗎？

大輔：これからご飯を作るなら、月見うどんの方が速いと思います。

➕ 如果現在要開始做飯的話，我想煮月見烏龍麵會比較快些。

利香：そうですね。卵は生のままで済みますし……

➕ 對耶。而且雞蛋只要生的就OK。

秋の行事

287

かん げつ 観月	賞月,是「月見」的另一種說法	ちゅうしゅう めい げつ 中秋の名月	中秋的明月
じゅう ご や 十五夜	農曆八月十五的夜晚,也就是我們的中秋夜	まん げつ 満月	滿月
じゅう さん や 十三夜	農曆九月十三的夜晚。因為比中秋夜更有可能放晴,而更受古代日本文人所喜愛	そな お供え	供品
とう か や 十日夜／み つき 三の月	農曆十月初十的夜晚,因為是稻穀收成的季節,所以賞月已經不是重點,因而有些地區乾脆把「十日夜」訂立在西曆的11月10日(雖然那天不一定是農曆的十月初十)	つき み 月見うどん	月見(賞月)烏龍麵。在烏龍湯麵裡加入看似月亮的生雞蛋,也可以用蕎麥麵替代烏龍麵
つき み だん ご 月見団子	賞月丸子,即賞月時吃的日式點心	さと いも 里芋	芋頭;里芋
いも めい げつ 芋名月	「芋頭明月」是中秋明月的別稱,因為在中秋的夜晚要供奉「月見団子」、芒草和芋頭給上天,因此得名	すすき 芒	芒草,在賞月的時候裝飾用的七種秋草之一
のち つき 後の月	「後之明月」是指十三夜的月亮,因為在中秋明月之後,因而有此稱呼	えだ まめ 枝豆	毛豆

まめ めい げつ **豆名月**	「豆明月」是十三夜明月的別稱，因為在當晚除了「月見団子」和芒草之外，也習慣供奉秋天盛產的栗子與毛豆，因而得名	しゅう かく **収穫**	收成；收獲
くり めい げつ **栗名月**	「栗明月」是十三夜明月的別稱，因為在當晚，除了「月見団子」和芒草之外，也習慣供奉秋天盛產的栗子與毛豆，因而得名	つき あ **付合う**	陪伴；作陪；交往；打交道
つき ま **月待ち**	因氣候的關係而把賞月的日期延後稱為「待月」	じゅう さん や くも **十三夜に曇りなし**	日本俗語，意思是十三夜不會是陰天

 特好用句型

 ▶132

秋の行事

① ～こそ

「～こそ」的句型是用來強調前面接的文節，最常聽到的範例應該是「こちらこそ～」，意思是「我（們）才應該～呢！」。例如對方跟你道謝，如果你覺得自己才應該是道謝的人，就可以說「こちらこそ、ありがとうございます」，如果有人罵你是笨蛋，你就可以回他「あなたこそ、バカです！」（你才是笨蛋呢！）。

依照語意可以把「～こそ」翻譯成「～才應該」、「正是～」、「唯有～才」、「就是～」等等。最簡單的方法，就是想像「～こそ」前面的主語是大字、粗體加下線，這樣強調的語意就會很明顯。

「～こそ」前面不但可以接名詞、助詞、副詞等「體言」，還可接各種不一樣的文節，非常多變好用。

☆ 名詞＋こそ～　～才應該、正是～、就是～

例句1：愛こそが道。

愛才是正道。

289

☆ 助詞＋こそ～　～才應該、正是～、就是～

例句1：逆境（ぎゃっきょう）でこそ笑（わら）う。

正是在逆境才要笑。

☆ 副詞＋こそ～　～才應該、正是～、就是～

例句1：今回（こんかい）こそ司法試験（しほうしけん）に合格（ごうかく）して見（み）せる。

這次我會通過司法考試給你看。

「今度（こんど）」「絶対（ぜったい）」「失敗（しっぱい）しない」

今度（こんど）こそ絶対（ぜったい）に失敗（しっぱい）しない！
這次我絕對不會失敗！

❷ ～くせに

　　這個句型的用法和「～のに」很像，但是這個句型帶有非常強烈指責的意思，通常用在針對某人的抱怨、批評和表達不滿的時候，因此用的時候要小心，免得造成聽者的不快。

　　「～くせに」的意思可以用中文的「明明～，還」來想像。此句型前面可以接名詞、形容詞和動詞等的「名詞修飾形」，也就是說，把「くせに」想像是個名詞，照著變化前面的詞形就可以了。另外，「くせに」後面接的句子常常可以不用明說出來。

☆ 名詞＋の＋くせに～　明明～・卻

例句1：もう中学生（ちゅうがくせい）のくせに掛（か）け算（ざん）も出来（でき）ません。

明明已經是中學生，卻連乘法也不會。

☆ 動詞的名詞修飾形／い形容詞＋くせに～　明明～・卻

例句1：金も手も出さないくせに、口だけは出す。

明明不出錢也不出力，只會出一張嘴。

例句2：モテないくせに理想は高い。

明明不受歡迎，對異性的要求卻很高。

☆ な形容詞＋な＋くせに～　明明～・卻

例句1：法律に対して無知なくせに、弁護士のふりをしてペラペラ喋る。

明明對法律很無知，卻假裝律師說個不停。

「公務員」「全然働かない」「まさしく税金泥棒」

公務員のくせに全然働かなくて、まさしく税金泥棒だ。

明明是公務員卻完全不做事，是名符其實的稅金小偷。

秋の行事

きょう と じ だい まつり
京都時代祭

京都時代祭

　　喜歡日本歷史、歷史劇、日本傳統工藝的人，一定不能錯過每年的10月22日由京都的平安神宮所舉辦的時代祭！該祭典因其重頭戲「時代行列」而得名，也就是由二千位穿著古代服飾的人物以及牛、馬等動物所組成的遊行隊伍，在當天正午會從京都御所出發，繞行市區3個小時走完約2公里的遊行路徑後抵達平安神宮。

　　「時代行列」包含了八個時期，以「倒帶」的方式排列，依序為：明治維新、江戶、安土桃山、室町、吉野（奈良時代）、鎌倉、藤原（平安時代），最後以延曆（平安時代）結束。

　　這項京都盛事已有超過百年的歷史，是平安神宮在1895年為了紀念平安時期的桓武天皇從長岡京遷都到平安京（現在的京都）以及平安神宮創建1100週年而舉辦的祭典。遷都的日期（10月22日）可以算是京都的生日，這也是為何名列京都三大祭之一的時代祭，當初會選在這天舉行。

　　時代祭所使用的服飾和道具有一萬兩千件之多，每一件都相當地考究並充分地展現了京都的傳統工藝之美，配合京都古老的街道景色，觀賞「時代行列」時便猶如走進了時光隧道或是一座會動的歷史博物館。而且每個朝代和歷史人物出現之前，都有專人拿著時代名和人名的旗幟走在前面，讓不清楚日本歷史的人也能充分享受這場精彩的歷史文化巡禮。

きょう と じ だい まつり
京都時代祭

▶133

あき え　　　　　　じ だいぎょうれつ　　たい が
秋惠：この時代行列は大河ドラマシリーズみたいだよね。

　➕ 這個時代遊行，好像是大河劇的序列啊。

ひで き　　　たい が
英樹：大河ドラマが好きなの？

　➕ 妳喜歡大河劇嗎？

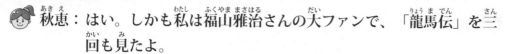

秋恵：はい。しかも私は福山雅治さんの大ファンで、「龍馬伝」を三回も見たよ。

➕ 喜歡。而且我是福山雅治先生的大粉絲，看了「龍馬傳」三次呢。

英樹：噂をすれば影がさす。坂本龍馬が来たよ。

➕ 說曹操，曹操到。坂本龍馬來了哦。

秋恵：あっ、本当だ。明治維新の時期の人物が先に登場することからすると❶、行列の順番は近代からだね。でも、他の人物を全然知らないよ。

➕ 啊，真的耶。從明治維新時代的人物先登場的這一點來看，遊行隊伍的順序是從近代開始呢。但是我完全不認識其他的人物哦。

英樹：私も幟に書いた名前で判っただけだよ。それに、日本人だからと言って❷、皆が歴史人物をよく知っているとは限らないよ。

➕ 我也是看了旗幟上寫的名字才分辨出來的。而且，雖說是日本人，但並非所有人都很清楚歷史人物哦。

秋恵：そうね。うわぁ～凄く華やかな婦人列が来た。さすが祭りの見どころの一つだ。それぞれの人物と時代を細部まで再現するのに、大変な手間をかけているようだ。

➕ 也對。哇～非常華麗的婦人隊伍來了。不愧是祭典的看點之一。為了把各個人物和時代連細微的部分都重現，好像下了不少工夫。

英樹：だから時代祭は「生きた時代絵巻」とも言われるよ。衣装から道具、メークまで、どれも博物館の展示に負けないぐらいのレベルだよ。

➕ 所以說，時代祭也被稱為「活的時代畫布」哦。從服裝、道具到化妝，每一項都不輸博物館展示的水準哦。

秋恵：移動する博物館である上、日本史の縮図とも言えるでしょう。

➕ 不但是移動中的博物館，也可稱為日本史的縮影吧。

秋の行事

英樹：その通りだ。次は織田信長が来るよ。

➕ 正是。下一個是織田信長要過來了。

秋惠：あっ、あの「人間五十年」の大名？

➕ 啊，那個「人生五十年」的大名嗎？

英樹：そうだよ。よく知ってるね。

➕ 沒錯。妳知道的真多。

秋惠：最近「信長のシェフ」というドラマを見て、その名言を何回も
聞いたので……

➕ 因為最近看了一部電視劇叫「信長的主廚」，聽了那句名言很多次……

 單字百寶箱

MP3 ▶134

平安神宮	京都市左京區	大ファン	大粉絲（fan）
時代行列	在時代祭裡由二千位穿著不同時代的古裝的人以及牛、馬等動物所組成的遊行隊伍	シリーズ	序列（series）
明治維新	明治維新	歷史人物	歷史人物
幟	旗幟	近代	近代
婦人列	代表江戶時代的遊行之一，隊伍中淨是江戶時代的女名人，包括歌舞伎的創始者「出雲阿国」，每一個角色從頭到腳都依照當時女性的時尚和髮型等原味重現	大河ドラマ	大河劇（drama）

10 神無月（かんなづき）

絵巻 （えまき）	畫卷	順番 （じゅんばん）	順序
細部 （さいぶ）	細節；細微部分	伝統の技 （でんとうのわざ）	傳統工藝；技術
大名 （だいみょう）	「大領地名主」的簡稱，是日本封建時代對武力較強、領地較大的領主之稱謂	再現する （さいげん）	重現
名言 （めいげん）	名言	縮図 （しゅくず）	縮圖；縮影
人間五十年 （にんげんごじゅうねん）	全文為「人間五十年，與天比之，直如夢與幻；有幸來人世，何能永不滅？」，是幸若舞《敦盛》中的一節，相傳織田信長經常以此歌舞自娛，因為歌詞意境符合其「世事如夢，人生苦短」的人生觀	メーク	化妝（makeup的make，和製英文）

 特好用句型

MP3 ▶135

秋の行事（あきのぎょうじ）

❶ ～からすると

☆ 名詞＋からすると～　從～來看、根據～

例句1：普段（ふだん）の成績（せいせき）からすると、東大（とうだい）に合格（ごうかく）するのは無理（むり）です。

　　從平常的成績來看，要考進東京大學太勉強了。

 小練習 しばらく

「店長（てんちょう）の表情（ひょうじょう）」「売（う）り上（あ）げ」「良（よ）くないよう」

店長の表情からすると、先月の売り上げは良くないようだ。

從店長的表情來看，上個月的銷售額好像不太好。

② 〜からと言って

☆ 動詞普通形／い形容詞＋からと言って〜　雖說〜・但〜

例句1 彼氏と別れたからと言って、このまま落ち込んでいるわけには行かない。

雖說和男友分了手，但不能一直這樣消沈下去。

例句2 暑いからと言って、アイスクリームばかり食べているとお腹を壊すよ。

雖說很熱，但光吃冰淇淋的話會把肚子吃壞哦。

☆ 名詞／な形容詞＋だ＋からと言って〜　雖說〜・但〜

例句1 先生だからと言って、いつも正しい日本語を話すとは限らない。

雖說是老師，但不一定任何時候都會說正確的日文。

例句2 作業は簡単だからと言って、集中しないと出来ませんよ。

雖說作業很簡單，但不專心的話就無法完成哦。

小練習 しばらく

「白人」「英語」「出来る」

寫寫看

白人だからと言って、皆英語が出来るとは限りません。

雖說是白人，但不一定每個都會說英文。

296

NOTE

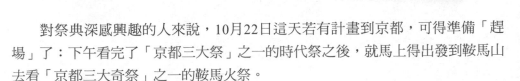

鞍馬の火祭り
鞍馬火祭

對祭典深感興趣的人來說，10月22日這天若有計畫到京都，可得準備「趕場」了：下午看完了「京都三大祭」之一的時代祭之後，就馬上得出發到鞍馬山去看「京都三大奇祭」之一的鞍馬火祭。

由由岐神社所舉辦的鞍馬火祭，已有一千多年的歷史。在西元940年由於平安京（現在的京都）戰亂、地震頻發，為了安定民心、當時的朱雀天皇下令把皇室所祭拜的由岐明神遷至洛北的鞍馬地區以鎮守北方。

相傳遷宮的行列長達一公里，連鴨川兩旁的蘆葦也都燃起為其照亮道路，心懷感激的鞍馬居民不但點燃了篝火出迎，而且為了日後子孫都能記得由岐明神的靈力，從那時起便開始舉行這項火祭。

火祭當天的傍晚六點，居民們一聽到信號便會同時點燃自家門旁的篝火，而小孩會扛著小火把、青年們扛著中型火把，一邊喊著「祭礼、最良」一邊緩步向前，最後壓軸的是長達3米、重達100公斤，需要2至3個成年人合力才扛得動的大火把。等到晚上八點左右，人們會走到鞍馬寺山門前的石階集合，聚集好幾百隻大大小小的火把一起燃燒，一群年輕人會繼續走上山參拜由岐神社。之後，這些年輕人會扛著兩座神轎走下石階並沿街巡遊，火祭也將隨之達到高潮。巡遊一直持續到凌晨之後才會結束。

祭典當天，不論大人小孩都會換上傳統服裝，其中最「清涼」的莫過於成年男子的丁字褲！此外，鞍馬山以天狗最為有名，日本戰神源義經幼時曾在此修行，據說傳他武功的師傅便是天狗的化身，因此當地到處都可以看到天狗塑像，甚至一下火車在月台就能發現其蹤跡。

在鞍馬，熊熊燃燒的除了火焰之外，還有一山的楓紅，這些都是遊客不辭舟車勞頓到此一訪的動力。

鞍馬の火祭り

🎧 ▶136

👩 亜子：明日、鞍馬山で特別な火祭りがあるようなので、私と一緒に見に行きませんか？

　➕ 明天在鞍馬山好像有特別的火祭，要不要跟我一起去看呢？

👧 秋恵：その話しをちょっと聞いたのですが、行こうか行くまいか❶迷っています。

　➕ 這件事我有稍微聽說了，但我還在猶豫是否要去。

👩 亜子：その火祭りは京都の三大奇祭と呼ばれて、見逃したら惜しいと思いますよ。

　➕ 那個火祭被叫做京都的三大奇祭，我認為錯過的話很可惜哦。

👧 秋恵：実はその日、どうしても時代祭を見たいんですよ。

　➕ 其實那一天我無論如何都想去看時代祭耶。

👩 亜子：時代祭は正午からでしょう？火祭りは夜の6時からなので、時代祭が終わって、直ぐに鞍馬山に行ったら間に合うはずだと思いますけど。

　➕ 時代祭是中午開始對吧？火祭是從晚上6點開始，我覺得如果時代祭一結束就馬上去鞍馬山的話，應該來得及。

👧 秋恵：じゃあ、出来るだけ❷頑張って両方とも行ってみます。

　➕ 那麼，我會盡量努力兩邊都去看看。

👩 亜子：場所取りは私に任せて下さい。私は早めに行ってご神木を見物して、鞍馬寺で天狗みくじを引きたいんです。

　➕ 占位子的事請交給我。我想提早去參觀神木，並且去鞍馬寺求取天狗籤詩。

秋の行事

（火祭當天傍晚）

秋恵：子供用の小松明は小さくて可愛いけれど、大松明は重そうです
ね。
　⊕ 小孩用的小火把又小又可愛，但大火把看起來很重呢。

亜子：一番重いのは100キロもあると聞きました。担ぐだけで二、三
人の男が必要です。
　⊕ 我聽說最重的有100公斤。光是扛著就需要兩三個男丁。

秋恵：皆強そうですね。彼らのふんどし姿を見て、ちょっとドキドキ
してしまいました。
　⊕ 每個人看來都好強壯呢。看到他們穿丁字褲的樣子，我不禁心跳有點加快。

亜子：ドキドキする暇はありませんよ。街道はすし詰めだから、足元
と火に注意して下さい。
　⊕ 沒有閒暇心動哦。因為街道擠得滿滿的，請注意腳邊跟火把。

秋恵：分かりました。私たちも掛け声を上げてみましょう。サイレイ
（祭礼）、サイリョウ（最良）！
　⊕ 了解。我們也跟著喊喊看吧。塞伊雷伊（祭礼）、塞伊流（最良）！

亜子：サイレイ、サイリョウ！あっ、これからハイライトです。大小
の松明が一緒に燃え上がるそうですよ。
　⊕ 塞伊雷伊（祭礼）、塞伊流（最良）！啊，現在開始最精彩的場面了。好
像大大小小的火把會一起燃燒哦。

MP3 ▶137

京都の三大 きょうと さんだい 奇祭 きさい	京都三大奇祭為：由岐神社的「火祭」、今宮神社的「治病去災祭」，以及廣隆寺的「牛祭」（現已停辦）	ハイライト	最精彩的場面 （highlight）
洛北 らくほく	京都北部的郊區	場所取り ばしょと	占位子
鞍馬山 くらまやま	暱稱「天狗の山」，位於京都市左京區，被認為是一座靈山	担ぐ かつ	（用肩膀）扛著；挑起
由岐神社 ゆきじんじゃ	位於鞍馬山的神社，供奉鞍馬地區的守護神由岐大明神，該神社乃是安土桃山時代的代表建築，至今已超過四百年歷史	燃え上がる もあ	燃起；燒起
鞍馬寺 くらまでら	位於鞍馬山的寺廟，創於西元796年，為日本「戰神」源義經（幼名「**牛若丸**」 うしわかまる）小時候學習的地方	炎 ほのお	火焰
石段 いしだん	石階	すし詰め づ	擁擠不堪；擠得滿滿的
天狗みくじ てんぐ	天狗籤詩，在鞍馬寺可以求到的籤詩，其外形為天狗的頭部做成的鑰匙圈，裡面含有卜卦的籤詩	見逃す みのが	錯過看的機會；漏看
ご神木 しんぼく	古老或是巨大的樹，這裡指的是由岐神社境內一顆樹齡800年的巨樹	見物する けんぶつ	遊覽；參觀；看熱鬧

秋
あき
の
行
ぎょう
事
じ

サイレイ、サイリョウ	鞍馬火祭裡人們扛著火把前進的喊聲，寫成漢字是「祭禮、最良」	早めに	提早；提前
ふんどし／下帯	丁字褲	ドキドキする	蹦蹦跳；（心動時的）心跳加快

 特好用句型

❶ ～（よ）うか～まいか

　　每次我看到這個句型，腦中都會浮現莎翁在《哈姆雷特》（Hamlet）裡的名句「To be, or no to be......」。這一個句型就像是中文的「是否要～」、「做不做～」，後面常接「苦惱」「猶豫」等。另外，「するまいか」常會簡化成「しまいか」。

☆ **動詞意志形＋か＋動詞原形＋まいか～　是否要～、做不做～、要不要～**

例句1：試験準備の時間があまりないので、英検を受けようか受けるまいか悩んでいる。

　.因為我沒有很多時間可以準備考試，所以我正苦惱是否要考英檢。

 小練習

「元カノ」「結婚披露宴」「参加する」「迷う」

寫寫看

元カノの結婚披露宴に参加しようかしまいか迷っています。

我在猶豫是否要參加前女友的婚宴。

② ～だけ

這裡的「～だけ」不是「只有～」的意思，而是「在～的範圍全部」、「盡量～」的意思。

☆ **動詞可能形＋だけ～　盡量～、統統～、儘管**

例句1：食べ放題ですから、食べれるだけ取っていいよ。

因為是吃到飽，吃得下的統統點沒關係哦。

☆ **い形容詞＋だけ～　盡量～、統統～、儘管**

例句1：残り物はいっぱいありますから、欲しいだけ持ち帰って下さい。

剩下的東西有很多，想要的請儘管帶回家。

☆ **な形容詞＋な＋だけ～　盡量～、統統～、儘管**

例句1：今日は私たちが付き合い初めて三周年の記念日だから、ワインも料理も好きなだけ注文していいですよ。

今天是我們開始交往的三週年紀念日，所以不管是葡萄酒還是菜餚，妳喜歡的統統可以點。

小練習 しばらく

「原子力発電所」「廃止したいなら」「電気」「出来る」「節約する」

寫寫看

原子力発電所を廃止したいなら、電気を出来るだけ節約しましょう。

想廢止核能發電廠，就要盡可能地節約用電。

十月

運動会 <ruby>運<rt>うん</rt>動<rt>どう</rt>会<rt>かい</rt></ruby>

運動會

　　10月的第二個星期一是日本的體育節，而10月秋高氣爽的好天氣也是許多學校、公司和團體舉辦運動會的熱門時期。

　　運動會起源於歐洲，據說日本海軍學校在1874年時，因為當時任職的一位英籍教師的指導，成功舉辦了日本第一次的運動會。而在1878年札幌農學校舉行了「力藝會」之後的數年內，此項活動便擴展到北海道的許多中小學。東京大學也從1883年開始，定期舉辦「運動會」。

　　因此，我們熟知的運動會，雖然源於歐洲，卻是經過日本「本土化」的結果，才會成為日本人和台灣人共同的兒時回憶。

　　許多日本的國中、高中會將運動會稱為「体育祭」<ruby>体<rt>たいいくさい</rt></ruby>。以前，在運動會的「中場休息」時，學生多是和家人一起享用自家準備的午餐，但現在因為考慮到沒有親友來參觀的學生們，因此許多學校會像平常一樣，讓學生在教室裡吃學校的供餐。

　　運動會的熱門競賽項目包括接力賽、兩人三腳、拔河、騎馬戰、多人跳繩等團體戰。而學校、公司舉行運動會的目的，除了讓學生、職員能藉機鍛鍊一下體格之外，無非是希望能培養出團隊協作的精神，以及對於組織、單位的歸屬感。

10 神無月 <ruby>神<rt>かん</rt>無<rt>な</rt>月<rt>づき</rt></ruby>

運動会 <ruby>運動会<rt>うんどうかい</rt></ruby>

▶139

👵 祖母：<ruby>今週末<rt>こんしゅうまつ</rt></ruby>は<ruby>孫<rt>まご</rt></ruby>の<ruby>体育祭<rt>たいいくさい</rt></ruby>に<ruby>誘<rt>さそ</rt></ruby>われましたよ。<ruby>運動場<rt>うんどうじょう</rt></ruby>は<ruby>大<rt>おお</rt></ruby>きいので、<ruby>双眼鏡<rt>そうがんきょう</rt></ruby>を<ruby>持<rt>も</rt></ruby>って<ruby>行<rt>い</rt></ruby>かないと<ruby>孫<rt>まご</rt></ruby>の<ruby>頑張<rt>がんば</rt></ruby>っている<ruby>姿<rt>すがた</rt></ruby>を<ruby>見逃<rt>みのが</rt></ruby>す<u><ruby>恐<rt>おそ</rt></ruby>れが</u>

　　<u>あります</u>❶。

　　➕ 這個週末我們被邀請參加孫子的運動會哦。因為運動場很大，所以不帶望遠鏡去的話恐怕會錯過了孫子努力的樣子。

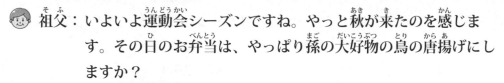

祖父：いよいよ運動会シーズンですね。やっと秋が来たのを感じます。その日のお弁当は、やっぱり孫の大好物の鳥の唐揚げにしますか？

⊕ 終於到了運動會的季節了呢。有秋天終於到來的感覺呢。那一天的便當，妳還是會做孫子最愛的炸雞塊嗎？

祖母：保護者が来られない子供が可哀想という理由で、今頃の学生たちは教室で普段通りの給食を食べるので、孫のお弁当は要りません。

⊕ 以「家長沒辦法來的小孩很可憐」的理由，現在的學生都會像平常一樣在教室吃學校的供餐，因此不用帶孫子的便當。

祖父：私たちの小さい頃の光景とは、随分違いますね。久しぶりの遠足みたいな気分で、孫と一緒に手作り弁当を食べたかったのに、がっかりですよ。

⊕ 跟我們小時候的光景非常不一樣呢。像是久違的遠足一樣的心情，我本來想和孫子一起吃愛心便當的說，好失望啊。

祖母：仕方がないですよ。それに、お弁当の豪華さで学生の家庭の経済状態が比較されてしまうのも困りますから。

⊕ 沒辦法啊。而且，因為便當豪華的程度而讓學生的家庭經濟狀況被拿來比較的話，也很讓人困擾。

祖父：そうですね。制服や体操着を着させる理由も、それかもしれませんね。ところで、孫はどんな競技に出るのですか？

⊕ 說的也是。讓學生穿制服和運動服的理由，說不定也是因為那樣呢。對了，孫子會出賽哪些競技項目啊？

祖母：競技より遊戯に近いかもしれませんが、騎馬戦と十人十一脚に参加するようです。

⊕ 與其說是競技不如說更像是遊戲，但他好像要參加騎馬戰和10人11腳。

秋の行事

305

祖父（そふ）：十人十一脚（じゅうにんじゅういちきゃく）は二人三脚（ににんさんきゃく）のバリエーションでしょう？だんだん足（あし）が多（おお）くなって来（き）ましたね。

➕ 10人11腳是兩人三腳的變種吧？腳越變越多了呢。

祖母（そぼ）：そうですね。あと、部活対抗（ぶかつたいこう）リレーにも参加（さんか）すると聞（き）きました。

➕ 對耶。還有，我聽說他好像也會參加社團對抗接力賽。

祖父（そふ）：孫（まご）は昔（むかし）から走（はし）るのが苦手（にがて）ですよね。リレーでは勝（か）ち目（め）が薄（うす）いと思（おも）いますよ。

➕ 孫子從以前就不擅長跑步。我想，他在接力賽的勝算不高哦。

祖母（そぼ）：部活（ぶかつ）の団体戦（だんたいせん）ですから、勝負（かちま）けより練習（れんしゅう）と試合（しあい）を通（とお）して❷、協力（きょうりょく）や団結力（だんけつりょく）などを養成（ようせい）することが本当（ほんとう）の目的（もくてき）だと思（おも）いますが……

➕ 因為是社團的團體賽，所以我想比起勝負，透過練習和比賽來培養合作和團結力等，才是真正的目的吧……

祖父（そふ）：確（たし）かにその通（とお）りですね。運動会（うんどうかい）はチームワークを強化（きょうか）するための、未来（みらい）の社会人（しゃかいじん）のトレーニングみたいなものですね。

➕ 的確就像妳說的呢。運動會就像是加強未來的社會人士的團隊合作訓練呢。

單字百寶箱

MP3 ▶140

体育祭（たいいくさい）	體育祭，日本的許多國中、高中將運動會稱為體育祭	トレーニング	訓練（training）
運動場（うんどうじょう）	運動場	養成（ようせい）する	培養
体育館（たいいくかん）	體育館	体操着（たいそうぎ）	運動服

306

競技 きょうぎ	競技；競賽	騎馬戦 き ば せん	騎馬戰
遊戯 ゆう ぎ	遊戲	二人三脚 に にん さんきゃく	兩人三腳遊戲
遠足 えん そく	遠足	バリエーション	變化；變種（variation）
部活 ぶ かつ	「部活動」的縮語，指社 ぶ かつ どう 團活動	団体戦 だん たい せん	團體戰
協力 きょうりょく	協力合作	保護者 ほ ご しゃ	家長；監護人
団結力 だん けつりょく	團結力	給食 きゅうしょく	學校的供餐、包飯；公 司、組織的包伙
リレー	接力賽（relay）	チーム ワーク	團隊合作（teamwork）

 **特好用句型**

(MP3) ▶141

① ～恐れがある
　　　　おそ

☆ **動詞原形＋恐れがある～　恐怕會～、可能會～**
　　　　　　　おそ

例句1：不景気に見舞われる卒業生は、名門の学生でも就職できない恐れがありま
　　　ふけいき　み ま　　そつぎょうせい　　めいもん　がくせい　　しゅうしょく　　　おそ
　　　す。

　　　碰到大環境不景氣的畢業生，就算是名校生也可能找不到工作。

☆ **名詞＋の＋恐れがある～　恐怕會～、可能會～**
　　　　　　おそ

例句1：絶滅の恐れがある生き物が、年々増え続ける。
　　　ぜつめつ　おそ　　　い　もの　　ねんねん ふ　つづ

　　　可能會絕種的生物，每年持續增加。

秋の行事
あき　ぎょう じ

307

「今夜」「もう一つ」「台風」「北海岸」「上陸する」

寫寫看

今夜もう一つの台風が北海岸に上陸する恐れがあります。

今晚恐怕又有一個颱風會從北海岸登陸。

❷ 〜を通して

☆ 名詞＋を通して〜　透過〜、通過〜

例句1：インターネットを通して、沢山の情報を手に入れることが出来ます。

透過網路可以得到很多的資訊。

「電気の節約」「原子力発電所」「廃止する」「目標に向けて進む」

寫寫看

電気の節約を通して、原子力発電所を廃止する目標に向けて進みましょう。

透過節約用電，讓我們向廢止核能發電廠的目標邁進。

NOTE

東港の王船祭
東港王船祭

王爺信仰是台灣最盛行的道教信仰之一，尤其是在西南沿海地區，因此有「北城隍、中媽祖、南王爺」之說，而在全台寺廟數量當中，除了「田頭田尾」的土地公廟之外，就屬王爺廟最為普遍了。

王爺又稱為「千歲」，其真正的身分眾說紛紜，而學者針對王爺信仰的來源也紛紛提出不同的看法。其中有一說是，王爺原為瘟神，早年因為福建沿海一帶瘟疫頻發，因而發展出藉由流放王船以將瘟疫驅逐出境的習俗，所以送王船即是送瘟神。流放王船是祭祀王爺的一項重要儀式，早期被流放的王船一旦擱淺至某地，當地的居民就得再重新製作一條船，並擇日再送王船出海一次。後來因為經濟負擔太承重的關係，因此不再讓王船漂流出海，進而改為「燒王船」，此習俗沿襲至今。

說到「燒王船」，許多人都會想到屏東東港的王船祭，其正式的名字為「東港迎王平安祭典」，在2011年被列入國家重要民俗文化資產。此祭典三年舉辦一次，都是由當地的東隆宮在農曆九月舉行，但確實的日期則得先「擲筊」請示東隆宮的主神溫王爺。

對東港人來說，這項為期八天的祭典可是比過年還重要，整個祭典可分作三階段：「請水」（溫王爺以地主的身分將代天巡狩千歲從海上請來）、「繞境」（這些奉玉帝之命下凡的千歲爺在溫王爺的陪同下繞境祈福，為地方除疫驅邪）、「送王」（完成任務的千歲爺搭乘王船返回天庭），也就是眾所皆知的「燒王船」。

10 神無月

東港の王船祭

MP3 ▶142

秋恵：十月に台湾を訪れる予定があるなら、ぜひ私の故郷「東港」に来て下さい。今年は三年に一度の「王船祭」が行われますから。

＊ 10月有計畫到訪台灣的話，請一定要來我的故鄉「東港」。因為今年有舉行三年一次的王船祭。

英樹： 「東港」って、台湾の西南部海岸の黒マグロで有名な港町ですか？

＊ 「東港」是位於台灣西南部海岸，以黑鮪魚著名的海港城市嗎？

秋恵： はい。昔は貿易港だったのですが、今は漁港と観光地として発展しています。ここから渡る船に乗って小琉球にも行けますよ。

＊ 對。以前曾是貿易港口，但現在作為漁港和觀光地點發展著。從這裡坐渡船也可以到小琉球哦。

英樹： ぜひ行かせて下さい。日にちの話しですが、十月の何日に行けば良いですか？

＊ 請一定要讓我去。日期的話，10月幾日去的話才好呢？

秋恵： それはまだ分かりません。いつも旧暦の九月ですが、具体的な日にちは地主廟宇の主祭神からのお告げを聴いてから❶決められますから……

＊ 還不清楚。向來是農曆九月，但具體的日期要得到地主廟主神的指示之後才會被決定耶……

英樹： 分かりました。じゃあ、日にちが分かり次第❷、教えて下さい。ところで、お祭りの期間は一日だけですか。

＊ 明白了。那麼，知道日期之後請馬上告訴我。對了，祭典的期間只有一天嗎？

秋恵： いいえ、八日間です。この祭りは「王爺」という神様を迎え、その神様に病気などの厄払いをして頂くので、地元の人にとってお正月より大事なお祭りなんですよ。

＊ 不，有八天。這個祭典是為了迎接叫做「王爺」的神明，因為那個神明會除去疾病等災難，因此對當地人來說，是個比過年還重要的祭典哦。

秋の行事

英樹：なるほど。仕事を八日も休むのは難しいので、お祭りの一部しか参加できないと思いますが……

　➕ 原來如此。要休假八天有難度，所以我想我只能參加祭典的一部分耶……

秋惠：じゃあ、最後の「王船焼き」という儀式を見に来たらどうですか？船を燃やして王爺をまたあの世に送り返す行事です。

　➕ 那麼，你來看最後的「燒王船」儀式如何呢？是一種燒船送王爺回去那個世界的儀式。

英樹：いいですね。その儀式に参加して、健康で過ごせるように祈りたいです。

　➕ 不錯呢。我想要參加那個儀式，祈求可以過得健健康康的。

秋惠：豪華で大きな船を焼く情景は、何回見ても印象的だと思います。ちなみに、地元の人へは「王船焼き」という言葉を口にしないように気をつけて下さいね。

　➕ 燃燒豪華大船的情景，我不管看多少次還是覺得很印象深刻。順帶一提，請注意別對當地的人用「燒王船」這詞。

英樹：はい。その気持ちはよく分かりますよ。京都人も「五山送り火」を「大文字焼き」と呼ばれるのが大嫌いですからね。

　➕ 好的。我很了解那種心情。因為京都人也很討厭「五山送火」被叫成「燒大文字」呢。

10 神無月（かんなづき）

單字百寶箱

MP3 ▶143

| 東港（とうこう） | 指屏東縣的東港鎮，以「王船祭」、黑鮪魚，以及可以搭渡船到小琉球這三點最為著名 | 燃え尽きる（もえつきる） | 燒盡；燒完；耗盡 |

とうりゅうぐう 東隆宮	位於東港鎮中正路，其正門是一座貼滿純金金箔的排樓，供奉的主神是「溫王爺」，其每三年舉行一次的王船祭，乃是東港鎮最為隆重的宗教盛會	はってん 発展する	發展
びょう う 廟宇	廟宇	わた ふね 渡る船	渡船
ぼう えき こう 貿易港	貿易港口；商港	くち 口にする	說出口
ぎょ こう 漁港	漁港	ぐ たい てき 具体的な	具體的
しょうりゅうきゅう 小琉球	小琉球	いんしょうてき 印象的	印象深刻
くろ 黒マグロ	黑鮪魚	いち ぶ 一部	一部分
みなとまち 港町	海港城市；海港小鎮	ごう か 豪華	豪華
えきびょう 疫病	瘟疫；傳染病	じょうけい 情景	情景
おう や しん こう 王爺信仰	王爺信仰	かん こう ち 観光地	觀光地點

あき ぎょう じ
秋の行事

特好用句型

MP3 ▶144

❶ 〜てから

　　這個章節所用到的兩個「〜之後」的句型，重點很不一樣。「Aてから B」的重點是A和B的順序，也就是做完A之後才做B，對於A、B中間隔了多少時間，並沒有一定的要求。

☆ 動詞て形＋から〜　〜之後才〜、〜之後再〜

例句1：シートベルトをしっかりしてから運転します。
　　　繫牢安全帶之後才開車。

「伝言」「聞く」「ちゃんと」「かけ直す」

寫寫看

伝言を聞いてから、ちゃんとかけ直しました。

聽了留言之後，乖乖地回了電話。

② ～次第

「次第」有好幾個意思，這裡介紹的是「A次第B」。這個句型的重點是A和B中間的時間差距很少，也就是A發生之後馬上做B。

另外，這個句型的A一般是指實際的情況，而B則是即將要採取的積極行為，因此B不能用過去式。這一點也是和上一個句型不一樣的地方。

☆ **動詞ます形去ます＋次第～　～之後馬上（會）**

例句1：ご入金が確認でき次第、商品を発送致します。

確定匯款之後，會馬上寄送商品。

「伝言」「聞く」「かけ直す」

寫寫看

伝言を聞き次第、かけ直します。もう少し待って下さい。

聽了留言之後馬上會回電話。請再稍等一下。

神無月
10
かんなづき

ぶんかさい 文化祭
文化祭

　　11月3日是日本的「文化節」，而11月也是許多學校舉辦「文化祭」的月份。愛看日本漫畫的人對日本的文化祭一定不陌生，這就是故事情節裡經常會出現的「学園祭」，其活動內容類似台灣的園遊會或是校慶，只不過文化祭的日期和建校紀念日沒有關係。此外，各個學校對這項活動的稱呼也很多元，包括大學和高中的「学園祭」、小學的「学芸会」或是「学習発表会」，以及幼稚園的「生活発表会」。

　　不管名稱為何，此項活動是大多數學校每年的例行公事，其目的在於展現學生日常的學藝成果，而中學的文化祭活動更被列入正規的教育課程裡，有異於以課外活動為主的「大学祭」。此外，日本的學園祭可不是專屬於校方、學生和家長的活動；一些有名的大學祭，例如東京大學舉辦的「駒場祭」、早稻田大學舉辦的「早稲田祭り」，慶應大學舉辦的「三田祭」，在短短兩三天的學園祭期間就能吸引到十多萬位民眾到場參觀，因此在大學密集的東京，參觀學園祭可說是秋季的一大活動。

　　而學園祭展現的不僅是各別的社團或組織的魅力，更是學校各自的文化和風氣，是個向社會大眾和潛在的學生、團員自我行銷的絕佳機會。許多大學更會利用學園祭來強化跟附近居民之間的關係、和其他大學的合作，以及舉行講座、發表教授們的最新研究等。

　　文化祭的活動不外乎吃喝玩樂：美食攤位、現場表演、展覽以及各種比賽。而不同的比賽當中又以大學祭的選美活動最受關注。因為學園祭的高人氣，近年來還出現「學園祭杯」，主辦單位會派出評審委員到參加的大學實地參觀，並為不同項目評分，最後選出該項目的冠軍。在2012年，從「一都三縣」（東京都、神奈川縣、千葉縣、埼玉縣）裡參賽的大學，就有66校之多。

文化祭
ぶんかさい

 MP3 ▶145

雅人（まさと）：あれ、お母（かあ）さん。何（なん）で駒場祭（こまばさい）に来（き）たんですか？

　　➕ 欸，媽媽。妳怎麼會來駒場祭呢？

利香（りか）：あら、奇遇（きぐう）ですね。部活動（ぶかつどう）で朝（あさ）早（はや）く出（で）かけたのではありませんか？

　　➕ 啊，真是巧遇啊。你不是因為社團活動一早就出門了嗎？

雅人（まさと）：大学祭（だいがくさい）で合気道部（あいきどうぶ）の模擬店（もぎてん）と演武（えんぶ）の見学（けんがく）が今日（きょう）の部活（ぶかつ）ですよ。お母（かあ）さんは？

　　➕ 在大學祭裡觀摩合氣道社團的模擬店舗和武術演練，就是今天的社團活動啊。媽媽妳呢？

利香（りか）：お父（とう）さんが東大教授（とうだいきょうじゅ）の公開講座（こうかいこうざ）に参加（さんか）するので、私（わたし）も一緒（いっしょ）に来（き）ました。

　　➕ 你爸爸要參加東京大學的教授所舉辦的公開講座，所以我也跟著一起來了。

雅人（まさと）：学園祭（がくえんさい）では屋台（やたい）やパフォーマンスなどの目玉（めだま）イベントだけじゃなくて、学術研究（がくじゅつけんきゅう）や他（ほか）の大学（だいがく）とのコラボまで見（み）られるのは、凄（すご）いですね。

　　➕ 在學園祭裡不只有攤位和表演等熱門項目，連學術研究以及和其他大學的合作都看得到，真不簡單呢。

利香（りか）：そうですね。お父（とう）さんは、もう講座（こうざ）に入（はい）りましたが、お母（かあ）さんはグルメとミス東大（とうだい）コンテストの方（ほう）が良（い）いので、逃（に）げて来（き）ました。何（なに）か食（た）べませんか？

　　➕ 沒錯呢。你爸已經在聽講座了，但媽媽比較喜歡美食和東大校花選美，所以逃出來了。你要不要吃點東西？

雅人（まさと）：もう友達（ともだち）とたくさん食（た）べたので結構（けっこう）です。これから慶応大学（けいおうだいがく）の三田祭（みたさい）にも行（い）くので、そろそろ行（い）かなきゃ……

　　➕ 已經跟朋友吃很多了，所以不用了。因為等一下還要去慶應大學的三田祭，差不多得走了……

秋（あき）の行事（ぎょうじ）

利香：これからお父さんの母校に行くんですか？学園祭の見学にあたって❶は、それぞれのキャンパスや校風も良く体感して来て下さい。もうそろそろ受験生になるのですから。

➕ 等一下要去爸爸的母校嗎？在觀摩學園祭的時候，也請體驗一下不同的校園和校風。因為你不久之後就要成為考生了。

雅人：せっかくだから、見学しておきますが、いくら両親が OB・OG でも、志望大学に入学できるかどうかは、自分の成績次第ですから。

➕ 因為機會難得，我會觀摩一下，但是就算父母都是校友好了，能不能考進志願大學還得端看自己的成績。

利香：そうですね。でもお母さんは、有名度とは関係なく、あなたのスタイルに合った大学を選んで欲しいです。

➕ 說得沒錯呢。不過媽媽希望你別管知名度，選一間適合你個人風格的學校。

雅人：じゃあ、選択する余地があるように勉強を頑張らなければならないですね。

➕ 那麼，為了能夠有選擇的餘地，我得好好用功讀書了呢。

利香：そんな大人っぽい❷事を言うのを聞くと、もう大学生になったのかと思いますよ。

➕ 聽到你說出這麼像大人的話，我覺得你已經是大學生了哦。

單字百寶箱

MP3 ▶146

学園祭／学院祭／大学祭／学校祭	大學舉行的文化祭；另外，高中舉行的文化祭也會稱為學園祭

目玉イベント	熱門活動（event）；活動的熱門項目

学芸会／ 学習発表会 （がく げい かい／がく しゅう はっ ぴょう かい）	小學舉行的文化祭		校友／ OB・OG （こう ゆう）	校友 （Old Boy・Old Girl， 和製英文的頭文字）
生活発表会 （せい かつ はっ ぴょう かい）	幼稚園、育幼院舉行的文化祭		体感する （たい かん）	體驗
成果 （せい か）	成果		グルメ	美食（gourmet）
日常活動 （にち じょう かつ どう）	日常的活動		展示 （てん じ）	展示、展覽
学芸 （がく げい）	學習和技藝		コンテスト	比賽；選美（contest）
校風 （こう ふう）	校風		企画 （き かく）	企劃
模擬店 （も ぎ てん）	模擬店舖		コラボ	コラボレーション （collaboration）
サークル	社團（circle）		キャンパス	校園（campus）
一都三県 （いっ と さん けん）	指東京都和其周圍的三個縣：神奈川縣、埼玉縣、千葉縣		学園祭 グランプリ （がく えん さい）	學園祭杯（法語的Grand Prix，也就是大獎、最優秀獎的意思）

秋（あき）の行事（ぎょう じ）

 特好用句型

(MP3) ▶147

❶ ～にあたって

　　「～にあたって」的句型，表達的是針對某項行動或特殊的場合，需要採取的積極作為。多用在較正式的場合或嚴肅的主題。

☆ 動詞原形＋にあたって～　　在做～的時候、在～之際

例句1：営業（えいぎょう）の計画（けいかく）を実行（じっこう）するにあたって、人事部（じんじぶ）の協力（きょうりょく）も求（もと）めなければならない。

　　在實行營業計畫的時候，也得尋求人事部門的協助。

☆ **名詞＋にあたって～　在～的時候、在～之際**

例句1：新年にあたって目標や抱負をちゃんと決めて、それを実現するために一年間頑張ります。

在新年之際確實地訂下目標或抱負，並在一年之中為了實現那些目標而努力。

「家」「購入する」「真面目に」「色々な調査をする」

家を購入するにあたって、真面目に色々な調査をします。

買房子的時候，會認真地做各種的調查。

2 ～っぽい

「～っぽい」的句型可以用來表達有某種強烈的傾向，例如「男っぽい」就是有男子氣概。接在名詞或形容詞後面，就是具有該用詞的性質；如果接在動詞後面，就是常發生該動詞的行為，例如「忘れっぽい」就是「健忘」的意思。

「～っぽい」的用法，相當於一個い形容詞，也就是可以照い形容詞的變化方式活用。此外，要注意和「～がち」、「～気味」、「～げ」等句型的不同之處。

☆ **名詞＋っぽい～　感覺很像～**

例句1：その芸能人は間もなく三十代になるのに、子供っぽく話すので、気持ち悪いです。

那個藝人都快30歲了，說話還像小孩子一樣，因此讓人覺得很不舒服。

☆ **い形容詞詞幹＋っぽい～　感覺很像～**

例句1：安っぽいですから、あのかばんは絶対本物ではありません。

因為感覺很廉價，所以那個包包絕對不是真品。

「犯罪の証拠」「ちゃんとある」「どんなに否定する」「嘘」

犯罪の証拠はちゃんとあるから、どんなに否定しても嘘っぽい。

因為犯罪的證據確鑿，再怎麼否認聽起來都像是謊話。

漢字女的趣事分享

　　日文裡的「外來語」多是音譯，而且連法語、德語都有，所以會讓初學者感到有點吃力。不過因為大多是英文，所以只要弄清楚「轉音」的規則，對有英文基礎的人來說，也算是不難克服。若說有讓英美人士也只能望「洋」興嘆的，應該是日文裡的「和製英文」吧。

　　日劇裡常出現的上班族女郎「OL」（Office Lady），以及越來越多的自由業者「フリーター」，現在已經廣為人知。另外，把社團聯想成小圈圈的話，「サークル」也算說得通。但是才剛從大學畢業的人，別說稱不上老（Old），更不是小男孩（Boy）和小女孩（Girl）了，因此把校友一概稱為「OB」、「OG」就有點奇怪了。

　　不過，從和製日文也可以看到日本人的創意，例如把「肌膚」（skin）加上「關係」（-ship）組合而成的「スキンシップ」，就是藉由抱嬰兒等的肌膚觸碰，而產生的感情。英文的kinship是「親族關係」的意思，所以只加一個字就將之變成「親膚關係」，還蠻厲害的！更有趣的是，很多日本人都以為這個字是外來語，說英文的時候還會直接用呢！

秋の行事

七五三
七五三節

　　繼3月的女兒節、5月的男兒節之後，日本在11月15日還有一個兒童節，叫做「七五三」，不過這個兒童節是「年齡限定」，專屬於三歲的男孩和女孩、五歲的男孩和七歲的女孩所有。

　　看到日本有這麼多祈求小孩平安長大的節日，一定會覺得日本的小孩真幸福。但其實在「七五三」背後，有一段很不幸福的歷史現實，就是古時候的小孩死亡率相當的高，因此衍生了「七歲之前的小孩都是神在看顧」之說，這樣就算小孩夭折，也只是回到神的身邊，只有過了七歲的小孩，才會被視為社會的一員，列入相當於現代的戶口名簿。

　　至於為何是七、五、三，而不是其他歲數，則有不同說法。一說是奇數在日本是吉祥的數字，但也有一個說法是小孩在（虛歲）三歲的時候會說話、五歲的時候開始懂事，而七歲的時候換牙，因此要在這些重要的時期，特別地感謝神的眷顧。

　　盛裝打扮的小大人們，在父母、家人的陪同下前往神社祭拜，手腕上還掛著長長的一袋「千歲飴」，一個個都像是娃娃一般可愛，難怪有些父母會砸大錢到專業相館拍照留念、在高級餐廳大宴賓客，以及為小孩置裝、添行頭。不過更多的父母會選擇租用的和服，畢竟小孩子長得快，而平常也沒什麼機會可以穿到正式的和服。不能免俗的，過節的小朋友在這一天會收到許多來自親戚或是父母好友的紅包。

七五三

（MP3）▶148

和子：太郎の七五三ですが、前撮りのためにフォトスタジオを予約したので、その日は時間を空けておいて下さい。

　　❶ 有關太郎的七五三節，為了要提前拍照，我已經預約好攝影工作室了，所以那一天請你把時間空出來。

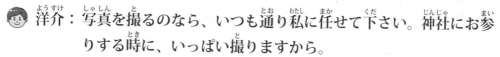
洋介：写真を撮るのなら、いつも通り私に任せて下さい。神社にお参りする時に、いっぱい撮りますから。

➕ 拍照的事，還是跟以前一樣交給我吧。我們去神社參拜的時候，我會拍很多照的。

和子：それは勿論ですが、今度は五歳の太郎の最後の七五三になるから、袴着の姿だけじゃなくて、他にオシャレな衣装も着せて、家族の記念写真を撮りたいのです。

➕ 那是當然的，但是因為這次是五歲的太郎最後一次的七五三，不僅是他穿袴裝的樣子，我也想讓他穿其他漂亮的衣服來拍全家福紀念照。

洋介：そうですね。じゃあ、僕の着物も用意してくれましたか？

➕ 說的也是。那麼，我的和服也幫我準備好了嗎？

和子：スタジオに撮影用のレンタル衣装があるはず❶なので、それを借りて写真を撮りましょう。

➕ 工作室應該有拍照的租用服裝，我們就借那些來拍照吧。

洋介：いいですよ。ところで、神社にお祓いをお願いする謝礼は幾らにしましょうか？

➕ 好啊。對了拜託神社驅邪祈福的謝禮，要包多少呢？

和子：七五三の御初穂料は、普通三千円から一万円くらいの範囲だということ❷だから、五千円にしました。そこにあるのし袋の表書きを書いて下さい。

➕ 七五三的禮金，聽說一般是三千到一萬日幣的範圍，所以我包了五千。放在那裡的禮金袋的正面請寫一下。

洋介：上に「御初穂料」、下に太郎の名前でいいですよね。

➕ 上面寫「禮金」，下面寫太郎的名字就可以了吧。

秋の行事

和子：ママ友の中には、年齢も書く人がいるので、念のために「五歳」も書いて下さい。

　⊕ 因為媽媽圈子裡也有寫年齡的人，以防萬一也寫一下「五歲」吧。

洋介：お返しの用意は？前回はどうしました？

　⊕ 那麼收到紅包後的回禮呢？上次是怎麼做的？

和子：忘れてしまいましたか？七五三は子供の祝いですから、お返しは頂いた金額の一部ではなく、千歳飴や、赤飯、菓子折りでいいのですよ。

　⊕ 你忘了嗎？七五三是小孩的節慶，所以回禮不是退回紅包金額的一部分，而是送千歲飴或紅豆飯、什錦甜點盒就可以了哦。

洋介：写真館で撮る写真と一緒に太郎に書かせたお礼の手紙を入れたらどうですか？

　⊕ 把在照相館拍的照片一起放進讓太郎寫的謝函如何呢？

和子：よく考えつきましたね。皆に喜ばれるかもしれませんよ。ただ、家族写真じゃなくて、主役の太郎一人の写真の中から一番可愛いのを選びましょう。

　⊕ 想得真不錯呢。說不定會讓大家很開心呢。但是不要選全家福，而是選主角太郎單獨的照片裡最可愛的一張吧。

MP3 ▶149

かみおき 髪置	慶祝男孩、女孩三歲的儀式。因為古時候的嬰兒通常在出生後第七日會剃胎毛，直到三歲才能開始留髮	かしお 菓子折り	什錦點心盒。有多種的甜點，多為送禮用

<ruby>袴着<rt>はかま ぎ</rt></ruby>	慶祝男孩五歲的儀式，因為古時候五歲的男孩才開始穿和服的褲裙「袴」	<ruby>前撮り<rt>まえ ど</rt></ruby>	在活動開始之前先拍照
<ruby>帯解<rt>おび とき</rt></ruby>	慶祝女孩七歲的儀式，古代小女孩穿繫的腰繩是縫在和服上的，直到七歲才換成普通和服的腰帶	フォトスタジオ	攝影工作室（photo studio）
<ruby>千歳飴<rt>ち とせ あめ</rt></ruby>	紅白相間、細長型的糖果，代表能得到一千年的祝福，不但給過七五三節的小孩吃，也當作紅包的回禮，分發給親朋好友	<ruby>写真館<rt>しゃ しん かん</rt></ruby>	照相館，現代有些照相館為了有現代感會取名「フォトスタジオ」
<ruby>初穂料<rt>はつ ほ りょう</rt></ruby>	參拜時支付給神社的禮金，在古代是用農作物而不是金錢	<ruby>主役<rt>しゅ やく</rt></ruby>	主角
<ruby>謝礼<rt>しゃ れい</rt></ruby>	謝禮	オシャレ	時髦；漂亮
<ruby>のし袋<rt>ぶくろ</rt></ruby>	裝禮金的信封袋；禮金袋	<ruby>着替え<rt>き が</rt></ruby>	替換的衣服
<ruby>表書き<rt>おもて が</rt></ruby>	禮金袋正面書寫的地方	<ruby>ママ友<rt>とも</rt></ruby>	媽媽友，同是媽媽的朋友們
<ruby>お返し<rt>かえ</rt></ruby>	回禮	<ruby>範囲<rt>はん い</rt></ruby>	範圍
<ruby>お赤飯<rt>せき はん</rt></ruby>	喜慶時吃的紅豆糯米飯	<ruby>お祓い<rt>はら</rt></ruby>	神社舉行的驅邪祈福儀式

秋<ruby>の<rt>あき</rt></ruby>行事<rt>ぎょう じ</rt>

特好用句型

(MP3) ▶150

❶ ～はず

此句型表達經過一般的常理、客觀的推測，或是自己非常有信心的結論或是預測。

☆ **動詞普通形／い形容詞＋はず〜　應該〜**

例句1：部長は会食があるので、夜は会社に戻って来ないはずです。

部長因為有應酬，所以晚上應該不會回公司了。

例句2：その山は紅葉の名所と言われるので、秋の景色は美しいはずだ。

因為那座山被稱為賞楓勝地，所以秋天的景色應該很美。

☆ **な形容詞＋な＋はず〜　應該〜**

例句1：モデルさんがプライベートで着る衣装もオシャレなはずだ。

模特兒私下穿的服裝應該也很時髦。

☆ **名詞＋の＋はず〜　應該是〜**

例句1：こんなに筋肉が発達している人は、スポーツマンのはずだ。

肌肉這麼發達的人，應該是運動員。

小練習 しばらく

「お客さん」「家」「購入する前」「真面目に」「色々な調査をした」

寫寫看

お客さんは家を購入する前に、真面目に色々な調査をしたはずです。

顧客在買房子之前，應該已經認真地做過各種調查了。

❷ **〜ということだ**

　「〜ということだ」的用法有好幾個，可以是「聽說」，也可以是「總而言之就是〜」，也可以用來做說明，即「所謂的〜，就是〜的意思」。內文裡的用法是第一種。

☆ **動詞普通形／い形容詞＋ということだ〜　聽說〜、據說〜**

例句1：ニュースでは十月から電気代が上がるということだ。

聽新聞說10月開始電費會漲。

例句2：昔から夏が暑ければ冬は同じくらい寒いということだ。

據說從以前開始就是夏天有多熱，冬天就有多冷。

☆ 名詞／な形容詞＋だ＋ということだ〜　聽說〜、據說〜

例句1：台北１０１は台湾で一番高いビルだということだ。

聽說台北101是台灣最高的大樓。

例句2：天皇でも日ごろの食事は、一般の国民と同じだということだ。

據說天皇日常的餐點跟一般國民一樣。

「来月」「高速鉄道」「乗車料金」「一割くらい」「高く」

来月から高速鉄道の乗車料金は、平均一割くらい高くなるということだ。

聽說從下個月起，高鐵的乘車費平均會漲一成左右。

秋の行事

<ruby>神在祭<rt>かみ あり さい</rt></ruby>

神在祭

　　傳說日本的八百萬神祇在農曆十月期間，都要到島根縣的出雲地區連續開一個月的會議，因此農曆的十月在日本各地都被稱為「<ruby>神無月<rt>かみ なづき</rt></ruby>」，只有在眾神聚集的出雲地區才被稱為「<ruby>神有月<rt>かみ ありつき</rt></ruby>」。而主辦首場會議的出雲大社，也會在農曆十月十日晚上，以「<ruby>神迎祭<rt>かみむかえさい</rt></ruby>」揭開序幕，並在一週內舉辦三次的「<ruby>神在祭<rt>かみありさい</rt></ruby>」以歡迎各路神明。因為神在祭的日期以農曆為準，所以西曆的具體日期每年都不同，但多會在11月舉行。

　　眾神的「議程」之中最受世人關切的，就是有關眾生在未來一年的運勢和姻緣，該討論在大國主神的主持下進行，因此出雲大社成為日本最著名的結緣神社，尤其是神在祭期間舉行的「<ruby>縁結び大祭<rt>えんむす たいさい</rt></ruby>」，更吸引了不少祈求良緣的善男信女到此參拜。

　　出雲地區被認為是日本神話的故鄉，出雲大社更號稱是日本最古老的神社，在其正殿的左右各設有十九個小神社，據說是用來接待來自全國各地的眾神。出雲大社境內的鳥居，以及神樂殿前長達13公尺重達5公噸的注連繩，都是日本最大。

　　相傳站在注連繩下往上方投擲5圓日幣，如果能讓硬幣不落地，就能得到好姻緣。此外，參拜出雲大社的方式也跟參拜其他神社不同，而是遵循古法的「二禮、四拍手、一禮」哦。

11
<ruby>霜<rt>しも</rt></ruby>
<ruby>月<rt>つき</rt></ruby>

<ruby>神在祭<rt>かみありさい</rt></ruby>

👩 <ruby>利香<rt>りか</rt></ruby>：もう<ruby>良<rt>い</rt></ruby>い<ruby>年<rt>とし</rt></ruby>なのだから、<ruby>真剣<rt>しんけん</rt></ruby>に<ruby>結婚相手<rt>けっこんあいて</rt></ruby>を<ruby>探<rt>さが</rt></ruby>さないと<ruby>駄目<rt>だめ</rt></ruby>よ。

　　➕ 妳的年紀也不小了，所以不認真找結婚對象的話不行哦。

👵 <ruby>亜子<rt>あこ</rt></ruby>：お<ruby>母<rt>かあ</rt></ruby>さん、<ruby>余計<rt>よけい</rt></ruby>なことをしないでね。お<ruby>見合<rt>みあ</rt></ruby>いなんか❶<ruby>絶対<rt>ぜったい</rt></ruby>しないから。

　　➕ 媽媽，妳別做多餘的事哦。因為相親什麼的我一定不會去。

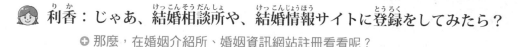

利香：じゃあ、結婚相談所や、結婚情報サイトに登録をしてみたら？

　⊕ 那麼，在婚姻介紹所、婚姻資訊網站註冊看看呢？

亜子：そういう結婚サイトに限って❷役に立たないの。会員の中には嘘ばかりつく人もいるようだし、結婚詐欺師に合ってしまう恐れもあるから。

　⊕ 別的我不知道，就是那種網站最沒幫助。因為會員裡好像也有滿嘴謊言的人，一不小心恐怕就會遇到結婚詐欺犯哦。

利香：なら、一緒に出雲大社に行きましょう。今月はちょうど縁結大祭が行われるから。

　⊕ 這樣的話，一起去出雲大社吧。因為這個月剛好舉行結緣大祭。

亜子：いつかは日本で一番古い神社の出雲大社に参拝しに行きたいけれど、まだ結婚したくないのに神在祭期間に参拝したら、八百万の神様に怒られるよ。

　⊕ 雖然想著總有一天要去參拜日本最古老的神社出雲大社，但是明明還不想結婚卻選在神在祭的期間去參拜的話，會惹八百萬的神明生氣吧。

利香：でたらめを言うのはやめなさい。夫婦の縁以外にも、色々な縁がその時に決められるのだから、本当に結婚したくないなら、良い友達や上司に出会うようにお願いしなさい。

　⊕ 別胡說。因為除了姻緣之外還有各種緣分是在那個時候被決定的，如果真的不想結婚的話，就祈求能遇到很好的朋友或上司吧。

亜子：はい、はい、分かったよ。じゃあ、沢山の五円玉を用意してね。注連にくっ付くまで投げるから。

　⊕ 好啦，好啦，我知道了。那麼請準備很多五圓硬幣喔，因為我會一直丟到硬幣黏在注連繩裡為止。

利香：冗談はやめなさい。なんでこんなに親の気持ちを分かってくれないの？

　⊕ 不要開玩笑。妳為什麼這麼不懂做父母的心情呢？

秋の行事

329

亜子：怒らないでよ。ちゃんと縁結大祭に参加するから。ただ、お父さんも連れて行って、ついでにいい夫婦の日もお祝いしよう。

　➕ 別生氣嘛。我會好好地參加結緣大祭的。但是把爸爸一起帶去，順便慶祝夫妻節吧。

利香：「いい夫婦の日」って、何？

　➕ 夫妻節是什麼啊？

亜子：えっ？お母さんは知らないの？１１月２２日は「１１２２」で「良い夫婦」の記念日なんだよ。

　➕ 欸？媽媽不知道嗎？11月22日的「1122」，被訂立為「好夫婦」紀念日了哦。

MP3 ▶152

神無月 かみ な づき	古時日本人對農曆十月的稱呼。據說是因為在該月分所有的神明都會到出雲地區去開會，所以除了出雲地區之外，日本各地都沒有神明，因此稱為「神無月」	**祈願** き がん	祈禱
神有月 かみ あり つき	出雲地區的人對農曆十月的稱呼。因為在該月分日本大大小小的八萬神明都會聚集在該地區	**集まる** あつ	聚集
出雲地方 い ずも ち ほう	位於日本的島根縣，被認為是日本神話的故鄉	**旅立ち** たび だ	出發；旅程

出雲大社 いずもたいしゃ	正式的念法是「いずもおおやしろ」，為日本最古老的神社，供奉大國主神
神在祭期間 かみありさいきかん	指出雲大社在農曆十月十一日到十七日舉行神在祭及相關祭典的期間
神迎祭 かみむかえさい	迎神祭。在神在祭的前晚，也就是農曆十月十日的晚上舉行
神等去出祭 からさでさい	送神祭。出雲大社在農曆的十月十七日以及二十六日各舉行一次送神祭，前者是送神離開出雲大社到下一個會議的場所（出雲地區的佐太神社），後者是送神回去祂們各自的屬地
大国主 おおくにぬし	大國主神乃是出現在《日本書紀》和《古事紀》的神明，在整建日本國土之後，將之讓給天孫瓊瓊杵尊，之後成為出雲大社的主祭神，以掌管人間姻緣著名
神議り かむはか	神明們開的會議
縁結大祭 えんむすびたいさい	由出雲大社舉行的，祈求良緣的「結緣大祭」

縁結び えんむす	結緣
五円 ごえん	五圓是日幣中第二小的幣值，因為音同「ご縁」很是吉祥，因此常被用來當香油錢祈福
お見合い みあ	相親
結婚相談所 けっこんそうだんしょ	婚姻介紹所
結婚情報サイト けっこんじょうほう	婚姻資訊網站（site）
結婚詐欺師 けっこんさぎし	婚姻詐欺者
いい夫婦の日 ふうふ	好夫婦節。是日本眾多的紀念日之一，但並非國定假日，其日期是11月22日，因為「1122」跟「いい夫婦」諧音

秋<ruby>あき</ruby>の行事<ruby>ぎょうじ</ruby>

331

 **特好用句型**

▶153

❶ ～なんか

　　字面的意思是「～之類的」，但其用法其實是強調前面的名詞，並且帶有對該名詞嫌棄的意思，語氣很像中文「什麼鬼啊」裡面的「什麼～」。

☆ 名詞＋なんか～　　～之類的・什麼～

例句1：彼氏（かれし）が私（わたし）を大切（たいせつ）にしてくれれば、ダイヤなんか要（い）りません。

　　如果男朋友能夠珍惜我，才不需要什麼鑽石呢。

小練習 しば・らく

「お腹（なか）が空（す）いて死（し）にそう」「気持（きも）ち悪（わる）い」「ゴキブリ」「食（た）べる」

寫寫看

　　いくらお腹（なか）が空（す）いて死（し）にそうでも，気持（きも）ち悪（わる）いゴキブリなんか食（た）べません。

　　就算再怎麼餓得快死了，我也不會吃什麼噁心的蟑螂。

❷ ～に限（かぎ）って

　　字面的意思是「只限」，用來表達「偏偏」在某種情況發生某種令人遺憾或不愉快的事，例如：超級颱風偏偏在計畫出遊的週末來報到。另一種用法有「別的我不知道，只有／尤其～」，例如：別家的狗我不知道，但我們家的狗尤其不會亂咬人。

☆ 名詞＋に限（かぎ）って～　　偏偏～・只有～・尤其～

例句1：寝過（ねす）ごした日（ひ）に限（かぎ）って、タクシーもバスも一台（いちだい）も来（こ）ない。

　　偏偏在睡過頭的日子，計程車和公車一台都不來。

「うちの子<ruby>に限<rt>こ かぎ</rt></ruby>って」「いじめ」「なんか」「<ruby>絶対<rt>ぜったい</rt></ruby>しない」

うちの<ruby>子<rt>こ</rt></ruby>に<ruby>限<rt>かぎ</rt></ruby>って、いじめなんか<ruby>絶対<rt>ぜったい</rt></ruby>しない。

（別人家的孩子我不知道）我們家的孩子，絕對不會搞什麼霸凌。

諧音用語

「<ruby>語呂合<rt>ご ろ あ</rt></ruby>わせ」

　　學過日文的人都知道，每個數字都有好幾種說法，再加上在不同情形要用上哪種說法的話，若要全部記住就可得花上一些時間。不過學會日文數字的不同說法後，對於日本人生活上常用的諧音（<ruby>語呂合<rt>ご ろ あ</rt></ruby>わせ）便能會心一笑。

　　很多學生會利用數字諧音來背誦歷史等較繁複或難記住的資訊，例如「1939」＝<ruby>戰苦<rt>いくさくる</rt></ruby>しい<ruby>第二次大戰<rt>だい に じ たいせん</rt></ruby>。其他的數字諧音還有「39」＝日文化的thank you；「315」＝<ruby>最後<rt>さいご</rt></ruby>；「4649」＝<ruby>よろしく<rt>さい ご よろしく</rt></ruby>，多多指教、麻煩你了；「49」＝<ruby>至急<rt>し きゅう</rt></ruby>，非常緊急；「889」＝<ruby>早<rt>はやく</rt></ruby>く，快點、早點等等。

　　下次看日本的廣告時，可以多想想廣告中出現的電話號碼，有些真的很有意思呢！除此之外，本書的內文裡也出現了好幾次的「<ruby>語呂合<rt>ご ろ あ</rt></ruby>わせ」（諧音），眼尖的讀者朋友們發現了嗎？

秋<ruby>の行事<rt>あき ぎょう じ</rt></ruby>

十一月

にいなめさい
新嘗祭
新嘗祭

　　11月23日是日本的國定假日「勤勞感謝日」，乍看之下有點像是「勞工節」，但了解其前身「新嘗祭」的歷史背景之後，反而覺得更像是美國的「感恩節」。

　　其實應該說感恩節像新嘗祭才對，因為後者是一個至少有一千年歷史，慶祝五穀豐收的謝神儀式，用意是天皇將新收成的米獻給神，而自己也食用其中一部分來表示領受神的恩惠。日本在戰後把11月23日改訂立為「勤勞感謝日」，但皇室以及日本各地的神社到目前為止還是繼續在當天舉行新嘗祭的儀式，雖然在日本有許多年輕人對這個祭典很陌生。

　　現代的日本已經不是農業社會，但是稻米自古以來便深深影響了日本人的生活點滴，不管在飲食、風俗、信仰、藝術或是文學方面，稻米對日本文明的發展，可說舉足輕重。日本神話裡的天照御神之孫「瓊瓊杵尊」，據說便是帶著天上的稻子下凡統治日本，因而成為傳說中的「開國之神」。此外，學過日文、看過日劇的人想必對日本人用餐前說的「いただきます」以及用餐後說的「ごちそうさま」很是熟悉，這些在日常生活中對糧食所表達的敬意和珍惜，也是日本稻米文明的特色之一。

　　記得以前小學的音樂課本裡有首歌叫《感謝農夫》，其中的一段是「感謝農夫，感謝農夫，給我們食料。種麥磨麵，種稻收穀，功勞真不小。我們吃飯該想到，農夫偉大的功勞，一顆一粒要愛惜，都是血汗造。」不管是台灣或是日本、感激上天的「新嘗祭」或是感念勞動者的「勤勞感謝日」，重點應該都是提醒大家要「知恩惜福」吧。

にいなめさい
新嘗祭

MP3 ▶154

雅人（まさと）：ハッピーマンデー制度（せいど）にも関（かか）わらず、今年（ことし）の勤労感謝（きんろうかんしゃ）の日（ひ）は土（ど）曜日（ようび）なので余分（よぶん）の休（やす）みにならなくて残念（ざんねん）です。

11
霜（しも）
月（つき）

334

⊕ 雖然有快樂星期一的制度，但是今年的勤勞感謝日在星期六，所以沒有額外的假日，真可惜。

利香：ハッピーマンデー制度って、何の話しですか？

⊕ 快樂星期一制度，在說什麼？

雅人：お母さんは気付いてなかったですか？祝日の一部を特定の日付の代わりに、その月のどこかの月曜日に移動させたことです。

⊕ 媽媽妳還沒注意到嗎？國定假日有一部分不是訂在特定的日期，而是被移到那個月的某個星期一。

利香：海の日や敬老の日などの話しですか？

⊕ 像是海洋日、敬老日之類的嗎？

雅人：そうです。それは、月曜日を休日にして、週末と合わせてゆっくり三連休を過ごせるようにする制度です。

⊕ 對。那是個把星期一訂為假日，跟週末合併的話就可以有三天連假的制度。

利香：なるほど。涼しい秋にもっとお休みが欲しい気持ちは、分からないことはない[1]んだけど、勤労感謝の日が都合良くハッピーマンデーにならないのには、ちゃんと歴史的な理由があるんですね。

⊕ 原來如此。我也不是不懂你想在涼爽的秋天多放假的心情，但是勤勞感謝日不能變成方便的連假是有正當的理由的哦。

雅人：そうですか？本当に勤労者に感謝するなら、一日でも余分に休ませるべきだと思いますが……

⊕ 是嗎？但我認為如果真的感謝勞動者的話，就算是一天也應該多讓他們休息呢……

利香：勤労感謝の日の前身の「新嘗祭」って、聞いたことがありますか？それは、天皇が国民を代表して新穀を神様に捧げ、その年の収穫に感謝する行事です。

秋の行事

335

⊕ 你有聽過勤勞感謝日的前身「新嘗祭」嗎？那是天皇代替國民向神明獻出新收成的稻穀，感謝那一年收成的儀式。

雅人：ということは、昔はその日に神様に感謝した代わりに、今は勤労者に感謝しているということですか？

⊕ 這麼說，從前在那天是感謝神，現在則是感謝勞動者嗎？

利香：そうではなく、今でも新嘗祭は行われていますよ。「宮中祭祀」という形式で、皇居内の神殿で祭儀が行われます。あと、伊勢神宮を初め、たくさんの神社が今でも新嘗祭を重視していますよ。

⊕ 不是那樣的，現在也有舉行新嘗祭哦。用「宮中祭祀」的形式在皇居裡的聖殿舉行祭典儀式。還有，以伊勢神宮為首，很多神社到現在都很重視新嘗祭哦。

雅人：新嘗祭の代わりでないなら、勤労感謝の日は別の日にすればいいのに……

⊕ 既然不是取代新嘗祭，那麼把勤勞感謝日訂在別的日子多好啊……

利香：そうかもしれませんが、神様にも勤労者に対しても、恩を知らないことには❷、幾ら休日を貰っても無駄ですよ。

⊕ 或許吧，但是不管是對神明還是對勞動者，如果我們不知感恩，得到再多的假日也沒用啊。

MP3 ▶155

きん ろう かん しゃ の ひ **勤労感謝の日**	日本的勞動感謝日為11月23日，是日本的國定假日之一，其訂定的主旨是「敬重勤勞、慶祝生產、國民之間相互感謝」	かん しゃ **感謝する**	感謝

ハッピーマンデー制度	快樂星期一（Happy Monday）制度。指把國定假日定在某月的第某個星期一（而非定在特定的日期），好讓國民能享受三天連休的一種制度	伊勢神宮	位於日本三重縣伊勢市，正式的名稱為「神宮」，為日本三大神宮以及八萬餘神社之首，參拜人次每年超過八百萬，其主祭神天照大神是日本天皇一族世代供奉的神明
海の日	海洋日，7月的第三個星期一	収穫	收獲；收成
敬老の日	敬老日，9月的第三個星期一	捧げる	供奉；獻出
余分	額外；多餘	重視する	重視
前身	前身	代わり	代替（品）
新穀	新收成的稻穀	無駄	徒勞；無用
宮中祭祀	皇宮內部的祭祀	恩を知る	知恩
神殿	祭神的大殿	気付く	注意到；發覺
祭儀	祭神的儀式	国民	國民

秋の行事

特好用句型

 ▶156

❶ ～ないことはない

　　這個雙重否定的句型，用來表示消極的肯定，或並非全盤的否定，相當於中文的「也不是不～」。

☆ **動詞ない形＋ことはない〜　也不是不〜**

例句1：発車時間まで１５分しか残っていないが、急いで走ればぎりぎりで間に合わないことはない。

離列車出發的時間雖然只剩僅僅15分鐘，但跑快一點的話也不是不能剛好趕上。

☆ **名詞／な形容詞＋でない＋ことはない〜　也不是不〜**

例句1：昔よく使われた体罰は一種の教育でないことはないですが、暴行や虐待になる恐れがあるので、禁止されています。

以前常被使用的體罰也並非不是教育的一種，但因為有變成暴力或虐待之虞，所以被禁止了。

例句2：一般人が宇宙に行くことは可能でないことはないですが、かなりお金が掛かるでしょう。

普通人要去外太空也不是不可能，但應該要花很多錢吧。

☆ **い形容詞ない形＋ことはない〜　也不是不〜**

例句1：よく考えたら、宇宙旅行は怖くないことはないけれど、行けるチャンスがあれば行くと思う。

仔細想想，宇宙旅行也不是不恐怖，但有機會的話我認為我還是會去。

「いつも」「家」「DVD を見るけど」「全然」「映画館」「行く」

いつも家でレンタルDVDを見るけど、全然映画館に行かないことはない。

雖然一直都是在家看租的DVD，但也不是完全不去電影院。

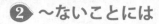

② ～ないことには

　　用來表示如果前面的事件沒有發生，後面的事件就無法實現，相當於中文的「若不～，就（無法）～」。

☆ 動詞ない形＋ことには～　若不～・就～

例句1：客が来ないことには、今月の営業は黒字にならない。

　　　如果客人不來，這個月的營業就無法有盈餘。

☆ 名詞／な形容詞＋で＋ないことには～　若不～・就～

例句1：保護者の方でないことには、例え親戚にでも子供を渡すことは出来ません。

　　　若不是監護人，就算對方是親戚也不能把小孩交給他。

例句2：健康でないことには、いくらお金持ちでも人生を十分楽しむことは出来ないでしょう。

　　　若不健康，就算再怎麼是富翁，應該也無法充分地享受人生吧。

☆ い形容詞ない形＋ことには～　若不～・就～

例句1：モデルのオーディションは身長が高くないことには、申し込みさえ出来ません。

　　　在模特兒的試鏡會，身高若不高，就連報名也不行。

小練習 しばらく

「相手のお見合い写真」「何回見る」「本人と会う」「相性が良いかどうか」「分かりません」

秋の行事

相手のお見合い写真を何回見ても、本人と会わないことには、相性が良いかどうかは分かりません。

不管看了幾次對方的相親照，若沒跟本人見面就無法知道合不合得來。

十一月 紅葉狩り
もみじ が
賞楓

　　11月3日是日本的「文化節」，而11月也是許多學校舉辦「文化祭」的月份。與春櫻齊名的秋楓，是日本秋景的一大亮點。相較於櫻花僅僅二個星期的花期，秋葉轉紅、凋零的過程約50天，而日本國土南北的幅員遼闊，因此9月中旬從北海道開始一直到12月的九州都有楓紅可賞，其中又以11月為鼎盛期，幾乎在日本各地都可以看到不同程度的「楓」景。

　　除了和賞櫻同樣狂熱的「紅葉前線」、「紅葉排名」以及「紅葉名所」等各種報導、介紹之外，還有旅行業者推出坐雙層巴士繞著市區賞楓的一日遊，以及在歷史悠久的旅館庭院裡，優雅地吃一頓「楓」情午餐。而搭配泡湯、紅葉祭的行程，更是吸引了許多國內外的觀光客，尤其是京都嵐山的秋楓美景，常被選為眾多賞楓景點的榜首。

　　賞楓的日文叫做「紅葉狩り」。首先，會變色的是落葉樹，而楓葉只是其中一種，因此賞「楓」的漢字會寫成「紅葉」，而其讀音「もみじ」則是楓樹的意思。

　　而紅葉又不是動物，如何能「狩」？據說，平安時期的貴族較少在庭院裡種植落葉樹，當時貴族的秋季玩樂只有賞月和重陽的賞菊、喝菊花酒，一直到江戶時期中段，民間才開始流行到山裡去採集染紅的落葉，就像日文的採草莓、採蘑菇叫「いちご狩り」、「きのこ狩り」一樣。之後，「～狩り」有了「尋訪」、「觀賞」的意思，因此「紅葉狩り」應該可以翻譯為「睹領楓騷」吧。

11
霜 月
しも つき

紅葉狩り
もみじ が

MP3 ▶157

健 ：あの、ちょっと紅葉狩りツアーを探しているのですが……
けん　　　　　　　　　　もみじ が　　　　　　さが

　　➕ 那個，我在找賞楓的旅遊團……

浩二：のんびり宿泊ツアーでよろしいでしょうか？
こう じ　　　　　　しゅくはく

　　➕ 悠閒又附住宿的旅遊團可以嗎？

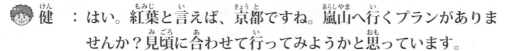

健　：はい。紅葉と言えば、京都ですね。嵐山へ行くプランがありませんか？見頃に合わせて行ってみようかと思っています。

➕ 可以。提到楓紅，就屬京都了。有沒有去嵐山的行程方案呢？我想在楓紅最美的時候去。

浩二：申し訳ございませんが、そのコースは弊社では提供しておりません。でも、他の紅葉名所コースはいっぱいございますよ。日光の紅葉散歩ツアーはいかがでしょうか？

➕ 很抱歉，我們公司沒有提供那個路線。但是其他賞楓名地的路線有很多哦。日光地區的楓紅散步團如何呢？

健　：普段は忙しくて<u>めったに温泉に入れない</u>❶ので、紅葉狩りと温泉のプランが良いのですが……

➕ 平常很忙，很少能泡溫泉，所以賞楓加溫泉的方案比較好耶……

浩二：東海一の紅葉名所「香嵐渓」と日本三名泉の下呂温泉のセットなら、まだ予約できますし、今年の色づきも最高だと聞いていますよ。

➕ 東海第一的賞楓名地「香嵐渓」和日本三大名泉的下呂溫泉組合的話還可以預約，而且我聽說今年楓葉的變色是最棒的哦。

健　：じゃあ、その行程と出発日を見せて下さい。

➕ 那麼，請把那個行程和出發日期給我看一下。

浩二：はい、こちらになります。日本の紅葉は、自分の国でも紅葉が見られるカナダやアメリカのお客様まで絶景とおしゃっていますよ。

➕ 好的，在這裡。日本的楓紅，是連自己國家也看得到楓紅的加拿大和美國客人都說是絕佳的景色呢。

健　：日本は落葉樹の種類が多いし、寒暖の差が結構あるから、いろんな所で美しい紅葉を楽しむことができる<u>わけです</u>❷ね。

秋の行事

341

⊕ 在日本，落葉樹有相當多的種類，而冷暖的差距也不小，因此應該在不同的地方都能欣賞到美麗的楓紅呢。

浩二：確かにそうですね。それに鮮やかな紅葉は枝にある時はもちろん、散った後に道を真っ赤に染めるのも美しいですよ。

⊕ 確實如此呢。而且鮮艷的紅葉在樹枝上的時候當然沒話說，連凋落之後把街道染成一片鮮紅的樣子也很美呢。

單字百寶箱

MP3 ▶158

紅葉	楓樹；紅葉	ツアー	旅遊；遊覽（tour）
紅葉狩り	賞楓	絕景	絕佳景色
行楽	出遊；遊玩；遊覽	美しい	美麗、漂亮
色づき	變紅；漸熟	見頃	正好看的時候
落葉樹	冬天落葉的樹木	セット	組合（set）
染める	染成（某顏色）	予約	預約
散る	凋落；凋謝	行程	行程；旅程
鮮やか	鮮艷；鮮明	のんびり	悠閒；舒服
真っ赤	鮮紅	散歩	散步
コース	路線（course）	東海	東海地方乃是日本的區域之一，在本州的東側（臨太平洋），範圍包括愛知縣、岐阜縣和三重縣

特好用句型

MP3 ▶159

❶ めったに～ない

☆ めったに＋動詞ない形～　很少～

例句1：日食も月食もめったに見られない天文現象です。

　　　日蝕和月蝕都是很少能被看到的天文現象。

☆ 名詞＋は＋めったにない～　很少～

例句1：一般人が世界一周に行けるチャンスはめったにない。

　　　普通人很少有機會能去環遊世界。

小練習　しばらく

「いつも」「家」「彼女の手料理を食べるので」「レストラン」「行く」

寫寫看

いつも家で彼女の手料理を食べるので、レストランにはめったに行きません。

　　　　　　　　　　　　　　　　一直都是在家吃女朋友煮的飯，因此很少上餐館。

❷ ～わけだ

　　「～わけ」有好幾個用法，這裡介紹是「應該～」的句型，用來表達因為前面所敘述的理由、依據，或是既定的事實，而得到後面的理所當然的結論。要注意和「～はず」的不同點。

☆ 動詞普通形＋わけだ～　應該～

例句1：半ダースのビールが千円なら、1ダースだと二千円になるわけだ。

　　　如果半打啤酒是一千日幣，一打的話應該會是兩千日幣。

秋の行事

343

☆ 形容詞普通形＋わけだ～　應該～

例句1：あの人の職業はシェフなので、料理を作るのが上手いわけだ。

那個人的職業是廚師，所以做菜應該很厲害。

例句2：昔のヨーロッパでは、胡椒が同じ重さの金と交換されたので、香辛料は貴重だったわけだ。

從前在歐洲，胡椒被用相同重量的金子交換，因此當時的香料應該很貴重吧。

「紙おむつ」「コマーシャル」「モデルになった」「赤ちゃん」「可愛い」

寫寫看

紙おむつのコマーシャルのモデルになった赤ちゃんは、可愛いわけだ。

能夠成為紙尿片廣告模特兒的嬰兒，應該很可愛。

11
霜月

NOTE

サイクリングフェスティバル
自行車節

電影《小練習曲》裡的一句「有些事現在不做，一輩子都不會做了」，帶動了台灣的單車環島熱潮，然而環島壯遊只是單車熱的一部分原因。近年來盛行的「慢活」、「樂活」等風氣、環保意識的抬頭、油價的高漲、政府撥出經費擴大並連接各縣市的自行車路網，以及雙北市所推動的公共自行車（微笑單車YouBike）等等，都是讓全台「騎」起來的動力。

因此，繼「台灣燈會」、「台灣美食節」之後，觀光局也從2011年開始定期在11月初舉辦「台灣自行車節」，不但藉由國際公路邀請賽和自行車登山王挑戰賽的舉行，向世界行銷台灣的自行車文化，更邀請國內所有的自行車愛好者一起參與接力環島等各項活動，共同創造「台灣騎蹟」。

熱銷全球的捷安特自行車，讓台灣有了單車製造大國的頭銜，但比起「單車王國」荷蘭，台灣的自行車環境要完善其實還有一段很長的路要走。

儘管如此，台灣的好山好水、特色美食、豐富的文化、多元又熱情的人們，以及長達4000公里的自行車道和環島路線，最適合以踩動雙輪的速度好好品味。已在台灣生根並日漸茁壯的單車文化，也讓全球最大的旅遊出版社「寂寞星球」（Lonely Planet）把台灣選為2012年最佳的10個旅遊國家之一。

不管國人把自行車當成是一種代步工具、休閒活動、健康的運動還是圓夢的助力，有過「騎遇」的人都知道，就像某句廣告詞說的：「做了，真的很不一樣！」

11
霜<small>しも</small>
月<small>つき</small>

サイクリングフェスティバル

(MP3) ▶160

🧑 駿<small>しゅん</small>：失礼<small>しつれい</small>ですが、荷物<small>にもつ</small>の中<small>なか</small>は自転車<small>じてんしゃ</small>ですか？

　　➕ 不好意思，請問你行李裡面放的是自行車嗎？

🧑 洋介<small>ようすけ</small>：はい。台湾<small>たいわん</small>KOMチャレンジに参加<small>さんか</small>しに来<small>き</small>ました。それは、サイクリングフェスティバルの行事<small>ぎょうじ</small>の一<small>ひと</small>つです。

⊕ 對。我是來參加台灣自行車登山王挑戰賽的。那是自行車節的例行活動之一。

駿 ：あっ、それは距離105km、3千メートル以上を登るヒルクライムのレースですね。

⊕ 啊，那是距離105公里，要爬坡3千公尺以上的登山賽對吧。

洋介：よくご存知ですね。

⊕ 你知道得真清楚。

駿 ：実は、私も自転車愛好家ですよ。こう見えても、既に台湾一周を走り切りました❶よ。

⊕ 其實我也是自行車愛好者。雖然看起來這樣，但是我已經騎完台灣一圈了哦。

洋介：素晴らしいですね。どれぐらい時間がかかりましたか？

⊕ 真厲害呢。花了多少時間呢？

駿 ：私は休みの日のレジャーで断片的に走ったので、一年もかかりましたが、一気に走ると十日くらいかかるようです。

⊕ 我是在假日的時候分段環島的，所以花了一年的時間，但是一次騎完的話好像要十天左右。

洋介：ゆっくり走った方が色々体験できると思います。それに、台湾料理は美味しいから、ゆっくり走ると津々浦々の名物を味わえますし。

⊕ 我認為慢慢騎的話可以體驗各種不同的事物。而且台灣料理很好吃，慢慢騎的話可以品嚐各地的名產。

駿 ：その通りですよ。やはりサイクリスト同士だと気が合いますね。

⊕ 正是如此。果然跟車友同好很聊得來呢。

秋の行事

洋介：ところで、さっきから黄色の自転車をたくさん見かけるのですが、あれはレンタルバイクですか。

➕ 對了，我從剛剛就看到很多黃色的自行車，那是租用的單車嗎？

駿：あれはバイクシェアリングの自転車です。登録した「悠遊カード」という台湾版のスイカさえあれば、誰でも使えます。

➕ 那是自行車共用的單車。只要有登錄過的，用叫做「悠遊卡」的台灣版西瓜卡，誰都可以使用哦。

洋介：メトロの近くにキオスクがありますね。メトロとシェアバイクのコンビで、グリーンに台北観光できそうです。こういう特別な自転車は、やはり有名なメーカーに委託して作るのですか？

➕ 捷運的旁邊就有自動服務站呢。利用捷運和公共自行車的組合，看來可以很環保地去台北觀光呢。這種特別的腳踏車，果然還是委託有名的製造商做的嗎？

駿：それは、「銀輪の巨人」と呼ばれる「ジャイアント」という会社に任せたに決まっています[2]。せっかく地元に世界最大の自転車メーカーがありますから。

➕ 那一定是交給被稱為「鐵輪巨人」的捷安特公司做的。難得在地就有一家世界最大的自行車製造商嘛。

MP3 ▶161

サイクリング	騎自行車（cycling）	自転車	自行車
台湾KOMチャレンジ	臺灣自行車登山王挑戰 Taiwan King of the Mountain Challenge	台湾一周	環島

ヒルクライム	爬坡（hill climb）	津々浦々 <small>つ つ うらうら</small>	各地
レジャー	休閒（leisure）	メトロ	捷運（metro）
愛好家 <small>あい こう か</small>	愛好者	登録する <small>とう ろく</small>	登錄
バイクシェアリング	自行車共用 （bike-sharing）	グリーン	綠色（green，環保）
レンタルバイク	出租的自行車 （rental bike）	ロハス	樂活（Lifestyle of Health and Sustainability，LOHAS）
スイカ	中文暱稱「西瓜卡」的Suica，是東京的一種交通儲值IC卡；Suica是「Super Urban Intelligent Card」的縮寫，也有「スイスイ行ける」，也就是能順暢通行的意思	キオスク	自動式服務站；kiosk 源自土耳其語，原指路邊無人看管的書報攤，在歐美變成開放式的販售亭，現在也被用來指提供地圖、資訊、公共或其他服務等自動式的設備
悠遊カード <small>ゆう ゆう</small>	悠遊卡（card）	レース	賽車；賽跑（race）
プロモーション	廣告；推廣活動 （promotion）	インフラ	基礎建設 （infrastructure的前半段）

秋<small>あき</small>の行事<small>ぎょう じ</small>

特好用句型

(MP3) ▶162

❶ ～きる

　　「～きる」寫成漢字是「切<small>き</small>る」，接在其他動詞後面的時候，是把該動作完全、徹底做完的意思。此外，依照語意，也有「～到極限」、「非常～」的意思，

例如「思い切り」就是決意或是盡情地。有時候也會出現可能形「切れる」，例如「電池切れ」就是電池沒電／用盡了、「売り切れ」就是東西全賣完了。

☆ 動詞ます形去ます＋きる～　完全～、徹底～、～到極限

例句1：その大食いは三十分で二十皿のカレーライスを食べきりました。

那個大胃王用30分鐘吃光了20盤的咖哩飯。

小練習 しばらく

「台湾 KOM チャレンジ」「チャンピオン」「たったの三時間半」「全レースを走る」

寫寫看

台湾KOMチャレンジのチャンピオンはたったの三時間半で全レースを走りきりました。

台灣登山王挑戰賽的冠軍只用三個半小時就騎完全程。

❷ ～（に）決まっている

說話者想要表達對自己說的事很確信，幾乎是可以斷言的時候，可以用「～決まっている」的句型，相當於中文的「絕對是～」、「一定是～」。

☆ 動詞普通形＋に決まっている～　一定（是）～、絕對（是）～

例句1：日本人が飲み物を注文する時は、ビールから頼むに決まっている。

日本人點飲料的時候，一定是從啤酒開始點。

☆ 名詞／形容詞＋に決まっている～　一定（是）～、絕對（是）～

例句1：世界を変える製品を開発したジョブスは、天才に決まっている。

開發了能改變世界的產品的賈伯斯，絕對是個天才。

例句2：一日中パソコンやスマートフォンばかり見るのは、目に悪いに決まっています。

成天只看著電腦和智慧型手機，一定對眼睛不好。

例句3：一週間以上ハンガーストライキをするなんて、無理に決まっている。

要絕食抗議一個星期以上，絕對是不可能的。

小練習 しばらく

「いくら」「批判される」「電力会社」「今月中」「電気料金」「値上げする」

寫寫看

いくら批判されても、電力会社は今月中に電気料金を値上げするに決まっている。

不管怎麼被批評，電力公司一定會在這個月內調漲電費。

漢字女的趣事分享

　　記得有一次，剛認識的車友用英文跟我說他從台中高鐵站「跑單車」到嘉義的曾文水庫。我那時一下子沒反應過來，還想問他說「是用跑還是用騎的？」，動動腦筋翻譯回車友的母語（日文）之後才恍然大悟，是用騎的啦！眼尖的讀者一定注意到了，內文裡「騎」單車環島的動詞用的可是「走る」（跑）哦。

　　當然，騎單車這個動作在日文是「自転車に乗る」，但是如果接下去說「騎了100公里」的話，動詞就會變成「走る」，也就是「100km走りました」。換句話說，「乗る」前面接的是交通工具（單車、馬），而「走る」前面接的是路程、距離、目的地等，雖然翻譯成中文都是「騎」、翻成英文都是「ride」。

　　用這個例子應該很好懂：「自転車に乗って、100km走りました」，也就是「騎著單車跑了100公里」。話說回來，不管是用騎的還是用跑的，從台中高鐵站到嘉義的曾文水庫這段路，都是我們這種「肉腳」不敢妄想的呢。

秋の行事

冬の行事

除了大掃除之外，日本除夕的重頭戲就是吃又細又長，象徵幸福、長壽的蕎麥麵，而且一定要在元旦前吃完，不然在新年就會得不到財神爺的眷顧。而另一項活動就是看 NHK 的《紅白歌唱大賽》，等到大賽結束之時就開始等待 108 聲的「除夕之鐘」響起，為眾生消除煩惱、迎接新年。

年節送禮　　　　除夕
冬至　　　　　　生日
平安夜　　　　　跨年煙火大會

過年　　　　　　大相撲的第一場競技
七草節　　　　　成年式
財神節　　　　　年前準備

節分　　　　　　橫手雪洞祭
札幌雪祭　　　　西大寺裸身祭
西洋情人節　　　元宵節

お歳暮周り
年節送禮

一到了12月中旬，就進入日本人年節送禮的「歲暮（せいぼ）」旺季。雖然日本人在中元時期也會送禮給平常照顧自己的親友、往來的客戶等等，但是兩者的由來卻大不相同。

關於「歲暮（せいぼ）」的由來，有一說是嫁出或是分家的人，到了年終習慣帶著祭祖所需的供品回到本家寄放。另一說是，江戶時代的買賣基本上是用賒帳的方式，每半年一付，由於付款的日期是盂蘭盆節和年末，因此衍生了大家在年終時會帶著禮物登門付清款項，並拜託對方明年也多加照顧的習俗。

到了現代，年節送禮的對象已經不再是「債權人」，而送禮的方式也不限於登門拜訪。很多百貨公司從11月就開始接受「歲暮（せいぼ）」的訂購，並提供直接送達給收禮方的服務。

和中元節的禮物一樣，年節的禮物會用象徵喜事的紅白花紙繩打上蝴蝶結，並標示「御歲暮（おせいぼ）」。贈品內容以食物居多，不過根據某些網路的調查，日本人最想收到的年節禮物其實是禮卷。

お歳暮周（せいぼまわ）り

▶163

🙂 利香（りか）：もしもし？お母（かあ）さん？今（いま）ちょっと相談（そうだん）しても良（い）いですか？

　　➕ 喂？媽媽？現在諮詢一下妳的意見可以嗎？

🙂 広美（ひろみ）：良（い）いですよ。何（なに）か困（こま）った事（こと）があるの？

　　➕ 可以啊。有什麼傷腦筋的事嗎？

🙂 利香（りか）：はい。実（じつ）はお歳暮（せいぼ）を選（えら）ぶのにとても悩（なや）んでいます。それぞれの両親（りょうしん）へは産地直送（さんちちょくそう）の生魚（なまざかな）を送（おく）りますが、他（ほか）の相手（あいて）にもそれで良（よ）いかと悩（なや）んでいます。

12 師（し）走（わす）

⊕ 對。其實我為了選年節禮物很煩惱。我要送兩邊的父母產地直銷的生魚，
　　　但我煩惱的是送那個給其他人也可以嗎？

広美：私たちは嬉いけれど、魚貝類が苦手な人もいるから、生魚が届
　　　いたら困る人もいるんじゃないの？

　　⊕ 雖然我們會很開心，但因為也有不能吃魚貝類的人，所以如果生魚送到
　　　了，也會有人覺得困擾吧？

利香：やはり、そうですね。

　　⊕ 果然如此呢。

広美：それに、今の家族はほとんど少人数だから、賞味期限の短いも
　　　のはやめた方が良いわよ。

　　⊕ 而且現在的家庭大多是少人數的小家庭，所以保存期限短的東西還是不要
　　　送比較好哦。

利香：確かに家族で食べきれない❶と勿体ないですね。特に年末年始
　　　の時期は冷蔵庫のスペースに余裕がありませんからね。

　　⊕ 的確，如果一家人吃不完的話很可惜呢。特別是年尾和年初的時期，因為
　　　冰箱沒有多餘的空間。

広美：保存しやすく、どこの家庭でも使う実用品ならどう？

　　⊕ 容易保存，而且不管哪個家庭都用得到的實用品如何呢？

利香：たとえ石鹸や洗剤でも、家庭によって好みもそれぞれでしょう。

　　⊕ 即使是肥皂和洗衣劑，每一家的喜好也都不一樣吧。

広美：相手のことがよく分かっているなら、嗜好に合わせて贈るのが
　　　理想的だけど、相手の好みがよく分からない場合は、難しいわ
　　　ね。

　　⊕ 如果很了解送禮對象的話，配合喜好送禮才是理想的，但不了解對方喜好
　　　的情況，就不好辦呢。

冬の行事

利香：じゃあ、この時期は忘年会が多いので、胃薬にしましょうか？

　　　➕ 那麼，這個時期尾牙很多，所以送胃藥好嗎？

広美：実用性は高いでしょう。でもお歳暮としてはちょっと変よ。

　　　➕ 實用性應該很高。但是做為年節禮物的話有點奇怪哦。

利香：色々考えた末に❷、自分が貰ったら一番嬉しい商品券にします。

　　　➕ 經過多方考慮，最後我決定要選擇自己若收到就會很開心的禮卷。

(MP3) ▶164

お歳暮	年終；年末；或是年節的禮物	産地直送	產地直銷
周り	走訪；巡迴	商品券	禮卷
忘年会	尾牙	スペース	空間（space）
盆と暮れ	盂蘭盆節和年末	保存する	保存
水引き	花紙繩、禮品繩，中元或是年節禮物用的是紅白兩色	家庭	家庭
蝶結び	蝴蝶結	実用性	實用性
掛け売り	賒帳	石鹸	香皂
請求書	帳單；付款通知單	洗剤	洗衣劑
支払う	支付	嗜好／好み	愛好；喜好
賞味期限	保存期限	合わせる	配合

MP3 ▶165

① 〜きれない

「〜きれ」有時後會寫成「〜切れ」是完全、徹底地的意思。我們常看到的「売_うり切_きれ」就是「售完」的意思。否定的「〜きれない」則是不能徹底完成的意思，相當於中文的「〜不完」。

☆ **動詞ます形去ます＋きれない〜　〜不完**

例句1：新_{あたら}しい家_{いえ}に入_{はい}り切_きれない家具_{かぐ}は友達_{ともだち}にあげました。

把新家放不下的傢俱送給朋友。

 小練習　しばらく

「英語_{えいご}」「単語_{たんご}」「覚_{おぼ}える」

寫寫看

英語_{えいご}の単語_{たんご}が多_{おお}すぎて、覚_{おぼ}えきれない。

英文的單字太多，背不完。

② 〜末_{すえ}に

這個句型可用來表達「經過〜之後，最後終於〜」，比其單純的「〜後_{あと}で」，更有加強語氣的作用，表示該決定並非很迅速或簡單就下的。常會和「散々_{さんざん}」、「色々_{いろいろ}」、「長_{なが}い時間_{じかん}」等一起使用。

☆ **動詞た形＋末に〜　經過〜之後，最後終於〜**

例句1：散々迷_{さんざんまよ}った末_{すえ}に、バツイチの人_{ひと}と結婚_{けっこん}することに決_きめました。

經過一再猶豫，最後終於決定和離過一次婚的人結婚。

冬_{ふゆ}の行事_{ぎょうじ}

「長期」「検討」「義務教育」「12年」「延ばされる」

長期にわたって検討した末に、義務教育は12年に延ばされた。

經過長期的檢討，最終國民的義務教育被延長為12年。

12
師し

走わす

NOTE

冬至（とうじ）

冬至

　　冬至是二十四節氣之一，是北半球白晝最短、夜晚最長的一天，其日期是12月22日或前後一日。古代日本把冬至稱為「離死亡最近的一天」，只要能平安地過了這一天，白天就會越來越長，一元復始、萬物也會復甦。

　　在台灣，冬至的習俗是團圓吃湯圓，而日本人在冬至的這天也有特別的習俗，那就是泡「柚子澡」、吃南瓜和紅豆粥。據說，泡柚子澡是因為取「冬至」的諧音「湯治（とうじ）」，以「柚子見效」的諧音「融通がきくように（ゆうずう）」。

　　而南瓜雖然盛產於夏季，但因為可以保存很久的時間而不失營養，因此有冬至時吃了南瓜就不會感冒的傳說。此外，有些地區的日本人相信，如果在這一天吃七種帶「ん」的食物，就會有好運。

　　對於熱愛攝影的人來說，冬至的那天是捕捉太陽從富士山的正上方昇起瞬間的絕佳時機，閃閃發光的「鑽石富士」，對這些人來說可是千金不換的奇景。

冬至（とうじ）

MP3 ▶166

👩 利香（りか）：お帰（かえ）りなさい。先（さき）にご飯（はん）にしますか？お風呂（ふろ）に入（はい）りますか？

　　➕ 歡迎回家。要先吃飯還是先泡澡？

👦 大輔（だいすけ）：お風呂（ふろ）を先（さき）にします。あっ、柚子湯（ゆずゆ）ですか？

　　➕ 先泡澡。啊，是加了日本柚的泡澡水嗎？

👩 利香（りか）：そうですよ。今日（きょう）は冬至（とうじ）なので、時節（じせつ）に合（あ）わせて色々（いろいろ）と買（か）って来（き）ました。

　　➕ 沒錯。因為今天是冬至，所以為了應景買了不少東西回來。

👦 大輔（だいすけ）：と言（い）うことは、晩（ばん）ご飯（はん）の一品（いっぴん）はかぼちゃですね。

　　➕ 這麼說，晚餐有一道菜是南瓜囉。

利香：そうですよ。それに、冬至の日に食べると幸せになる「ん」の
　　　つく食べ物を七種類揃えて、晩ご飯を作りましたよ。

　　➕ 猜對了。此外，在冬至這天吃了就會幸福的7種有「ん」字的食物，我也湊
　　　齊做了晚飯。

大輔：別名「なんきん」のかぼちゃ以外、他には何を買いましたか？

　　➕ 除了別名叫「南京」的南瓜之外，妳還買了什麼呢？

利香：大根、にんじん、れんこん、銀杏、寒天と金柑も買いました。

　　➕ 也買了白蘿蔔、紅蘿蔔、蓮藕、銀杏、寒天和金橘。

大輔：全部栄養がたっぷりの食べ物ですね。柚子湯に入ると風邪を引
　　　かないと言うのも迷信じゃなくて、先人の知恵に基づいて①行
　　　われている風習ですよね。

　　➕ 全都是營養豐富的食物呢。泡了加入日本柚的澡就不會感冒這事，也不是
　　　迷信而是基於先人的智慧而被實行的風俗習慣呢。

利香：そうですね。「湯治」と「融通」の語呂合わせだけじゃなく
　　　て、お風呂も柚子も体を温める効果がありますからね。

　　➕ 對啊。不光是「湯治」和「融通」的諧音，而是因為泡澡和日本柚都有溫
　　　暖身體的效果。

大輔：「冬至にかぼちゃ」の習慣も凄く科学的だと思います。昔の人
　　　は野菜の少ない冬にビタミンの多いかぼちゃを食べて、風邪な
　　　どへの抵抗力をつけようとしていました②。

　　➕ 我認為「冬至吃南瓜」的習慣也非常地有科學性。以前的人在蔬菜很少的
　　　冬天吃富含維生素的南瓜來增加對感冒等的抵抗力。

利香：つまり、風習は受け継いで行くものです。だからあなたも速く
　　　柚子湯に入って、一緒にかぼちゃを食べましょう。

　　➕ 也就是說，風俗習慣本來就應該傳承下去。所以你也快點泡柚子澡，我們
　　　好一起吃南瓜吧。

冬の行事

361

MP3 ▶167

冬至 とう じ	冬至。二十四節氣之一，日期為12月22日或前後一日	銭湯 せん とう	公共澡堂；浴池
柚子湯 ゆ ず ゆ	加入日本柚（又稱香橙、羅漢橙）的泡澡水	風呂 ふ ろ	澡盆；浴缸
時節 じ せつ	時節；時令；節氣	風邪 か ぜ	感冒；傷風
運盛り うん ざか	好運旺盛	かぼちゃ	南瓜
ダイヤモンド富士 ふ じ	鑽石（diamond）富士，當太陽從富士山的正上方昇起時，閃閃發光的奇景	栄養 えい よう	營養
小豆がゆ あずき	紅豆粥	温める あたた	溫熱；使熱起來
湯治 とう じ	冬至的諧音，用泡澡來治療的意思	効く き	起作用；見效
融通 ゆ ず	柚子的諧音，是圓融順暢的意思	知恵 ち え	智慧
南京 なん きん	南瓜在日文的別名	効果 こう か	效果
語呂合わせ ご ろ あ	諧音	抵抗力 てい こう りょく	抵抗力

12
師
し

走
わす

特好用句型

MP3 ▶168

❶ 〜に基づいて

☆ 名詞＋に基づいて〜　基於〜、根據〜

例句1：記者は事実と証拠に基づいて報道をするべきです。

記者應該根據事實和證據做報導。

小練習 しばらく

「映画」「本当の話し」「作る」

寫寫看

この映画は本当の話しにに基づいて作られました。

這部電影是根據真實的故事所拍成的。

❷ 〜（よ）うとする

用法像中文的「試著〜」，前面接動詞意向形。

☆ 動詞意向形＋（よ）うとする〜　試著〜

例句1：外国人は満員電車に無理やり乗ろうとする日本人に「なんで次の電車を待たないの？」という疑問を持ちます。

外國人對那些試著要硬擠上載滿乘客的火車的日本人，抱著有「為什麼不等下一班車？」的疑問。

冬の行事

「人前で」「話す」「緊張してしまう」

人前で話そうとすると緊張してしまいます。

—試著在人前說話就會緊張。

富士諺語

「富士山」

被列為世界遺產的富士山是「日本第一山」。除了本篇提及的「ダイヤモンド富士」和代表吉祥的新年夢「一富士、二鷹、三茄子」之外（詳見一月節慶「過年」篇），日文裡還有許多關於富士山的諺語。

例如「富士の山ほど」是比喻多、或大到像富士山一樣；「富士は磯」則是用來形容某東西巨大到讓富士山看來猶如海岸或者湖濱一般；而「富士の山を蟻がせせる」中文是「螞蟻兒搬倒富士山」，比喻弱小的人也想做大事的意思。

NOTE

クリスマス・イブ

平安夜

在耶誕期間初次到東京等日本大城市的西方人，看到街上滿布的燈飾以及耶誕樹等裝飾，一定會很訝異──日本有這麼多基督徒嗎？！其實基督教徒只占了日本人口的1％左右，而耶誕節也像許多西洋節日一般，已經被大幅地本土化了，尤其是平安夜。

　　對日本的情侶們來說，平安夜是你儂我儂的浪漫之夜。情侶們的約會計畫不外乎是在光彩奪目的燈飾下散步、到餐廳飽嚐好酒美食，最後去旅館共度春宵。每年一到平安夜，上得了檯面的餐廳和旅館多會爆滿，有些甚至在幾個月前就被預約一空。

　　習慣和家人一起過平安夜、耶誕節的西方人，可能無法理解為何日本人是和情人一起過這個節日。日本的「耶誕蛋糕」也只是類似生日吃的奶油蛋糕，而不是加了酒、花了好幾個月「釀成」的水果蛋糕。此外，不管是東京鐵塔或是六本木之丘，都早在11月初就會舉行「點燈式」，這些幾乎連續兩個月的夜晚都會亮起的耶誕燈飾，也散發了一定程度的商業氣息。

　　對有些單身的人來說，「和製」的平安夜只是一種觸景傷情的煎熬而已。但有些人純粹只是喜歡這種猶如置身於幾萬顆星星之中的夢幻氛圍，而且如果在耶誕期間去一趟北海道，還能一併享受一下在台灣不太可能體驗到的「白色耶誕」呢！

クリスマス・イブ

🧑 健けん：クリスマス・イブの話はなしだけど、良いレストランとホテルのお薦すすめをお願ねがいできますか？

　➕ 平安夜的事，能不能麻煩妳推薦好的餐廳和飯店呢？

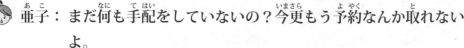

亜子：まだ何も手配をしていないの？今更もう予約なんか取れないよ。

　　　⊕ 你什麼都還沒安排嗎？現在才做的話已經預約不到了哦。

健　：えっ？どういうことですか？もちろん何も手配をしていません。さっき両親からクリスマスにアメリカから日本に来てくれるという電話が来たばかりですよ。

　　　⊕ 欸？妳在說什麼啊？我當然什麼都還沒安排。我父母剛剛才來電說他們會在耶誕節回來日本。

亜子：じゃあ、レストランもホテルも両親のために聞いたの？

　　　⊕ 那麼，餐廳和飯店都是為了你父母問的囉？

健　：もちろんです。家族と日本でクリスマスを過ごすことが出来るなんて、夢みたいですよ。

　　　⊕ 當然啊。能跟家人在日本過耶誕節，好像在做夢哦。

亜子：つまり、クリスマス・イブに私を一人ぼっちにするということ？

　　　⊕ 也就是說，平安夜你要讓我孤單一人囉？

健　：もし良ければ、一緒にミサに行きませんか？その時、両親に紹介しますよ。

　　　⊕ 可以的話，要不要一起望彌撒呢？那時候我會把妳介紹給我父母。

亜子：私のこと本気で好きじゃないんでしょう？日本ではクリスマス・イブこそ恋人とロマンチックな一晩を過ごすものなの。

　　　⊕ 你不是真心喜歡我的吧？在日本，平安夜可是要和情人一起度過羅曼蒂克的一晚的。

健　：そうなんですか？アメリカとは全然違いますね。ちょっとだけの文化差異で、そんなに怒る<u>ことはない</u>❶でしょう？

　　　⊕ 是那樣嗎？和美國完全不同呢。只是稍微的文化差異，沒必要氣成那樣吧？

冬の行事

367

亜子：ずっと前からあなたのデートプランを楽しみにしていたからよ。

➕ 因為我從很久以前就開始期待你的約會計畫。

健：ごめんなさい、知りませんでした。そのデートプランが不可能なわけではありません❷よ。ちょっと早めにしたらどうですか？

➕ 抱歉，我之前不知道。那個約會計畫未必不可能。提早的話如何呢？

亜子：いいわよ。定番のコースを教えようか？

➕ 好啊。要我告訴你一般的行程安排嗎？

健：今ネットで調べています。まず東京タワーや六本木ヒルズのクリスマスツリーとイルミネーションを見て、その後は高級レストランとホテルで……これは違うでしょう？すごく違和感を感じます……

➕ 我現在正在網路上查。首先去看東京鐵塔或是六本木之丘的耶誕樹和燈飾，之後到高級的餐廳和旅館……不是這樣的吧？感覺非常不對勁……

單字百寶箱

(MP3) ▶170

クリスマス	耶誕日（Christmas）	恋人	情人；男女朋友
クリスマス・イブ	耶誕夜，也叫「聖夜」（Christmas eve）	過ごす	度過
ホワイト・クリスマス	白色耶誕（white Christmas，即下雪的耶誕節）	独身者	單身的人

12
師
走

クリスマスケーキ	耶誕蛋糕（Christmas cake，不是西方人在耶誕節會吃的水果蛋糕fruit cake，而是一種放了草莓的奶油蛋糕）	パーティー	派對（party）
クリスマスツリー	耶誕樹（Christmas tree）	手配	安排
イルミネーション	燈飾（illumination）	予約	預約
サンタ／サンタクロース	耶誕老人（Santa Claus）	ロマンチック	浪漫（romantic）
仏教徒	佛教徒	違和感	不對勁、不協調的感覺
キリスト教徒	基督教徒，也叫「クリスチャン」（Christian）	デートプラン	約會計畫（date plan）
ミサ	彌撒（Mass）	本気	真的、認真的

特好用句型

(MP3 ▶171)

❶ ～ことはない

☆ 動詞原形＋ことはない～　沒有必要～、不須要～

例句1：ただの喧嘩ですから、警察署に行くことはありません。

只是吵架而已，沒必要到警察局去。

冬の行事

「手違い」「土下座」「謝る」

小さな手違いくらい土下座で謝ることはない。

小錯誤的程度，沒有必要伏地謝罪。

❷ ～わけではない

☆ 動詞原形／い形容詞＋わけではない～　未必～、並非～

例句1：全ての人が夢を抱いて生きているわけではありません。

並非所有的人都懷著夢想活著的。

例句2：スマートフォンはそんなに高くはないけど、安いわけではない。

智慧型手機雖不是那麼貴，也並非便宜。

☆ な形容詞＋な＋わけではない～　未必～、並非～

例句1：ペットが好きだとは言えませんが、嫌なわけではありません。

雖然說不上喜歡寵物，也並不是討厭。

「土下座」「謝ったところで」「許される」

土下座で謝ったところで許されるわけではない。

就算伏地謝罪也未必能得到原諒。

NOTE

大晦日
除夕

　　除了大掃除之外，日本除夕的重頭戲就是吃又細又長，象徵幸福、長壽的蕎麥麵，而且一定要在元旦前吃完，不然在新年就會得不到財神爺的眷顧。而另一項活動就是看NHK的《紅白歌唱大賽》，等到大賽結束之時就開始等待108聲的「除夕之鐘」響起，為眾生消除煩惱、迎接新年。

　　有些人在過年前會和家人一起搗麻薯，有買年末彩卷試試手氣的人，則會在除夕下午等著開獎，還有些人會在除夕夜和家人玩花牌。此外，日本人也有守歲的習慣，據說在除夕夜睡著的話，不但皺紋會變多，白髮也會增加；若真的抵擋不了周公的召喚，也不能說要去睡了，而是說要去「稻積む」。

　　有些人習慣在除夕夜去寺廟做跨年參拜，可以「一拜就拜兩年」（二年参り），比較熱血的人則會不畏寒冷在寺廟裡度過除夕夜，等待年神的到來。有些公共交通機構在除夕的這天還會通宵營業，非常地便民。

大晦日

MP3 ▶172

👦 **大輔**：一緒に買った年末ジャンボが当たりましたよ。
　　➕ 我們一起買的年末彩卷中獎了哦。

👧 **利香**：ヤッター！いくら当たりましたか？
　　➕ 太好了！中了多少？

👦 **大輔**：六等賞で3000円になりました。
　　➕ 六獎的3000元日幣。

👧 **利香**：来年の金運はきっと良いですよ。
　　➕ 明年的財運應該會很好哦。

大輔：うん。年越し蕎麦も残さず食べますから。

　➕ 對啊。過年麵我也會一根不留地吃完。

利香：じゃあ、いま食べましょうか？

　➕ 那麼，我們現在要吃嗎？

大輔：もうちょっと待って欲しいです。紅白歌合戦を見ながら食べましょう。

　➕ 我希望再等會兒。我們一邊看紅白歌唱大賽一邊吃吧。

利香：今年は二年参りをしませんか？家で除夜の鐘を待つより、お寺で待った方が新しい年を迎えるのが実感出来るので。

　➕ 今年要不要去兩年參拜呢？因為比起在家裡等著除夕夜的鐘響，在寺廟裡等的話，會比較有迎接新年的實感。

大輔：じゃあ、まだ間に合ううちに❶早く家を出ましょう。やはりタクシーで行くしかないでしょうね。

　➕ 那麼，趁還來得及的時候早點出門吧。果然還是得坐計程車去吧。

利香：そうでもないですよ。参拝客の必要に応じて❷、一部の公共交通機関は終夜営業するらしいですよ。

　➕ 不是那樣的哦。因應參拜客的需要，聽說有些公共交通機關會通宵營業。

大輔：それは助かりますね。

　➕ 那就幫了大忙了。

利香：お寺に行く前に年越し蕎麦を食べ終りましょう。

　➕ 我們去寺廟前把過年的蕎麥麵吃完吧。

冬の行事

373

大晦日 おおみそ か	除夕日。農曆每個月的末日稱為「晦日」，一年的最後一個「晦日」則稱為「大晦日」	**正月事始め** しょうがつ ごと はじ	開始做年前準備的日子，通常是12月13日
除夜 じょ や	除夕晚上	**年籠もり** とし ご	除夕住在寺廟裡過夜
年末ジャンボ／宝くじ ねん まつ　　　たから	年末彩卷。在12/31日下午開獎	**二年参り** に ねん まい	兩年參拜。在跨年的時候到寺廟參拜的話可以除去舊年的污穢，以及祈求新年的順遂
大掃除 おお そう じ	大掃除	**公共交通** こう きょう こう つう	公共交通
餅つき もち	搗麻薯	**終夜営業** しゅう や えいぎょう	通宵營業
紅白歌合戦 こう はく うた がっ せん	紅白歌唱大賽	**稲積む** いね つ	除夕夜要去睡覺的話不能說「寝る」，要說「稲積む」，表示睡覺的時候也為了讓五穀豐登而繼續努力
特別番組 とく べつ ばん ぐみ	特別節目	**五穀豊穣** ご こく ほう じょう	五穀豐登
年越し蕎麦 とし こ　　そ ば	過年麵。是在除夕夜吃的、又細又長的蕎麥麵，用來討吉利和祈求長壽，而且一定要在元旦前吃完才會有好運	**年を越す** とし こ	過年
花札 はな ふだ	日本花牌。每個月有四張代表牌，共48張	**金運** きん うん	財運
参拝客 さん ぱい きゃく	參拜的人	**除夜の鐘** じょ や　　かね	除夕的午夜在日本全國的寺廟響起的108聲鐘響。目的是為人們消除煩惱、迎接新年

12
師
し
走
わす

 特好用句型

MP3 ▶174

❶ ～うちに

　　和中文的「趁著～的時候」一樣，此句型的語氣裡所含的「還不會太遲的時候要趕快做」的迫切感，是和「～時に」最大的不同點。

　　另外，「～うちに」也可以用來表達「在～的時候，不知不覺地就～」。

☆ 動詞原形／ない形＋うちに～　①趁～的時候　②在～的時候，不知不覺地就～

例句1：親孝行は親がいるうちに。

盡孝要趁父母健在的時候。

例句2：よく分からないうちに「不惑」の年を迎えた。

在還沒搞清楚狀況的時候，不知不覺地就到了「不惑」的年齡。

☆ 動詞て形＋いる～＋うちに～　①趁～著的時候　②～著的時候，不知不覺地就～

例句1：まだ覚えているうちに初キッスの感覚を日記に書きます。

趁還記著的時候，把初吻的感覺寫在日記裡。

例句2：悲しい歌を歌っているうちに、涙が出てきました。

唱著悲傷的歌的時候，不知不覺地流下了眼淚。

☆ 名詞＋の＋うちに～　趁～的時候

例句1：親孝行は親が健在のうちに。

盡孝要趁著父母健在的時候。

☆ な形容詞＋な／い形容詞＋うちに～　趁～的時候

例句1：保険は健康なうちに！

買保險要趁健康的時候！

例句2：鉄は熱いうちに打て。

打鐵要趁熱。

冬の行事

「旅」「若い」

旅は若いうちに！

旅行要趁年輕的時候！

② 〜に応じて

此句型的用法像中文的「因應〜」，前面接名詞。

☆ 名詞＋に応じて〜　因應〜

例句1：生徒のレベルに応じて教えます。

因應學生的程度來教學。

「季節」「旬の食材」「料理をする」

季節に応じて、旬の食材で料理をします。

因應季節，用當季的食材做菜。

誕生日
たんじょうび
生日

　　除了12月25日是眾所皆知的耶穌誕生日之外，日本人在12月23日天皇的生日會放一天假，當天去皇居的話還可以參觀到平常不對外開放的內宮。

　　現在日本的年輕人雖然也會像歐美人士一樣開生日派對或者是和朋友一起舉行生日聚餐，但古時候除了慶祝孩子週歲的「初誕生祝い」，以及大生日的「初老」、「還暦」之外，不太注重個人的生日慶祝，可能是因為有「七五三」、「十三詣り」和「成人式」等許多「集體過生日」的機會吧。

　　而日本人幫寶寶過週歲生日時，除了會讓寶寶抓周來判斷小孩的性格以及將來的職業之外，也有其他有趣的習俗，例如會用「誕生餅」來慶祝。

　　「誕生餅」又叫做「一升餅」，是用一升的米做成的年糕，因為「一升」音同「一生」，而「餅」音同「持ち」，因此有希望孩子一生衣食無憂的寓意。

　　此外，長輩們會把這種年糕包起來讓寶寶背著走，象徵孩子從此之後要背負自己的一生，同時該年糕也被稱為「力餅」，音同「力持ち」，也就是希望孩子能像個大力士一樣，健康長大。而有些人還會刻意讓寶寶跌倒，藉此祈求孩子長大之後不要離開家庭、搬到太遠的地方定居。

誕生日
たんじょうび

(MP3) ▶175

広美：お邪魔します。
ひろみ　　じゃま

　　➕ 打擾了。

利香：お母さん、どうぞ上がって下さい。お父さんは？
りか　　　かあ　　　　　　あ　　　くだ　　　　とう

　　➕ 媽媽，請進來。爸爸呢？

広美：車を止ているところです。太郎ちゃん、一歳の誕生日おめでと
ひろみ　くるま　とめ　　　　　　　　たろう　　　　いっさい　たんじょうび
　　　う！これを背負ってたくましく成長するように。
　　　　　　　　せお　　　　　　　　　せいちょう

➕ 正在停車呢。小太郎，祝你一歲的生日快樂！希望你背上這個能健壯地長大。

利香：太郎ちゃん、おばあちゃんがお誕生日餅をくれたよ。ありがとうって言って。

➕ 小太郎，外婆送了你生日年糕哦，說謝謝。

広美：あら、可愛く笑っていますね。太郎ちゃんはまだ一歳なのに、言葉をちゃんと分かっているかのよう❶ですね。

➕ 哎呀，可愛地笑了呢。小太郎只有一歲，卻好像完全聽得懂話一樣呢。

利香：そうですよ。気のせいかもしれませんが、昨日「ママ」と呼んでくれた気がしました。

➕ 對啊。或許是我的錯覺，不過昨天我感覺他好像叫了我「媽媽」。

広美：太郎ちゃんは随分大きくなりましたね。私が代わりに太郎ちゃんを抱っこしましょうか？

➕ 小太郎長得好大了呢。要不要換我抱抱？

利香：ありがとう。他の親戚はもう来ているので、皆に先にお赤飯を食べさせようと思って、食事の準備をしかけた❷ままです。

➕ 謝謝。其他的親戚已經來了，我在想要先讓大家吃紅豆糯米飯，所以餐點正準備到一半。

広美：食事のあと、ゆっくり太郎ちゃんに、しきたりの選び取りと力餅をさせられますね。

➕ 用完餐之後，就可以慢慢地讓小太郎做慣例的抓周和背年糕了呢。

利香：太郎ちゃんには世界中を見てほしいので、わざと転ばせないで下さいと、先に皆に言いました。

➕ 因為我希望小太郎能夠見識全世界，所以已經先跟大家說了請不要刻意地讓他跌倒。

冬の行事

広美：分かりました。あとお父さんにも伝えておきます。皆さんに挨拶をした後、お台所を手伝ってあげましょうか？

　➕ 了解。等一下我會轉告妳爸爸的。我跟大家打完招呼後，要不要去廚房幫妳忙呢？

利香：お願いします。

　➕ 拜託了。

MP3 ▶176

天皇誕生日 てんのうたんじょうび	12月23日乃現今的日本天皇（明仁陛下）之生日，為日本的國定假日	**お祝い** いわ	祝賀；慶祝
初誕生祝い はつたんじょういわ	週歲的生日慶祝	**しきたり**	慣例；成規
誕生餅 たんじょうもち	也叫「一升餅」，是用一升的米所做成的年糕。因為「一升」音同「一生」，因此在孩子週歲或是老年人滿60歲時，會用此慶祝	**赤ちゃん** あか	寶寶；嬰兒
力餅 ちからもち	把誕生餅包起來讓寶寶背著走的習俗。稱為「力餅」，取「力持ち」（大力士）的諧音，藉此希望孩子能夠健康長大	**わざと**	故意；刻意
赤飯 せきはん	紅豆糯米飯。在孩子週歲生日時用來招待在座的親友	**転ばせる** ころ	使跌倒

12
師
走
し
わす

380

選び取り (えら と)	抓周	職業 (しょくぎょう)	職業
十三詣り (じゅう さん まい)	古時在舊曆的三月十三日，虛歲滿13歲的少男少女到寺廟去祈求得到智慧，現在除了關西地區已不再流行	性格 (せい かく)	性格
寿 (ことぶき)	日本人從42歲開始才能把生日稱之為「寿」	占う (うらな)	占卜；算命
初老 (しょ ろう)	日本人稱呼42歲的生日	たくましい	健壯；強壯
還暦 (かん れき)	日本人稱呼60歲的生日	親戚 (しん せき)	親戚

特好用句型

(MP3) ▶177

① ～かのよう

「～かのよう」相當於中文的「就好像是～一樣」的意思，比「～よう」（好像～）的語氣更強烈，並常配合「まるで」（彷彿～）一起使用。

☆ **動詞普通形＋かのよう～　就好像是～一樣**

例句1：卒業生を祝うかのように、校庭の桜が満開になりました。
（そつぎょうせい）（いわ）（こうてい）（さくら）（まんかい）

就好像要祝賀畢業生一樣，校園的櫻花全部盛開了。

例句2：核兵器の激しい発展は、まるで冷戦が終わっていないかのようだ。
（かくへいき）（はげ）（はってん）（れいせん）（お）

核子武器激烈的發展，就好像是冷戰尚未結束一樣。

例句3：十年ぶりに元カレを見た瞬間は、時が止まったかのようでした。
（じゅうねん）（もと）（み）（しゅんかん）（とき）（と）

看到十年沒見的前任男友那瞬間，就好像時間停止了一樣。

例句4：あんなに大喧嘩をしたのに、翌日彼氏は、何事もなかったかのように私に
（おおげん か）（よくじつかれ し）（なにごと）（わたし）
メールをくれました。

雖然大吵了一架，隔天男朋友卻好像什麼事都沒發生一樣地寫了mail給我。

冬の行事
（ふゆ）（ぎょう じ）

☆ 名詞＋である＋かのよう〜　就好像是〜一樣

例句1：その詐欺師はガスの点検員であるかのように私の家に入って、設備修理と称してお金を詐取しました。

その詐欺師はガスの点検員であるかのように私の家に入って、設備修理と称してお金を詐取しました。

那個詐騙犯好像是瓦斯檢查人員一樣地進入我家，以修理設備為名義詐取了錢財。

 小練習 しばらく

「明日」「死ぬ」「真面目に」「生きる」

寫寫看

明日死ぬかのように、毎日真面目に生きなさい。

就像明天會辭世一樣，請認真地過每一天吧。

❷ 〜かけだ／かける／かけの

「〜かけ」、「〜かける」的句型用來表達事情剛開始做，或是做到一半、沒有完成的狀態。

☆ 動詞ます形去ます＋かけだ／かける／かけの〜　做〜到一半〜

例句1：この小説はまだ読みかけだ。

這本小說還只讀到一半。

例句2：読みかけた小説を速く読み終わりなさい。

讀到一半的小說請快點讀完。

例句3：読みかけの小説は何処に置きましたか？

讀到一半的小說放哪兒去了？

小練習 しばらく

「食べる」「ご飯」「片付ける」

12
師し

走わす

382

寫寫看

食_たべかけのご飯_{はん}を自分_{じぶん}で片付_{かたづ}けて下_{くだ}さい。

吃到一半就沒吃的飯，請自己收拾好。

漢字女還想告訴你

持有用語

「○○持_もち」

除了「力_{ちから}持_もち」之外，日文還有許多的「～持_もち」哦。例如「お金_{かね}持_もち」（有錢人）、「お顔_{かお}持_もち」（帥哥／美女）、「子供_{こども}持_もち」（有小孩的人）、「家族_{かぞく}持_もち」（有家庭的人），當然還有我們最常見的「気_き持_もち」（感覺、心境）。

日文的「持_もつ」是「持有、拿」的意思，所以看到「○持_もち」的時候，大多可想成中文的「有○的（人）」，或是「○拿」、「○持」。

這樣的話請各位再猜猜看，「ユーモア持_もち」和「手_て持_もち」又是什麼意思呢？

冬_{ふゆ}の行事_{ぎょうじ}

年越し花火大会
跨年煙火大會

雖然跨年煙花大會在台灣的很多地方都有舉辦，但是吸引最多人潮以及國內外媒體爭相報導、轉播的，非台北101的跨年煙火表演莫屬了。

台北101大樓的跨年煙火表演，自2004年以來每年都固定在西曆的除夕夜舉行，配合跨年的倒數計時，施放世界罕見的「摩天大樓式煙火」，同時也創下了全世界煙火施放點最高的紀錄。跨年煙火的壯觀和美麗，讓他國的媒體在做實況轉播時也得不斷地打出「此非電腦特效、也非大樓失火！」等字幕。

而跨年的煙火秀還會搭配大樓的燈牆，利用燈光的閃鑠、熄滅、顏色和節奏作出燈光的表演，秀出「新年快樂」、「♥ 101 ♥ TAIWAN」、「旅行台灣」等祝福或廣告字樣。

近年因恰逢建國百年、建國「101」年（同台北101大樓名稱），以及2013（愛你一生），跨年煙火的規模和設計越趨精益求精、「更上一層樓」。

據調查，參加2012年至2013年跨年煙火晚會的觀眾高達了85萬人，不禁讓人想像接下來「愛你一生一世（2014）」的跨年會是什麼樣的盛況。

此外，從2011年起，主辦單位開始利用影音平台同步播出煙火表演的實況，與世界一起分享幾分鐘的燦爛。

年越し花火大会

MP3 ▶178

🙍 秋恵：今年台北１０１ビルで行われる年越し花火をとても楽しみにしています。

➕ 我很期待今年在台北101大樓舉行的跨年煙火呢。

🙎 亜子：恒例の通り❶、感嘆するくらい華やかで迫力満点の花火になると思いますが、それ以外に何か特別な理由がありますか？

➕ 我想，依慣例會放華麗又魄力滿分到讓人感嘆的煙火，但除此之外有什麼特別的理由嗎？

秋恵：中国語で「2013〜14」の発音が「あなたを一生一世愛する」と似ているので、年越し花火大会で彼氏からプロポーズされる予感があります。

➕ 中文「2013〜2014」的發音，跟「愛你一生一世」很像，因此我有預感在跨年煙火晚會時，我會被我男友求婚。

亜子：うわぁ〜カウントダウンの後、隣にいる彼氏とキスをしてプロポーズされるのは、まるで恋愛映画のようですね。

➕ 哇〜在倒數之後跟身旁的男友接吻，然後被求婚，好像是愛情電影一樣呢。

秋恵：台北101ビル周辺のロマンチックな観賞場所のお薦めがありませんか？

➕ 台北101大樓周圍妳有推薦的羅曼蒂克的觀賞地點嗎？

亜子：去年の年越し花火大会には85万人も参加したそうなので、その周辺まで行ったら混雑する <u>うえに</u>❷、交通規制も行われていますよ。高層ホテルの花火観覧宿泊プランにしたらどうですか？

➕ 去年的跨年煙火大會有高達85萬人參加，所以去到那附近的話不但混亂，而且還有交通管制哦。利用高層飯店的觀賞煙火住宿方案的話，如何呢？

秋恵：そうですね。優雅に綺麗な花火を観ながら、美味しい料理を満喫するのは、最高の思い出になるでしょう。

➕ 對耶。優雅地一邊觀看美麗的煙火，一邊飽嚐美味料理的這件事，應該會成為最好的回憶吧。

亜子：ただ、例年冬になると東北の風が吹くので、台北101ビルの東側の方が煙に邪魔されずに良く観ることができるでしょう。

➕ 只是，往年一到冬天就吹東北風，所以到台北101大樓的東側的話應該會比較不會被煙干擾，可以好好地觀看吧。

冬の行事

秋恵：教えてくれて、ありがとうございます。気をつけます。

　　　⊕ 謝謝妳告訴我。我會小心的。

亜子：去年友達と西側に行ったら、煙が濃くて何も見えなかったんです。結局、目の前の花火を携帯を使ってネットの生中継で観ました。

　　　⊕ 去年跟朋友去了西邊，但是煙很濃什麼都看不到。結果，眼前的煙火竟是用手機在網路上看同步播出。

秋恵：ははっ、ちょっと皮肉ですね。

　　　⊕ 哈哈，有點讓人啼笑皆非呢。

單字百寶箱

（MP3）▶179

年越し花火	跨年煙火	感嘆	感嘆
台北101ビル	台北101大樓（building）	迫力満点	魄力滿分
カウントダウン	倒數計時（countdown）	交通規制	交通管制
例年	往年	混雑する	混亂
恒例	慣例	煙	煙
演出／パフォーマンス	演出（performance）	シャトルバス	接駁公車（shuttle bus）

スカイスク レーパー	摩天大樓（skyscraper）

<ruby>周辺<rt>しゅう へん</rt></ruby>	周邊；附近

<ruby>観賞<rt>かん しょう</rt></ruby>	觀賞

<ruby>交差点<rt>こう さ てん</rt></ruby>	十字路口

<ruby>優雅<rt>ゆう が</rt></ruby>	優雅

<ruby>注目される<rt>ちゅう もく</rt></ruby>	受矚目

<ruby>華やかな<rt>はな</rt></ruby>	華麗的

<ruby>満喫する<rt>まん きつ</rt></ruby>	飽嚐

特好用句型

MP3 ▶180

❶ ～<ruby>通り<rt>とお</rt></ruby>

　「～<ruby>通り<rt>とお</rt></ruby>」或是不用漢字的「～とおり」，相當於中文的「和～一樣」。如果是「～とおりに」的句型，就是「依～」，或是「照著～」做某某事的意思。前面接名詞的時候，也可以不用加「の」直接變成濁濁音的「～どおり」。

☆ 名詞＋のとおり／どおり～　　照著～、和～一樣

例句1：<ruby>手本<rt>て ほん</rt></ruby>の<ruby>通り<rt>とお</rt></ruby>に<ruby>下絵<rt>した え</rt></ruby>を<ruby>描<rt>か</rt></ruby>いて<ruby>下<rt>くだ</rt></ruby>さい。

　　　請照著範本畫草稿。

☆ 動詞原形／た形／ている形＋通り～　　依～、照著～

例句1：<ruby>私<rt>わたし</rt></ruby>が<ruby>書<rt>か</rt></ruby>く<ruby>通り<rt>とお</rt></ruby>に<ruby>真似<rt>ま ね</rt></ruby>して<ruby>下<rt>くだ</rt></ruby>さい。

　　　請依我寫的模仿。

例句2：<ruby>私<rt>わたし</rt></ruby>が<ruby>書<rt>か</rt></ruby>いた<ruby>通り<rt>とお</rt></ruby>に<ruby>真似<rt>ま ね</rt></ruby>して<ruby>下<rt>くだ</rt></ruby>さい。

　　　請依我寫好的模仿。

例句3：<ruby>私<rt>わたし</rt></ruby>が<ruby>書<rt>か</rt></ruby>いている<ruby>通り<rt>とお</rt></ruby>に<ruby>真似<rt>ま ね</rt></ruby>して<ruby>下<rt>くだ</rt></ruby>さい。

　　　請依我正在寫的模仿。

<ruby>冬<rt>ふゆ</rt></ruby>の<ruby>行事<rt>ぎょう じ</rt></ruby>

小練習 しばらく

「計画の進度」「私が考えた」
けいかく しんど わたし かんが

寫寫看

計画の進度は、私が考えた通りだ。
けいかく しんど わたし かんが とお

計畫的進度和我想的一樣。

2 ～うえに

「～うえ」加上「で」、「は」、「に」等助詞，有好幾種不同的用法。這裡介紹的是「～うえに」，可以用「不僅～還」、「不但～也」。「うえ」的漢字是「上」，所以想像事情或是狀態像疊羅漢一樣，一件事上面再加上另一件，這樣就會很好記憶。

☆ 動詞常體／い形容詞＋うえに～　不僅～・還～・不但～・也～

例句1：彼はモテない上に金もない。
かれ うえ かね

他不僅不受異性歡迎，也沒錢。

例句2：台湾の屋台料理は美味しい上に安い。
たいわん や たいりょうり おい うえ やす

台灣的路邊攤不但好吃還很便宜。

☆ な形容詞＋な＋うえに～　不僅～・還

例句1：彼女は綺麗なうえに優しいです。
かのじょ きれい やさ

她不僅漂亮還很溫柔。

☆ 名詞＋の＋うえに～　不僅～・還

例句1：寝不足の上に頭が痛いです。
ね ぶ そく うえ あたま いた

不僅睡眠不足，還頭痛。

12 師 し

走 わす

 しばらく

「計画」「万全に立てなかった」「根回しもしなかった」

 寫寫看

計画を万全に立てなかった上に、根回しもしなかった。

不只沒有做好完全的計畫，也沒做事前疏通的工作。

 漢字女還想告訴你

播放用語

「生○○」

看日本節目的時候，有時候螢幕上會打出「生中継」或是「生放送」的字，那麼到底這兩者有何不同呢？其實「生」是日本廣播業界的行話，代表「未經處理」。例如從攝影棚不經剪接就直接播放的節目是「生放送」（現場直播）；若是發生在攝影棚外，信號須經過特定裝置來轉送的節目（例如運動賽事）就是「生中継」（實況轉播）。

但是並非所有的「現場」或是「實況」的播出在日文都用「生」哦。例如，透過網路看的「網路直播」，在日文是「ライブストリーム」（live stream）。此外，「現場演奏」在日文也會使用「ライブ」這個外來語，叫做「ライブパフォーマンス」（live performance）。

冬の行事

お正月
しょうがつ

過年

日本的過年除了是在西曆的1月1日之外，有很多地方都跟台灣的過年不一樣。例如我們在除夕夜守歲、放鞭炮是為了嚇走傳說中一種叫「年」的怪獸，但是在日本，除夕的守夜卻是為了等待「年神」從山上來到人們家裡，為大家帶來幸福。

日本很多過年的習俗都和年神有關，例如去看1月1日的日出，是為了迎接隨著第一道曙光而降臨的年神；「門松」（かどまつ）是為了讓年神不要迷路而做的記號；「注連飾」（しめかざり）是為了設界，讓不淨之物避開供奉年神的神聖場所；「鏡餅」（かがみもち）被認為附有年神的靈力，吃供神後的鏡餅象徵得到神的祝福；而「お節料理」（せちりょうり）則是在供神之後闔家享用的年菜。

日本人雖然沒有貼春聯的習慣，但是也會在過年期間（一般在1月2日）來一下新春試筆「書き初め」（かきぞめ），寫寫毛筆字。此外在1月1日、2日做的夢，據說可以占吉卜凶，夢裡若出現富士山、老鷹或是茄子的話，就是大吉。日本人在過年前習慣寄賀年明信片拜年，互相聯絡一下感情，而郵局也會很貼心地把所有的賀年明信片集中在1月1日的時候一起投遞。

除了透過明信片拜年之外，日本人也有登門拜年的習慣。拜年的期間一般是1月2日到1月7日，拜年的時候當然不能空手而去，而且對方家裡如果有小孩子，也要準備紅包，這一點倒是中日通用的習俗。

お正月
しょうがつ

 ▶181

和子（かずこ）：お正月（しょうがつ）は主人（しゅじん）とニューヨークに行（い）くので、年賀状（ねんがじょう）を送（おく）る以外（いがい）の行事（ぎょうじ）が出来（でき）ず、あまりお正月（しょうがつ）の気分（きぶん）になりません。

➕ 我和先生因為過年要去紐約，除了寄賀年卡之外的其他例行的事都不能做，因此不太有過年的感覺。

利香：元旦の初詣は無理でしょうが、せめて門松、注連飾りと鏡餅を用意して新年の幸せを祈ったらどうですか？

➕ 要在元旦做新年首次的參拜應該沒辦法了，但是至少準備迎神的松樹、討吉利的裝飾和供神的年糕來祈求新年的幸福，如何呢？

和子：帰って来るのは八日になって、松の内に門松を外すのは無理なので、飾りは全てやめました。

➕ 回來的時候是1月8日，因為沒辦法在裝飾迎神松樹的期間之內把松樹收起來，所以就放棄了所有的裝飾。

利香：そうですね。じゃあ、お年始回りも出来ませんね。今度はお二人でホワイトクリスマスのフルムーン旅行ですか？

➕ 對耶。那麼，也沒辦法到處去拜年了。這次是你們兩人過白色耶誕節的二度蜜月旅行嗎？

和子：実はニューヨーク大学に留学している娘が忙しくて日本に帰れないんです。彼女が一人ぼっちでお正月を過ごすのはあまりにも❶可哀想なので、訪ねることにしました。

➕ 其實是我們在紐約大學留學的女兒因為忙所以回不了日本。她孤零零地一個人過年太過可憐了，我們才決定要去看她。

利香：良いですね。鏡餅さえ持って行けば何処でも年神様をお迎え出来るし、鏡開きの後にお雑煮も料理できますよね。

➕ 真好。只要帶著供神的年糕去，不管在哪裡都可以迎接年神，供神後的年糕敲碎後還可以煮成年糕湯呢。

和子：そうですね。お年玉をあげることはもちろん❷、初日の出を拝んだり書き初めもアメリカで出来ますから、そう考えたらやっとお正月の雰囲気に成って来ました。

➕ 對啊。給紅包這是一定的，合掌禮拜1月1日的日出和新春試筆也都可以在美國做，這樣一想總算開始有過年的氛圍了。

冬の行事

利香：ただ、初夢は英語で見ちゃうかもしれませんよ。

➕ 只是妳會做的可能是英文版的占卜吉凶的新年夢哦。

和子：英語より、ドルがいっぱいある初夢を見たいんです。お札もコインも鷹の絵が書いてありますから。

➕ 比起英文，我更想要做的是有很多美元的新年夢。因為不管是鈔票或是硬幣都有老鷹的圖樣。

利香：はは。確かに初夢に見ると縁起が良いものは「一富士、二鷹、三茄子」ですね。

➕ 哈哈。確實如此，因為出現在新年夢裡的話，就代表吉祥的物品是一富士山、二老鷹、三茄子嘛。

和子：それでは、良いお年をお迎え下さい。

➕ 那麼，祝妳過個好年。

利香：良いお年を。

➕ 祝妳過個好年。

お正月 しょうがつ	新年
フルムーン	原為英文「滿月」（full moon）之意，之後被用來形容年長的人們所做的甜蜜旅行（二度蜜月），為了和「ハネムーン」（honeymoon，蜜月）有所區別。

幸せ しあわ	幸福
年神様 としがみさま	年神，也叫「歲神様 としがみさま」。是神道教裡面，在新年期間從高山降臨，給人們帶來一整年的豐收和幸福的神

1 睦月
むつき

はつもうで**初詣**	新年首次的參拜（到神社或是寺廟）	かがみびら**鏡開き**	在1月11日把供神後的年糕敲碎（或切小塊），煮成年糕湯等，吃了之後象徵得到了神的祝福
かどまつ**門松**	新年期間擺在大門兩旁，用來迎神的松樹。也有祈求長壽的寓意	ふんいき**雰囲気**	氛圍；氣氛
しめかざ**注連飾り**	新年掛在門上或神前，用稻草繩作成的界繩。用來迎神、討吉利的裝飾	ねんが**お年賀**／ねんがじょう**年賀状**	拜年、賀年的禮物；賀年明信片、賀年卡
かがみもち**鏡餅**	供神用的圓形年糕	はつひで**初日の出**	1月1日的日出，象徵年神的降臨
せちりょうり**お節料理**	供神的年菜	はつゆめ**初夢**	1月1日、2日做的夢，根據初夢的內容，可以占吉卜凶
ぞうに**お雑煮**	用供過神明的年糕和蔬菜、雞肉等煮成的年糕湯。每個地區的口味各有不同	かぞ**書き初め**	新春試筆
まつうち**松の内**	裝飾門松的期間。通常到1月7日為止	ねんしまわ**お年始回り**	拜年
とそ**お屠蘇**	由藥草做成的酒。在「がん**元旦**」從年紀最小的人開始喝	としだま**お年玉**	壓歲錢

ふゆ ぎょうじ
冬の行事

393

❶ あまりにも〜

從「あまり」變化出來的句型有好幾種，這裡介紹的是「太過於〜」、「太〜」的意思，有時候會寫成「余りにも〜」。

☆ あまりにも＋形容詞〜　太過於〜

例句1：この夏はあまりにも暑いので、昼間のプールは毎日超満員です。

因為這個夏天太過炎熱，所以白天的游泳池每天都爆滿。

例句2：あまりにも不思議な話しなので、この小説に書いたのは作者自身の体験ではないだと思います。

因為是太過不可思議的故事，我想這小說裡寫的應該不是作者的親身體驗。

小練習　しばらく

「総理大臣」「余りにも軽い発言」「国民」「政治に対する」「信頼を無くす」

総理大臣の余りにも軽い発言によって、国民は政治に対する信頼を無くした。

因為首相太過於輕率的發言，導致國民對政治失去了信賴。

❷ 〜はもちろん

「もちろん」是當然的意思，「Aはもちろん、Bも〜」的句型，很像是中文的「A就不用說了，連B也〜」，或是「A是一定的／當然的，連B〜」。前面常接名詞或助詞。

☆ 名詞＋はもちろん～　～是一定的

例句1：彼は英語はもちろん、ロシア語も話せます。

英語就不用提了，他連俄語也會說。

☆ 助詞＋はもちろん～　～是一定的

例句1：このビーチサンダルは海ではもちろん、街でも使える。

這雙海灘鞋在海灘是一定能穿的，連在街上也可以穿。

「このスーツ」「卒業式」「就職の面接」「着用できる」

このスーツは卒業式にはもちろん、就職の面接にも着用できます。

這套西裝穿去畢業典禮是一定的，就連求職的面試也能穿去。

漢字女還想告訴你

祝賀用語

「～おめでとうございます」

　　這個句型相當於中文的「恭喜～」、「祝賀～」、「祝你～快樂」，大概是所有祝賀用語裡面最好用的一句！除了用來拜年，只要是大家能想到的喜事（ご結婚、お誕生日、ご卒業、ご就職），大多可以直接放在「おめでとうございます」前面。

冬の行事

☆ **表達祝賀**

例句1：明けましておめでとうございます。▷ 新年快樂、開春大吉。

例句2：ご結婚おめでとうございます。▷ 恭祝喜結連理。

例句3：ご婚約おめでとうございます。▷ 恭喜你訂婚。

例句4：お誕生日おめでとうございます。▷ 生日快樂。

例句5：合格おめでとうございます。▷ 恭喜你通過考試。

例句6：ご入学おめでとうございます。▷ 恭賀升學。

例句7：ご卒業おめでとうございます。▷ 恭喜你畢業。

例句8：ご就職おめでとうございます。▷ 祝賀你就業。

例句9：ご昇進おめでとうございます。▷ 祝賀你高昇。

例句10：ご定年おめでとうございます。▷ 恭賀你退休。

例句11：ご退院おめでとうございます。▷ 恭賀你出院。

例句12：今日はおめでとうございます。▷ 今天恭喜你了。

漢字女還想告訴你

祝賀用語

「良い～を～下さい」

　　眼尖的讀者一定注意到了，內文會話中的兩人，並不是用「明けましておめでとうございます」來祝福對方新年快樂，而是用「良いお年をお迎え下さい」。這兩個句型到底差別在哪裡呢？

　　差別就在「開春」了沒。

　　在1月1日之前，要用「良いお年をお迎えください」的句型來表示「祝你過個好年」，而從1月1日開始，就要用「明けましておめでとうございます」來祝賀對方「新年快樂」。

　　因為中文的「新年快樂」不管在過年前、後都可以用，跟日語不同，所以用日語祝賀的時候要特別注意道賀時的時間點，用對句子。

　　這個句型照字面直譯的話，是「請～好的～」。後面動詞的部分「～下さい」經常會被省略，變成「良い～を」，也就是「祝你～愉快」的意思。雖然沒有上一個句型來得正式，但這一句祝賀語也是平時經常會用到的。

☆ 表達祝賀

例句1：良い週末を。▶ 祝你週末愉快。

例句2：良いご旅行を。▶ 祝你旅行愉快。

例句3：良い一日を。▶ 祝你今天愉快。Have a nice day!

例句4：良いお盆休みを。▶ 祝你盂蘭盆假期愉快。

冬の行事

七草
七草節

「七草」又叫「人日」，遠在中國漢朝就有在農曆的一月七日當天食用七草羹的習俗，而七草節則在平安時期由中國傳入日本。本來在七草那天習慣吃的是由七種穀物煮成的粥「七種粥」，但從鎌倉時代開始便演變成加入七種蔬菜（藥草）的「七草粥」。之後，日期也棄用農曆而改為西曆的1月7日。

用來煮粥的蔬菜要用嫩葉，有萬象更新的寓意。日本人在七草節的早晨吃七草粥的習俗是為了避邪，並祈求新的一年無病無災、健康長壽。

從前，食用加入嫩葉煮的七草粥，能夠補充因為冬季而減少的蔬菜攝取量；在豐衣足食的現代，食用七草粥則可以修復在過年期間因為暴飲暴食而過勞的腸胃，並補充礦物質和維生素。尤其是七草中的鵝腸菜、薺菜和白蘿蔔，更是有促進消化、抑制胃炎、幫助腸胃蠕動等直接的藥效。

七草

▶184

🧑‍🦰 **利香**：おはよう。今日の朝ご飯は七草粥ですよ。

　　➕ 早安。今天的早飯是七草粥。

🧑 **大輔**：七草粥か？そうだ、今日はもう正月の七日だね。

　　➕ 七草粥嗎？是喔，今天已經是一月七日了呢。

🧑‍🦰 **利香**：ビタミンもミネラルもたっぷりですから、体には良いです。味はどうですか？

　　➕ 裡面富含維生素和礦物質，對身體很好。味道怎麼樣？

🧑 **大輔**：さっぱりして美味しい。忘年会の頃からずっと食べ過ぎたり飲み過ぎたりした❶から、これで胃腸をいたわろう。

　　➕ 清爽又美味。我從尾牙的時期開始就一直暴飲暴食，所以用這粥來照顧一下腸胃吧。

利香：そうですね。おせち料理をたくさん食べたばかり^②なのに、また直ぐ新年会ですよね。

➕ 是啊。才剛吃了一大堆年菜就馬上有新年聚餐。

大輔：七草粥にはめったに食べない野菜ばかり使うから、一つ一つ集めるのは大変だったでしょう？

➕ 七草粥用的淨是不常吃的蔬菜，要一樣樣地湊齊很不容易吧？

利香：スーパーで七草粥セットが売っていたから、手軽に出来ました。

➕ 超市有賣一整組的，因此很輕易就湊齊了。

大輔：一口も残さず頂いた。ごちそうさま。

➕ 我一口都沒剩地吃完了。謝謝。

利香：今年も健康で過ごせますように。

➕ 希望我們今年也能健健康康。

大輔：ありがとう。今日は例の新年会があるから、遅くなるかも。

➕ 謝謝。我今天有剛剛提到過的新年聚餐，可能會晚回家。

利香：はい。行ってらっしゃい。飲み過ぎないようにね。

➕ 好的。路上小心。別喝太多酒哦。

單字百寶箱

MP3 ▶185

| ななくさ
七草 | 七草（1月7日）和女兒節（3/3）、端午（5/5）、七夕（7/7）、重陽（9/9）同為日本的「五節句」 | えんぎ
縁起 | 吉利 |

<ruby>人日<rt>じんじつ</rt></ruby>	七草節又稱呼人日，根據《占書》記載，農曆新年的前八天，各別是八種人畜作物的生日，依序為：雞、狗、豬、羊、牛、馬、人、穀。人的生日在第七日，因此1月7日也稱為「人日」	<ruby>羹<rt>あつもの</rt></ruby>	羹
<ruby>七草粥<rt>なな くさ がゆ</rt></ruby>	在正月七日加入春季的七種蔬菜作煮成的粥	<ruby>若菜<rt>わか な</rt></ruby>	嫩葉
<ruby>芹<rt>せり</rt></ruby>	水芹	<ruby>野菜<rt>や さい</rt></ruby>	蔬菜
ナズナ／<ruby>ペンペン草<rt>ぐさ</rt></ruby>	薺菜	<ruby>邪気<rt>じゃ き</rt></ruby>	（致病的）邪氣
<ruby>母子草<rt>はは こ ぐさ</rt></ruby>／<ruby>御形<rt>ご ぎょう</rt></ruby>	鼠曲草	<ruby>消化機能<rt>しょう か き のう</rt></ruby>	消化功能
<ruby>繁縷<rt>は こべ</rt></ruby>	鵝腸菜	<ruby>胃腸<rt>い ちょう</rt></ruby>	腸胃
<ruby>仏の座<rt>ほとけ ざ</rt></ruby>	附地菜	<ruby>新年会<rt>しん ねん かい</rt></ruby>	慶祝新年的聚餐
<ruby>蕪<rt>かぶら</rt></ruby>	蕪菁	ミネラル	礦物質（mineral）
<ruby>大根<rt>だい こん</rt></ruby>	白蘿蔔	ビタミン	維生素（vitamin）

特好用句型

(MP3) ▶186

❶ ～たり、～たりする

　　這個句型可以用來列舉二、三個行為、動作、狀況，很像中文的「又～又～」。另外，列舉有相反意思的動作時，這個句型可以用來表達反覆或相反的行

為（例如：來來去去）。當列舉的項目沒有一定的邏輯、規律的時候，也可以用來表示不一定的情況或事物，例如：忽快忽慢。

☆ 動詞た形＋り、動詞た形＋りする～　又～又～／反覆地／時～時～

例句1：ゆうべは雷が鳴ったり大雨が降ったりして、嫌なお天気でした。

昨晚又打雷又下大雨的，天氣糟透了。

例句2：仕事の関係で、台湾と日本を行ったり来たりしています。

因為工作的關係，一直在台灣和日本來來去去。

例句3：その子は中2から学校に行ったり行かなかったりしています。

那個小孩從國中二年級開始，就有時去學校有時又不去學校。

☆ 名詞＋だったり、名詞＋だったり～　又～又～／反覆地／時～時～

例句1：雨だったり晴れだったりの変な天気の中で外仕事をしたので、かなり疲れました。

因為在反覆地下雨放晴的氣候下外出工作，相當地累。

例句2：代理の先生は男だったり、女だったりします。

代課老師有時是男的，有時是女的。

☆ い形容詞詞幹＋かったり～　時～時～

例句1：この辺りはごみの収集時間が早かったり遅かったりするのですが、一体いつ出せばいいですか？

這一帶收集垃圾的時間時早時晚，到底什麼時候拿出來才好？

小練習 しばらく

「高血圧の人」「血圧」「上がる」「下がる」

 寫寫看

高血圧の人は、血圧が上がったり下がったりします。

高血壓的人血壓時升時降。

冬の行事

❷ ～ばかり

「～ばかり」的用法很多，內文就出現了兩種。如果前面接的是「動詞た形」，就是「沒多久之前才剛剛～」的意思。跟「～ところ」不同的是，「～ばかり」表現的「沒多久之前」是主觀的認定，並非真的是幾分鐘前才剛完成某事（例如：才剛畢業沒多久）。

另外，「～ばかり」也可以用來表達「淨是～」。

☆ 動詞た形＋ばかり～　才剛剛～

例句1：先週日本に出張したばかりです。

上個星期才剛去日本出差。

☆ 名詞＋ばかり～　淨是～

例句1：嘘ばかりつく彼氏と分かれました。

我跟滿嘴謊言的男朋友分手了。

「卒業する」「なのに」「すぐ」「就職する」

寫寫看

卒業したばかりなのに、すぐ就職しました。

才剛畢業就馬上進了職場。

NOTE

十日戎
とお か えびす

財神節

　　位於大阪的今宮戎神社，每年在1月10日以及其前後一天，會舉辦新年首次祭祀財神的慶典。財神在日文稱為「戎」或「惠比壽」，因此這個節慶稱為「十日戎」。每年都有上百萬人會在1月9日到11日這三天訪今宮戎神社，祈求生意興隆，而今宮戎神社在該期間也會24小時開放讓信徒參訪。

　　此外，在關西地區只要是供奉財神的神社，不管規模大小，多會舉行十日戎。這個祭典在關西，尤其是以作生意出名的大阪，是一年之始最重要的固定活動。

　　手持釣竿和鯛魚的惠比壽財神是日本的七福神之一，同時也是商業和漁業的守護神。財神節裡到處都可以看到代表生意興榮的「福竹」，信徒們喜歡在上面掛滿吉祥的吊飾後帶回家。而發放福竹、幫信徒們把吉祥物掛在福竹上的工作，則由現場數十位的「福娘」負責。據說當上福娘之後，婚姻和事業都會一帆風順，也難怪每年都有許多女性角逐。

　　在十日當天，「朝市」會在早上7點開市，販賣當地人只有在喜慶的日子才會吃的「加吉魚」，在9點半左右還會開始盛大的「寶惠駕籠」遊行，民眾除了有機會從福娘那裡拿到吉祥物之外，還可以一睹參加遊行的藝人和知名人士的風采。

十日戎
とお か えびす

MP3 ▶187

👩 秋惠：履歴書を書いているんですか？お仕事探しですか？
あきえ　りれきしょ　か　　　　　　　　　　しごとさが

　　➕ 妳在填履歷表嗎？在找工作啊？

👵 亜子：実は今宮戎神社が行う十日戎で福娘として❶ご奉仕したいの
あ こ　　じつ　いまみやえびすじんじゃ　おこな　とお か えびす　ふくむすめ　　　　　　　ほうし
　　　　　で、これは資格審査に必要な履歴書です。
　　　　　　　　　しかくしんさ　ひつよう　りれきしょ

　　➕ 其實是我想要以福娘的身分在今宮神社舉辦的財神節裡效勞，這是資格審查需要的履歷表。

秋恵：福娘に選ばれると就職や縁談に有利だそうで、去年は三千人の
希望者から50人しか選ばれなかったそうですね。

➕ 聽說被選為福娘的話，對就業以及親事都很有利，去年從3000個申請者中好像只選了50個人。

亜子：就職や縁談より、家族が代々大阪で商売してきたので、私は小
さい頃から十日戎に参詣し、ずっと福娘に憧れているんです。

➕ 比起就職以及親事，因為我家代代都在大阪做生意到現在，我從小時候就開始參加財神節，一直很憧憬當福娘。

秋恵：福娘になると、宵戎、本戎と残り戎の三日間で百万人の参詣者
に福笹を渡したり、福笹に縁起物をつけたりするので大変な仕
事だそうですね。

➕ 如果當了福娘，在1月9日、10日、11日這三天要給100萬名香客福竹，還要在福竹上面掛上吉祥物，因此看來是個很辛苦的工作呢。

亜子：それに各関係団体、報道関係に挨拶したり宝恵駕籠行列に参加
することなども仕事の一つです。

➕ 另外還要拜訪各相關團體、媒體，參加「寶惠轎」遊行隊伍等等也是工作之一。

秋恵：宝恵駕籠行列に参加すると、近距離で芸能人や有名人と接触で
きるに違いない**②**と思いますよ。

➕ 我想如果參加了「寶惠轎」遊行隊伍，絕對可以和藝人、名人近距離接觸沒錯哦。

亜子：そんな事を考える前に書類審査、面接審査、最終審査に合格し
なければならないんですよ。

➕ 在想那種事情之前，我得先通過書面審查、面試以及決選才可以啊。

秋恵：小さい頃からえべっさんに参詣していますし、万一今度だめで
も来年がありますよ。

➕ 妳從小時候就參拜財神，而且萬一今年不行，也還有明年啊。

冬の行事

亜子：応募者の年齢は23歳までなので、今年は私の最後のチャンスですよ。

➕ 應徵者的年齡只限定到23歲，所以今年是我最後的機會了。

秋恵：じゃあ、必ず合格できるように祈ります。

➕ 那麼，祝福妳一定通過。

MP3 ▶188

いまみやえびすじんじゃ **今宮戎神社**	位於大阪市浪速區，供奉財神的神社。建於西元600年，其舉行的「十日戎」財神節是關西地區規模最大的，每年超過100萬人會參加	しょうばい **商売する**	做生意
えびす えびす **戎／恵比寿**	日本的財神。當地人暱稱為「えべっさん」，是商業和漁業的守護神	たからもの **宝物**	寶物
しちふくじん **七福神**	七福神	おうぼしゃ **応募者**	應徵者
ふくむすめ **福娘**	福娘，在十日戎期間負責發放福竹、幫信徒們把吉祥物掛在福竹上等「散播福氣」的工作，每一年由主辦單位從上千位應徵者中選出約50位	しゅうしょく **就職**	就業
よいえびす **宵戎**	1月9日，十日戎的前一天	えんだん **縁談**	婚事；提親
ほんえびす **本戎**	1月10日，十日戎的當天	つりざお **釣り竿**	釣竿。財神手裡握的物品之一

1
睦月
むつき

残り戎 （のこ　えびす）	1月11日，十日戎的後一天	鯛 （たい）	鯛魚。財神手裡握的物品之一
加吉魚 （か　きちざかな）	真鯛	朝市 （あさ　いち）	早市
福笹 （ふく　ざさ）	福竹	芸能人 （げい　のう　じん）	藝人
宝恵駕籠行列 （ほ　え　か　ごぎょう　れつ）	十日戎當天舉行的「寶惠轎」遊行隊伍，成員包括藝人、名人以及會向兩旁民眾發放吉祥物的福娘	有名人 （ゆう　めい　じん）	名人

特好用句型

▶189

❶ ～として

這個句型接在名詞的後面，可以用來表示身分、資格、立場等等，相當於中文的「作為～」。

☆ 名詞＋として～　作為～、以～的身分

例句1：日本留学の経験者として、日本人の観光客が台湾で言葉の通じない時にボランティアで通訳するのは当然なことだと思います。

我認為作為留學日本的過來人，當日本觀光客在台灣語言不通的時候，志願做翻譯是理所當然的事。

冬の行事（ふゆ　ぎょう　じ）

「先生」「生徒」「模範」

寫寫看

───────────────────────────────

せんせい　　せいと　　もはん
先生として生徒の模範にならなければなりません。

作為老師不能不成為學生們的榜樣。

②　〜に違いない

這個句型相當於中文的「絕對〜沒錯」、「一定是〜不會錯」、「肯定〜」的意思。

☆ 動詞原形／た形＋に違いない〜　絕對〜沒錯・肯定〜

例句1：毎晩四時間しか寝なかったら疲れるに違いない。

每晚只睡四個小時的話肯定會累。

例句2：別れたばかりで直ぐ新しい彼女ができたなんて、前から浮気していたに違いない。

才剛分手就馬上交到新的女友，肯定是從以前開始就劈腿了。

☆ 名詞＋に違いない〜　絕對〜沒錯・肯定〜

例句1：三歳で掛け算できる子供は天才に違いありません。

三歲就會乘法的小孩絕對是天才沒錯。

☆ 形容詞＋に違いない〜　絕對〜沒錯・肯定〜

例句1：ミシュラン三つ星のレストランなら、料理は美味しいに違いない。

如果是米其林三星的餐廳，菜餚絕對好吃沒錯。

例句2：一日十五時間も働く仕事は大変に違いない。

一天要做高達15個小時的工作，肯定很艱苦。

「その人気女優」「電撃結婚」「理由」「妊娠」

その人気女優が電撃結婚した理由は妊娠に違いない。

那個當紅女星閃婚的理由，肯定是懷孕沒錯。

地方方言

「訛り」

　　我有一個大阪朋友，雖然在東京已經住了二十幾年，但是只要她的情緒一激動，「大阪弁」（大阪話）就會馬上出籠。日本有很多「方言」，有些方言就連住日本其他地方的人也聽不懂。

　　2013年暴紅的日劇「あまちゃん」（海女小天），劇中生長於東京的女主角，本來說的是一口的「標準語」，但在回到媽媽的故鄉之後，竟然學起了當地的「訛り」（地方口音）。她在劇中的口頭禪「じぇじぇじぇ」（日本三陸地方的方言，用來表示驚訝），更是當選了當年的流行語。

冬の行事

初場所
はつ ば しょ

大相撲的第一場競技

　　相撲不但是日本的國技，也是一種擁有一千多年歷史的神道教儀式，自古便由健康、強壯的男性，在神的面前盡力獻技，以表達對神的敬意以及感謝。雖然蒙古、中國、韓國，沖繩本島和土耳其等地都有相似的競技，但卻是日本讓相撲聚焦了國際的目光。因此，雖然「摔跤」的概念並非日本獨有，相撲的英文卻不是「日式摔跤」，而是「sumo wrestling」。

　　日本相撲協會所舉辦的專業「力士」的比賽「大相撲」，一年共有六次為期15日的競技，其中有三次在東京的兩國國技館舉行，而每年首次的競技就叫做「初場所」，在1月的第二個星期日揭開序幕。

　　這六次比賽的成績對力士們來說非常重要，因為相撲世界裡的階層區分嚴謹，能不能往上晉級所影響到的不僅僅是薪水和所受到的待遇問題（例如平常要不要打雜、是伺候別人還是被人伺候等等），更關係到一個力士的身分和地位。我們所聽過的相撲士，包括和當紅女星論及婚嫁的，多是力士中最高階級的「橫綱」。

　　嚴守傳統的相撲界，其歷年來的演變或許也是逐漸在改變的日本社會之縮影。看到現代的觀眾席中滿是女性，很難想像古時候女性被禁止觀看相撲的規定。此外，來自夏威夷的曙太郎，在1993年成為日本首位外籍橫綱，不但創下了輝煌的記錄，也在同鄉小錦之後繼續為日後所謂的「外籍兵團」開了以保守著名的相撲界之大門。

初場所
はつ ば しょ

浩二：テレビで大相撲を見たことはありますが、両国国技館で見るのは今日が初体験です。

　⊕ 我雖然有在電視上看過正式的相撲，但今天是第一次在兩國國技館看。

達雄：相撲がお好きですか？

➕ 你喜歡相撲嗎？

浩二：大学時代は柔道部でした。その時、柔道の前身である柔術の起源は相撲ということを知って、興味を持ち始めました。

➕ 我在大學是柔道部。從那時候知道了柔道的前身「柔術」的起源是相撲，就開始有了興趣。

達雄：それは私も知りませんでした。よく考えたら、相撲と柔道の間にはけっこう共通点がありますね。

➕ 那一點我以前也不知道。仔細想想的話，相撲和柔道之間的共通點還蠻多的呢。

浩二：今日は天覧相撲なので、天皇も皇后もご観戦しにいらっしゃいます。

➕ 今天因為是天覽相撲，所以天皇和皇后都有到場觀戰。

達雄：皇后も含めて、ここにいる大勢の女性観衆を見ると、昔の女性は相撲を見ることを禁じられていたなんて考えられないですね。

➕ 包括皇后在內，看到這裡這麼多女性觀眾，實在想像不到從前女人被禁止看相撲呢。

浩二：それに、こんなに伝統的なスポーツなのに、この十年は番付表から日本人の横綱が姿を消してしまい、暫くこの状態が続くこともあり<u>得ます</u>❶。

➕ 而且，雖然是這麼傳統的運動，但是這十年來名次表上的日本人橫綱已經絕跡，這種狀態持續一段時間也是有可能的。

達雄：こういう厳しい現状は昔の人には想像できなかったでしょうね。

➕ 這種嚴厲的現狀應該是古時候的人無法想像的吧。

冬の行事

411

浩二：厳しい現状と言えば❷、さっき買ったお土産とお弁当を一人で全部食べちゃったんですか？

➕ 說到嚴厲的現狀，剛剛買的伴手禮和便當，你一個人全部吃光了嗎？

達雄：先手必勝ですからね。

➕ 因為先下手為強嘛。

浩二：それは禁じ手でしょう。私は一口も食べていないですよ。

➕ 那應該算是犯規的招數吧。我連一口都還沒吃耶。

達雄：ごめんなさい。相撲を見た後でちゃんこ鍋をおごりますから、怒らないで下さいよ。

➕ 對不起。看完相撲之後我請你吃相撲火鍋，拜託你別生氣嘛。

MP3 ▶191

大相撲 おお ず もう	日本相撲協會所舉辦的專業力士相撲比賽	**蹲踞** そん きょ	相撲中雙膝外張直蹲的動作，為相撲的基本動作之一
本場所 ほん ば しょ	決定力士的等級、待遇等正式的相撲比賽。一年共有六次，分別為：初場所、春場所、夏場所、名古屋場所、秋場所、九州場所	**仕切り** し き	做完四股之後直接彎腰的動作，兩肘放在膝上，聚精會神地注視對手，為相撲的基本動作之一
初場所 はつ ば しょ	一年六次正式的相撲比賽之中的第一場，在兩國國技館舉行。另外，夏場所和秋場所也在該館舉行	**手刀** て がたな	優勝的力士接受獎金之後，用來向神明致謝的動作，為相撲的基本動作之一

力士 りきし	相撲士；大力士	**決まり手** きまりて	致勝招；決定勝負的招式
横綱 よこづな	冠軍的相撲士，為力士階級裡最高級	**禁じ手** きんじて	犯規；被禁止的技法；動作
天覽相撲 てんらんずもう	日本天皇也觀戰的相撲競賽，通常是初場所賽期的第8天，以前日本女性被禁止觀賽，但現代的皇后多會陪同天皇一起觀賽	**ちゃんこ鍋** なべ	相撲火鍋。原為培養力士體格而發展出來的食物，現已經大眾化，其特點是食材多、份量足
土俵 どひょう	相撲台；相撲的場地	**柔道** じゅうどう	柔道
塩まき しお	撒鹽，是力士入場比賽時用來驅邪、祈福的動作	**お土産** みやげ	特產；紀念的禮品
塵手水 ちりちょうず	以蹲踞的姿勢拍手，用來表示自己沒有帶任何武器上場，為相撲的基本動作之一	**お弁当** べんとう	便當
四股 しこ	兩腳交替高舉並用力頓地，為相撲的基本動作之一	**おごる**	請客；請吃飯

特好用句型

(MP3) ▶192

① ～得る／得る

　　此句型相當於中文的「有可能～」，和其他動詞連用。如果後面接「こと」的話，就是「有可能～的事」。

　　看過日劇《破案天才伽利略》的人應該記得湯川學準教授的口頭禪之一「あり得ない？」（不可能嗎？）他說的可是「ありえない」哦。也就是說，「得る」有兩種讀法，而用這個句型表示「有可能」的時候，要注意有時候會讀成「うる」而不是「える」哦。

冬の行事
ふゆ ぎょうじ

413

☆ 動詞ます形去ます＋得る〜　有可能〜

例句1：友邦<ruby>友邦<rt>ゆうほう</rt></ruby>でもいつか<ruby>敵国<rt>てきこく</rt></ruby>になり<ruby>得<rt>う</rt></ruby>る。

就算是友邦，有一天有可能變成敵國。

「<ruby>大津波<rt>おおつなみ</rt></ruby>」「<ruby>近<rt>ちか</rt></ruby>いうち」「また<ruby>起<rt>お</rt></ruby>こる」

寫寫看

<ruby>大津波<rt>おおつなみ</rt></ruby>は<ruby>近<rt>ちか</rt></ruby>いうちにまた<ruby>起<rt>お</rt></ruby>こり<ruby>得<rt>え</rt></ruby>る。

大海嘯可能最近還會再發生。

❷ 〜と言えば

☆ 名形＋<ruby>言<rt>い</rt></ruby>えば〜　說到〜・提到〜

例句1：<ruby>箱根<rt>はこね</rt></ruby>と<ruby>言<rt>い</rt></ruby>えば、<ruby>温泉<rt>おんせん</rt></ruby>に<ruby>入<rt>はい</rt></ruby>りたいです。

提到箱根，就想泡溫泉。

「<ruby>夏<rt>なつ</rt></ruby>」「<ruby>花火大会<rt>はなびたいかい</rt></ruby>」

寫寫看

<ruby>夏<rt>なつ</rt></ruby>と<ruby>言<rt>い</rt></ruby>えば、<ruby>花火大会<rt>はなびたいかい</rt></ruby>だ。

提到夏天，就想到煙火大會。

NOTE

成人式
せい じん しき

成年式

　　成人式相當於中國古時候的冠禮，在日本已經有相當久的歷史，只是昔日的武家社會，把成年定義為男子15歲、女子13歲。

　　現代版的成年式，通常由各地的政府機關在1月第二個星期一的「成人之日」，統一為學齡20歲的青年男女舉行祝賀儀式。有些公司或學校也會為職員或學生舉行成人式，而「新成人」在這一天還會收到父母、親友和同事們等的禮物和紅包。

　　近年來在成人式的典禮上可以看到許多日本社會問題的縮影。由於少子化以及都市化的影響，較偏遠鄉鎮的成人式，參加者寥寥無幾。另外，二十歲也是日本成年的法定年齡，有選舉權也可以合法地抽煙、喝酒，因此許多新成人便會在那一天開懷暢飲，導致當天因為喝酒開車、鬧事等而被逮捕的新聞頻傳。

　　本來經由這個儀式想讓新成人認知到自己身為社會人士的責任，但現在卻演變成禮儀惡劣卻可以免費喝酒的同學會，讓許多納稅者覺得是在浪費稅金，因而主張讓親友私下為新成人慶祝就可以了，不需要再用公帑買單。

成人式
せいじんしき

MP3 ▶193

慶太：私は成人の日を廃止するべき①だと思います。
けい た　　　　　わたし せいじん ひ はい し　　　　　　　　おも

　⊕ 我覺得應該要廢除成年之日。

英樹：そうですね。そもそも学齢でやりますから、その日は20歳未満
ひで き　　　　　　　　　　　　　がくれい　　　　　　　　　　ひ　　さい み まん
　　　の未成年者もいるんでしょう。
　　　　み せいねんしゃ

　⊕ 就是啊。因為是依學齡舉行的，那一天也會有年齡不滿20歲的未成年吧。

慶太：昔は15歳でも元服したので、法定年齢の問題ではなくて、参加
けい た　　むかし さい　　　　げんぶく　　　　　ほうていねんれい もんだい　　　　　　　　　さん か
　　　者は自分が責任ある社会人という認知があるかどうかの問題だ
　　　しゃ じ ぶん せきにん　　　しゃかいじん　　　にんち　　　　　　　　　　　もんだい
　　　と思います。
　　　　おも

◎ 我想，從前15歲就舉行冠禮，因此法定年齡不是問題，問題是參加者是否有認知自己是個有責任的社會人士這點。

英樹：確かに成人になるべき日に飲酒運転や蛮行など無責任な行動で逮捕されるのは凄く皮肉ですね。

◎ 的確。在應該變為成年人的日子卻因為酒後駕駛、暴行等不負責任的行動而被逮捕的事，非常地諷刺呢。

慶太：モラル喪失のうえ、マナーも低下する一方❷ですよ。成人式で携帯電話を使ったり、席を離れたり、酒瓶を手に騒ぐなど、毎年どこかの成人式で問題が起こるようですよ。

◎ 道德喪失之外，禮儀也不斷在惡化哦。在成年禮用手機、離開座位、拿著酒瓶吵鬧等等，每年某個地方的成年禮都會有問題發生。

英樹：まるで成人式を利用して飲み放題の同窓会をやっているようで、税金の無駄遣いですね。

◎ 簡直是利用成年禮舉行喝到飽的同學會，是浪費稅金吧。

慶太：本来なら女は振袖、男はダークスーツを着るくらい厳粛な儀式なのに、最近は両肩を出す花魁風の格好で出席する若者もいるようですよ。

◎ 本來的話，是女生穿寬袖和服、男生穿深色西裝那種程度的嚴肅儀式，但最近好像也有以露出肩膀的名妓外形出席的年輕人。

英樹：それに、少子化と都市化によって参加率は下がっているのに、公費まで使って式典を行うのに意味がありますかね？

◎ 而且，明明因為少子化和城市化的原因參加率降低，卻動用到公費來舉行典禮的這件事有意義嗎？

慶太：だから年齢だけで決めるのではなく、本当に一人前になった新成人のために家族で祝えば良いと思いますよ。

◎ 所以呢不要光看年齡來決定，而是讓家人替真的能獨當一面的新成人來慶祝的話，我就覺得很好。

冬の行事

成人式（せいじんしき）	成年禮；冠禮	同窓会（どうそうかい）	同學會
成人の日（せいじんのひ）	成年之日，在日本是國定假日，定在1月的第二個星期一，大部分地區的政府機關都會學齡為滿20歲的男女舉辦成人式以茲慶祝	飲酒運転（いんしゅうんてん）	酒後開車
学齢（がくれい）	學齡	法定年齢（ほうていねんれい）	法定年齡
元服（げんぶく）	古時候日本男性成年後開始戴冠的儀式	成年者（せいねんしゃ）	成年人，在日本為年滿二十歲的人
振袖（ふりそで）	寬袖的和服	未成年者（みせいねんしゃ）	未成年
ダークスーツ	深色的西裝（dark suits）	モラル	道德（morale）
社会人（しゃかいじん）	社會人士	マナー	禮儀、禮貌（manner）
新成人（しんせいじん）	剛成年的人	無駄遣い（むだづかい）	亂花錢；浪費
少子化（しょうしか）	少子化	花魁（おいらん）	有名的藝妓
都市化（としか）	城市化	厳粛（げんしゅく）	嚴肅

1
睦月（むつき）

418

特好用句型

MP3 ▶195

❶ 〜べき

這個句型配合動詞的原形，就是「應該要做〜」的意思。如果前面接的動詞原形是「する」的話，也可以省略「る」直接用「すべき」。

☆ 動詞原形＋べき〜　應該要〜

例句1：優先席ではなくても、お年寄りに席を譲るべきです。

就算不是博愛座，也應該要讓座給老人。

例句2：今日すべきことを明日に延ばすな！

今天應該做的事，別延到明天！

小練習　しばらく

「教育というのは」「知識」「マナー」「教える」

寫寫看

教育というのは、知識だけではなくマナーも教えるべきです。

教育這事，不光是知識，也應該要教導禮儀。

❷ 〜一方（だ）

「〜一方」的用法有好幾種，這裡介紹描述某種傾向的用法，相當於中文的「不斷〜」、「越來越〜」、「一勁兒地〜」。

☆ 動詞原形＋一方（だ）〜　不斷〜・越來越〜

例句1：地球温暖化によって自然災害はこれから増える一方だ。

因為地球暖化的關係，從今以後自然災害會不斷增加。

冬の行事

例句2：長い間日本語を復習していないので文法を忘れる一方だ。

因為有很長一段時間沒有複習日文，文法忘得越來越多。

「戦争の噂」「株価」「下がる」

戦争の噂で株価は下がる一方だ。

因為打仗的謠言，股價一勁兒地跌。

1
睦
む
つ

月
き

420

NOTE

旧正月準備
きゅうしょうがつじゅんび
年前準備

　　台灣的1月下旬是家家戶戶忙著準備過農曆新年的時期。除了大掃除之外，也要拜拜、辦年貨、買新衣、把家裡除舊佈新一番。

　　年前的拜拜，主要是在農曆十二月二十四日的「送神日」，上午送完灶王公（灶神），下午要拜地基主。年貨街和傳統市場在過年前的幾週總是擠滿了辦年貨、買供品的人潮，連百貨公司、超市也會加入過年商機的戰局，甚至提供24小時營業的服務。

　　台灣人在過年前有理髮、換新髮型的習慣，因此除夕前的美容院常常爆滿。而且，「欠錢不欠過年」的習俗，加上包紅包要用的新鈔，以及辦年貨必要的「資金需求」，都讓銀行在年前變得有如菜市場一般熱鬧。

　　雖然現在越來越多家庭的年菜、春聯都是用買的，但是還是有一部分的家庭連粿都會自己做，而家裡貼的也是自家人寫的春聯。聽老一輩的人說，生活也沒有這麼方便的時候，以前過年的氣氛比較濃厚，年前的準備要一直忙到大家坐下來吃團圓飯的那一刻呢！

旧正月準備
きゅうしょうがつじゅんび

 ▶196

🧑 秋惠（あきえ）：明日（あした）は会社（かいしゃ）を休（やす）んで、旧正月（きゅうしょうがつ）の準備（じゅんび）をする予定（よてい）です。

　➕ 我明天打算向公司請假，做年前的準備。

🧑 駿（しゅん）：大掃除（おおそうじ）のためですか？

　➕ 是為了要大掃除嗎？

🧑 秋惠（あきえ）：大掃除（おおそうじ）は週末（しゅうまつ）にしても大丈夫（だいじょうぶ）だけど、銀行（ぎんこう）は平日（へいじつ）しか営業（えいぎょう）しないし、美容院（びょういん）もデパートも平日（へいじつ）の方（ほう）が空（す）いています。

　➕ 大掃除的話週末做也沒關係，但是銀行就只有在平日營業，而美容院、百貨公司也都在平日比較沒人。

駿　：確かに振込ならネットでも出来ますが、お年玉のための新札両替は直接銀行に行く<u>しかない</u>❶ですからね。

　➕ 確實如此。如果是匯款的話網路也可以做到，但是為了包紅包要換新錢的話，除了直接去銀行別無他法。

秋恵：新しい年を迎えるために、髪もカットして、服も新調しなきゃね。

　➕ 為了迎接新的一年，可得要剪頭髮、換新衣啊。

駿　：年越し用品を用意するのに、やはり問屋街や伝統市場へも行くんでしょう。

　➕ 為了準備年貨，果然也要去批發商街和傳統市場吧。

秋恵：大根や魚など、縁起物の食材も、かまどの神様へのお供え物全てスーパーで済みます。

　➕ 蘿蔔和魚等，討吉利的食材以及要供灶神的供品，全都在超市解決。

駿　：お正月の直前に２４時間営業になるスーパーもあるので便利ですね。私は元旦から一週間ぐらい海外旅行しますから、あまりお正月の気分はしません。

　➕ 即將要過年之前，也有24小時營業的超市，很方便呢。因為我從元旦開始要去國外旅行約一個星期，所以沒什麼過年的感覺。

秋恵：春聯ぐらいは貼って下さいよ。年末商戦で店からただで貰えますし。

　➕ 至少要貼張春聯嘛。可以從年底的促銷大戰中的店家那裡免費拿到啊。

駿　：自分が書いた「春」と「福」は既に上下逆さまに貼ってありますよ。

　➕ 我自己寫的「春」和「福」已經都倒著貼好了。

冬の行事

秋恵：ところで、「借りはお正月までに」ということで、前に払って
くれた十元をお返します。

➕ 對了，俗話說「欠錢不欠過年」，所以之前你幫我付的10圓還給你。

駿：十元ぐらいは借りとは言えないでしょう。それより、明日銀行
に行くついでに②、この五千元を100元の新札に両替してくれ
ませんか？

➕ 10塊錢的程度稱不上是欠錢吧。與其還10元，明天妳去銀行的時候，順便
幫我把這5000元換成100元的新鈔好嗎？

秋恵：いいですよ。じゃあ、新札は明後日の忘年会の時にお渡しします。

➕ 好啊。那麼，後天尾牙的時候再把新鈔給你。

駿：よろしくお願いします。

➕ 麻煩妳了。

旧正月 きゅうしょうがつ	春節	かまど神 かみ	灶神
正月準備 しょうがつじゅんび	年前準備	年越し用品 としこようひん ／お正月用 しょうがつよう 品 ひん	年貨
お金を返す かねかえ	還錢	新札 しんさつ	新鈔
問屋街 とんやがい	批發商聚集的商街；年貨街	忘年会 ぼうねんかい	尾牙

1
睦
むつ
月
き

一家団欒の食事	團圓飯	正月料理	年菜
服を新調する	換新衣	爆竹	鞭炮
春聯	春聯	縁起物	吉祥物
供え物	供品	年末商戦	年底促銷大戰
24時間営業	24小時營業	伝統市場	傳統市場
美容院	美容院	水餃子	水餃

特好用句型

(MP3) ▶198

❶ 〜しかない

此句型前面加動詞的話，可以用來表示「除了〜之外，別無他法」。

前面加名詞的話就是「就僅有〜」、「就只有〜」。要注意「〜しか」跟「〜だけ」最大的不同是「しか」後面一定接否定形。另外，兩者在語氣上也有細微的差異。因為「〜しかない」的否定形結尾，所以有「除了〜以外其他的都不〜」的意思。

舉例來說：「日本語の挨拶だけは出来ます。」的情景，可能是剛開始學日文，難的日文雖然不會，但是打招呼是沒問題的。而「日本語は挨拶しか出来ません。」的情景，就可能是「除了打招呼以外，其他的日文都不會」，因此無法用日文來接待客人或進行討論等等。

冬の行事

☆ **動詞原形＋しかない～　除了～之外，別無他法**

例句1 合格<ruby>合格<rt>ごうかく</rt></ruby>したいなら、頑張<ruby>頑張<rt>がんば</rt></ruby>るしかない。

想合格的話，除了努力之外，別無他法。

☆ **名詞＋しかない～　就僅有～、就只有～**

例句1 人生<ruby>人生<rt>じんせい</rt></ruby>は一度<ruby>一度<rt>いちど</rt></ruby>しかないのだから、やりたいことをやれ！

人生只有一次，所以就做想做的事吧！

「やるなら」「<ruby>今<rt>いま</rt></ruby>」

やるなら、<ruby>今<rt>いま</rt></ruby>しかない。

要做的話，就只有現在。

② ～ついでに

此句型就是中文的「做～的時候，順便～」的意思，前面可以接動詞或是名詞。另外，某些情況下也可以把含有「主要動作」的完整句子做結束之後，再以「ついでに」為下一句的開頭敘述「順便要做的動作」。

☆ **動詞現在形／た形＋ついでに～　做～的時候，順便**

例句1 <ruby>髪<rt>かみ</rt></ruby>をカットするついでに、トリートメントもしました。

剪頭髮的時候順便做了護髮。

例句2 <ruby>東京<rt>とうきょう</rt></ruby>に<ruby>行<rt>い</rt></ruby>ったついでに、スカイツリーを<ruby>見<rt>み</rt></ruby>て<ruby>来<rt>き</rt></ruby>ました。

我去東京的時候，順便看了一下東京晴空塔才回來。

☆ **名詞＋の＋ついでに～　～的時候，順便**

例句1 <ruby>夕方<rt>ゆうがた</rt></ruby>、<ruby>買<rt>か</rt></ruby>い<ruby>物<rt>もの</rt></ruby>のついでに、<ruby>晩<rt>ばん</rt></ruby>ご<ruby>飯<rt>はん</rt></ruby>も<ruby>外<rt>そと</rt></ruby>で<ruby>済<rt>す</rt></ruby>ませました。

傍晚去購物的時候，順便連晚餐都在外頭解決了。

「外回り」「近所の漫画喫茶」「寄る」
そとまわ　　　きんじょ　まん が きっ さ　　よ

外回りのついでに、近所の漫画喫茶に寄りました。
そとまわ　　　　　　　　きんじょ　まん が きっ さ　　よ

跑外勤的時候，順便去了附近的漫畫咖啡廳一下。

冬の行事
ふゆ　ぎょう じ

節分
節分

　　節分原來是指立春、立夏、立秋、立冬的前一天，也就是「把季節分開」的意思，但自從江戶時代之後，「節分」多指立春的前一天，通常在2月3日。在這一天日本人習慣一邊撒豆子一邊說「福往內，鬼往外！」，然後從撒出的豆子中吃掉同自己年齡數量的豆子，有些人也會習慣多吃一顆讓身體更健康。

　　因為「豆」的發音通「魔滅」，而日本人相信在季節交換之際容易有邪氣，因此會以拿豆子砸鬼的方式來驅趕邪氣，不過有些地方的習俗則是撒花生，因為花生比較好撿。而某些神社或是鄉村名字、家族姓氏裡面含有「鬼」字的人，則會把撒豆時的吆喝聲改成「鬼往內」。

　　另外，在節分的這一天也有打扮成和平常不同的模樣來驅鬼的習俗。東京的淺草和京都的花街等地方，還會舉行「節分扮鬼」的活動，讓藝妓、舞妓、女侍等裝扮成各種不同的模樣來招呼客人，感覺有點像化妝舞會或是西方的萬聖節呢。

　　而節分的晚上要面向當年吉利的方向「惠方」吃壽司卷。吃的時候要閉上眼睛，安靜地想著自己的願望。為了祈求七福神的保佑，通常粗粗的「惠方卷」裡面會包上七種不同的食材。

節分

(MP3) ▶199

和子：スーパーの節分コーナーで福豆を買っておいたので、これから子供達と鬼やらいをやりましょうか？

　　　⊕ 我在超市的節分特賣區預先買好了福豆，所以我們現在跟孩子們來撒豆驅鬼好嗎？

洋介：家で鬼やらいをやるなら、きっと僕に鬼の役をさせるんでしょう？鬼の面は持っていませんよ。

　　　⊕ 如果要在家撒豆驅鬼的話，一定是要我扮鬼吧？我可沒有鬼面具哦。

2
如月

和子：紙に印刷した鬼の面が福豆のおまけについているので、大丈夫ですよ。

➕ 福豆有附贈印在紙上的鬼面具，所以沒問題的啦。

洋介：福豆をぶつけられると痛いから、神社へ行ったらどうですか？神社で鬼に扮した人達をいくらでも追い払うことが出来て、子供達も盛り上がりますよ。

➕ 被福豆打到的話很痛耶，所以去神社怎麼樣呢？因為在神社可以盡情驅趕扮演鬼的人們，孩子們也會很high。

和子：去年子供たちと稲荷鬼王神社の節分祭りに行ったら、そこでの掛け声は「福は内、鬼は内」だったので、子供達はそれが普通だと思ってしまったみたいです。

➕ 去年和孩子們去了稲荷鬼王神社的節分祭典之後，那裡的喊的是「福往內，鬼往內」，因此孩子們好像以為那個是一般的喊法。

洋介：「福は内、鬼は外」という普通の掛け声を子供達に覚え直させたいから、今年は家で豆撒きすることにしたんですか？

➕ 妳要孩子們重新記住一般「福往內，鬼往外」的喊法，所以才決定在家裡撒豆的嗎？

和子：そうですよ。

➕ 沒錯。

洋介：それなら他の神社に行けば良いんじゃないですか？殆どの神社は「鬼は内」を言いませんから。

➕ 那樣的話去別的神社不就行了嗎？因為大部分的神社都不會說「鬼往內」嘛。

和子：今の時間だと神社の豆撒きは既に終わっているので、家でやるしかありません。

➕ 現在這個時間的話，神社的撒豆已經結束了，所以只能在家做了。

冬の行事

洋介： 分かりました。でも、豆の代わりに❶落花生を撒きましょうか？四十個の豆はちょっと食べづらい❷ですが、落花生ならビールのおつまみにちょうど良いです。

➕ 知道了。但是我們用花生代替豆子來撒好嗎？四十顆豆子的話有點難以下嚥，但是如果是花生的話就剛好是啤酒的下酒菜。

和子： それは駄目ですよ。落花生を撒いたら子供達は又それが普通だと思ってしまいますから。

➕ 那樣不行哦。因為撒了花生的話，孩子們又會以為那才是一般的做法。

洋介： それも駄目ですか？全く「福は内、鬼は外、悪魔はここ」です！

➕ 那也不行嗎？完全是「福往內、鬼往外、惡魔在此」嘛！

和子： はは。旦那様の体が丈夫になるように、この悪魔はあなたの年齢より一つ多く食べさせますよ。

➕ 哈哈。為了讓丈夫大人身體健康，我這個惡魔要讓你比年齡的數目多吃一顆豆子哦。

洋介： 僕が嫌いな豆を四十一個も食べさせるのですか？勘弁して下さいよ！

➕ 我討厭的豆子妳讓我吃41顆那麼多嗎？求妳饒了我吧！

單字百寶箱

🎵 MP3 ▶200

節分 (せつぶん)	立春、立夏、立秋、立冬的前一天，現代多指2月3日這一天	季節 (きせつ)	季節
福豆 (ふくまめ)	用來丟鬼的豆子，多為炒過的大豆	年齢 (ねんれい)	年齡

2 如月 (きさらぎ)

豆撒き まめま	撒豆，為驅鬼的儀式	願い事 ねが ごと	願望
鬼やらい おに	撒豆驅鬼的儀式，也叫 「**追儺**」，乃是透過驅趕 扮演鬼的人來消除邪氣和 災厄的儀式	思い浮かぶ おも う	想起來；回憶起來
魔滅 まめつ	魔滅，因為發音通 「**豆**」，因此日本在節分 當天有撒豆驅鬼的習俗	格好 かっこう	樣子；模樣
恵方巻き え ほう ま	節分的夜裡對著吉利的方 向吃的壽司卷	丈夫 じょう ぶ	健康；強壯
節分お化け せつ ぶん ば	節分時裝扮成和平常不同 的模樣	普通 ふ つう	一般；普通
仮装 か そう	變裝；假扮	ハロウィー ン	萬聖節（Halloween）
掛け声 か ごえ	吆喝聲；喊聲	コーナー	專櫃；特賣區；角落 （corner）
追い払う お はら	驅趕；趕開	盛り上げる も あ	炒熱氣氛

特好用句型

（MP3）▶201

❶ ～の代わりに

☆ 名詞＋の代わりに～　代替～、取代～

例句1：若い人たちの間では手紙の代わりに、ラインがよく使われています。

在年輕人之間，LINE常被用來代替書信使用。

冬の行事
ふゆ ぎょう じ

小練習 しば・らく

「入院中」「母」「妹の世話」

寫寫看

入院中の母の代わりに私が妹の世話をします。

我代替住院中的母親照顧我妹妹。

❷ 〜づらい

形容「很難做〜」、「難以〜」的日文句型有好幾個，包括「〜にくい」、「〜づらい」和「〜がたい」。這三個句型所表達的意境各有不同，最大的不同點在於：

「〜にくい」通常用來表示物理性的困難，例如要說中文的「雨」或是英文的「L」、「R」的發音，對日本人來說就是「言いにくい」。

「〜づらい」通常用來表示在精神上或心理上很難做出某件事，例如向人借錢這種話，因為很不好意思所以很難開得了口就是「言いづらい」。用這個句型的漢字「〜辛い」來記憶的話可能會比較好記。

「〜がたい」的用法較有限，通常用來表達「根本不可能」、「根本無法相信」（某某人竟是殺人犯等）。例如現在的社會雖然推廣男女平等，但是「實在無法斷言」女職員和男職員拿的薪水是一模一樣的，就是「言いがたい」。

☆ 動詞ます形去ます＋づらい〜

例句1：自分より年上の部下はちょっと使いづらいです。

比自己還年長的部下，有點不太好意思使喚。

※ 和「〜にくい」的意境完全不一樣喔，比較看看哪裡不同：

○ 嫌いな豆は本当に食べづらいです。 ▶ 討厭的豆子實在難以入口。

○ 硬い豆は本当に食べにくいです。 ▶ 堅硬的豆子實在難以嚼食。

「彼女」「喧嘩する」「一時間も経ってない」「直ぐ」「会いに行く」

寫寫看

彼女と喧嘩して一時間も経ってないので、直ぐ会いに行きづらい。

跟女朋友吵架完剛過不到一個小時，所以很難（放下身段）馬上去見她。

冬の行事

433

二月 さっ ぽろ ゆき まつ 札幌雪祭り

札幌雪祭

　　北海道的札幌市每年二月初所舉辦的「札幌雪祭」為期一週，並動用三個會場：位於市中心的大通會場是展示大小不同的雪雕作品的主要舞台，而其他兩個會場則分別提供冰雪溜滑梯、雪上橡皮艇、雪迷宮等遊樂設施，以及展示較為小型的冰雕作品。

　　長達1.5公里大通會場，以展示大型的雪雕作品聞名國際，連中正紀念堂以及故宮博物院都曾登場過。此外，以「台北101」、「電音三太子」為主題的冰雕作品也在過去兩年相繼出現在「國際雪雕大賽」。

　　札幌雪祭於1950年由一群中學生開始，在走過60餘年頭的今天，儼然已經發展成為各種國際團體參與的盛會，並能在短短的一週內吸引海內外兩百多萬觀光客到訪。

　　不論是白天潔白純淨的雪，或者是夜晚打了燈之後繽紛亮麗的雪，風情萬種的札幌雪祭一直是平常看不到雪的台灣人最愛的日本節慶之一。因為根據最新統計，台灣的觀光客約占了總參觀人數的10%、海外觀光客數的三分之一哦。

さっぽろゆきまつ 札幌雪祭り

MP3 ▶202

秋恵：あっ、これは日本人なら一生に一度は訪れると言われる伊勢神宮の大雪像ですね。

　➕ 啊，這就是據說日本人一生至少要去一次的伊勢神宮的大型雪雕吧。

英樹：そうですよ。これは陸上自衛隊の協力によって作られました。それに、市民グループや世界各国の人々が国際雪像コンクールで造った作品が200基以上もありますよ。ゆっくり見ましょう。

　➕ 沒錯。這是由陸上自衛隊協助做成的。而且，由市民團體、世界各國的人在國際雪雕大賽中做成的作品甚至超過200座哦。我們慢慢看吧。

2 如 きさら 月 ぎ

👩 秋恵：市内に何千トンもの雪を運びこむだけで市民の生活に大変な負担がかかるでしょう。

➕ 光是把重達幾千噸的雪運送到市中心這件事，對市民的生活就已經造成相當大的負擔了吧。

👦 英樹：札幌雪祭りは私が生まれる前からずっとやって来たので、もう当たり前だと思っていますよ。それに、外国へ行かなくても、代表的な風物が見られるのは嬉しいです。

➕ 札幌雪祭從我出生以前就舉辦到現在，所以我認為已經是理所當然的哦。而且，就算不到國外也可以看到具有代表性的風景事物，很開心呢。

👩 秋恵：代表的なものでは、中正紀念堂という台湾の有名な建築物も登場しました。私は通勤途中に本物のそばをよく通りますが、こんなに近くで見るのは初めてですよ。

➕ 說到具有代表性的事物，叫做「中正紀念堂」的台灣著名建築物也登場了。我在上下班的路上經常會路過實物的附近，但這麼近距離看還是第一次呢。

👦 英樹：本物とほぼ同じ高さの作品のようです。

➕ 聽說是跟實物幾乎一樣高的作品。

👩 秋恵：本物にしても大雪像にしても❶、そんな屋根を作るのは決して簡単ではありませんね。

➕ 不管是實物還是大型的雪雕，要做出那樣的屋頂絕對不容易呢。

👦 英樹：そうですね。氷だけでこんなに綺麗でバラエティに富んだ芸術品を作れるのは素晴らしいですね。夜のライトアップもお薦めですよ。

➕ 沒錯呢。用冰就可以作出這麼漂亮又變化多端的藝術品，真了不起。夜晚打上燈光的樣子也很推薦哦。

冬の行事

秋恵：この後、ツドーム会場でちょっと雪の滑り台やスノーラフトなどでも遊んでみたいです。

➕ 在這之後，我想去TSUDOMU會場玩玩看冰雪溜滑梯、雪上橡皮艇之類的。

英樹：暖かい南国の人にしては[2]、寒さに強そうですね。

➕ 以一個從溫暖的南國來的人來說，妳好像不怕冷呢。

秋恵：雪国に来たことがなかったので、感動と興奮のし過ぎであまり寒さを感じません。それに、ダウンコートを三枚も着ているのも関係があると思います。

➕ 因為我從沒來過雪國，太感動和興奮了，所以不太覺得冷。而且，我想跟穿了三件之多的羽絨大衣也有關係。

英樹：ハハ。ところで、自然の中で雪と触れ合う前に、有名な札幌ラーメンを食べてみませんか？勿論、次の会場では飲食ブースやアイスバーなどで温かいものを食べられますが、札幌ラーメンは地元の私が薦める自慢の料理です。

➕ 哈哈。對了，在大自然中跟雪接觸之前，要不要先吃吃看有名的札幌拉麵呢？當然，下個會場也有小吃攤和冰做的吧台可以吃到熱的東西，但札幌拉麵是身為在地人的我所推薦的自豪料理。

(MP3) ▶203

| 北海道 ほっかいどう | 日本最北部的行政區以及第二大島，夏天的氣候宜人，而冬天則是雪祭以及滑雪的重要地點 |

| バラエティ | 多樣的變化（variety） |

<ruby>札<rt>さっ</rt></ruby><ruby>幌<rt>ぽろ</rt></ruby><ruby>市<rt>し</rt></ruby>	北海道的行政中樞以及日本的第五大城市,「札幌」源自當地原住民(愛奴族)的語言	<ruby>芸<rt>げい</rt></ruby><ruby>術<rt>じゅつ</rt></ruby><ruby>品<rt>ひん</rt></ruby>	藝術品
<ruby>雪<rt>ゆき</rt></ruby><ruby>祭<rt>まつ</rt></ruby>り	雪的祭典	<ruby>協<rt>きょう</rt></ruby><ruby>力<rt>りょく</rt></ruby>	協助
<ruby>大<rt>だい</rt></ruby><ruby>雪<rt>せつ</rt></ruby><ruby>像<rt>ぞう</rt></ruby>	大型的雪雕像	<ruby>登<rt>とう</rt></ruby><ruby>場<rt>じょう</rt></ruby>する	登場;出場
<ruby>氷<rt>こおり</rt></ruby><ruby>彫<rt>ちょう</rt></ruby><ruby>刻<rt>こく</rt></ruby>	冰雕	お<ruby>薦<rt>すす</rt></ruby>め	推薦
<ruby>国<rt>こく</rt></ruby><ruby>際<rt>さい</rt></ruby><ruby>雪<rt>せつ</rt></ruby><ruby>像<rt>ぞう</rt></ruby>コンクール	國際雪雕大賽(concour,法國)	<ruby>飲<rt>いん</rt></ruby><ruby>食<rt>しょく</rt></ruby>ブース	小吃攤;飲食部(booth)
<ruby>陸<rt>りく</rt></ruby><ruby>上<rt>じょう</rt></ruby><ruby>自<rt>じ</rt></ruby><ruby>衛<rt>えい</rt></ruby><ruby>隊<rt>たい</rt></ruby>	日本自衛隊的陸上軍事部隊	アイスバー	用冰做成的吧台(ice bar)
<ruby>滑<rt>すべ</rt></ruby>り<ruby>台<rt>だい</rt></ruby>	溜滑梯	<ruby>触<rt>ふ</rt></ruby>れ<ruby>合<rt>あ</rt></ruby>う	互相接觸;碰觸
スノーラフト	雪上橡皮艇(snow rafting)	ダウンコート	羽絨大衣(down coat)
<ruby>本<rt>ほん</rt></ruby><ruby>物<rt>もの</rt></ruby>	實物;本尊	<ruby>札<rt>さっ</rt></ruby><ruby>幌<rt>ぽろ</rt></ruby>ラーメン	札幌拉麵,發源於北海道札幌市的味噌拉麵,在日本各地都很有名

特好用句型

(MP3) ▶204

❶ ～にしても～にしても

☆ 名詞A＋にしても＋名詞B＋にしても～　不管是A還是B

例句1：<ruby>東<rt>とう</rt></ruby><ruby>京<rt>きょう</rt></ruby>にしてもニューヨークにしても、<ruby>大<rt>だい</rt></ruby><ruby>都<rt>と</rt></ruby><ruby>市<rt>し</rt></ruby>の<ruby>物<rt>ぶっ</rt></ruby><ruby>価<rt>か</rt></ruby>は<ruby>高<rt>たか</rt></ruby>いです。

不管是東京還是紐約,大城市的物價都很高。

冬<rt>ふゆ</rt>の<ruby>行<rt>ぎょう</rt></ruby><ruby>事<rt>じ</rt></ruby>

☆ A動詞原形＋にしても＋B動詞原形＋にしても〜　　**不管是A還是B**

例句1：子供を褒めるにしても叱るにしても、ちゃんとそれなりの理由をはっきり言った方がいい。

不管是稱讚還是責備小孩，好好地把箇中的理由說清楚比較好。

「母親」「赤ちゃん」「どちらも」「貴重な命」「医者としては」「選べません」

寫寫看

母親にしても赤ちゃんにしても、どちらも貴重な命なので、医者としては選べません。

不管是母親還是嬰兒都是珍貴的生命，作為醫生的不能做選擇。

❷ 〜にしては

形容跟預想的不一樣，字面的意思是「以〜來說」，但語意是「雖說是〜」。多是用來評論別人，不能用在評價說話者自己的情況。

☆ 名詞＋にしては〜　　**以〜來說、雖說是〜**

例句1：五十代の女にしては、彼女の肌はみずみずしい。

以一個五十幾歲的女人來說，她的肌膚很水嫩。

小練習

「あの男」「ボディーガード」「体つき」「小さい」

寫寫看

あの<ruby>男<rt>おとこ</rt></ruby>はボディーガードにしては<ruby>体<rt>からだ</rt></ruby>つきが<ruby>小<rt>ちい</rt></ruby>さい。

以一個保鑣來說，那個男人的體型很小。

本字詞彙

「本○」

　　不知讀者們是否和我一樣，覺得日文裡有好多「<ruby>本<rt>ほん</rt></ruby>○」。例如有「<ruby>本人<rt>ほんにん</rt></ruby>」、「<ruby>本店<rt>ほんてん</rt></ruby>」、「<ruby>本金<rt>ほんきん</rt></ruby>」、「<ruby>本来<rt>ほんらい</rt></ruby>」、「<ruby>本名<rt>ほんみょう</rt></ruby>」、「<ruby>本末<rt>ほんまつ</rt></ruby>」、「<ruby>本能<rt>ほんのう</rt></ruby>」、「<ruby>本日<rt>ほんじつ</rt></ruby>」等，這些跟中文一樣的詞彙就不多說了，另外還有「<ruby>本番<rt>ほんばん</rt></ruby>」（正式表演）、「<ruby>本気<rt>ほんき</rt></ruby>」（真心、認真）、「<ruby>本格<rt>ほんかく</rt></ruby>」（正式、正規）、「<ruby>本社<rt>ほんしゃ</rt></ruby>」（總公司）、「<ruby>本手<rt>ほんて</rt></ruby>」（絕技）、「<ruby>本体<rt>ほんたい</rt></ruby>」（真面目）、「<ruby>本望<rt>ほんもう</rt></ruby>」（夙願）等等，我覺得真不愧是日「<ruby>本<rt>ほん</rt></ruby>」<ruby>国<rt>こく</rt></ruby>啊！

<ruby>冬<rt>ふゆ</rt></ruby>の<ruby>行事<rt>ぎょうじ</rt></ruby>

バレンタインデー

西洋情人節

　　2月14日在西方的習俗是男女都可以送卡片、禮物或花給自己喜歡的人，而且對象不限是情人，也可以是家人、老師或朋友。但是在日本，這一天卻演變成了女性大送巧克力的節日。一開始日本女性送禮的對象只限男性，而且不只是送心儀的對象，連男性同事和上司等也都要送上「人情巧克力」。

　　但近年來，送巧克力的名目越來越多樣化，不但有女性朋友之間互送的「友情巧克力」，也有犒勞自己的「自己巧克力」，讓人不禁佩服日本巧克力業者的行銷手腕。

　　或許是因為職場多是男同事，對於女職員來說是個相當大的負擔，也或許是收到「人情巧克力」的男同事們在一個月後還要回禮很麻煩，最近在日本也開始有反對職場送禮的聲浪，以及禁止在公司送禮的內部規定出現。

　　當然，仍有一部分的日本人認為「人情巧克力」也是社交手段的一種，有助於職場的人際關係變得更加圓滑。無論如何，西洋的情人節到了日本，實在沒法用「浪漫」兩字來形容。

バレンタインデー

 ▶205

🧓 亜子（あこ）：これからデパートに行（い）ってチョコレートを買（か）う予定（よてい）ですが、ちょっと付合（つきあ）ってくれませんか？

　➕ 我正準備到百貨公司去買巧克力，妳能不能陪我一下？

👩 友子（ゆうこ）：ごめんなさい。今（いま）はちょうど本命（ほんめい）チョコを作（つく）っている最中（さいちゅう）❶なので、ちょっと手（て）が離（はな）せませんが……

　➕ 抱歉。現在我正在做送給心儀的人的巧克力剛好做到一半，有點走不開……

🧓 亜子（あこ）：義理（ぎり）チョコはもう用意（ようい）したんですか？

　➕ 妳的人情巧克力已經都準備好了嗎？

友子：今の会社は義理チョコを職場で配ることを禁止しているんですよ。だから、今年はチョコレートを買わなくて済みそうです。

➕ 我現在的公司禁止我們在上班的地方發送人情巧克力哦。因此，看來今年不買巧克力也OK。

亜子：羨ましいくらい[2]のルールですね。私は男性の上司と同僚だけで二十人以上もいるので、かなりの負担です。

➕ 簡直是太讓人羨慕的規定了。我光是男的上司和同事就超過20個人，負擔很大呢。

友子：その不満はよく分かりますよ。でも逆に考えれば、一ケ月後にお返しを貰えるから、いいんじゃないですか？

➕ 我很了解妳的不滿。但是換個角度想的話，一個月後妳就可以收到回禮，不是很好嗎？

亜子：一人でそんなに沢山のチョコレートを食べられませんよ。

➕ 我一個人吃不了那麼多的巧克力啦。

友子：じゃあ、私に「友チョコ」として幾つか下さいよ。私は会社で義理チョコを配れないから、当然お返しのチョコは一つも貰えません。

➕ 那麼，就給我幾個當作「友情巧克力」吧。我不能在公司發人情巧克力，當然連一顆回禮的巧克力都收不到。

亜子：いいよ。

➕ 好啊。

友子：元気を出して下さい。どうせなら、義理チョコで職場の人間関係を円滑にしたらどうですか？

➕ 請打起精神來。反正都要給，不如用人情巧克力在職場上圓滑地做好人際關係，如何呢？

冬の行事

亜子：お釜がかかる義理チョコより、ただのスマイルで社交したいですよ。

➕ 與其用要花錢的人情巧克力，我倒想用不要錢的微笑來社交呢。

MP3 ▶206

バレンタインンデー	西洋情人節（St. Valentine's Day）	風潮	潮流；傾向
チョコレート	巧克力（chocolate）	お返し	回禮
チョコシーズン	巧克力季節。因為在西洋情人節前巧克力的銷售量是全年最高，而得此稱呼（chocolate season）	配る	分送；分配
義理チョコ	送給男同事等的人情巧克力	職場	職場
本命チョコ	送真命天子（心儀的人）的巧克力，通常是手工（自己）做的	人間関係	人際關係
友チョコ	送給女性友人的友情巧克力	円滑	圓滑；圓滿
自分チョコ	送給自己的巧克力	社交	社交
手作り	手工做的	不満	不滿
習慣	習慣	負担	負擔

2 如月（きさらぎ）

| 売^うり出^だす　　出售 | 逆^{ぎゃく}チョコ | 在西洋情人節當天，不是由女性送給男性，而是由男性送給女性，與日本一般習慣相反的「相反巧克力」 |

特好用句型

🎵MP3 ▶207

①　～最中^{さいちゅう}

　　此句型用來表示某事正進行到如火如荼的階段，有「正做～到一半」、「正當～時」的意思。跟「～中」或「～とき」相比，更有「做到一半正起勁的時候發生了某事」的語意。

　　例如「戦争中^{せんそうちゅう}」只是指戰爭期間，沒有特別隱喻在哪個階段，而「戦争^{せんそう}の最中^{さいちゅう}」則是指戰爭進行到一半、或是最激烈的時候。此句型前面有時候會接「剛好」（ちょうど）。

☆ **動詞て形＋いる＋最中^{さいちゅう}～　　正當～時，正做～到一半**

例句1：歌^{うた}っている最中^{さいちゅう}に続々^{ぞくぞく}と友達^{ともだち}が帰^{かえ}ってゆく。

　　唱歌唱到一半，朋友們相繼回家去了。

☆ **名詞＋の＋最中^{さいちゅう}～　　正熱烈進行～當中，到～最激烈的時候**

例句1：交渉^{こうしょう}の最中^{さいちゅう}にも相手^{あいて}の言葉^{ことば}と身振^{みぶ}りの矛盾^{むじゅん}した所^{ところ}に注意^{ちゅうい}しなければならない。

　　在談判最激烈的時候也不能不注意對方的言語和肢體動作的矛盾之處。

☆ **な形容詞＋な／い形容詞＋最中^{さいちゅう}～　　正值最～的時候，最～**

例句1：台湾^{たいわん}は今^{いま}暑^{あつ}い最中^{さいちゅう}です。

　　現在台灣正值最熱的時候。

冬^{ふゆ}の行事^{ぎょうじ}

「会議をする」「大地震」「起きる」
かいぎ　　　　　　　だいじしん　　　　お

寫寫看

会議をしている最中に、大地震が起きました。
かいぎ　　　　　　さいちゅう　　だいじしん　　お

開會開到一半的時候，發生了大地震。

❷ 〜くらい

常用的「〜くらい」除了前面可以加上可數的量詞（例如：5個人、1次、100元等等），相當於中文的「大約〜」之外，還可以用來表示不可數的程度或狀態，或是最低的程度（例如：最少也要〜）。

「〜くらい」前面加形容詞的話，可以用來表達「簡直太〜」。另外，「〜くらい」有時候也會寫成「〜ぐらい」。

☆ な形容詞＋な／い形容詞＋くらい〜　簡直太〜・〜的程度

例句1：航空事故を経験した私がまだ生きているのが不思議なくらいだ。
　　　こうくうじこ　けいけん　わたし　　　い　　　　　　　ふしぎ

經歷過空難的我還活著的這件事，簡直太不可思議了。

☆ 名詞＋くらい〜　〜的程度、最少也要〜

例句1：シェフなら、卵焼きくらい作れるでしょう。
　　　　　　　たまごや　　　つく

如果是主廚的話，至少煎蛋程度的菜應該做得出來吧。

☆ 動詞現在形＋くらい〜　〜的程度

例句1：人が椅子から落ちるくらいの大地震が起きました。
　　　ひと　いす　　お　　　　　だいじしん　お

發生了讓人從椅子上摔落的程度的大地震。

例句2：この携帯は信じられないくらい安いです。
　　　　けいたい　しん　　　　　　やす

這隻手機便宜到簡直讓人不敢相信的程度。

<ruby>近所<rt>きんじょ</rt></ruby>の<ruby>人<rt>ひと</rt></ruby>なら」「<ruby>挨拶<rt>あいさつ</rt></ruby>」「するべき」

<ruby>近所<rt>きんじょ</rt></ruby>の<ruby>人<rt>ひと</rt></ruby>なら、<ruby>挨拶<rt>あいさつ</rt></ruby>くらいするべきだ。

如果是鄰居的話,應該至少要打個招呼。

販賣用語

「<ruby>売<rt>う</rt></ruby>り○」

　　日文裡的「売り○」大部分可以翻譯成「賣○」或「售○」,例如:<ruby>売<rt>う</rt></ruby>り<ruby>方<rt>かた</rt></ruby>(賣方)、<ruby>売<rt>う</rt></ruby>り<ruby>声<rt>ごえ</rt></ruby>(叫賣聲)、<ruby>売<rt>う</rt></ruby>り<ruby>物<rt>もの</rt></ruby>(售品)、<ruby>売<rt>う</rt></ruby>り<ruby>主<rt>ぬし</rt></ruby>(賣主)、<ruby>売<rt>う</rt></ruby>り<ruby>出<rt>だ</rt></ruby>す(售出)等。

　　其他較難以漢字直接翻譯的常用字還有:<ruby>売<rt>う</rt></ruby>り<ruby>上<rt>あ</rt></ruby>げ(營業額)、<ruby>売<rt>う</rt></ruby>り<ruby>切<rt>き</rt></ruby>れ(全部賣光)、<ruby>売<rt>う</rt></ruby>り<ruby>払<rt>はら</rt></ruby>う(脫手)、<ruby>売<rt>う</rt></ruby>り<ruby>立<rt>た</rt></ruby>て(拍賣)、<ruby>売<rt>う</rt></ruby>り<ruby>込<rt>こ</rt></ruby>み(兜售、推銷)等等。

<ruby>冬<rt>ふゆ</rt></ruby>の<ruby>行事<rt>ぎょうじ</rt></ruby>

二月 横手かまくら
横手雪洞祭

　　雪鄉秋田縣所舉行的眾多雪祭之中，最夢幻也最熱情的應該是擁有400年歷史的雪洞祭。橫山市每年固定在2月中旬會用白雪堆砌100餘座高達3公尺的雪洞，在寒冷的冬天，坐在雪洞裡的小朋友會以當地的方言高喊「歡迎進雪洞！」、「來祭拜水神哦！」，熱情地邀請來自世界各地的遊客們進入溫暖的雪洞內取暖、品嚐美味的甜米酒和現烤的年糕。

　　看似個扮家家酒場所的雪洞，其實每一座都是「雪的神殿」，裡面設有祭祀水神的祭壇，當地的居民習慣在小正月（農曆一月十五日）進入雪洞捐獻香錢以祈求全家平安、五穀豐登、生意興隆等。對農耕民族來說，水是左右收成的關鍵要素之一，因此日本的水神同時也是「田之神」。

　　從前家家戶戶都會堆造一座雪洞，孩童在雪洞裡吃著祭祀水神的年糕，唱著當地的歌以及玩傳統遊戲的純樸模樣，讓知名的德國建築師陶特在《日本之美的再發現》一書中讚美不已。久而久之，這項溫暖又有特色的習俗便成為當地除了滑雪之外的另一項亮點。

　　除了這些可以容納五、六個大人的大型雪洞之外，橫山市內的許多地方還可欣賞到高約30公分的迷你雪洞，在夜幕降臨之後，迷你雪洞所散發的搖曳燭光，猶如童話世界一般美妙、安詳。幹勁十足的遊客也可以親手體驗堆雪洞哦。

横手かまくら

健：積雪が多い秋田県でスキーをしたくありませんか？
➕ 妳想不想去積雪很多的秋田縣滑雪呢？

亜子：秋田県まで行けるものなら❶、横手かまくらを見に行きたいですよ。
➕ 如果能夠大老遠地到秋田縣去的話，我倒是想去看橫手雪洞節哦。

2
如月

健：かまくらって、雪の小屋の中で地元の子供たちが甘酒やお餅を振る舞ってくれる、ままごとみたいなお祭りですよね。

⊕ 雪洞是指在雪做的小屋裡，有當地小孩們招待甜酒釀和年糕的那個、像扮家家酒的祭典，對吧？

亜子：はい。ただ、かまくらは雪の小屋じゃなくて、水神様を祀る雪の社ですよ。それに、祭りというより四百年も歴史がある地元の小正月行事ですよ。

⊕ 對。只是雪洞並不是小屋，而是祭祀水神的雪之神殿哦。而且，與其說是祭典，不如說是當地有400年歷史、在小正月時會舉辦的例行活動哦。

健：そう、そう。スキーヤー仲間から何度も聞きました。その純朴な情景は「日本美の再発見」という、ドイツの有名な建築家が書いた本にも述べられているそうですよ。

⊕ 沒錯、沒錯。我從滑雪的夥伴那裡聽過好幾次。那個純樸的情景，好像在一位有名德國建築師寫的一本叫做「日本之美再發現」的書中也有被描述到哦。

亜子：そうですか？私が見た写真は、市内一円にミニかまくらがいっぱい作られ、その中にろうそくが灯された幻想的な雪景色でした。

⊕ 是哦？我看的照片是在市內各處做了很多迷你雪洞，洞裡面的蠟燭點亮了一片夢境般的雪景。

健：ますます行きたくなりましたね。じゃあ、昼間はスキーをして、夜は横手かまくらを楽しみましょう。

⊕ 越來越想去了呢。那麼，我們白天滑雪，晚上去享受橫手市的雪洞吧。

亜子：いいですよ。二人とも新しいスキーを買ったものの❷、忙しくて使ったことはまだ一度もありませんからね。

⊕ 好啊。雖說我們兩個都買了新的雪橇，但是因為太忙卻連一次都還沒用過。

冬の行事

健 : せっかくキャンドルライトまであるので、ついでに雪国でロマンチックなデートもしましょうか？

➕ 難得連燭光都有了，我們要不要也順便在雪鄉裡來個羅曼蒂克的約會呢？

亜子 : さすがの一石三鳥ですね。でも、あなたは重要なプロジェクトを担当しているので、二月の中旬に二、三日も年休を取るのは絶対無理でしょう。

➕ 真是一石三鳥呢。不過你現在正負責重要的專案，在二月中旬放兩、三天的特休都不太可能吧？

MP3 ▶209

横手市	位於秋田縣的南部的城市，人口約10萬，除了雪洞祭之外，當地的「横手やきそば」炒麵也很有名
かまくら	雪洞；雪屋；雪窯
水神様	水神，日本神道教裡的水神也是「田の神」
小正月	小正月，農曆一月十五日
甘酒	甜酒釀。當地的方言稱甜酒釀為「あまえこ」
振る舞う	款待；招待
幻想的な	夢幻的

社	神殿；神社；祠廟
賽銭	香油錢
市内一円	市內一帶；市內到處
方言	方言
積雪	積雪
ままごと	扮家家酒
雪景色	雪景

2
如
月

雪国 ゆき ぐに	雪鄉；雪國	スキーヤー	滑雪的人（skier）
祭壇 さい だん	祭壇	持て成し も な	接待；款待
純朴な じゅん ぼく	純樸的	キャンドル ライト	燭光（candlelight）

 特好用句型

（MP3）▶210

❶ ～ものなら

用來表達對於某件可能性很小的事抱有的強烈希望，相當於中文的「如果能夠～的話」。

☆ **動詞可能形＋ものなら～　如果能夠～的話～**

例句1：社長になれるものなら、先ず社員の給料を上げたい。
しゃちょう　　　　　　　　　　　　ま　しゃいん　きゅうりょう　あ

如果能夠當老闆的話，首先想提高員工的薪水。

 小練習 しば らく

「癌の特効薬」「開発できる」「沢山の命を救う」
がん　とっこうやく　　かいはつ　　　　　たくさん　いのち　すく

 寫寫看

癌の特効薬が開発できるものなら、沢山の命を救えます。
がん　とっこうやく　かいはつ　　　　　　　　たくさん　いのち　すく

如果能夠開發癌症的特效藥的話，就能救很多條人命。

冬の行事
ふゆ ぎょう じ

449

❷ 〜ものの

「Aものの、B」所表達的意思是，雖然A的情況屬實，但實際上發生的B卻不是預想的。

☆ 動詞普通形／い形容詞＋ものの〜　雖說〜沒錯〜

例句1 授業の内容はよく分かっているものの、先生の質問に答えられません。

雖說有聽懂課程的內容，卻回答不出老師的問題。

例句2 給料は高いものの、税金だけでその半分以上を取られます。

雖說薪水很高沒錯，但光是稅金就被拿走了一半以上。

☆ な形容詞＋な＋ものの〜　雖說〜沒錯〜

例句1 お祖母さんは健康なものの、耳がよく聞こえず、声も大きくなりました。

雖說奶奶很健康沒錯，但耳朵聽不太清楚，而且嗓門也變大了。

☆ 名詞＋である＋ものの〜　雖說是〜沒錯〜

例句1 旦那はシェフであるものの、家では卵焼きも作ってくれない。

雖說老公是個主廚沒錯，在家卻連個蛋也不幫我煎。

「近所の人」「いつも」「挨拶をしている」「誰の名前」「知らない」

近所の人にいつも挨拶をしているものの、誰の名前も知らない。

雖說一直有跟鄰居打招呼沒錯，卻連誰的名字都不知道。

西大寺裸祭り（さいだいじはだかまつり）
西大寺裸身祭

　　裸身祭的舉行始於奈良時代，是修禊的一種形式。日本一年四季都有寺院舉行裸身祭，但大多在冬天或是夏天舉行，其中被稱為「日本三大奇祭」之一的「西大寺會陽」，俗稱「西大寺裸身節」本來是在一年中最寒冷的一天舉行，但現在日期已固定為每年2月的第三個週六舉行。

　　岡山是桃太郎的故鄉，而位於岡山市的西大寺更是一座千年古剎，供奉的主神是千手觀世音菩薩。該寺所舉行的裸身祭，每年都可以吸引上萬名男子前來搶奪叫做「寶木」的幸運物，以成為「福男」。只要是中學以上的男性，沒有喝酒以及身上沒有刺青，都可以穿著丁字褲來爭取這個一整年都可以被神明加持的機會。

　　據說，參加裸身祭的男子全都被保佑不會感冒，而繫上安產腰帶的信徒，則可以得到神明庇佑其兒女能夠健康地出生。

　　被稱為「男人祭」的裸身祭，其實也有女人、小孩可以參加的活動。例如祭典剛開始會敲擊的「會陽大鼓」，便是由女性負責。而在會陽當晚，女性可以參加泡在冷水裡潔淨身心、默念祈福的儀式；小學年紀的男孩們則可以參加「少年裸身祭」，搶奪祭拜過的年糕、或形狀像是木棒的「寶木」等幸運物。

西大寺裸祭り（さいだいじはだかまつり）

MP3 ▶211

英樹（ひでき）：寒がりなのに、本気（ほんき）で西大寺（さいだいじ）の裸祭り（はだかまつり）に参加（さんか）しますか？
　➕ 你那麼怕冷，不會真的想去參加西大寺的裸身祭吧？

慶太（けいた）：毎年参加（まいとしさんか）する父（ちち）と伯父（おじ）さんの希望（きぼう）に応えて❶付合ってあげるだけです。
　➕ 我只是回應每年都會參加的爸爸以及伯伯的期望，陪他們參加而已。

英樹：何万人の観衆の目の前でお尻まで見られてしまいますよ。

➕ 就在幾萬個觀眾的眼前，連屁股都會被看光光喔。

慶太：しようがありません。激しい宝木の争奪戦は個人戦というより団体戦なので、チームを組まないと勝ち目がないと言われましたので。

➕ 沒辦法。那個激烈的寶木爭奪戰，與其說是個人戰不如說是團體戰，因此聽說不組隊就沒有勝算。

英樹：なるほど。でも刺青をした人の参加は絶対禁止だと聞きましたよ。たとえテープ、化粧などで隠して宝木を取得しても福男にはなれませんよ。

➕ 原來如此。但是我聽說有刺青的人是絕對不能參加的哦。例如用膠帶、化妝掩飾後取得寶木的情況，就不能成為福男哦。

慶太：それはよく知っています。前に父と銭湯に行ったら、突然足の裏まで無理やりチェックされたので、恥ずかしくて吃驚しました。

➕ 那點我很清楚。因為之前跟我爸爸去澡堂，突然連腳底都被強迫檢查了，除了很丟臉還嚇了一大跳。

英樹：じゃあ、もう作戦は立てましたか？

➕ 那麼，已經訂好作戰計畫了嗎？

慶太：まだです。戦略を策定するに<u>先立って</u>[2]、全員が怪我をしないように特訓されています。

➕ 還沒。訂立戰略之前，為了不要讓隊員受傷，因此必須先接受特訓。

英樹：裸祭りで怪我、死亡事故が発生しても自己責任になりますから、生命保険に入っていないなら、やめた方が良いですよ。

➕ 在裸身祭就算發生傷亡的意外，也要自行負責，所以你沒買壽險的話，最好放棄哦。

冬の行事

453

慶太：生命保険は就職してからずっと入っていますが、そんなに大げさなことはないでしょう。

壽險從開始工作之後就一直有買，但沒那麼誇張吧。

英樹：それに、会陽は日本の伝統的な行事で神聖なものです。スポーツを試すつもりや付合いで参加するなら、やめた方が良いですよ。

而且，會陽是日本傳統的活動，非常神聖。如果你打算試試某種運動或只是陪著參加的話，最好放棄哦。

慶太：よくご存知ですね。それに、私が参加をやめるように、一生懸命説得している理由は、まさか……

你知道得真清楚。此外，你拼命地說服我放棄的理由，該不會是……

英樹：はい、私も宝木の争奪戦に出ます。しかも私たちは日本最強のチームですよ。

沒錯，我也會參加寶木的爭奪戰。而且我們是日本最強的隊伍哦。

慶太：どうせ飲み会の人たちと組んだチームでしょ？暴力禁止は勿論、飲酒がばれれば、入場する前に排除されますよ。

反正是喝酒會的人所組成的隊伍吧？禁止暴力就不用說了，如果被發現有喝酒的話，在進場前就會被驅逐哦。

單字百寶箱

MP3 ▸212

西大寺（さいだいじ）	位於日本岡山縣岡山市的千年古剎。根據該寺的記載，早在西元751年西大寺就開始供奉觀世音菩薩
危険（きけん）	危險

<ruby>会<rt>え</rt></ruby><ruby>陽<rt>よう</rt></ruby>	裸身祭的正式名稱。會陽是在「**修正會**」結束時，讓信徒裸身奪取「**神木**」的例行活動	<ruby>事<rt>じ</rt></ruby><ruby>故<rt>こ</rt></ruby>	意外事故
<ruby>少<rt>しょう</rt></ruby><ruby>年<rt>ねん</rt></ruby><ruby>裸<rt>はだか</rt></ruby><ruby>祭<rt>まつ</rt></ruby>り	小學年紀的男孩們所參加的裸身祭，以學年分組搶奪不同的幸運物，例如祭拜過的年糕、木棒等	<ruby>刺<rt>いれ</rt></ruby><ruby>青<rt>ずみ</rt></ruby>	刺青
<ruby>岡<rt>おか</rt></ruby><ruby>山<rt>やま</rt></ruby><ruby>県<rt>けん</rt></ruby>	位於日本的中南部，因為降雨的日數不多，而有「**晴れの国**」之稱	<ruby>暴<rt>ぼう</rt></ruby><ruby>力<rt>りょく</rt></ruby>	暴力
<ruby>桃<rt>もも</rt></ruby><ruby>太<rt>た</rt></ruby><ruby>郎<rt>ろう</rt></ruby>	桃太郎是一個日本傳說中的主角，其故鄉是日本岡山	<ruby>自<rt>じ</rt></ruby><ruby>己<rt>こ</rt></ruby><ruby>責<rt>せき</rt></ruby><ruby>任<rt>にん</rt></ruby>	自行負責
<ruby>宝<rt>しん</rt></ruby><ruby>木<rt>ぎ</rt></ruby>	西大寺裸身祭的幸運物。形狀類似木棒，每年都有一對寶木從上萬的信徒頭上被拋下讓信徒搶奪，搶寶木求保佑的儀式，類似台灣的「搶頭香」	<ruby>寒<rt>さむ</rt></ruby>がり	怕冷的人
<ruby>福<rt>ふく</rt></ruby><ruby>男<rt>おとこ</rt></ruby>	在裸身祭按照規定搶到寶木的男子會成為當年的「福男」，據說會被保佑一整年都無災無難	チェックする	檢查（check）
<ruby>争<rt>そう</rt></ruby><ruby>奪<rt>だつ</rt></ruby><ruby>戦<rt>せん</rt></ruby>	爭奪戰	スポーツ	運動（sports）
<ruby>戦<rt>せん</rt></ruby><ruby>略<rt>りゃく</rt></ruby>	戰略	お<ruby>尻<rt>しり</rt></ruby>	屁股
<ruby>飲<rt>いん</rt></ruby><ruby>酒<rt>しゅ</rt></ruby>	飲酒	チームを<ruby>組<rt>く</rt></ruby>む	組隊（team）

<ruby>冬<rt>ふゆ</rt></ruby>の<ruby>行<rt>ぎょう</rt></ruby><ruby>事<rt>じ</rt></ruby>

 特好用句型

MP3 ▶213

❶ ～に応えて

用來表達對於某種期待、要求、願望的回應或實現。

☆ 名詞＋に応えて～　按照～的要求、回應～、響應～

例句1：ファンのアンコールに応えて、歌手は再び舞台に上がってアンコール曲を歌いました。

回應歌迷的安可，歌手再度站上舞台唱了安可曲。

 小練習 しばらく

「両親」「期待」「医学部」「入学する」

寫寫看

両親の期待に応えて、医学部に入学しました。

回應父母的期待進了醫學院。

❷ ～に先立って

「Aに先立って、B」所強調的是，在開始A之前先做B的準備。

☆ 動詞原形＋に先立って～　在～之前先～

例句1：授業を受けるに先立って、その内容を予習します。

去上課之前先預習課程的內容。

☆ 名詞＋に先立って～　在～之前先～

例句1：アップルはいつも通り、新製品の発売に先立って、発表会を行いました。

蘋果公司跟往常一樣，開賣新產品之前，先舉行發表會。

如
月

 しばらく

「都市再開発の計画立案」「住民の意見」「聞く」「説明会」「開催する」

都市再開発の計画立案に先立って、住民の意見を聞き、説明会も開催します。

都更計畫立案之前，先聽居民的意見並舉辦說明會。

冬の行事

457

元宵節
げん しょう せつ
元宵節

元宵節又稱為上元節、小正月、燈節等等，其由來說法眾多，一是相傳漢文帝為紀念在正月十五所平定的「諸呂之亂」，每年的那一天都會出宮與民同慶。古代的正月被稱為「元月」，夜晚為「宵」，因此有了「元宵」之稱。此外，當天也是道教三元之中的「上元」，信徒在這一天會祭拜天官，以求賜福。

已有二千多年歷史的元宵節，就算在現代也是華人圈裡最重要的節日之一，而台灣各地慶祝元宵的活動更是五花八門：除了觀光局行銷國際的國家級「台灣燈會」，許多縣市也會舉行賞花燈、做燈籠、猜燈謎等活動。其他特殊的元宵活動還包括平溪的放天燈、台南的鹽水蜂炮、台東的炸寒單、內湖區的夜弄土地公、苗栗的火旁龍，以及馬祖的元宵擺暝。

說到元宵節的習俗，大家可能最先想到「吃湯圓」，但傳說早期台灣的未婚女性會在元宵夜偷蔥來為未來的婚事討個吉利，因為台語有句俗話說：「偷挽蔥，嫁好尪；偷挽菜，嫁好婿」。

日本雖然沒有熱鬧滾滾的元宵節，卻有在小正月的早上吃紅豆粥祈福的習俗，據說紅豆粥還可以用來為新的一年占吉卜凶，也有神社會舉行「粥祭」，用煮好的粥預言日本各地區未來一年的天候、收成、地震、颱風等等，非常有趣。

げんしょうせつ
元宵節

214

りか
利香：台南の塩水爆竹祭りに行ったらダメですよ。危ないですから。

➕ 不准去台南的鹽水蜂炮哦。因為很危險。

まさと
雅人：ヘルメットに加えて[1]、マスク、厚手の上着、デニム、長めの靴下、運動靴、手袋、耳栓、それに首には濡らしたタオルを巻くという完全武装で行きますから、心配しないで下さい。

➕ 安全帽加上口罩、厚上衣、牛仔褲、長襪、運動鞋、手套、耳塞，而且還會在脖子圍上溼毛巾，會這樣全副武裝去，所以請不用擔心。

利香：我が子の命に関わる^❷ので、いくら完全武装でも足りません。ダメなものはダメです。

➕ 事關我兒子的小命，所以再怎麼全副武裝也不夠。不行就是不行。

雅人：お父さんは行っても良いって言ってくれましたよ。

➕ 爸爸已經答應了我可以去哦。

利香：お父さんはいつそんな無責任な約束をしたの？

➕ 爸爸什麼時候做了那種不負責任的約定？

雅人：去年の小正月でした。家族と一緒に平渓天灯祭りに参加したら、今年はそのロケット花火を見に行っても良いって言ってくれましたよ。

➕ 去年的小正月。他說過如果跟家人一起參加平溪的天燈節的話，今年我就可以去看蜂炮哦。

利香：ほら、「無事の一年」というお願いを書いた天灯を上げたからこそ、家族全員とも健康に一年を過せたんですよ。今年も平和的なムードで天灯を空へ飛ばしましょう。

➕ 看吧。正是因為我們放了寫著「一年平安無事」願望的天燈，我們全家人才能健健康康地過了一年。今年我們也在和睦的心情下把天燈放到空中吧。

雅人：嫌です。

➕ 不要。

利香：その毎年怪我人がでる過激な祭りのどこが楽しいの？

➕ 那個每年都出現傷者、過度激烈的節慶活動，到底哪裡好玩呢？

雅人：過激だから楽しいんです。お父さんは「この家族の重大な事を決めるのは俺だ」と言っているので、この件はもう済んだ話しですよ。

➕ 就是太過激烈才好玩啊。爸爸說「決定我們家重大事件的是老子」，所以這件事就不要再說了。

冬の行事

利香：お父さんの言う通りです。ただ、我が家では今まで「重大な事」は一度もないし、これからもないはずですよ。

➕ 正如爸爸所說的。只是，我們家到目前為止連一次都沒有過「重大事件」，而且將來也應該不會有哦。

MP3 ▶215

小正月（こ しょうがつ）	農曆的一月十五日，但日本的小正月是西曆的1月15日	小豆粥（あずき がゆ）	紅豆粥
提灯祭り（ちょうちん まつり）	燈節	粥占い（かゆ うらな）	用粥占卜
上元（じょう げん）	農曆一月十五日是道教裡天官的生日，稱為上元	お粥試し（かゆ ため）	神社所舉行的例行活動，把煮好的粥盛入容器裡，占卜日本各地區未來一年的天候、收成、地震、颱風等等全體的運勢
中華圏（ちゅう か けん）	華人圈	盛況（せい きょう）	盛況
湯圓（たん ゆえん）	湯圓，沒有餡的小湯圓跟日本的「白玉団子（しら たま だん ご）」最為相近	放つ（はな）	放開；放射
茹でる（ゆ）	燙煮；水煮	ヘルメット	安全帽（helmet）
台湾ランタンフェスティバル（たい わん）	台灣燈會（Taiwan Lantern Festival），由觀光局舉辦，並向國際行銷的國家級燈會	怪我人（け が にん）	傷者
塩水爆竹祭り（えん すい ばく ちく まつり）	鹽水蜂炮（節）	過激な（か げき）	過於激烈的

2
如月（きさらぎ）

ぴん しー らん たん 平渓天灯 まつ 祭り	平溪天燈節	へい わ てき 平和的な	和平的；和睦的
ロケット はな び 花火	蜂炮，日文的意思是「火箭（rocket）煙火」	ムード	情調、心情（mood）

 特好用句型

 MP3 ▶216

❶ ～に加え（て）

用來表達「不僅A，而且還加上B」，因為B是與A類似的事物，所以常搭配「も」，也就是「Aに加えてBも～」。語氣比「～うえに」較為生硬。

☆ 名詞＋に加え（て）～　～加上～・不僅～而且～

例句1：雨に加えて霧まで出たので、事故が起きました。

不僅下雨還起了大霧，所以發生了車禍。

☆ な形容詞＋な／い形容詞＋の＋に加え（て）～　～加上～・不僅～而且～

例句1：給料が低いのに加えて物価も高いので、生活が苦しい。

薪水少加上物價高，所以生活困苦。

例句2：会場が手狭なのに加えて参加者も大勢来たので、立つ場所もありません。

場地狹小加上來了很多參加者，所以連站的地方都沒有。

小練習 しばらく

「小学校」「三年生」「英語の授業」「パソコン教室」「始まる」

小学校の三年生から英語の授業に加えて、パソコン教室も始まります。

從小學三年級生開始，不僅英文課，連電腦課也會開始上。

❷ ～に関わる

用來表達「關係到～」和「影響到～」某件大事，因此常和「人命」、「聲譽」、「存亡」等事態較為嚴重的詞語一起出現。

☆ 名詞＋に関わる～　關係到～、影響到～

例句1：国家の存亡に関わる防衛政策は、慎重に検討しなければなりません。

關係到國家存亡的國防政策，一定要慎重地檢討。

小練習 しばらく

「長期的に見て」「天然資源の確保」「国力」「根本的な問題」「言われる」

寫寫看

長期的に見て、
天然資源の供給を確保するのは国力に関わる根本的な問題だと言われています。

據說長期來看，確保天然資源的供應無虞是關係到國力的根本問題。

國家圖書館出版品預行編目資料

免機票!跟著日本人的節慶祭典學日文 / 楊如玉著. --
初版. -- 新北市中和區：知識工場, 2014.09
　　面；　公分. --（日語通；22）
ISBN 978-986-271-519-2(平裝附光碟片)
1.日語 2.讀本

803.18　　　　　　　　　　　　　　103011379

知識工場 · 日語通 22

免機票!跟著日本人的節慶祭典學日文

出版者╱全球華文聯合出版平台‧知識工場
作　　者╱楊如玉　　　　　　　　文字編輯╱馬加玲
出版總監╱王寶玲　　　　　　　　美術設計╱蔡億盈、吳佩真
總 編 輯╱歐綾纖

郵撥帳號╱50017206 采舍國際有限公司（郵撥購買，請另付一成郵資）
台灣出版中心╱新北市中和區中山路2段366巷10號10樓
電話╱（02）2248-7896
傳真╱（02）2248-7758
ISBN-13╱978-986-271-519-2
出版日期╱2014年09月

全球華文市場總代理╱采舍國際
地址╱新北市中和區中山路2段366巷10號3樓
電話╱（02）8245-8786
傳真╱（02）8245-8718

港澳地區總經銷╱和平圖書
地址╱香港柴灣嘉業街12號百樂門大廈17樓
電話╱（852）2804-6687
傳真╱（852）2804-6409

全系列書系特約展示
新絲路網路書店
地址╱新北市中和區中山路2段366巷10號10樓
電話╱（02）8245-9896
網址╱www.silkbook.com

本書全程採減碳印製流程並使用優質中性紙（Acid & Alkali Free）最符環保需求。

本書為日語名師及出版社編輯小組精心編著覆核，如仍有疏漏，請各位先進不吝指正。來函請寄 chialingma@mail.book4u.com.tw，若經查證無誤，我們將有精美小禮物贈送！

知識工場
Knowledge is everything !

知識工場
Knowledge is everything！